푸른사상 평론선 **34**

진실과 사실 사이

푸른사상
평론선

34

Between Truth and Fact

진실과 사실 사이

오세영

푸른사상
PRUNSASANG

그동안 필자는—시집을 제외하고—30여 권에 가까운 저서들을 출간한 바 있다. 대개 비평서 계열, 학술서 계열, 수필집 계열 등으로 분류될 수 있는 것들이다. 그런데 이 외에도 단행본으로 묶이지 못한 글들 또한 적지 않았다. 가령 내 자신의 문학관이나 문학론을 술회한 것, 시인으로서 내가 내 시에 대해 언급한 것 등 비교적 짧으면서 주관적인 비평문들이다. 이제 나도 여생이 오랠 것 같지 않아 이를 정리해서 『진실과 사실 사이』라는 제명의 책으로 상재한다.

지나놓고 보니 학자로서의 나는 내 자신의 이야기보다 타인에 대한 이야기를, 주관적 통찰과 예지에 관심을 갖기보다 객관적 이론 습득과 지식의 전수에 더 집착해온 것 같다. 그래서 그런지 비록 단편적이고 직관적이기는 하나 나 자신이 깨우친 바를 내 나름의 방식으로 밝혀 쓴 본서의 글들이 더 사랑스럽다. 아니 나의 다른 비평서나 학술서보다 더 중요한 의미를 지닌 것들인지도 모르겠다. 학자가 아닌 시인으로서 내 시론의 중요한 일부를 드러내 보인 것이라 할 수 있기 때문이다.

이를 보완하기 위해 나는 나의 기출간된 저서들 가운데서 편집상 꼭 필요하다고 생각되는 몇 개의 글들도 본서에 추가하였다. 「시란 무엇인가」, 「서정시와 아방가르드」(이상 『시 쓰기의 발견』, 서정시학사, 2013), 「영원과 현실 사이」(『시의 길 시인의 길』, 시와시학사, 2002) 등 3편이 그것이다. 한 시인의 창작 시론이라면 모두 핵심적 주제가 될 만한 것들 같기 때문이다. 동일한 취지로 제3부에서는 각각 작품 세계, 직업인으로서의 발자취, 문단 생활, 전기적 사실, 학자로서의 인간상, 문학과 이념 등 내 문학적 삶의 여러 족적들에 대해 다른 문인들과 격의 없이 나눈 대담(對談) 여섯 꼭지를 부연해 싣는다.

인생이란 학생이다. 태어나 죽을 때까지 항상 무언가를 배우고 깨우치며 산다. 그래서 인간을 지적 호기심을 가진 동물이라 하지 않던가. 그러나 배움에는 끝이 없고 인생은 짧다. 이제 조금 무언가를 알 듯싶은데 시간이 허락해주지 않는다. 이제 조금 글이 될 것 같은데……

2020년, 세계적으로 코로나 19 감염증이 기승을 부리는 가을
원불교 성지 영광의 영산에서
농산(聾山) 오세영(吳世榮)

제1부 시란 무엇인가

제2부 문학의 길

진실과 사실 사이

제3부 시와 학문의 갈림길에서

시란 무엇인가

시인은 어떤 특별한 목적을 염두에 두고 시를 쓸 수도 있다. 사회의 모습을 비판하기 위해, 자신의 삶을 기록해두려는, 이념이나 사상을 주장하기 위해, 종교적 신앙심을 함양시키기 위해 쓰는 것 등이다. 심지어는 사랑하는 사람에게 자신의 마음을 전하려는 목적으로 시를 쓰는 경우도 없지 않다. 그러나 애초부터 어떤 목적을 갖고 시인이 되었거나, 되려는 사람이 있을까. 예컨대 시

시란 무엇인가

　시란 한마디로 총체적 진실을 이미지, 은유, 상징 등과 언어의 음악성 및 회화성으로 형상화시킨 1인칭 현재시제(現在時制)의 함축적 자기 독백체 진술이다. 따라서 이상의 정의에는 기본적으로 여섯 가지 조건이 전제되어 있다. ① 총체적 진실을 담아야 한다는 것, ② 언어의 음악성이 반영되어야 한다는 것, ③ 이미지, 은유, 상징 등으로 형상화(시각 혹은 감각화)되어야 한다는 것, ④ 1인칭 시점의 자기 고백체로 쓰인다는 것, ⑤ 현재시제(순간성의 포착)라는 것, ⑥ 짧게 함축된 진술이라는 것 등이다. 그래서 우리는 이를 시의 여섯 가지 요소라 한다.

1. 총체적 진실

　'총체적 진실'이라고 부르는 것의 본질은 다음과 같은 네 가지 특징으로 요약될 수 있다.

　첫째, 감정적 진실이다.

인간의 정신활동은 크게 이성과 감정의 두 영역으로 나누어진다. 따라서 그 추구하는 진실 역시 당연하게도 이성적인 것과 감정적인 것의 두 가지가 있다. 가령 "벼락이란 대기 중의 전류가 어떤 특별한 기압의 변화에 따라 일으키는 방전현상이다"라고 말하는 것은 이성적 진실이다. 사물(대상)을 이성적으로 사유하여 얻어진 결론이기 때문이다. 그러나 만일 누가 '벼락은 하늘이 내리는 불의 심판이다'라고 말한다면 ─ 그것을 그렇게 믿도록 만든 것이 감정일 것이므로 이를 믿는 독자들의 경우 ─ 감정적 진실이다. 사물(대상)을 감정적으로 받아들여서 얻어진 결론이기 때문이다.

하나의 예를 더 들어본다. '밤하늘에 둥근 달이 밝게 떠 있다'고 하는 것은 이성적(부분적) 진실이다. 그러나 다음과 같이 '신이 듣는 하늘의 귀'라고 한다면 감정적(총체적) 진실에 속한다.

> 하늘은 가끔씩 신의 음성에겐 듯 하얗게 귀를 기울이는
> 낮달을 두시었다
>
> ─ 서정춘, 「귀」

이 같은 시의 감정에는 덧붙여 한 가지 더 유의해야 할 것이 있다. 적어도 훌륭한 시는 단일(單一)한 감정이나 긍정적인 감정만으로 씌어져서는 안 된다는 사실이다. 그것은 복합적인 감정 ─ 때로 적대적일 수도 있는 ─ 으로 구성되어야 한다. 예컨대 '사랑'과 '미움', '공포'와 '연민', '즐거움'과 '슬픔', '고독'과 '충만' 등의 양가적(兩價的)인 것들이 갈등과 긴장 속에서 하나로 통합되는 형식과 같은 감정이다. 시론에서는 이를 상상력(이미지)의 '이원적' 대립이라고도 하는데 이의 대표적인 방법이 '아이러니'나 '역설', '병렬' 등임은 이미 많은 시학자들에 의해서 밝혀진 바와 같다.

둘째, 상상력에 토대한 주관적 진리이다.

감정은 본질적으로 주관적이다. 이는 한 시인이 깨달은 시적 진실이 모든 사람에게 동일한 의미로 받아들여질 수 없음을 의미한다. 즉 과학적 진실(이성적 진실, 부분적 진실)은 모든 사람에게 항상 같은 의미로 작용하나 시적 진실(감정적 진실, 총체적 진실)은 어떤 특별한 사람에게만 그것도 각자 다른 의미로 작용한다. 가령 위의 인용시에서 시인이 달을 '하늘의 귀'라 했던 것도 모든 사람이 공통적으로 떠올리는 생각이 아니다. 오직 그 시인 혹은 그 시에 공감하는 독자들만이 그같이 느끼고 생각하는 것이다.

따라서 시적 진실에는 두 가지의 특질이 있다. 하나는 시가, 대상이 지닌 사실 혹은 사건 그 자체를 묘사하는 데 관심을 갖기 보다는 **대상에 대한 시인의 반응**에 관심을 갖는다는 점이요, 다른 하나는 상상력에 의해서 제시된다는 점이다. 가령 코르그(Jakob Korg)는 산문이 정보전달(information)과 이지(理智, intellect)에 관여하는 언어라면 시는 감정(feeling)과 상상력(imagination)에 관여하는 언어라고 단언한 바 있다. 그러한 의미에서 시는 독자들에게 어떤 이념이나 사실의 전달 혹은 지식의 전수 등에 목적을 두지 않는다. 그것은 오로지 산문의 영역에 속하는 가치들이기 때문이다.

키츠(Keats)는 어느 날인가 채프먼(Chapman)이 (영어로) 번역한 호머의 서사시를 읽고 이에 감동하여 하룻밤을 꼬박 지샌 적이 있었다. 그리고 그때 그는 생애 처음으로 느꼈던 어떤 장엄하고도 엄숙한 감정을 — 최초로 태평양을 발견한 — 한 탐험가의 감동에 비유하여 한 편의 소네트를 썼다. 「채프먼의 호머를 처음 읽고(On First Looking into Chapman's Homer)」라는 작품이다. 그러나 완성된 소네트는 그 높은 문학적 성취에도 불구하고 내용상 한 가지 결정적 오류를 범하고 말았다. 태평양을 처음 발견한 사람은 기실 탐험가 발보아(Balboa)였음에도 이를 착각한 그가 시에서 멕시코를 정복한 포르투갈의 장군 코르테스(Cortez)로 잘못 기술했기 때문이다.

그렇다면 이처럼 사실에 부합되지 않은 소재를 내용으로 쓴 시는 작품의 문학적 가치를 훼손시키는 것일까. 코르그는 그렇지 않다고 말한다. 시는 시적 대상이 지닌 **사실**에 관심을 갖는 것이 아니라 그 시적 대상에 대한 **정서적 반응** 혹은 총체적 진실에 관심을 가지며, 그런 까닭에 비록 사실이 아닌 정보라 할지라도 — 과학적 산문과 달리 — 독자들에게 정서적 감동을 주는 데 있어 영향을 주지는 않는 한 별 문제가 되지 않기 때문이라는 것이다. 즉 사실에 반하는 내용의 산문은 용인될 수 없으나 사실에 반하는 내용의 시는 가능할 수 있다는 주장이다. 이는 산문이 사실 보고에, 시가 정서적 반응에 본질이 있다는 앞서의 지적을 실증적으로 보여주는 하나의 예라 할 수 있을 것이다.

셋째, 직관적 진리이다.

그것은 시가 순간적 인상 혹은 돌발적인 깨달음을 통해 얻어진 진실로 쓰여진다는 점에서 그러하다. 거기에는 어떤 분석적 사유도, 비판적인 성찰이나 추리도, 선후 인과(因果)의 원리도 없다. 마치 선수행자(禪修行者)가 어느 한 순간 돈오(頓悟)의 경지에 들듯 그렇게 스스로 깨달아 알게 되는 어떤 진실이다. 가령 앞의 인용시에서 시인이 달을 귀로 본 것 역시 합리적 사유를 통해서가 아니라 순간적인 깨달음을 통해 얻어진 것이다. 따라서 우리는 합리적, 분석적 사유로 이해되는 진실이 과학에 귀납된다면 직관적 깨달음으로 얻어지는 진실은 시에 귀납된다고 말할 수 있다.

넷째, 모순의 진실이다.

일반적으로 우리들은, 진실(진리)이란 반드시 논리적인 것이어야 한다고 생각한다. 앞뒤가 맞지 않은, 즉 모순되는 것은 진리가 아니라는 것이다. 그러나 이는 진리에 대한 오해나 편견에서 비롯된 착각이다. 원래 진실이란 사실처럼 객관(대상) 그 자체에 있는 것이 아니라 주관과 객관의 어떤 특별한 관계성으로 존재하기 때문이다. 즉 진리란 대상이 인식의 주체인 주관과 합작해서 만들어낸 의미 혹은 가치를 일컫는 말이다. 따라서 진리에는 사실에 토대한 객관적인 것(자연과학)도 있을 수 있지만, 감정에 토대한 직관적 혹은 주관적인 것(시 혹은 종교)도 있을 수 있다. 여기서 시적 진리는 모순의 진리라는 명제가 성립한다. '감정적' 혹은 '주관적'이라는 말은 — 논리 혹은 인과의 원리를 초월한다는 점에서 — 이미 의미의 비논리 혹은 모순을 뜻하는 말일 수밖에 없기 때문이다.

우리들은 진리를 으레 논리적인 것으로만 생각하기 쉽다. 진리란 항상 과학에 토대해야 된다는 편견을 가지고 있기 때문이다. 가령 우리는 1+1=2는 진리라 하지만 1+1=1은 진리가 아니라고 한다. 그러나 인생론적 혹은 존재론적 차원에서 의미를 다루는 시적 진리는 그 본질이 이와 전혀 다르다. 인간의 삶 그 자체가 이미 모순으로 되어 있지 않은가?

사과 하나에 사과 하나를 보탠다면 사과는 물론 두 개가 되어야 한다. 그러나 사과가 아니고 사람일 경우 사람 하나에 사람 하나를 보태면 둘이 아니라 하나가 될 수도 있다. 사랑이나 결혼과 같은 것이 그 적절한 예일 것이다. 물론 생물학적 관점에서는 비록 결혼을 해도 부부는 항상 남편과 아내 여전히 두 사람이다. 그러나 존재론적 관점(사랑의 관점)에선 그렇지 않다. 당연히 하나가 되어야 하기 때문이다. 그런 까닭에 부부일심동체(夫婦一心同體)라는 말이 있지 않은가? 그러나 이 둘의 결합은 물론 항상 하나인 것만도 아니다. 그들 사이에 자식이 태어나면 둘 혹은 셋이 될 수도 있다.

이렇듯 진리에는 과학이 관여하는 논리적인 것도 있지만 그에 반해서 시가 관여하는 모순의 것도 있다. 예컨대 한 사람이 인천에서 배를 타고 뉴욕으로 갔다고 치자. 우리는 그를 당연히 뉴욕에 갔다고만 말한다. 그것이 논리적이다. 그런데 만일 그가 목적지를 정하지 않고 — 세계를 일주한 마젤란처럼 — 인천에서 무작정 동쪽으로 동쪽으로 항해를 한다면 그것은 '가면서 오는' 행위일 수밖에 없다. 지구는 둥근 까닭이다. 유클리드 기하학에서도 그렇지 않던가. 직선(논리)은 원(모순)의 일부인 것이다.

그런 관점에서 삶의 모든 것들은 모순으로 되어 있다. 죽음이 있으므로 삶이 있으며 만남이 있으므로 이별이 있는 것이다. 그런데 죽음을 죽음만으로, 삶을 삶만으로, 만남을 만남만으로, 이별을 이별만으로 보자면 논리적이다. 그러나 실제에 있어서 죽음은 삶의 이면이며 삶은 죽음의 표면이다. 만남은 이별의 표면이며 이별은 만남의 이면이다. 즉 죽음과 삶이, 만남과 이별이 각각 별개로 있는 것이 아니라 표리를 이룬 하나로 존재한다. 이렇듯 이 세상의 모든 존재론적 진실은 모순으로 되어 있다.

불가(佛家)에서는 이를 팔불중도(八不中道)라는 개념으로 설명한다. 원래 존재란 생즉멸(生卽滅), 단즉상(斷卽常), 일즉이(一卽異), 거즉래(去卽來)한다는 것이다. 공간적으로 볼 때 태어나는 것은 곧 죽는 것이며 죽는 것이 태어나는 것이다. 시간적으로 볼 때 찰나가 곧 영원이며 영원이 곧 찰나이다. 양적으로 볼 때 하나가 곧 전체이며 전체가 곧 하나이다. 운동상으로 볼 때 가는 것이 곧 오는 것이며 오는 것이 곧 가는 것이다. 그리하여 불가에서는 이 세계를 다음과 같은 모순의 존재로 규정한다.

불생불멸(不生不滅)　　태어난 것도 죽는 것도 아니고
부단부상(不斷不常)　　순간적인 것도 영원한 것도 아니고
불일불이(不一不異)　　하나인 것도 전체인 것도 아니고
불거불래(不去不來)　　가는 것도 오는 것도 아니라는 것이다.

시는 이처럼 모순의 진실, 그러한 의미에서 — 부분적 진실이 아닌 — 총체적 진실의 언어적 표현이다. 그것은 또한 이성(理性)에 의존하지 않는다는 점에서 넓은 의미의 감정적 진실이기도 하다. 이상 논의된 바를 요약하면 다음과 같다.

시적 진실=총체적 진실	:	과학적 진실=부분적 진실
① 감정적		① 이성적
② 주관적		② 객관적
③ 직관적		③ 분석적
④ 비논리적(모순)		④ 논리적

2. 언어의 음악성

간단히 운률을 지칭하는 것인데 여기에는 내재율과 외재율, 운(rhyme)과 율(metre), 포노택틱스(음운배열(phonotactics), 혹은 오케스트레이션(orchestration)) 등이 있다. 지면 관계상 이의 설명은 생략키로 한다.

3. 이미지, 은유, 상징 등에 의한 형상화

시는 당연히 철학이나 종교가 아닌, 예술의 한 장르이다. 따라서 단순히 이 세계가 지닌 '총체적 진리'를 '관념적' 혹은 '직설적'으로 표현한다고 해서 곧 시가 될 수는 없다. 미학적 형상화라는 또 다른 측면이 충족되어야 하기 때문이다. 그것은 다른 말로 시가 관념적, 추상적인 진술이 아닌, 구상적, 감각적 진술이어야 한다는 뜻이다. 여기서 이미지, 은유, 상징 등에 의한 형상화(figurative language)라는 문제가 제기된다. 가령

① 내 마음은 슬프다
② 내 마음은 벌레 먹은 능금이다.

의 두 진술이 있다고 하자.

이 중에서 적어도 ①은 시적 진술이 될 수 없다. 비록 감정에 관련되어 있다 하더라도 상상력이 개입되어 있지 않고 진술 역시 '감정에 **대한** 진술' 이지 '감정 **그 자체**의 진술'이 아니기 때문이다. 즉 ①은 '슬픔'이라는 감정 의 사실 보고 혹은 **감정이라는 개념**의 언어적 전달 이상이 아니다. 그러나 ②는 다르다. 대상에 대한 시인 자신의 어떤 특별한 **감정적 반응**이랄까, 인 식대상으로부터 시인에게 **환기된 감정 그 자체**가 형상화되어 있기 때문이 다. 따라서 ②가 시적 언어가 될 수 있는 비결은 시인이 상상력을 통해서 자신이 체험한 어떤 정서적 반응을 은유적으로 형상화시킨 데 있다고 할 것이다. 시가 은유, 상징, 이미지, 신화, 역설 따위로 쓰일 수밖에 없는 이 유이다.

물론 이때 그 이미지, 은유, 상징, 신화 등으로 형상화된 언어는 단순히 총체적 진실을 전달하기 위한 도구적 혹은 장식적 차원에 머무는 것도, 이 와 선후의 관계에 있는 것 — 먼저 총체적 진실을 깨닫고 그 다음에 이미 지, 은유 등으로 형상화하는 것 — 도 아니다. 그것은 동시적이며 전일적 (全一的)이다. 하이데거(M. Heidegger)가 지적한 바와 같이 시인은 인식 대상 (시적 대상)이 지닌 총체적 진실을 이미지, 은유, 상징, 신화 그 자체로 깨우 친다. 이미지, 은유, 상징, 신화 그 자체로 사유하고 명상하는 것이다. 따 라서 그 무엇보다 인식대상이 지닌, 참신하고, 가치 있고, 더 나아가 아름 답기까지 한, 어떤 이미지나 은유, 상징, 신화 등을 발견해낼 수 없는 사람 이라면 결코 훌륭한 시인이 될 수 없다.

4. 1인칭 시점의 자기 독백체 진술

시는 시인이 자기 자신에게 말하는 형식을 취한다. 내가 나 자신에게 말 하는 1인칭 시점의 어법이다. 그것은 작가가 독자들에게 3인칭의 시점으로 이야기하는 소설(교과서적인 정통소설)이나, 무대상(舞臺上)에서 등장인물들이 서로 얼굴을 맞대고 대화를 나누는 2인칭 시점의 드라마와는 전혀 다른, 그래서 시만이 지닌 고유한 어법적 특성이라고 말할 수 있다. 소설이 제3자의 이야기라면 시는 당자의 이야기(1인칭 진술)이다. 그러므로 소설의 독자들이 작가가 자신들에게 들려주는 이야기를 경청하고, 드라마의 독자들이, 무대상의 인물들이 주고받는 행동과 대화를 현장에서 지켜보는 것에 반해 시의 독자들은 시인이 자기 자신에게 되뇌이고 있는 한 특별한 독백을 옆에서 엿듣는 형식을 취한다. 시란 1인칭 시점의 자기 독백체 진술이다.

따라서 독자는 시의 행간에서 '나'로 생각되는 사람 즉 독백하는 주체를 시인 그 자신으로 착각하기 쉽지만 이 시 속의 '나'는 물론 시인 그 자신이 아니다. 그런 까닭에 우리는 그 시 속에서 '나'로 여겨지는 존재를 시인 그 자신과 구별하여 특별히 '화자(persona)'라고 부른다. 화자는 비록 시 속에서 시인인 것처럼 등장한다 하더라도(시인 그 자신인 것처럼 보여도) 기실 — 현실의 시인이 아닌 — 시인이 허구로 창조한 타자, 즉 시 속의 '나'일 뿐이다.

이상의 논의를 요약하면 이렇다. 소설은 이야기(narrative, story), 드라마는 대화(dialogue), 시는 독백(monologue)체의 진술이다. 본질적으로 시는 시인이 이미지, 은유 등으로 표상해서 자기 자신에게 고백하는 내면 독백인 것이다.

5. 현재 시점의 진술

모든 시는 그 시제(時制)가 현재이거나 현재 진행형이다. 즉 '……했다' 혹은 '……할 것이다'가 아니라 '……한다', '……하다', '……이다'의 시제이다. 시란 대상에 대한 순간의 깨달음이나 순간의 만남에서 얻어진 의미를 그 '순간' 기술하는 문학양식이기 때문이다. 그래서 시를 **'순간의 양식'**

이라고도 하는 것이다. 그것은 항상 과거의 이야기를 과거의 시제로 서술하는—예컨대 '……했다'와 같은—소설과 달리 시만이 지닌 고유한 시제상(時制上)의 특징이라 할 수 있다.

6. 짧은 길이의 함축된 진술

시의 요체는 의미의 함축과 그 암시성에 있다. 따라서 특별히 장시(長詩)를 쓰려고 의도하지 않는 한, 그 길이는 짧아야 한다. 진술이 길면 그만큼 많은 말을 하게 되고 그에 비례해서 의미는 느슨해지거나 풀어질 수밖에 없기 때문이다. 그런데 진술이 길어진다는 말에는 세 가지 뜻이 있다. 첫째, 문자 그대로 말을 많이 한다는 뜻이요. 둘째, 장시를 쓴다는 뜻이요. 셋째, 이야기체 시(narrative poem)를 쓴다는 뜻이다.

첫째 경우는 시의 길이 즉 시행의 수를 어느 선에서 제한해야 하느냐 하는 것과 관련된다. 그러나 이는 물론 물리적 수치로 정할 문제가 아니다. 시상에 따라 여러 형태의 다양한 길이가 있을 수 있기 때문이다. 다만 암시적으로 제시된 그 시상이 얼마만큼의 길이에서 가장 긴장된 의미를 유지시켜줄 수 있을까를 판단하는 시인의 언어적 감수성이 결정할 수 있을 뿐이다. 훌륭한 시인은 그 누구보다 의미의 긴장을 유지시켜줄 수 있는 진술의 그 적절한 함축적 길이에 대해서 잘 알고 있다. 그래서 그를 훌륭한 시인이라고 하는 것이다. 그러나—일률적으로 이야기할 수는 없지만—통상적으로 쓰여지는 우리 시의 일반적 길이는 대체로 20행 내외 혹은 그 안쪽이다.

둘째 경우, '장시'는 지금 우리가 논의하고 있는 시의 개념과는 전혀 다른 별개의 장르이다. 이는 애당초 길게 쓰려는 목적을 지니고 있으므로 그 목적에 부합할 만큼의 길이로 쓰면 된다.

제1부 시란 무엇인가

셋째 경우, 이야기체 시는 내용 자체가 이야기여서 필연적으로 그 길이가 길어질 수밖에 없다. 그러나 이 또한 장르적으로 예외적이다. 오늘의 시를 대표하는 좁은 의미의 서정시는 이야기체 형식이 아닌, 1인칭 독백 형식의 비(非)이야기체 시(non narrative poem)이기 때문이다. 따라서 이야기체 시란 원래 장르적으로 이미 죽어버렸거나 살아 있다 하더라도 거의 쓰이지 않는, 시의 다른 하위양식들 — 예컨대 담시(ballad)나, 송가(ode), 전원시(pastoral) 같은 유형의 시, 혹은 지금의 소설로 정착되어 이미 사라져버린 고대의 서사시가 있을 뿐이다. 다만 이도 저도 아닌 오늘날의 서정시(좁은 의미)에 '이야기체 시'가 있다면 이 좁은 의미의 서정시의 한 예외적 변형 혹은 파격을 가리키는 말 이상이 아니다.

의미와 무의미

『성서』에 이르기를 태초에 하나님께서 '말씀'으로 천지를 창조하셨다고 한다. 아무것도 없는 가운데 — 이러한 관점에서는 물론 '아무것도 없는 것' 즉 무(無) 조차도 없었을 것이다 — 하나님께서 "하늘이 있어라"하니 없는 하늘이 갑자기 생겨났다는 뜻이다. 신학에 대해 잘 모르는 나로서는 아마도 이 같은 해석이 기독교의 공식 입장이 아닐까 생각한다. 그러나 과연 그런 것일까.

"하늘이 있어라"하는 말로 없는 하늘이 갑자기 생겨났다면 우리는 무엇보다 먼저 왜 하나님은 이 세상을 '손'으로 만들지 않고 '말'로 만들었을까 하는 의문에 부딪힌다. 하나님께서는 당신의 형상을 본따 인간을 지으셨다고 했는데 인간은 무언가를 만들 때 항상 말이 아니라 손으로 만들기 때문이다. 즉 손을 사용해서 목재를 가다듬거나 못질해 가구를 만든다. 따라서 인간이 손을 사용해서 무엇인가 물건을 만든다면 그 본뜬 원형이라 할 하나님도 당연히 이 세상을 당신의 손으로 만들었을 것이라고 추리하는 것이 자연스럽다. 그러나 『성서』에는 분명 하나님이 이 세상을 손이 아니라 말씀으로 만드셨다고 했으니 대체 이 무슨 뜻일까. 이로써 보면 그 천지 창조를 가능케 한 '말씀'이라는 것이 상식적 혹은 일상적인 뜻의 말이 아니라는 것을 알 수 있겠다.

　우리말 『성경』 「창세기」 1장 1절에 나오는 그 '말씀'이라는 단어는 헬라어 성서의 'logos'를 번역한 말이다. 원래 헬라어(고대 그리스어)에서 '말'을 가리키는 단어로는 'logos', 'epos', 'diegesis', 'mythos', 'mimesis' 등이 있었고 이 단어들이 함축하고 있는 뜻을 이 짧은 지면에서 일일이 언급하기는 힘들다. 그러나 고대 그리스인들이 '말씀'을 이렇듯 여러 단어들로 구분해서 사용했다는 것 한가지만을 놓고 보아도 『성서』의 이 'logos' 역시 최소한 우리 한국인들이 상식적인 뜻으로 사용하고 있는 '말'과 그 뜻이 다르리라는 것은 충분히 짐작할 수 있을 것이다. 그렇다. 『성서』의 "태초에 하나님께서 말씀으로 천지를 창조하셨다"고 할 때의 '말씀'이라는 단어의 뜻은 하나님께서 "하늘이 있어라" 하시니 지금까지 없었던 하늘이 불쑥 생겨났다는 뜻은 아니다. 만일 그런 뜻으로 『성서』의 이 구절을 해석해야 한다면 우리는 이 부분을 하나님은 말씀이 아니라 손으로 또닥거려 세상을 만드셨다고 말하는 것이 훨씬 자연스럽다.

　그럼에도 불구하고 『성서』에는 분명 하나님께서 '말씀'으로 천지를 창조하셨다고 했으니 이때의 이 '말씀'이란 무엇일까. 그것은 우리가 일상생활에서 사용하고 있는 말이 아닌 다른 말 즉 어떤 신비스러운 언어를 지칭하는 용어일시 분명하다. 따라서 여기에는 언어철학적으로 두 가지 유형의 언어가 문제된다. '일상의 언어'와 '존재의 언어'가 바로 그것인데 결론부터 말하자면 이때 '어떤 신비스러운 언어', 즉 '천지를 창조하는 언어'란 후자를 가리키는 것이라 할 수 있다. 일상의 언어는 — 우리가 상식적으로 이해하고 있듯 — 사상과 감정을 전달하는 도구로서의 언어이지만 존재의 언어가 바로 이 세계를 창조하는 언어인 까닭이다. 그렇다면 이 '존재의 언어'는 어떻게 천지 창조의 언어가 될 수 있는가.

원래 천지 창조란 아무것도 없는 것 즉 무(無)에서 무엇인가를 만들어낸 다는 뜻이 아니다. 언어는 본질적으로 존재하는 사물들의 이름이니 '무'라 는 단어가 있다면 분명 **무**라고 불리워지는 어떤 실재가 있을 수밖에 없 기 때문이다. 즉 '무(없음)'라 불릴 수 있는 어떤 것이 있는 까닭에 우리는 '무'라는 단어를 만들어 사용하는 것이다. 그런데 『성서』에서는 확실하게 '말씀'으로 천지를 창조하셨다고 했으니 이 같은 관점에선 이 세상에 아무 것도 없는 것은 아니었다는 사실을 알 수 있다. 즉 모든 것들이 있기는 있 었지만 '존재'하는 것으로, 혹은 '의미 있는' 것으로 있지는 않았다는 말이 다. 그렇다면 단순히 '있다'는 것과 '존재한다'는 것은 또 어떻게 다른 것 일까.

단순하게 '있다'는 것은 그것이 개별자로서의 정체성 혹은 변별성을 지 니지 못한 채 뒤죽박죽 그저 의미 없이 무언가에 섞여 있다는 뜻이다. 따 라서 그것은 나와 너, 혹은 주관과 객관의 구별이 없는 상태, 즉 하늘과 땅, 밤과 낮, 바다와 육지, 무생물과 생물, 동물과 식물, 꽃과 사람…… 등 이 구분되지 않아 그 무엇이라 부를 수 없는, 어떤 상태를 말한다. 그러므 로 그것은 설령 있다 하더라도 없는 것이나 마찬가지인 어떤 것, 존재 이 전의 어떤 막연한 것이라 할 수 있다. 우리는 그것을 신화 의미론에서 '혼 돈(chaos)'이라고 지칭한다. 이에 대해서 존재한다는 것은 이 혼돈 상태에 있는 어떤 것들이 하나의 의미를 획득하여 그 자신의 정체성과 변별성을 갖추게 됨을 가리키는 말이다. 아무것도 아닌 것이 아니라 이제 하나의 '꽃', 하나의 '별', 하나의 '사람', 한 마리의 '사자'……가 된 상태이다. 우 리는 이와 같은 존재의 세계를 또한 '코스모스(cosmos)'라 부른다.

그러므로 천지 창조란 아무것도 없는 상태에서 어떤 것을 만든다는 뜻 이 아니다. — 비록 태초에 아무것도 없었더라도 최소한 '신'은 있었을 터 이므로 앞에서 지적한 바와 같이 '아무것도 없음' 그러니까 '아무것도 없다는 말'조차 없는 그 어떤 상태란 종교적인 의미에서도 있을 수 없는 말이다 — 다만 카오스의 세계를 코스모스의 세계로 전환시킨다는 뜻이다. 이 세상 그 어떤 민족의 신화들을 보더라도 '아무것도 없는 상태'에서 무엇을 만들어냈다는 이야기는 없다. 가령 혼돈이 있었다든지(그리스 신화), 하늘에 환인이 있었다든지(한국의 신화) 하여튼 무언가 있었는데 그로부터 이 세상이 만들어졌다는 식이다.

그렇다면 이처럼 카오스에서 코스모스로의 이행(移行)이자 단순히 '있는 것'으로부터 '존재하는 것'으로의 전환, 그러니까 천지 창조는 어떻게 이루어진 것일까. 두말할 것 없이 —『성서』가 이르는 것처럼 — 언어 행위에 의해서 가능하다. 왜냐하면 앞에서 살핀 바, 단순히 있는 것이란 '나'와 '너'의 구분이 없는 상태인데 그런 상태에 있는 것들 중 어떤 것을 선택해서 누군가가 무엇이라고 이름을 불러주면, 그 불리어진 대상은 불리어진 이름에 의하여, 그 즉시 아직 이름으로 불리어지지 않은 다른 어떤 것이나, 이미 다른 이름으로 불리어진 개별자들과 구분되어 비로소 자신의 존재론적 정체성을 갖게 되기 때문이다.

가령 이름이 없으므로 다른 것들에 묻혀 혼돈 상태에 있는 어떤 것에게 누군가가 그것을 '꽃'이라고 불러주면 이 '꽃'으로 부름을 당한 그것은 이제 다른 것들 — 다른 이름으로 불려진 '나무'나 '풀'이나 혹은 아직 이름이 없어서(이름으로 불리어짐을 당하지 않아서) 아무것도 아닌 어떤 것들 — 로부터 구분되어 하나의 독립된 존재(개체)가 되는 것이다. 기호론에서는 언어가 갖는 이 같은 변별적 기능을 '분절(articulation)'이라고 한다.

가령 백제 시대에는 그 어떤 것도 '플루토늄'이라는 말로 불리어지는 것이 없었으므로 플루토늄이란 있으면서 없는 존재였다. 그러나 오늘날에는 우리가 그것을 '플루토늄'이라고 불러주니까 드디어 그것은 플루토늄이라는 하나의 실체로 우리 앞에 존재하게 되는 것이다. 다시 설명하자면 이렇다. 백제 시대에도 오늘날 우리가 '플루토늄'이라고 부르는 그 어떤 물질이 없었던 것은 아니다. 그러나 그때의 그것 즉 이름이 없는 것으로서의 그것(플루토늄)은 단순히 **있는** 상태였지 **존재**하는 상태는 아니었다. 따라서 그것은 있어도 없는 것과 다름이 없었다. 이처럼 언어는 이름(언어)이 없어 없는 것이나 마찬가지인 상태의 어떤 것을 하나의 존재의 상태로 끌어올려 있게 만드는 기능을 갖고 있다. 카오스에서 코스모스로의 전환 즉 천지 창조란 바로 이를 가리키는 말인 것이다. 의미라면 하나님께서 말씀으로 천지를 창조하셨다는 『성서』의 주장은 옳다.

그러므로 천지간에 있는, 수많은 두두물물(頭頭物物)의 창조란 수 없는 언어의 부름이라 할 수 있다. 우리는 그리스 신화에서 이렇듯 언어화의 과정을 통해 이 세계의 모든 사물들이 순차적으로 창조되는 예를 본다. 태초에 혼돈이 있었다. 그런데 이 혼돈은 먼저 '우라노스'와 '가이아'라는 언어의 분별에 의해 '하늘(=시간)'과 '땅(=공간)'을 탄생시키고 다시 우라노스는 '밤'과 '낮'이라는 언어로, 가이아는 '육지'와 '바다'라는 언어로 분화되어 각각 존재하게 되며 그 각각은 다시 계속 2차, 3차, 4차⋯⋯ 차원의 분화 과정을 꾸준히 되풀이함으로써 오늘날 수십만의 언어로 불리는 수십 만의 창조물들을 만들어냈다는 식이다. 이렇듯 언어에는 이 세계를 창조하는 언어 즉 존재의 언어와, 단순히 의미─사상과 감정─를 전달하는 수단으로서의 언어 즉 일상의 언어가 있다. 이 중 전자(존재의 언어)가 바로 시의 언어인 것이다.

시인은 우리가 살고 있는 이 일상세계를 존재성이 없는 하나의 혼돈으로 본다. 그리하여 그들은 태초에 신이 혼돈의 세계에 언어를 던져 카오스의 세계를 창조해냈듯 일상의 모든 것들에게 새로운 이름을 부여하여 이로써 그것을 새로운 존재로 거듭나게 하려는 자들이다. 이는 분명 새롭고 진정한 의미의 세계를 다시 창조하려는 것으로 태초에 신이 말씀으로 천

제1부 시란 무엇인가

지를 창조한 그것과 다름이 없는 행위라 할 수 있다. 태초에 말씀으로 이 세계를 창조하셨던 신(神)도 사실은 시인이었던 셈이다. 이렇듯 시작 행위는 세계를 창조하는 행위이며, 이 세계의 창조 행위란 사물의 존재성을 드러내 밝히는 행위, 존재성을 드러내 밝히는 행위는 궁극적으로 이 세계의 새로운 의미를 만들어내는 행위를 일컫는 말이 된다. 하나의 존재가 된다는 것은 그것이 곧 의미가 된다는 뜻이기 때문이다. 이 세상 그 어떤 것도 의미 없이 존재하는 존재란 없다.

김춘수는 그의 시 「꽃」에서 이렇게 읊었다.

> 내가 그의 이름을 불러주기 전에는
> 그는 다만
> 하나의 몸짓에 지나지 않았다
>
> 그가 그의 이름을 불러주었을 때
> 그는 나에게로 와서
> 꽃이 되었다

위 시는 이름을 가지지 않았을 때는 아무것도 아니었던 것이 누군가(시인, 혹은 신)에 의해서 자신에게 이름이 부여되자 비로소 그 어떤 존재로 거듭나게 되었다는 것, 세상에 이름 없이 그저 그렇게 있는 것들은 아무것도 아니라는 것, 따라서 그 어떤 것이든 합당한 이름을 가져야만 비로소 자신의 존재성을 갖게 된다는 것 등의 내용을 담고 있다. 그러한 의미에서 김춘수의 「꽃」은 앞서 살핀 바와 같이 그 자신의 독창적 상상력이 아니라 하이데거 등의 존재론에서 보여준 언어 철학의 기본 명제를 재빠르게 자신의 것인양 도용해서 쓴 작품이라 할 것이다.

그런데 그 같은 김춘수가 후기에 들어 '의미'를 버리고 소위 '무의미'의 언어를 주장한 것은 아이러니이다. 그러니 그의 '무의미' 역시 본질적으로는 그가 새로운 의미를 탐색하는 과정에서 가설한 임시방편의 징검다리가 아닐까.

원래 '무의미 문학(nonsense literature)'이라는 용어는 유럽 문예학에서 공인된 장르의 한 공식적인 명칭이다(가령 루이스 캐럴(Lewis Carrol)의 『이상한 나라의 앨리스(Alice's Adventures in Wonderland)』같은 작품). 그럼에도 불구하고 그가 지난 몇 세대 동안 이로부터 차용한 그 '무의미'라는 말을 마치 자신의 독창적인 용어인 듯 전용하여 우리 시를 타락시키고 그야말로 무의미에 빠트렸던 말장난은 아이러니라 하지 않을 수 없다. 하물며 그것이 80여 년 전 이미 유럽에서 유행했던 쉬르레알리즘의 소위 '무의식'이라는 개념을 이제 와 한국에서 위장 세탁한 것임에랴. 그것은 설령 그가 '병든 일상어로부터의 해방'이라는 기치를 들고 자신의 주장을 합리화하려는 경우라 해도 마찬가지이다. 병든 사람은 약을 먹여 살려야지 죽여야 할 일은 아니지 않겠는가.

아는 진실과 모르는 진실
─ 이 비극적인 시대에 서정시를 쓰는 것은 야만적이다?

　살다 보면 허위가 진실을 호도하는 경우도 종종 있다. 그 결과는 당연히 사실의 왜곡 혹은 그르침이다. 대체로 두 가지 원인에서 비롯한다. 하나는 무지, 다른 하나는 어떤 의도된 목적 때문이다. 전자는 무식의 소치에서 비롯한 일이니 실수라 할 수 있을지 모르겠다. 그러나 후자라면 일종의 범죄에 가까운, 아니 문화적 범죄에 해당한다.

　문학의 경우에도 이런 일은 가끔 있기 마련이다. 가령 훌륭하지 못한 작품을 훌륭하다고 주장하여 남의 어떤 기회를 가로챈다든지, 의도적으로 작품의 내용을 다르게 해석, 평가해서 그것을 특정 정치적, 사회적 목적에 이용한다든지, 문학 시장의 지배권을 장악하여 이권을 가로채거나 패거리를 지어 군림하기 위해서라든지 모두 우리 문단의 문학권력이 오랫동안 자행해온 문화적 폭력인 것은 누구나 알고 있는 바와 같다.

　잘못된 문학이론 또한 예외가 아니다. 예컨대 시(詩)는 '언어의 절(사원)' 이라느니, 현대시는 서사시, 서정시, 극시로 나누어진다느니 하는 따위는 이제 우리 학계나 문단에서 거의 기정사실화하여 허위가 예사롭게 진실이 되어버린 것들 중의 하나이지만 이 같은 망발은 외국 시론을 받아들임에 있어서도 예외가 아니다.

우리 시단에서 몇몇 영향력 있는 비평가들이 자주 인용하는 예문의 하나이다. 2차 세계 대전이 끝난 후 아도르노(Th. Adorno)가 폴란드의 나치 아우슈비츠 유대인 수용소를 방문한 후 그 비인간적 참상에 경악하여 "아우슈비츠 이후 서정시를 쓰는 것은 야만적이다"라고 했다는 것이다. 이 잘못된 번역은 번역 그 자체도 그렇지만 한국 문단에서 이를 그럴듯이 인용하는 자들이 세계적인 석학의 권위를 빌려 우리 문학의 지향점을 제멋대로 왜곡했거나 이 시간도 왜곡 오도하고 있는 중이라는 것은 큰 문제가 되지 않을 수 없다.

그 내용은 다음과 같다. '세계적인 석학 아도르노도 그렇게 말하지 않았던가. 오늘날 서정시를 창작한다는 것은 고리타분하며 무의미한 짓이다. 서정시란 이미 죽어버린 장르이기 때문이다. 그러므로 우리는 그 대신 앞으로는 현대적인 시 즉 아방가르드나 포스트모더니즘의 시들만을 써야 한다.' 그리하여 평론깨나 한다는 우리 문단의 일부 인용자들이 이 같은 논리에 기대 마치 전가의 보도처럼 우리 시대에 있어서 서정시란 쓰지 말아야 할 죽은 장르이며 그러니까 그 대신 포스트모더니즘 시만을 써야 한다고 억지 주장을 펴는 데 이용해왔던 것, 그리고 뭘 모르는 상당수의 비평가 및 시인들이 이에 동조하여 기회 있을 때마다 같은 뜻의 글을 재생산해왔다는 것은 누구나 알고 있는 바와 같다. 요즘의 우리 시들이 온통 소통 부재의 난해시 창작에 몰두하고 있는 이유의 일단도 아마 이 같은 시류 편승에 기인하고 있을지 모른다. 그러나 과연 그런 것일까.

우리 시단에서 이처럼 널리 퍼져 있는 위의 진술, 즉 "아우슈비츠 이후 **서정시**를 쓰는 것은 야만적이다"라는 말은 사실 다음과 같은 아도르노의 언급을 잘못 번역했거나 의도적으로 왜곡한 것이다. 정확히 말하자면 이렇다. "아우슈비츠 이후 **시를** 쓰는 것은 야만적이다.(Nach Auschwitz ein

Gedicht zu schreiben, ist barbarisch) 그리고 이것은 오늘날 시를 쓰는 것
이 왜 불가능해졌는지를 표명하는 인식 또한 갉아먹고 있다." 이는 아도르
노가 1949년에 쓰고 1951년, 한 사회학 논문집에 발표했던 잡문의 일부이
다.(Th. Adorno, *Kulturkritik und Gesellschaft*, in: Prismen, München 1963, p.26) 그럼에
도 불구하고 이 문장을 번역한 한국의 인용자들은 — 의도적 왜곡인지 혹
은 착오인지 혹은 무지의 소치인지 몰라도 — 독일어로 '시(Gedicht)'라는
말을 굳이 '서정시'라는 단어로 슬쩍 바꿔치기해서 자신들의 논리를 합리
화하는 데 이용했던 것이다.

　물론 독일어 'Gedicht'는 시 일반을 가리키는 단어이다. 넓은 의미로는
'Dichtung(문학)'이라는 뜻까지도 지니고 있다. 그러므로 아도르노가 굳
이 시 가운데서 '서정시'만을 꼭 찍어 이야기하고자 했다면 — 물론 이 '서
정시'라는 개념에도 많은 오해가 있으므로 충분한 설명이 필요할 것이
다. — 당연히 'lyrisches Gedicht' 혹은 'Lyrik'라는 용어를 썼겠지만 그는 그
렇게 하지 않았다. 독일어 '서정시(Lyrik, 오늘날의 시)'라는 용어도 물론 오늘
날 소설로 정착한 서사시(Epische, 즉 오늘날의 소설)와 등가를 이루는 장르적
대립 개념이다. 따라서 그것은 좁은 의미의 서정시를 포함해서 오늘의 시
전반을 가리키는 말(Emil Staiger, *Grundbegriffe der poetik*, 이유영·오현일 역. 삼중당,
1978 참조.)이니 만에 하나 아도르노가 그의 글에서 정말 서정시라는 용어
를 동원했다면 앞으로는 시는 쓰지 말고 오직 소설(서사시)만 써야 된다는
뜻이지 포스트모더니즘 시나 아방가르드 시를 써야 된다는 뜻은 결코 아
니다.

　그렇다면 'Gedicht'라는 어휘로써 아도르노가 하고 싶었던 이야기의 진
의는 무엇이었을까. 아마도 그는 아우슈비츠 수용소의 참상을 본 뒤 인간
성이 말살된 이 세기적인 비극 앞에서 시 혹은 문학이 도대체 이 시대에
무슨 의미를 지닐 수 있는가 혹은 무슨 역할을 할 수 있는가 심히 회의하

고 고뇌했던 것 같다. 그런데 이와 같은 언급을 왜곡하여 우리나라에서는 아도르노가 서정시는 쓰지 말고 오직 포스트모더니즘 시만을 써야 한다고 말했다는 식의 논리를 펴고 있으니 참으로 기이하고 황당한 일이라 하지 않을 수 없다.

그러나 일은 이에서 그치지 않는다. 문제 하나가 더 있다. 설령 아도르노가 한국의 인용자들처럼 "아우슈비츠 이후 서정시를 쓰는 것은 야만적이다"라는 말을 했다 하더라도 그의 철학적 입장이 결코 해체주의에 기반한 아방가르드나 포스트모더니즘을 옹호할 사람이 아니라는 사실이다. 웬만한 식자들이라면 다 알고 있을 것이다. 왜냐하면 그는 마르크스주의를 계승한 후기마르크스주의자이며 프랑크푸르트학파를 대표하는 이성옹호론자의 한 사람이기 때문이다.

지면 관계상 더 자세히 논할 수는 없지만 오늘날 서구 지성사(知性史)에는 두 가지의 사상적 계보가 있다. 하나는 데카르트나 칸트 그리고 헤겔과 마르크스, 프랑크푸르트학파로 이어지는 계몽주의(이성중심주의) 철학이요. 다른 하나는 이들의 이 같은 이성중심주의(logo-centrism)적 세계관에 반발해서 19세기에 등장한 니체 그리고 니체의 사상을 계승한 실존주의, 현상학, 해체주의의 반이성, 반휴머니즘 철학이다. 여기서 리얼리즘과 모더니즘이 전자의 세계관을, 아방가르드나 포스트모더니즘이 후자의 세계관을 반영한 문예사조라는 것은 상식에 속한다.

요즘 우리 시단에서는 서구의 최근 유행사조라며 물색없이 소통 부재 혹은 소통 부정의 난해시 창작에 광적으로 매달리면서 이 후자의 사상적 계보 그중에서도 특히 해체주의를 자신들의 시의 실천 기반이라고 주장하는 시인들이 많이 있다. 이승훈처럼 자칭 '해체시', 혹은 '미래파'. 혹은 '포스트모던'한 시를 쓴다는 사람들이다. 그럼에도 불구하고 그들이 이 해체주의와 정반대의 철학적 계보를 이끄는 아도르노의 견해를 빌려 자신들의 문학론을 정당화하려 한다는 것은 어불성설이요 황당무계한 지적(知的) 망발(妄發)이 아닌가.

여기서 필자가 강조하고자 하는 것은 아도르노가 설령 "아우슈비츠 이후 서정시를 쓰는 것은 야만적이다"라는 말을 했다 하더라도 그의 문학적 입장이 최소한 해체시니 포스트모던한 시를 옹호할 철학자는 결코 아니라는 사실이다.

글은 진실한 내용을 정확하게 써야 한다. 특별히 책임질 위치에 있는 사람들일수록 더 그러하다. 그렇지 못할 경우 무식하고 몽매한 중생들을 쉽게 미혹에 빠트리는 죄를 범할 수 있기 때문이다.(불교에선 이를 구업(口業)이 저지르는 네 가지 죄의 하나 즉 '기어(綺語)'라고 한다) 죄란 일상생활에서만 짓는 것은 아닌 것, 문학작품이나 그에 대한 비평 역시 마찬가지이다. 훌륭한 평론가란 훌륭한 작품을 훌륭하다고 — 소속된 패거리 집단의 눈치를 보지 않고 솔직히 — 실천적으로 말할 수 있는 자인 것이다.

시는 왜 난해한가

1. 애매성, 모호성, 막연성

일반적으로 시는 산문에 비해 난해하다. 우선 그 의미가 주관적, 직관적이며 비논리적이다. 표현도 암시적이고 형상화된 기호 역시 난삽하다. 그러므로 시가 산문보다 난해할 수밖에 없다는 세간의 지적은 옳다. 그래서 20세기, 대표적인 비평가의 한 사람인 영국의 엠슨(William Empson)은 시의 본질을 '난해성'과 유사한 소위 '애매성(ambiguity)'에서 찾아 아예 시는 일곱 가지 유형의 애매성에 의해 쓰인다고 단언한 바조차 있다.

그러나 물론 애매성이 곧 난해성일 수는 없다. 난해성은 시의 본질적 애매성에서도 기인하지만 그 외 다른 여러 요인들로부터 발생할 수도 있기 때문이다. 그래서 휠라이트(Philip Wheelright) 같은 비평가는 시의 난해성을 크게 세 가지 유형으로 나누어 고찰하기도 한다. 애매성, 모호성(obscurity), 막연성(vagueness)이 그것이다.

'애매성'이란 시어의 본질적 특성에서 연유하는 난해성을 가리키는 용어이다. 시어는 우선 그것을 구성하는 기호들 — 단어, 이미지, 비유, 상징 등 — 이 통사론적으로는 병치(juxtaposition), 병렬(parellelism), 불연속(disconnectedness)적 배열, 구조적으로는 공간적 형식(spatial form), 의미론적으로는 역설(paradox), 아이러니(irony), 전복(reversion) 등의 원리에 따라 파격적 혹은 창조적으로 변용되는 까닭에 난해해질 수밖에 없다.

'모호성'이란 시적 대상 그 자체가 지닌 존재론적 난해성을 가리키는 말이다. 그것은 이렇게 설명된다. 시작(詩作)은 주관(시인)이 객관(대상)을 만나 어떤 의미를 만들어 내는 일종의 인식론적 행위이다. 그런데 이 인식 행위에는 이성적 혹은 비판적 의식이 아닌 직관적 혹은 존재론적 통찰에서 이루어지는 것도 있다. 가령 '장미'라는 사물이 있다고 하자 국어사전 혹은 식물도감에서는 그 의미를 다음과 같이 규정한다.

> 장미과 장미속에 속하는 관목의 총칭. 높이 2~3미터이고 대체로 가지와 가시가 많으며 잎은 호생(互生)하고 우상복엽(羽狀複葉)으로 탁엽(托葉)이 엽병(葉柄)에 붙어 있음. 5, 6월에 담홍색, 담자색, 백색 등의 꽃이 아름답게 피고 흔히 암술이 병 모양의 화상(花床) 안에 숨어 있음. 개량 품종이 많은 관상화목(觀賞花木)으로 신구대륙의 적도 이북에 280여 종이 분포함.
>
> — 이희승, 『국어대사전』

그러나 우리는 이 같은 진술을 결코 시라 하지 않는다. 이성적 인식에 따른 생물학적 정의 이상이 아닌 까닭이다. 그럼에도 불구하고 어떤 사람은 황혼의 정원에 피어 있는 장미를 불을 켜든 한 개의 램프라 하고, 또 어떤 사람은 아침 이슬을 함빡 머금은 장미를 예식장의 신부라고도 한다. 그것을 — 비판적 이성에 따른 일상적 혹은 도구적 차원의 사물로 보지 않고 — 직관적 존재론적 인식에서 가능한 대상의 자기실현적 혹은 탈자적 존재, 즉 현존재(Dasein)로 보았기 때문이다. 우리는 전자와 같은 인식 행위를 과학이라 하고 후자와 같은 인식 행위를 시라 한다. 그러니 장미를 '아름다운 신부'라 하는 시적 인식을 논리적 이성적 사고의 차원에서 누가 쉽게 이해할 수 있겠는가. 시가 난해해질 수밖에 없는 이유이다.

그리하여 시론(詩論)에서는 언어를 두 가지 유형으로 구분해서 논하는 것이 일반적이다. 사상이나 감정 혹은 정보와 같은 것을 전달하는 '도구로서의 언어'와 그저 있는 그 자체로서 의미의 자기실현에 만족하는 '존재로서의 언어'가 그것이다. 그것은 — 비유적으로 — 괭이나 삽과 같은 사물과 장미나 바위 같은 사물들의 대비로 설명될 수 있다. 예컨대 전자는 농사를 짓는데 사용하는 도구들이지만 후자는 그렇지 않다. 그저 이 세상에 있는 그것, 존재 그 자체로서의 자신의 의미를 지닐 뿐이다. 삽이나 호미 같은 도구가 아닌 것이다. 우리는 이처럼 삽이나 괭이로 비유될 수 있는 언어를 일상의 언어(도구의 언어), 장미나 바위에 비유될 수 있는 언어를 시의 언어(존재의 언어)라 한다. 그러므로 의미론적 측면에서 정의하자면 산문은 '도구의 언어', 시란 '존재 혹은 사물의 언어'라 할 수 있다.

다른 많은 요인들도 있겠지만 시는 존재의 언어인 까닭에 이처럼 본질적으로 산문보다 난해하다. 도구로서의 사물의 의미를 규정하는 일보다는 존재하는 것으로서의 사물의 의미를 규정하는 일이 훨씬 애매하기 때문이다. 삽은 간단히 흙을 파는 도구라고 하면 그뿐이지만(물론 삽을 흙을 파는 도구가 아니라 존재하는 그 자체의 사물로 대상화할 수도 있을 것이다. 그러나 그럴 경우의 삽은 그 순간에 도구가 아닌 장미나 바위 같은 사물들이 되어버린다.) '장미'가 때로 '등불' 또는 '아름다운 신부'로 인식되는 이유를 밝힌다는 것은 그리 간단치가 않다. 그가 왜 이 세상에 태어났으며, 무엇 때문에 거기 있으며, 그때 그 순간 무엇으로 현현되어 있으며, 그것이 우리에 주는 의미는 무엇인가 등 고도한 사색 혹은 존재의 근원적 탐색 없이 해명될 수 있는 문제가 아니기 때문이다. 그것은 일종의 존재론적 물음과 그 응답에 해당한다. 그런 까닭에 사물이 지닌 모호성은 당연히 난해할 수밖에 없다.

2. 막연성 혹은 난해성

'막연성'이란 시의 본질이나 그것이 지닌 필연성에서가 아니라 대상에 대한 인식 능력의 부족. 지적(知的) 미숙, 상상력의 결핍, 사유의 한계성 등에서 기인하는 난해성이다. 진술하고자 하는 내용 자체가 황당무계, 자가당착, 혼돈 혹은 분열 해체된 상태에 있어 그것을 지시하는 언어가 비언어(非言語)적인 혼란에 빠진 결과이기도 하다. 가령 우리는 정신병자의 넋두리를 들을 때, 혹은 어법에 맞지 않은 문장이나 진술을 접할 때 무슨 뜻인지 요령부득이다.

누군가 자신도 모르는 것, 자신도 정리하지 못한 어떤 생각을 — 여기에 그것을 언어화(言語化)하거나 형상화(形象化)하는 과정에서 부딪히는 결함까지 곁들여 — 시로 썼다고 하자. 그 어떤 유식하고도 현명한 독자가 있어 이를 이해할 수 있을 것인가. 따라서 이는 독자의 교양이나 지식, 상상력 등의 유무와는 아무 상관 없는, 오로지 시인의 어떤 불순한 의도, 지적 결핍, 정신적 미숙 등에서 기인하는 양상이라고 밖에 말할 수 없다.

여기에는 두 가지 유형이 있다. 하나는 시인의 정신적, 지적, 언어적 몽매(蒙昧) — 그것은 때로 정신병적 정신상태를 지향하기도 한다 — 에서 오는 것. 이는 시인의 정신적 혼란 혹은 우치(愚癡) 때문에 일어나는 일이니 독자는 물론 시인 자신도 어찌할 수 없는 일이다. 이 세상에는 정신병자, 언어적, 지적 장애자도 간혹 있는 법이므로 독자로서는 그저 정신병적 넋두리이거니 하고 치부하면 그만이다. 논의의 대상이 될 가치조차 없다.

다른 하나는 시인이 의도적으로 시의 의미를 난해하게 분장시켜 일부러 독자들의 상상력을 혼란에 빠뜨리는 경우이다. 다음과 같은 이점들이 있기 때문이다. 일반적으로 우리는 무엇을 '모른다'고 말하기를 꺼린다. 자신의 무지를 스스로 고백하는 일이 되니까…… 그러므로 어떤 모르는 문제에 부딪힐 때 대부분은 — 모르면서도 — 아는 체하든지 차라리 입을 다물어버리는 쪽을 택한다. 특히 그 분야에 대해 전문가로 여겨지거나 스스로 전문가를 자처하는 사람일수록 그러하다.

시에 대한 비평 역시 마찬가지, 일반 독자들도 그렇겠지만 특히 지식인으로 자처하는 사람들, 자타에 의해서 이 분야의 전문가로 공인된 사람들(시론에서는 이 같은 독자들을 일반 순수 독자와 구분해서 '정통한 독자(informed reader, S. Fish의 용어)' 혹은 '의도된 독자(intendied reader, V. Iser의 용어)'라 칭한다.) 일수록 그 정도가 심하다. 그들은 그 자신 이 분야의 전문가들이므로 (혹은 전문가들로 여겨짐으로)다른 일반 독자들처럼 쉽게 모른다고 말할 수 없기 때문이다. 불행하게도 모르면서도 아는 자이어야 하는 것이다.

그리하여 그들은 자신도 모르는 그 작품을 무작정 좋다 하거나 해괴한 논리로 그럴듯하게 해석해서 칭찬하기를 서슴치 않는다. 작품을 나쁘게 평했다가 그 작가로부터 당하게 될 공격을 사전에 회피하면서 오히려 이를 현학적으로 이용해 대중에게 자신의 지적 우월성을 과시하는 기회로 삼으려 하기 때문이다. 우리의 일상사도 그렇지만 누구나 칭찬을 받으면 기분이 좋아지고 나무람을 당하면 마음이 상하지 않은가? 그러므로 이 같은 독서 환경 속에서 자칭 전문가로 행세하는 자들의 난해시에 대한 해석을 접한 일반 순수 독자들이 자신들의 그 몰이해를 다음과 같이 치부하는 것은 아주 자연스럽다. 즉 그 난해성에는 무슨 심오한 내용이 있을 터이지만, 자신은 무지한 소치로 그것을 이해하지 못한다는 것이다. 그리하여 그들은 당치 않는 상상 속에서 그 오도된 비평을 미화(美化) 혹은 과대평가해서 받아 들이기 마련이다.

그뿐만 아니다. 난해한 작품은 그 난해성 자체로 인해 문제작이 될 가능

제1부 시란 무엇인가

성도 많다. 모르는 것에 대해서는 누구나 추측이나 억측으로 자신들의 견해를 떠들어댈 수 있기 때문이다. 즉 훌륭하든, 훌륭하지 않든 난해시는 일단 다수의 관심 대상이 될 수 있다. 해독이 어려우니 오독(誤讀)이 일상화되고 여기서 빚어지는 기상천외(奇想天外)한 해설이나 평가 역시 기대되는 이점들 중의 하나이다. 모두 작품을 널리 홍보하는 데 큰 도움이 되기 때문이다.

물론 여기에는 군소 평론가들—특히 시류에 편승하고 지명도를 좀 올려보고자 하는 사이비 속된 평론가들—의 역할 또한 무시할 수 없다. 모르는 작품을 실없이 비판해서 감정 상한 작가로부터 무식하다는 욕을 먹기보다는 실체에 근접하든 하지 않든 일단 작가가 원하는 바에 따라 가능한 좋게 좋게 그럴듯하게 해석해서 유식하다는 소리를 듣는 것이 백번 나은 것이다. 이 모두 교활한 삼류 시인들이 미리 의도적으로 쳐놓고 기다리는 속임수의 함정에 알게 모르게 혹은 스스로 자청해서 빠지거나 빠져드는 결과라 할 수 있다.

이상이, 일반 독자나 전문 비평가들이 난해한 작품을 그럴싸하게 확대 포장하거나 합리화해서 훌륭한 작품으로 둔갑시키는 독자 심리학이다. 영악한 시인들이 어찌 이를 모르겠는가?

그리하여 난해한 작품의 시작(詩作)에는 다음과 같은 네 가지 유형들이 있을 수 있다.

첫째, 시가 무엇인지를 모르는 초보적인 상태에서 단지 시는 산문보다 어렵다는 정도의 인식만을 가진 자의 시작(詩作) :

시란 원래 산문보다 어려운 언어이니 시가 되려면 무엇인가를 무작정 어렵게 써야 한다고 생각하는 사람들이다. 이는 물론 아직 시작(詩作)의 준비가 되지 않은 미숙한 단계, 즉 무식에서 비롯한 소치이므로 특별하게 거론할 가치가 없다.

둘째, 자신의 재능으로는 시다운 시를 쓸 수 없는 사람이 그 문학적 공허감 혹은 미숙성을 호도하기 위한 방편 :

자신의 작품이 지닌 저열성을 난해성으로 포장하여 독자들로 하여금 무엇인가 훌륭한 것이 있을 것이라고 착각하게 만들려는 문학적 위장 전술이다. 기만술로 자신의 문학적 결함을 은폐하고자 하는 사람들이니 삼류에 가까운 문학적 사기꾼들이다.

셋째, 전위적(前衛的)인 작품의 시작(詩作) :

진정한 아방가르드(Avante-Garde)는 문학적 관습과 전통을 부정하거나 전복(顚覆)시켜 전에 없던 '새로움(The new)'을 추구하는 문학운동이므로 그 생산된 작품 역시 당연히 난해해질 수밖에 없다.

넷째, 의사(擬似, 사이비) 아방가르드(pseudo Avante-Garde)의 맹목적, 중구난방적(衆口難防的) 모방 :

아방가르드 시는 원래 난해하다. 따라서 아방가르드가 아니면서도 아방가르드인 것 같은 허위의식에 빠지거나 의도적으로 아방가르드임을 자처하여 자신의 문학적 결함을 아방가르드가 지닌 난해성으로 은폐하고자 하는 경우이다. 그 결과 그들의 난해성은 진정한 아방가르드보다 더 난해해진다. 재능이 부족한 그들로서는 난해성을 심화시키는 것 이외에 달리 특별한 속임수를 발견할 수 없기 때문이다. 그레삼의 법칙도 그렇지 않은가. 그 어떤 것이나 가짜가 진짜보다 더 진짜 행세를 하는 법이다. 따라서 이들 대부분은 그 시의 내용이 공허하다는 점에서는 삼류에, 시류에 편승하고 뒷북을 친다는 점에서는 아류(亞流)에, 자신을 난해성으로 위장한다는 점에서는 사기꾼에 속한다.

3. 난해성과 시적 호도(糊塗)

이상에서 살펴본 시의 난해성이란 이렇게 정리될 수 있다. 첫째, 시의 본질적 난해성이다. 이는 애매성과 모호성으로 설명된다. 둘째, 폐기시켜야 할 난해성이다. 막연성이라고 부르는 것 가운데서 진정한 아방가르드를 제외한 나머지 일체가 그것이다. 즉 정신적, 지적, 언어적 미숙에서의 시작(詩作), 시가 무엇인지 모르는 무지의 상태에서의 시작, 자신의 문학적 결함을 위장하려는 시작, 의사 아방가르드로서의 맹목적 시작 등이다.

그러나 우리 시단의 현실은, 그 어떤 시인도 자신들이 지닌 이 같은 속임수의 난해성 즉 부정직한 난해성을 솔직히 고백하는 자가 없다. 이구동성 문학적 필연성에서 오는 것이라고 우겨대거나 자신들을 합리화 혹은 정당화하기 마련이다. 그렇게 말하지 않으면 제 스스로 자신의 문학을 부정하는 결과가 되어버리니 어찌하겠는가?

그리하여 폐기시켜야 할 그 부정적 난해성을 추구하는 대부분의 시인들은 자신들의 작품이 지닌 그 부정직한 난해성을 일단 — 독자들이 믿거나 말거나 — 아방가르드의 진정한 난해성이라고 주장하든지 그 위장된 아방가르드를 옹호하는 궤변으로 자신의 문학적 저열성을 합리화하기를 서슴지 않는다. 즉 자신들의 작품이 난해한 것은 아방가르드 작품인 까닭에 그런 것이라고 우겨대는 것이다. 삼류가 갑자기 아방가르드로 분장되는 순간이다. 그리하여 수준이 떨어지는 이 부류 대부분의 시인들은 마치 경쟁이나 하듯 앞 다투어 난해한 작품을 쓰고, 스스로 아방가르드를 자처하며, 그 누구보다 적극적으로 아방가르드를 찬양, 신앙하는 아방가르드교(敎)의 신도들이 된다. 그 결과 아방가르드를 자처하는 시인들은 그 수가 점점 많아져서(우리 시단에는 약 5만여 명의 시인이 있다고 한다) 무리가 되고, 무리가 세(勢)를 이루어 우리 시단은 온통 난해 시, — 진정한 아방가르드인지 아닌지는 모르겠으나 — 자칭 아방가르드시의 장마당이 되어버린 것이다.

그리하여 그들은 누가 혹 아방가르드를 비판이라도 할라치면 서로 동맹하여 눈을 치켜뜨고 공격하기 마련이다. 모두 자신들의 이해에 관련되어 아방가르드가 무너지면 자신들의 문학적 위상 자체가 소멸되어버리기 때문이다. 그 상투적인 논리는 다음과 같다. 오늘의 시란 현대성(혹은 탈현대성)을 반영해야 하는데 아방가르드나 포스트모더니즘이 바로 그 현대성(혹은 탈현대성)을 대표하는 것이니 아방가르드나 포스트모더니즘 아닌 그 이외의 일체는 고루하고 낡은 것이어서 아예 추방시켜야 한다는 주장이다.

그러므로 그들이 아방가르드 미학에 적대적인 후기마르크스주의자 아도르노까지도 아전인수격으로 끌어들여 심지어 그를 아방가르드를 찬양하는 논자로 둔갑시키고 그가 하지도 않은 '이 비극적인 시대에 서정시를 쓰는 것은 야만적이다(앞장의 「아는 진실과 모르는 진실」 참조)'라는 거짓말로 자신들의 논리를 비호하기에 까지 이른 것은 참으로 애처로울 지경이다.

그렇다면 오늘날 우리 시단에 진정한 아방가르드는 있는 것일까. 이 문제는 보다 복잡한 논의가 필요하니 일단 숙제로 남겨두기로 한다. 다만 한 가지 분명한 사실은 있다. 아방가르드란 문자 그대로 '전위적' 실험을 추구하는 문학운동이다. 그래서 피터 뷰르거(Peter Bürger)는 아방가르드의 본질적 속성으로 기존의 가치 체계나 전통 일체를 전복시키는 '새로움(The new)'과 '우연(chance)'을 들었다. 실제로 1910년대 유럽에서 처음 등장한 아방가르드는 이런 속성을 지니고 있었다.

따라서 진정한 아방가르드라면 '기존의 가치 체계나 전통 일체를 전복시키는 '새로움'과 '우연'을 본질로 해야 한다. 그렇지 않으면 의사 아방가르드이기 때문이다. 그렇다면 오늘의 우리 시, 우리 시단에서 언필칭 아방가르드라고 자처하는 시인들이 과연 그런 작업을 하고 있는 것일까. 남(유럽)이 이미 100년 전에 시도해서 결판을 낸 것을 이제와서 그대로 답습하면서 이를 기존의 가치 체계나 전통을 전복시키는 일이라고 주장하는 것이 과연 올바른 태도일까, 필자의 생각으로 그것은 타의 모방이 될 수는 있을지언정 결코 '기존의 가치체계나 전통을 부정하는 행위'가 될 수는 없다. 아니 기존의 가치 체계나 전통을 전복한 글쓰기는 이미 100여 년 전 유럽 아방가르드들이 모두 실천했으니 이제는 전복하거나 부정할 유산도 남아 있지 않다.

한국 아방가르드의 대부라 불리는 이상(李箱)이나 그 후계자인 김춘수(金春洙)의 작품들 역시 이 같은 범주에서 크게 벗어나지 못할 것은 아주 당연하다. 따라서 나는 그들을 — 혹시 훌륭한 모방자나(한국에서만큼은) 나름의 문제시인이라 하면 어떨지 모르겠지만 — 결코 훌륭한 시인이라고 생각해본 적이 없다. 진정한 아방가르드는 전통을 부정하는 사람들인데 하물며 그 전복은커녕 스스로 이상, 혹은 김춘수 밑에 들어가 이를 계승했다고 자처하는 작금 우리 문단의 — 역설적이지만 — 새로운 난해시 전통론자들에 대해서는 여기서 더 무슨 말이 필요하겠는가.

서정시와 아방가르드

1

   요즘 우리 시단에는 '서정시'에 대해 터무니없는 오해와 편견을 가진 시인들이 적지 않은 것 같다. 짧은 지면에 그 모든 것을 일일이 거론할 수는 없지만 대체로 요지는 이렇다. 우리가 사는 시대는 현대다. 따라서 현대에 사는 우리는 '현대시'라 할 아방가르드나 포스트모던한 시를 써야 되는데 서정시는 옛날에 썼던 낡고 고루한 시형이니 이제 파기해버려야 할 장르라는 것이다. 그리하여 이에 동조한 대부분의 젊은 시인들이 하나의 유행처럼 세를 이루어 정신해체적 난해시 창작에 골몰하고 있다는 것은 우리가 익히 목도하고 있는 바이다.

2

   '시(詩)'라는 용어는 문학사에서 매우 다양하고도 포괄적인 뜻으로 사용되어왔다. 예컨대 고대 그리스에서는 ① 인간이 제작한 모든 것, ② 예술, ③ 문학을 모두 '시' 즉 'poesis'라 호칭하였다. 아리스토텔레스 역시 그의 『시학』에서 ― 예술 전반을 지칭하는 경우가 전혀 없었던 것은 아니지만 ― 일반적으로 오늘날 우리가 '문학'이라 부를 수 있는 것들을 모두 '시' 즉 'poesis'라 일컬었다. 그리고 이 poesis가 당시 'lyric', 'epic', 'drama'의 삼대 장르로 분류되었던 것은 다 아는 바와 같다. 그러니까 원래 'lyric', 'epic', 'drama'라는 분류는 고대 그리스 문학의 양식 분류이지 오늘날의 시, 즉 오늘날의 의미로서의 '시'의 분류는 아닌 것이다.

문제는 맨 처음 동양에서 서양학을 받아들인 일본인들이 이 고대 그리스의 용어 'poesis'를 ― '문학'이 아니라 ― '시'로 번역해서 소개했다는 점이다. 문학을 뜻하는 'poesis'를 일단 이처럼 '시'로 번역하고 나니 문학의 하위양식이라 할 lyric, epic, drama의 번역 역시 여기에 각각 접미사 '시'자를 붙여 '서정시', '서사시', '극시'가 된 것은 당연했다. 그 결과 이 '서정시', '서사시', '극시'라는 명칭은 한·중·일에서 마치 오늘날의 시, 즉 현대시(poetry)의 하위양식인 것처럼 오해되어버렸다. 지금 우리 학교교육에서 ― 심지어는 명문대의 유명 교수들이 집필한 고등학교 문학 교과서에서조차 ― 현대시를 서정시, 서사시, 극시 따위로 분류하는 난센스가 널리 보편화되어버린 것도 이러한 이유 때문이다.

그러나 오늘의 현대시는 고대 서정시의 계승 혹은 이의 현대적 변용 이외 다른 것이 아니다. 달리 말해 그리스 당대의 lyric(서정시), epic(서사시), drama(극시)는 현대에 들어 각각 '시'(고대의 서정시(poetry))와 '소설'(고대의 서사시(novel)) 그리고 '드라마'(고대의 극시)로 정착했다. 따라서 오늘의 시(고대 서정시의 현대적 유산이라 할)를 또다시 서정시, 서사시, 극시로 나눈다는 것은 논리에 맞지 않고 또 있을 수도 없는 일이다.

그렇다면 그 하위 양식에 있어서 드라마가 비극, 희극, 희비극, 소극…… 소설이 교양소설, 역사소설, 정치소설, 애정소설…… 따위로 나누어지듯 오늘날의 시(고대에는 서정시)는 과연 어떻게 분류되는 것일까. 이는 물론 각 민족문학의 전통에 따라 다를 수밖에 없다. 그 지닌 특성들이 각기 다르기 때문이다. 따라서 우리 문학의 경우는 향가, 속요, 경기체가, 별곡, 짧고 주관적인 가사(이상 죽어버린 시의 하위양식들), 그리고 현대의 시조와 자유시(뒤에서 언급될 좁은 의미의 서정시) 등으로 분류하는 것이 마땅할 것이다.

그러나 유럽에서는 고대 그리스 당대부터 서정시(넓은 의미의 서정시 즉 오늘의 시)의 하위 양식으로 다음과 같은 시들이 있었다. 그리고 오늘의 시 역시 이를 계승하고 있음은 물론이다.

찬가(hymn) : 종교 행사나 기타 의식에서 신의 영광을 찬양하는 시. 민족의 보편정신과 절대적이고도 객관적인 신성(神性)이 주된 내용을 이룬다.

송가(ode) : 대체로 의식에서 통치자나 영웅을 찬양하는 시. 찬양되는 인물의 생일이나 장례일 등 기타 기념할 만한 날에 군중 앞에서 부르는 노래로 이야기체 형식을 취하기도 한다.

비가(elegy) : 그리스어 '슬픔(elegei)'에서 그 명칭이 유래된 서정시의 한 형식. 죽음과 그에 준하는 비극을 주제로 한다. 애초엔 전쟁을 소재로 하여 정치적 풍자와 같은 것도 곁들였으나 후세에 오면서 주로 사랑과 관련된 죽음을 노래하였다.

애가(threnody) : 친지의 장례식 때 부르는 노래. 원래 합창가였으나 후에 독창가로 변했다. 대개 죽음을 슬퍼하면서 사자(死者)를 추모하는 내용이다.

장송가(dirge) : 애가가 대체로 고인에 대한 추모, 비가가 생존자들에 대한 위안의 정서에 초점을 맞추는 것에 반해 장송시는 죽음 그 자체

제1부 시란 무엇인가

를 읊는다.

서간체 시(epistle) : 친구나 연인 혹은 자신의 보호자에게 친근한 마음을 토로하는 편지체 형식의 시.

찬미시(psalm) : 구약성서의 「시편」 같은 것에서 보듯 신을 찬미하는 독특한 형식의 시. 찬가, 송가 등과 다른 점은 주관의 표출이 강하고 사적(개인적) 감동을 직접 토로한다는 점에 있다. 내용은 주로 신을 찬양하는 것, 신에 대한 환호, 절규, 신비스런 체험의 고백과 같은 것들이다.

결혼축가(epithalamium) : 첫날밤 침실 밖에서 친지들이 모여 신랑 신부의 결혼을 축하하는 노래시. 대체로 자손의 번영을 기원하는 내용이다.

소네트(sonnet) : 십자군전쟁이 있었던 12, 13세기, 이탈리아에서 발생하여 그 후 전 유럽으로 확산된 서정시의 한 유형으로 14행에서 18행(초기 이탈리아에서는 18행, 영국에서는 14행)으로 된 정형시이다. 사랑과 관련된 감정들을 여러 형태의 비유로 함축시켜 표현한다.

풍자시(satire poetry) : 일반 '풍자'는 시 이외의 여러 다른 문학 장르에서 두루 원용되고 있으므로 여기서 특별히 '풍자시'라고 부르는 것은 풍자 산문이 아니라 '풍자의 기법'으로 쓰여진 시를 일컫는 용어이다. 존슨 박사(Dr. Johnson)에 의할 것 같으면 풍자시는 '사악과 우매를 비판하는 시'라 할 수 있지만 오늘에 이르기까지 그 개념이 확실하게 정의된 바는 없다.

발라드(ballad) : 길든 짧든 서정적인 요소를 갖춘 짧은 네러티브(이야기)의 시. 대체로 민담과 같은 것에서 얻은 소재를 극적인 구성으로 서술하였다. 고대 발라드는 정해진 율격에 후렴구가 있었고 연 구분이 없는 발라드보다 연 구분이 있는 발라드가 더 서정적이었다. 발라드와 서사시는 양자 모두 이야기(서사)로 되어 있다는 점에서 공통

되지만 본질적으로 그 기원과 양식이 다르다. 발라드는 서사시에서 파생된 것이 아니라 자생적으로 발생한 서정시의 한 독자적 장르라 할 수 있다.

우화시(fable poetry) : 원래는 원시 우화(primitive allegory) 즉 동물이나 식물이 마치 인간처럼 행동하는 것을 내용으로 담은 이야기체 시에서 비롯했다. 한마디로 동식물을 의인화하여 세속적 삶을 서정적인 태도로 풍자하는 서술시(이야기체 시)의 하나이다.

전원시(pastoral poetry) : 서정시, 서사시. 극시로 분류되는 일반 장르 구분 3분법에는 포함되지 못한 예외적 문학양식 즉 '전원문학(pastoral)'에서 시 형식으로 쓰여진 것만을 일컫는 명칭이다. 전원생활, 특히 그리스 '황금시대(Golden Age)'의 이상과 아름다움을 동경하며 그 시절 거기 살았으리라고 믿어지는 양치기 목동들의 사랑을 이상적으로 노래한 일종의 이야기체시이다.

디디램(dithyramb) : 그리스의 디오니소스 신 즉 풍요와 생식(生殖)의 신을 예찬하는 합창가이다.

전승가(pæan) : 아폴로 신을 찬양하는 노래.

경구시(epigram) : 응축된 언어로 위트, 풍자, 찬탄, 잠언 등의 방법을 통해 어떤 깨우침을 주려는 시. 대개 2행 혹은 4행 연구(聯句)로 쓰이지만 형식보다는 톤을 중요하게 여긴다. 아이러니에 금언적(金言的)인 요소를 가미한 것이 주특징이다.

철학시(philosophic poem) : 이념이나 철학을 표명한 시.

서경시(descriptive nature poem) : 주로 자연 풍경을 묘사한 시.

극적 독백시, 배역시(Rollengedicht) : 극적 상황에서 한 인물이 다른 인물 혹은 그 자신에게 독백하는 형식을 취하는 시. 엘리엇의 「프루프록의 연가」에서 프루프록이 그와 같은 극중 인물에 해당한다.

서정시(lyric, 좁은 의미의 서정시) : 고조된 감정(감정적 진실)을 짧은 시행 속에 함축하여 긴장미를 유발시키는 1인칭 자기 고백체의 시. 오늘날 우리가 일반적으로 '시'라 부르는 것이 여기에 속한다.

그러므로 이상 살펴본 바와 같이 '서정시'라는 용어에는 두 가지의 의미가 있다. 하나는 그리스 고전 문학에서 '서사시', '극시'와 등가를 이루는 상위개념으로서의 '넓은 의미의 서정시'이고 다른 하나는 그 하위개념으로서 발라드, 오드, 애가, 비가, 결혼축시, 장송시 등과 등가를 이루는 '좁은 의미의 서정시'가 그것이다. 그러므로 이 좁은 의미의 서정시는 ─ 비록 동명(同名)이기는 하지만 ─ 고대 서정시, 그러니까 오늘의 시의 하위양식들 중의 하나라 할 수 있다. 앞서 지적한 바와 같이 고대의 서사시가 오늘의 소설로, 고대의 서정시(상위 장르 즉 넓은 의미의 서정시)가 오늘의 '시'로 정착한 까닭이다.

어떻든 이 하위 장르의 서정시(좁은 의미의 서정시)는 오늘날 가장 널리 쓰여지고 또 가장 일반화되어 있는 시 양식이다. 이외 다른 하위양식의 시들은 거의 쓰이지 않기 때문이다.

따라서 이 '좁은 의미의 서정시'는 논리적으로는 시(유개념, 장르류로서 넓은 의미의 서정시)의 한 하위양식(종개념, 장르종(種)으로서의 시)에 해당되지만 현실적으로는 오늘의 시를 대변하고 나아가 시 그 자체를 지칭하는 말이 되어버렸다. 그 외 다른 하위양식의 시들 ─ 예컨대 찬가, 송가, 경구시, 소네트, 발라드…… 등 ─ 이 거의 쓰이지 않기 때문이다. 따라서 오늘날 우리가 '시'라 부르는 것은 시의 여러 하위양식들 중에서 그 대표성을 지닌 이 '좁은 의미의 서정시'를 가리키는 말이라 할 수 있다.

이 하위양식의 서정시(좁은 의미의 서정시)는 '고조된 감정을 극적으로 함축하여 긴장미(緊張美)를 유발시키는 1인칭 자기고백체의 짧은 진술'로 정의된다. 물론 소재나 내용, 율격 등에서 어떤 제한이 없이 자유스럽게 쓰여진다는 점도 하나의 특성이다. 가령 비가가 장례식, 오드가 기념식에서 불리어지는 것과 같은 특별한 노래인 데 비해 이 좁은 의미의 서정시는 ― 고대 그리스에서도 마찬가지였지만 ― 일반 서정적인 노래였다. 우리가 당연하게도 서정주의 「국화 옆에서」나 김춘수의 「꽃」, 정지용의 「바다」, 한용운의 「님의 침묵」, 유치환의 「깃발」, 윤동주의 「서시」…… 등을 '시'라 호칭할 때의 시가 바로 그것이다. 그러나 그것은 예를 들어 김지하의 「오적」이 ― 좁은 의미의 서정시가 아니라 ― '시'의 하위 양식 가운데서 '발라드(담시)'에 해당하는 것과는 구별된다.

3

그렇다면 아방가르드(Avante-Garde) 시나 포스트모던한 시는 서정시와 어떤 관계에 있는가. 한마디로 이 역시 넓은 의미든, 좁은 의미든 서정시일 뿐이다. 그럼에도 불구하고 이들 시가 전통(傳統) 혹은 정통(正統) 서정시와 다르게 보이는 것은 그것이 실험시 혹은 전위시(아방가르드)를 지향하기 때문이다. 달리 말해 전위시란 좁은 의미의 서정시가 자기 부정을 통해서 새롭게 변혁을 꾀하려는 일종의 실험시라 할 수 있다. 문제는 아직 그 실험이 완성에 이르지 못했거나 실패로 돌아감으로써 문예학의 공인된 일개 장르로 인정받지 못하고 있다는 점이다. 따라서 아방가르드 시는, 전자의 관점을 따를 경우 아직도 실험 중에 있는 좁은 의미의 서정시이며 후자의 관점을 따를 경우 더 이상 거론할 가치가 없는. 즉 실험에 실패한 그래서 이미 죽어버린 좁은 의미의 서정시의 한 경향이라 할 수 있다. 오늘날 우리가 현실적으로 목도하고 있듯 아방가르드 시에 독자가 거의 전무(全無)하다는 사실이 바로 그 같은 현상의 확실한 증거인 것이다.

난해시를 위한 변명

1

요즘 우리 문단에는 '난해시'라고 불리는 시들이 범람하고 있다. 난해시가 아니면 현대시가 아니라는 편견도 확산되는 듯하다. 시를 일부러 난해하게 쓰는 풍조가 유행하고 심지어 세간의 시 창작 교실에서는 난해하지 않으면 시가 아니니 시란 일단 난해하게 쓰라고 부추긴다 한다. 어떤 시 창작지도서에서는 해괴하게도 아예 시란 아무것이나 쓰면 모두 시가 된다고 주장하고도 있다. 과연 그런 것일까.

현대에 들어 시가 난해해진 것은 다만 우리 문단만의 추세는 아니다. 범세계적이다. 그렇다면 난해시는 왜 20세기에 들어 널리 확산되고 있는 것일까. 다른 많은 이유들이 있겠지만 그 중요한 것들 중 하나는 사회사적 변혁에 있다. 근대(혹은 현대)라는 사회구조의 특성이 그렇게 만든 것이다. 문학의 구조란 그것을 탄생시킨 사회구조의 산물 즉 사회구조의 문학적 반영이다. 그러니까 시(혹은 예술 전반)의 난해성 역시 근대라는 사회구조의 어떤 특성이 문학적(예술적)으로 반영된 것에 지나지 않는 것이라고말 할 수 있다. 그렇다면 근대 사회구조의 어떤 측면이 이처럼 시의 난해성을 부른 것일까?

우리는 역사를 큰 틀에서 고대, 중세, 근대의 3시기로 나누어 고찰하는 것이 보편적이다. 그런데 ― 하부구조(토대=경제)가 상부구조(정치, 문화)를 결정짓는다는 ― 사회역사 철학은, 고대를 경제적으로는 노예경제, 정치적으로는 신정(神政)정치가, 중세를 경제적으로는 장원경제, 정치적으로는 봉건주의가, 그리고 근대를 경제적으로는 자본주의, 정치적으로는 민주주의가 지배하는 시대로 규정하고 있다. 따라서 오늘의 문화예술이란 본질적으로 현대라는 역사성 즉 경제적으로 자본주의, 정치적으로 민주주의라는 사회구조적 특성 위에서 피어난 꽃이다.

그렇다면 이 같은 근대의 특성은 시가 지닌 난해성과 무슨 관련이 있을까. 한마디로 고대나 중세가 이 세계를 수직적으로 인식하고자 하는데 반해 근대는 수평적으로 인식하고자 한다는 세계관으로 설명할 수 있다. 이는 세계를 시간의 축으로 보느냐, 혹은 공간의 축으로 보느냐 하는 문제이기도 하다. 왜냐하면 이 세계에 대한 수직적 인식이란 세계를 선조적, 시간적(linear form)으로 파악한다는 뜻이며 수평적 인식이란 세계를 병렬적, 공간적(spatial form)로 파악한다는 뜻이 되기 때문이다.

세계를 수직적으로 ― 선조적이나 시간적으로 ― 인식한다는 것은 이 세계가 어떤 절대적 존재에 의해서, 그 절대적 존재가 예정한 길을 따라 전개된다고 보는 세계관이다. 우리는 그 '절대적 존재가 예정한 길'을 일러 섭리(Providence, 기독교적 세계관의 경우) 혹은 정도(定道, 동양적 세계관의 경우)라고 한다. 그것은 이 세계를 이성, 달리 말해 분석적, 합리적, 비판적 사고가 아닌 어떤 운명적인 힘이나 절대적 권위 혹은 선악과 같은 가치관으로 이해하고자 하는 태도이다. 그러므로 이 같은 세계관에서는 시간의 운행이 지닌 필연성이 삶의 절대적인 규준이 되며 그에 따라 군주(君主=왕)를 정점으로 한 수직적 신분계급이 사회 구성의 기본 원리가 되는 봉건 왕정(王政)을 탄생시킬 수 있었다.

예컨대 똑같은 인간으로 태어나서 어떤 자는 왕이나 귀족이 되고 또 어떤 자는 평민이나 노예가 되어 전자가 후자를 지배하는 사회체제는 합리적, 이성적 사유로 설명될 수 있는 문제가 아니다. 그래서 이 시기의 통치자들은 자신들만이 지닌 권위나, 어떤 신성성(神聖性, Divinity)이나, 선악과 같은 가치관으로 이를 합리화하고자 했다. 가령 '내가 왕이 된 것은 신으로부터 그 권위를 위임받았기 때문'이라거나 전생에 착한 일을 했기 때문이라거나 심지어 '내가 바로 신'이라고 주장하는 것 따위이다.

그러나 18세기에 들어 ─ 정치적으로는 프랑스 대혁명을 거치면서 ─ 계몽주의 세계관과 그에 토대한 민주주의 시대가 도래하자 이 같은 중세적 세계관은 일시에 깨져버리고 만다. 그들은 이제 세계를 수직으로서가 아니라 수평으로 ─ 어떤 절대적 힘이나 섭리 혹은 정도가 아니라 이성적, 비판적 사유의 관점으로 ─ 바라보게 된 것이다. 그 결과 이 세계는, 그것을 구성하는 각개 기능적인 요소들이 협동해서 만들어낸 어떤 합리적 구조체에 지나지 않는다는 사실이 드러났다. 우리는 이처럼 세계를 이성적 합리주의와 효율성을 전제로 한 과학적 기능주의가 지배하는 공간으로 보는 시대를 근대라 이르는 것이다.

이와 같은 인식은 근대 삶의 모든 분야에 획기적인 변화를 가져왔다. 사회구조 역시 왕, 귀족, 평민, 농노 등으로 조직된 수직적 신분사회 대신 구성원 모두의 지위가 동등한 수평적 민주사회로 전도되었다. 그런데 이처럼 세계를 어떤 절대적인 힘의 구현으로 보지 않고 구성하는 제 요소들의 구조적 결합체로 보는 관점은 간단히 말해 공간적이다. 따라서 '근대'란 역사주의적 가치관이 퇴조하고 구조주의적 가치관이 등장하기 시작한 이후의 시대를 일컫는 용어라고 말할 수도 있다. 역사주의가 이 세계를 시간의 질서로 파악하고자 한다면 구조주의는 공간적 질서로 이해하고자 하는 철학이기 때문이다. 그러나 그것만으로 끝난 것은 물론 아니다. 문제는 이에 그치지 않고 ― 20세기 후반 즉 탈현대에 들어 ― 시간의 축을 부정하는 이 같은 근대적 세계관이 확립되자 이제는 구조주의의 공간성까지도 파괴하여 아예 '공간' 그 자체를 '해체'하는 소위 해체주의를 지향하게 되었다는 사실이다.

2

그렇다면 수직적·시간적으로 보지 않고 수평적·공간적으로 바라보는 세계관에서는 왜 시(더 나아가 모든 예술)가 난해해질 수밖에 없는가. 그것은 문학의 매재라 할 언어 문제와 깊이 관련되어 있다. 이 세계를 반영한 언어 역시 시간과 공간이라는 두 질서 위에서 구현되는 존재이기 때문이다. 가령 '나는 오늘 학교에 갔습니다'라는 문장은 '나', '오늘', '학교에', '갔습니다'라는 네 개 어구로 연결되어 있다. 그런데 이 네 어구들을 연결시키는 원리 즉 우리가 어순(語順, order of words)이라고도 하는 통사론적(syntax) 질서는 간단히 말해 시간적이다. 왜냐하면 화자가 '학'을 발음하는 시점을 기준으로 삼을 경우 '나는', '오늘'은 이미 발음이 끝나 사라져버렸으므로 과거에 해당하고(엄밀히 말하자면 '나는'은 대과거 '오늘'은 소과거이다), '교에 갔습니다'는 아직 발음되지 않은 상태 즉 앞으로 발음해야 할 어휘이므로 미래가 되기 때문이다.(보다 엄밀히 말하자면 '교'보다는 '에'가, '에'보다는 '갔'이, '갔'보다는 '습'이, '습'보다는 '니'가, '니'보다는 '다'가 더 먼 미래이다) 따라서 이 문장은 과거, 현재, 미래라는 시간적, 그러니까 선조적 질서를 따른다고 말할 수 있다.

한편 이 문장을 성립시키는 등가적 질서를 보자면 '나'라는 위치에 올 수 있는 단어는 꼭 '나'만 있는 것은 아니다. '나' 대신에 '너', '당신', '우리', '그', '학생', '선생님'…… 등과 같은 단어들이 올 수도 있다. 즉 화자는 사용할 수 있는 위의 여러 단어들 중 하필 '나'를 선택해서 문장을 만든 것이다. 그래서 우리는 이 문장의 경우 이 위치에 올 수 있는 모든 단어들 즉 '나', '너', '당신', '우리', '그', '학생', '선생님' 등과 같은 단어들을 등가성(equivalence)을 갖춘 어휘들이라고 말한다.(그러나 이 문장에서 '너', '당신', '우리', '그', '학생', '선생님' 과 같은 단어들은 사용할 수 있지만 엉뚱하게 '돌멩이', '유리창', '칼'과 같은 따위의 단어를 사용할 수는 없다. 등가성이 없기 때문이다.)

이는 위 문장의 '오늘'이나 '학교' '갔습니다'가 놓일 수 있는 각 위치의 단어들 역시 마찬가지이다. '오늘' 대신에 '어제', '내일', '아침', '저녁'…… 등이, '학교' 대신에 '공원', '극장', '역전', '백화점'……등이, '갔습니다' 대신에 '왔습니다' '찾았습니다'…… 따위가 올 수도 있기 때문이다. 그러므로 화자는 등가성을 지닌 이 같은 여러 단어들 중 각각 '나', '오늘', '학교에', '갔습니다'의 네 단어만을 선택 연결해서 문장을 만든 것이라고 말할 수 있다.

그런데 이 많은 단어들 즉 '학교', '공원', '극장', '역전', '백화점'…… 등 가운데서 이렇듯 유독 한 특별한 단어 '학교'만을 선택하는 것은 공간적이다. 한 존재는 동시에 여러 공간을 점유할 수 없음으로 이 중 화자가 '학교'를 선택할 경우(내가 만일 '학교'에 있다면 '공원'이나 '극장'엔 있을 수 없게 되므로) '공원', '극장', '역전', '백화점'…… 등은 모두 폐기시키지 않을 수 없기 때문이다.

그렇다면 언어가 지닌 이 같은 논리는 시의 난해성과 어떤 관련을 맺고 있는 것일까. 한마디로 근대에 들어 확립된 공간적 세계관이 시의 언어에도 그대로 반영되었다는 사실로 설명이 될 수 있다. 앞서 살펴본 바와 같이 근대인들의 세계관은 본질적으로 공간적이어서 그 같은 세계관을 문학적으로 반영한 근대 시인들 역시 당연하게도 그 구사하는 언어에서 기존의 통사론적 논리 즉 선조적, 시간적 원리를 폐기하고 그 대신 수평적, 공간적인 질서에 토대해서 시를 쓰게 되었기 때문이다.

그러나 근대 즉 공간적 세계관이 확립되어 비록 시작에서 시간의 원리보다 공간의 원리를 보다 중시하게 되기는 했다 하더라도 구조주의적 세계관에서까지는 아직 시간적, 선조적 원리(통사론적 원리) 그 자체를 완전히 무시하거나 포기하지는 않았다. 문제는 현대에 들자 현대인을 자처하는 실험적 시인들이 일방적으로 수평적, 공간적 원리만을 추수하는 경향의 시를 쓰기 시작하더니 급기야는 이제 이 '시간적, 선조적 원리(통사론적 원리)' 자체를 아예 폐기시켜버리는 극단적 경지에까지 이르게 되었다는 사실이다. 즉 해체주의 세계관에 세뇌되어 이 세계를 중심이 사라진 우연과 해체된 의미의 유희 공간으로 인식하게 된 결과 언어의 통사론적 질서 그 자체를 깡그리 부정해버린 막장까지 와 버리게 된 것이다. 그리하여 오늘의 극단적 해체시들은 언어의 통사론적 질서나 등가성 자체를 아예 전적으로 무시한 단어들의 무작위적 나열을 시라 부르며 시를 소통 부재의 난해시 난장판으로 만들고 말았다.

3

문장이란 통사론적 상호 인접성(contiguity)에 따라 연결된 제 단어들의 연속체이다. 앞서 예를 든 "나는 오늘 학교에 갔습니다"라는 진술도 '나', '오늘', '학교에', '갔습니다'라는 네 개의 어구들이 상호간 나름으로 어떤 인접성을 지니고 까닭에 그 연결이 가능해 하나의 문장을 이룰 수 있었던 것이다. 그런데 만일 "나는 사슴 별빛 갔습니다"와 같은 진술이 있다고 하면 경우가 다르다. '사슴'과 '별빛'이라는 단어는 그 앞뒤로 이어지는 '나'나

제1부 시란 무엇인가

'갔습니다'라는 단어와 그 어떤 의미의 인접성도 지니지를 못해 이를 연결시켜 하나의 문장을 만들어 낼 수 없기 때문이다. 이는 언어의 공간적 질서 지향이 자신을 지탱해주는 토대 그 자체(구조)를 깨버리고 이제 막다른 곳(해체)까지 갔다는 것을 의미한다.

따라서 시인이 그 문장의 원리를 "나는 오늘 학교에 갔습니다"와 같은 형식(선조적, 시간적 질서)을 취하지 않고 "나는 사슴 별빛 갔습니다"와 같은 형식(선조적, 시간적 질서의 폐기)을 취한다면 독자들로서는 당연히 그 의미 해독이 불가능해 진다. 해체주의를 숭모한다면서 이 같은 세계관에 맹종하는 시류적 시인들의 시가 필연적으로 난해해질 수밖에 없는 이유이다. 이는 간단히 다음과 같은 예문으로 정리될 수 있다.

> ① 산문 : "나는 오늘 학교에 갔습니다."
> ② 전통적인 시 : "사슴이 오늘 과수원에 갔습니다."
> "사슴 한 마리가 학교에 갔습니다."
> ③ 난해시 : "사슴이 하늘에서 강물도 지하철을 먹는다."

①은 굳이 설명할 필요가 없는 산문 문장이다.

②는 각각 등가성을 가진 단어들인 '나'를 '사슴'으로, '학교'를 '과수원'으로 환치시킨 경우이다. 즉 '사슴'은 '나', '과수원'은 '학교'의 은유가 된다. 이는 공간적 원리를 따른 것인데 그럼에도 불구하고 이 문장은 '사슴', '오늘', '과수원에', '갔습니다' 등 제 단어들을 엮는 선조적 질서를 아직 무시하지는 않았다.

③과 같은 형식의 문장(상식적으로는 문장이라고할 수도 없는 것이지만)은 그 내면화된 의미를 읽어내기가 어렵다. 등가성과 인접성이 배제된 언어들의 무분별한 공간적 나열만이 있을 뿐 언어의 선조적 질서를 아예 폐기시켜 버렸기 때문이다.

그렇다면 오늘의 시대의식이 이 세계를 수평적, 공간적으로 인식한다는 선입관 내지 강박관념에 사로잡혀 시에서 아예 언어의 통사론적 질서나 등가성까지도 무시하는 방향, 그러니까 해체주의로 나아간다는 것은 과연 바람직한 현상일까. 누가 무슨 말로 호도한다 하더라도 필자로서는 이에 승복하기 어렵다. 그 사는 시대가 어떠하든 본질적으로 인간은 사회적 동물이라는 점, 그 사회성을 가능케 해주는 것이 — 일찍이 인간을 사회적 동물로 규정한 아리스토텔레스 자신이 지적한 바와 같이 — 소통의 수단으로서 언어라는 점, 그 소통을 위해서 언어는 당연하게도 공간적, 병렬적 질서만이 아닌, 최소한 시간적, 선조적인 논리도 지키지 않으면 안 된다는 점 등 때문이다.

　인간의 사회성이라는 것은 언어를 지배하는 시간적, 선조적 원리와 공간적, 병렬적 원리를 균형 있게 실천하는 데서 이루어진다. 따라서 오로지 공간적 원리 더 나아가 공간 해체적 세계관에 포로가 된 현대인, 그리고 또 그 같은 세계관에 사로잡혀 난해시를 쓰고자 하는 시인이라 할지라도 시의 언어에서 만큼은 최소한 이 두 가지 질서를 더 이상 깨버려서는 안 될 이유가 여기에 있다.

　오늘날 우리들이 수직적, 시간적 질서 대신 수평적·공간적 질서의 세계관을 지향하게 된 것은 그 어떤 절대적 당위성 때문에 아니다. 단지 중세라는 인간 억압사회에 대한 근대인들의 각성과 그 안티테제에서 온 것일 뿐이다, 그럼에도 불구하고 일방적으로 시간적, 선조적 원리를·배제한 오늘의 난해시 — 그 원조는 아방가르드 시에 있지만 — 는 마치 신(神)을 배제한(혹은 타살한) 오늘의 물질문명이 역설적으로 인간 그 자신조차 비인간화시키게 된 결과에 이른 것과 상동(homolohy)관계에 있는 것이라고 할 수 있다.

　따라서 결론은 간단하다. 인간의 인간다운 삶 혹은 미래에 건설해야 할 이상은 이 세계를 지배하는 수직적인 원리와 수평적 원리의 조화로운 질서를 구현하는 데에 있는 것이지 배타적으로 그 어느 하나는 폐기시키고 어느 하나에 맹종하는 데 있는 것이 아니라는 사실이다.(바로 이 점이 오늘날 해체주의가 당면한 한계성이다.) 비유컨대 그것은 신이 없는 인간의 세계나 인간이 없는 신의 세계가 아니라 인간과 신이 상호 공존과 조화를 모색하는 세계, 인간이 인간답게 사는 세계이다. 인간의 언어, 그리고 그 언어로 쓰이는 문학 역시 마찬가지라는 것은 두말할 필요가 없다.

'도시시'라는 말

요즘 우리 문단에서는 다소 생경한 시적 용어 하나가 유행을 타고 있다. 아직 확실한 개념으로 정립된 것 같아 보이지는 않지만 '도시시'라는 말이 바로 그것이다.

'도시시'는 물론 현대에 들어 등장한 문학용어가 아니다. 유럽의 경우 문학사적으로는 이미 고대 그리스나 로마 시대부터 통용되어왔다. 동양과 달리 이들 서양 국가들은 일찍부터 도시국가 형태를 취하고 있었으므로 그만큼 그들의 문학도 도시친화적일 수밖에 없었던 것이다. 호레이스(Horace)나 쥬브날(Juvenal) 같은 사람들이 그 대표적 시인들이다.

영문학사에서는 오거스틴 시대(18세기)의 스위프트나 그레이, 포프, 존슨 같은 고전주의 시인들이 로마의 도시시들을 모방하여 흔히 '도시 에클로그(city eclogue)' 혹은 '도시 패스토랄(city pastoral)'이라고 불리는 시들을 썼다. 에클로그나 패스토랄은 원래 전원(田園) 목가적(牧歌的) 풍경을 대화체나 독백체 형식의 어법으로 짧게 읊은 서정시들이었지만 그들은 이를 전원 대신 '이상화된 도시'의 아름다움으로 바꾸어놓았던 것이다.

이처럼 18세기의 영국에서 도시를 대상으로 에클로그와 패스토랄이 쓰

제1부 시란 무엇인가

인 것은 대체로 두 가지 이유 때문이었다. 첫째, 그리스 로마에 대한 동경심의 발로요, 둘째, 이 시기에 들어 빠른 속도로 진행되기 시작한 도시화 현상이다. 그리하여 이후 낭만주의 시대가 도래하면서 도시시 창작은 점차 확산되기 시작한다. 워즈워스가 자신의 소네트에서 노래한 '웨스트민스터 다리', 블레이크가 노래한 '런던', 톰슨이 노래한 '도시의 공포스러운 밤', 헨리가 노래한 '병원'과 같은 도시 이미지들이 그것이다.

물론 지금 우리 문단에서 논의되고 있는 '도시시'라는 것은 이 같은 유럽 문학의 전통을 계승한 것은 아니다. 아직까지 한 특정 시의 장르로 규정되어 있지도 않다. 다만 80년대에 들어 우리 사회가 서구 수준의 도시화를 이루면서 이를 대상으로 다수의 시들이 쓰여지자 자연스럽게 등장한 용어일 뿐이다. 즉 80년대 우리의 도시시는 자연시 혹은 패스토랄이나 에클로그에 대한 일종의 대타 개념으로 이를 굳이 영어로 번역하자면 '어반 포에트리(urban poetry)' 정도에 해당되지 않을까 한다. 이처럼 우리가 일단 '도시시'를 '자연 혹은 전원과 대립시켜 도시적 삶을 형상화한 시'라고 정의해 둔다면 이 용어에 포용될 수 있는 범주는 상당히 넓을 것이다.

뭐니 뭐니 해도 20세기 도시시의 주인공들은 아방가르드와 모더니즘의 시, 포스트모더니즘 시들이다. 모두 산업사회와 도시문명 그리고 이들과 인간의 반영관계를 형상화한 내용의 시들이기 때문이다. 일찍이 스피어스(M.K. Spears)는 모더니즘이란 '도시에 들어온 디오니소스적 세계관' 혹은 '도시 낭만주의'라고 규정한 바 있는데(그러나 나는 그의 견해에 수긍하지 않는다. 모더니즘은 낭만주의 계열이 아니라 고전주의 계열에 가까운 문학적 사조이기 때문이다. 아마도 그는 모더니즘을 아방가르드와 혼동하지 않았나 싶다. 아방가르드가 낭만주의 경향에 속하는 문학운동이기 때문이다. 실제로 영미 비평가들은 모더니즘과 아방가르드를 동일한 관점에서 취급하고 있는데 이는 아주 잘못된 견해이다.) 우리 문단에서 논의되거나 운위되는 도시시 역시 이 같은 범주에서 크게 벗어나지 못한 듯하다. 따라서 아방가르드 시, 모더니즘 시, 포스트모더니즘 시(우리 문단의 유행어인 소위 '해체시, 미패파'까지 포함하여)는 곧 도시시의 일부라고 라 할 수도 있을 것이다.

현대인들은 후기산업사회에 살고 있다. 이는 곧 현대인의 삶이 물질적인 질서에 토대하고 있으며 더 나아가 물질의 원리에 지배당하거나 얽매여 있다는 뜻과도 같은 말이다. 현대인의 삶을 자아의 해체니, 인간성의 붕괴 혹은 소외니, 물신숭배니, 물화(物化)니 하는 사회학적 용어들로 설명하는 것도 같은 맥락이라 할 수 있다. 따라서 우리가 이 같은 삶의 상황을 문학적으로 반영한 시를 도시시라 부르는 것은 자연스럽다.

그럼에도 불구하고 기왕에 사용되어왔던 '아방가르드', '모더니즘', '포스트모더니즘'과 같은 용어들 대신, 굳이 — 문예학적 개념도 아닌 — '도시시'라는 말을 만들어 쓰는 이유는 무엇일까? 당연히 이상의 제 경향들 이외에 다른 성격의 도시시들도 있기 때문일 것이다. 우리의 삶이 그처럼 해체되어 있으니까 이를 통합하려는 의식(意識)의 도시시, 삶의 상황이 메마르고 황폐하고 기계적으로 되니까 이를 생명적인 것으로 회복하려는 도시시, — 불행한 현실을 고발하는 것도 의의가 있겠지만 — 자아 통합의 따뜻한 서정으로 우리의 현실을 감싸 안으려는 도시시, 달리 말해 도시 서정시나, 도시 노동시, 도시 생활시 등이다.

따라서 '도시시'는 아방가르드 시, 모더니즘의 시, 포스트모더니즘의 시들을 지칭하는 것 이상의 범주를 지녀야 한다. 그럴 경우 이는 ① 아방가르드 시, ② 모더니즘 시, ③포스트모더니즘 시와 이외에도 ④ 도시 서정시, ⑤ 도시생활시, ⑥ 도시 노동시나 프롤레타리아 시 등 제 경향을 포함한 개념이 될 것이다.

현실과 영원 사이

　며칠 전 장욱진(張旭鎭) 화백의 그림 한 폭을 얻었다. 화집(畵集)에도 오르지 않은 2호 정도의 소품에 불과했지만 내겐 값진 것이었다. 그러나 그 기쁨도 잠시 어느 날 이 그림을 감상하러 왔던 친구 화가가 "훌륭하긴 하나 매직펜으로 그려진 게 흠이로군. 오래 보관할 수가 없거든. 머지않아 잉크가 증발해버리면 그림이 퇴색하게 될걸" 하는 것이 아닌가. 좀 더 오래 보전하는 방법으로 특수 코팅이란 것이 있기는 하지만 그 역시 영원할 수 없다는 이야기이다. 그날부터 나는 이 그림의 존재성에 대한 일말의 회의를 가지지 않을 수 없었다.

　그러나 생각해보면 '오래 보전함'이란, 영원성이란 무엇일까. 매직펜으로 그려지지 않은 다른 그림들, 예컨대 수채화(水彩畵)나 유화(油畵)는 영원히 존재할 수 있는 것일까. 아니 대리석으로 조각된 로댕의 작품들, 석굴암(石窟庵)의 석불(石佛), 스핑크스, 고대 그리스의 신전 등도 영원할 수 있는 것일까. 결코 그렇지는 못하리라. '인생은 짧고 예술은 길다'지만 그 또한 유한하다. 그 어떤 예술도 엄밀히 말해서 영원할 수 없는 것이다.

　그렇다면 나는 왜 시를 쓰는 것일까. 스스로 대답해본다. 그럼에도 불구하고 우리의 일상 삶 가운데는 그나마 예술만이 유일하게 영원으로 갈 수 있는 어떤 마지막의 **가능성**을 가르쳐주기 때문은 아닐까. 특히 나는 시의 경우가 그렇다고 생각하는데 — 기타 예술과 달리 — 그것은 오직 시만이 원텍스트를 복사할 수 있는 예술 장르이고 그 복사 행위가 원작에 담겨진 이데에 아무런 손상을 입히지 않는다는 사실 때문이다. 상상해보라. 누가 어떤 방법으로 로댕의 조각을, 피카소의 그림을 완전하게 복사할 수 있을 것인가. 그러나 우리는 단테의 작품을, 소포클레스의 비극을 수백 수천 번 재판할 수 있다. 그리고 그 복사판이 단테나 소포클레스의 내면세계를 원작과 다르게 훼손시키지는 않는다.

예술작품을 랑그(langue)와 파롤(parole)의 관계로 이해할 때 독자가 실제 접하는 것은 물론 구체적인 작품 즉 파롤이다. 독자는 파롤을 통해서 그 작품의 랑그를 이해한다. 그런데 예술은 그 파롤이 물질화된 것과 관념화된 것으로 나뉠 수 있다. 가령 색채, 소리 등 매재가 물질의 영역에 속하는 미술이나 음악 같은 것들이 전자에 속한다면 매재가 언어인 문학은 후자에 속한다. 언어는 그 자체가 관념적 기호체계인 까닭이다. 그런데 언어에 내면화된 의미는 이를 공유한 언중(言衆)들 사이에 어떤 보편성, 달리 말하자면 대상(referent)을 표상하는 기호속성으로서의 어떤 추상성을 지니고 있으므로 관념 예술이 지닌 이 보편성, 추상성은 물질예술이 지닌 구체성, 감각성보다 확실히 영속적이다. 슐레겔이 조각이나 회화보다도 서정시와 — 그래도 물질예술 가운데서는 그 추상성이 가장 강한 — 음악에 예술적 우위를 부여했던 이유도 여기에 있었다.

그렇다면 영원성의 탐구만이 시의 전부일까. 현실적인 것, 순간적인 것, 시대적인 것은 무가치한 것일까, 그렇지는 않을 것이다. 진정한 의미의 영원이란 현실을 초월해 있는 어떤 것이 아니라 현실이 거기에 내포된 것으

제1부 시란 무엇인가

로서의 영원이어야 하기 때문이다. 실제의 삶을 버린 곳에 영원이 있다면 영원성을 지향하는 모든 예술은 결국 죽음에 이르는 길을 가르쳐주는 것 이외엔 아무것도 아니지 않겠는가? 현실이 추상화된 영원은 이렇게 액슬 (Axel, 프랑스 유미주의 소설가 Villiers de L'Isle-Adam의 소설『Axel』의 주인공) 이 체험 한 미학적 허무주의에 도달할 수 있을 뿐이다.

그러므로 우리는 보편성과 추상성이 지닌 이 같은 영원성을 참다운 의 미의 시적 영원성이라고 말할 수는 없다. 대상을 기호화한다는 것은 주체 가 실재를 직접 대면하는 것이 아니라 하나의 약속된 기호로 받아들이는 것을 뜻하며 이 경우 기호화된 대상은 실재와 아무 관련 없는 가상물에 지 나지 않기 때문이다. 기호화된 대상은 추상화된 영원성만을 지향할 뿐이 다. 따라서 관념 예술인 시가 물질 예술보다 영원하다고 한다면 그 존재 양태 혹은 전승 방법에서만이 아닌, 작품의 이데에 의해서도 지속되는 영 원성이어야 한다. 그 언어화에서 오는 추상성과 보편성을 구체성에 일원 화시킴에 의해서 비로소 참다운 영원성을 획득할 수 있기 때문이다. 그러 한 의미에서 나는 헤겔이 말한 바 소위 구체적 보편성(concrete universality)이 야말로 시의 이 같은 본질을 해명하는 데 적절한 개념이 될 수 있으리라고 생각한다.

그렇다면 이 같은 모순의 조화는 어떻게 가능할까, 한마디로 말하자면 그것은 깨어 있는 세계, 깨어 있는 정신 속에서만이 가능하다. 그리고 세 계에 대한 시인의 이 같은 '눈뜸'은 때로 비극적 체험을 통해, 때로 실존적 자각을 통해, 때로 선적(禪的) 직관을 통해 이루어질 수 있다. 그러나 그 무 엇보다 중요한 것은 시가 지닌 상상력의 힘이다. 세계를 개조하고 사물에 빛을 주는 저 창조의 힘, 시의 비의(秘意). 시인이 누리는 이 특권이야말로 우리들로 하여금 현실에서 영원의 눈을 뜨게 만드는 것이다.

언어가 임의의 기호체계인 까닭에 어쩔 수 없이 대상 혹은 세계의 실재성과는 무관한, 어떤 공약(公約)된 의미를 제시할 수밖에 없다고 한다면, 이로부터 벗어날 수 있는 유일한 길은 당연히 대상과 직접 대면하는 일일 것이다. 그런데 대상과 직접 부딪친다는 것은 — 언어 이외 다른 방편이 없으므로 — 결국 우리가 구태의연한 일상어를 버리고 언어가 없는 상태로 돌아갈 수밖에 없다는 것을 뜻한다. 언어가 없는 상태만이 임의의 기호 체계가 만들어낸 고의성으로부터 벗어날 수 있기 때문이다. 언어가 없는 상태의 언어, 불가(佛家)에서 말하는 '무(無)의 언어', 또는 시인이 말하는 저 사물의 언어가 바로 그것이다.

그러므로 시인은 먼저 언어를 버리고 무(無)의 상태로 돌아가야 한다. 그리고 다시 언어로 귀환했을 때의 그 언어는 이미 과거의 언어는 아니다. 언어가 지닌 보편성과 추상성으로부터 벗어나 구체적 영원성을 획득하는 길의 하나는 이렇듯 언어를 버리고 무로, 무에서 다시 새로운 언어로 돌아오는 일이다. 실재에 대한 이 같은 눈뜸, 즉 존재성의 회복이야말로 참다운 의미의 영원성을 개시해줄 수 있는 것이다. 시인은 이처럼 끊임없이 언어를 파괴하면서 다시 새로운 언어를 창조해내는 자이어야 한다.

어떤 논자는 일찍이 기독교 십자가의 상징적 의미를 설명하면서 그것이 수직선과 수평선의 조화에 있음을 강조한 적이 있다. 그에 의하면 수직선이란 인간과 신(神)의 관계, 즉 탈현실적 영원성을 뜻하는 것이요, 수평선은 나와 타인의 관계 즉 공동체로서의 사회성을 뜻하는 것이다. 그리하여 그는 사회 정의에는 외면하고 오로지 천국 가는 일에만 광분하는 자 그러니까 맹신도를 일러 '불타는 얼음(burning ice)'이라 매도하면서 기독교의 본질은 이 양자를 조화시켜 참다운 삶을 누리게 하는 데 있는 것이라고 설파한 적이 있다. 시의 경우도 마찬가지일 터이다. 시에서 실재, 현실, 역사의식을 외면한 채 플라톤적 이데아만을 꿈꾸는 자가 있다면 그 역시 불타는 얼음이 아니고 무엇이겠는가, 진정한 의미의 시적 영원성이란 존재론적일

뿐만 아니라 현실성 · 사회성까지도 포괄하는 구체적인 의미의 영원성이
어야 한다.

　서로 모순되는 보편성과 구체성, 영원성과 현실성, 존재성과 사회성은
어떻게 일원화될 수 있는가. 앞에서 나는 그것을 상상력이라는 술어로 설
명코자 했다. 그러나 달리 말하자면 시의 본질이 총체적 진리(whole truth)를
탐구하는 데 있다는 점에서 가능한 일이 아닐까 생각한다. 과학 — 인문과
학이든 자연과학이든 — 이 추구하는 진리는 부분적이다. 그것은 세계를
하나의 패러다임(paradigme)으로 보는 평면적 인식의 결과로 얻어진 것들이
다. 그래서 모든 과학적 진리는 논리적이고 합리적일 수 있다. 그것은 사
물의 앞면을 볼 때, 뒷면, 표면을 볼 때 이면을 보지 못한다. 우리가 과학
적 진리를 부분적 진리(partial truth) 라고 하는 이유이다.
　그러나 이 세계, 그리고 그 세계내(世界內) 모든 것들은 모순으로 존재한
다. 그러므로 시가 총체적 진리를 본질로 한다는 말은 과학이 간과한 세계
의 이 같은 모순된 실체를 총체적으로 인식하여 그 총체적 조망을 통해 세
계의 다양하고도 모순된 질서를 조화시킨다는 뜻이다. 즉 이 세계가 지닌
모순을 모순으로 끝내지 않고 한 가지로 조화시켜 그것을 보다 차원 높은
경지로 승화시키는 진리라고 할 수 있다. 우리가 시적 진리를 총체적 진리
혹은 역설적 진리라 함도 이 때문이다.
　가령 한용운(韓龍雲)의 시의 '님'을 어떤 이는 조국이라 하고, 어떤 이는
연인이라 하고 또 어떤 이는 부처, 자연, 생명의 근원이라고도 한다. 그리
고 물론 이들 각자의 견해는 부분적으로 옳을 수도 있다. 그러나 이 같은
일원적 해석(하나의 코드)으로 '님'의 전체 의미를 해명해냈다고 말할 수는
없다. 그가 추구했던 님은 이 모두를 포괄한 총체성으로 존재하는 까닭이
다. 이 총체적 의미가 시대에 따라, 독서공간에 따라 각기 일원적으로 해

석되었을 뿐이다. 이렇게 시는 상이(相異)하고도 이질적인 요소들을 상호 조화시킨 총체성으로 존재하는 것이다.

보편성을 구체성에 일원화시켜 구체적 영원성을 획득케 하고, 서로 모순된 질서를 총체적으로 파악케 하는 시의 신비, 즉 상상력의 힘이란 바로 이 조화의 힘, 모순을 화해시키는 힘을 가리키는 말이다. 영원과 현실, 구체성과 추상성, 특수성과 보편성의 합일, 그리고 세계에 대한 총체적 인식은 바로 상상력이 지닌 이 조화의 힘으로서만 가능하다. 그러므로 우리는 이제 신(神)이 사라진 시대, 이 세계가 지닌 제 갈등과 모순을 화해시키는 힘을 시 이외의 다른 어떤 것에서도 찾기는 어려울 것이다.

내 시의 좌표

1. 어찌해서 시인이 되었는가

시인은 어떤 특별한 목적을 갖고 시를 쓸 수도 있다. 가령 사회 모순을 비판하기 위해, 자신의 삶을 기록해두기 위해, 어떤 이념이나 사상을 주장하기 위해, 종교적 신앙심을 함양하기 위해 ……. 심지어는 사랑하는 사람에게 자신의 마음을 전달하려는 목적으로 시를 쓰는 경우도 없지 않다.

그러나 애초부터 어떤 목적을 갖고 시인이 되었거나, 되려는 사람이 있을까. 예컨대 사회모순을 비판하려고, 혹은 자신의 삶을 기록해두려고 굳이 시인이 되는 사람이 있을까? 예외가 전혀 없지는 않겠지만 일반적으로 어떤 특별한 목적의식을 갖고 시인이 된, 혹은 되려는 사람은 그리 흔치 않을 듯하다. 대체로 시인은 자신도 모르게 가슴에서 우러난 그 무언가가 있고 그것을 글로 쓰고 싶어서, 혹은 쓰지 않으면 못 배기니까 쓰고, 쓰다 보니까 또 자신도 모르게 시인이 되었다고 말하는 것이 자연스럽다. 따라서 그의 시에 어떤 목적의식을 갖게 되었다면 아마도 그 이후, 그러니까 그가 시인이 되고 난 이후의 일일 것이다.

왜 시인이 되었는가? 나 역시 "자신도 모르게 가슴에서 우러난 무언가가 있고 그것을 쓰고 싶어서, 쓰지 않으면 못 배기니까 즉 죽을 것 같으니까 쓰고, 쓰다 보니까 또 자신도 모르게 시인이 되었다." 그러니 무슨 이유가 있으랴. 어떤 사람이 누구를 사랑했다고 하자. 그에게 왜 그녀를 사랑하느냐고 묻는다면 그는 어떻게 대답할 것인가. 아름다워서라고 할까? 그러나 그녀보다 더 아름다운 여자는 이 세상에 수없이 많다. 마음씨가 고와서라고 할까? 다른 사람이 보기에 그녀는 착하지가 않다. 돈이 많아서라고 할까? 그러나 돈 많은 여자가 항상 사랑스러운 것은 아니다.

그러므로 이 모든 대답은 대개 질문자의 기대에 부응하기 위해서 꾸며 댄 거짓말이거나 자기 합리화에 지나지 않는다. 정답은 '이 바보야. 사랑하니까 사랑하지'라고 말하는 것, 사랑에 어떤 이유나 목적이 있을 리 없다. 그래서 우리는 그것을 사랑이라 부르는 것이다. 내가 시를 쓰는 이유 마찬가지다. 좋아하니까 나도 모르게 어쩔 수 없어 시를 쓴다. 그러므로 그것은 나의 '운명'이다.

그렇다. 내가 시인이 된 것은 하나의 운명이었다. 무녀독남 넉 달 유복자로 이 세상에 태어난 것, 글을 숭상하는 선비의 가정에서 자란 것, 태생적으로 문약하고 내성적인 성격을 지닌 것, 남과 어울리지를 못해 항상 홀로 지내온 삶이 그렇다. 그러니 그것이 어찌 내 책임, 아니 내 삶의 의도된 설계일 수 있으랴. 그래서 나는 나도 모르게 보이지 않는 어떤 운명의 손에 이끌려 이렇듯 시인이 되어버린 것이다.

2. 어떤 시를 쓰고 싶은가

비록 우연히, 혹은 운명적으로 시인이 되었다 하더라도 이후 시를 쓰고 그것을 공중 앞에서 발표하는 과정에 시인은 은연중 자기만의 취향, 자기

제1부 시란 무엇인가

만의 개성 혹은 자기만의 어떤 내적 세계를 갖추게 된다. '글이 곧 사람'이라는데 글에 어찌 글을 쓴 그 자신의 정체성이 반영되지 않을 수 있을 것인가. 그래서 한 시인이 쓴 전체 시들에는 대체로 그만의 공통되고 일관된 어떤 문학적 경향성이 내재해 있기 마련이다.

물론 예외가 없을 수 없다. 그의 시의 보편적이고도 일관된 경향은 이러이러한데 어느 날 홀연히 그로부터 벗어난, 아니 오히려 정반대의 경향으로 작품을 쓰는 경우 같은 것들이다. 사회적인 문제와는 항상 동떨어진 작품을 써왔던 시인이 어느 날 갑자기 대사회적 발언에 적극 나선다든지, 실험시 창작과는 거리가 멀었던 시인이 어느 날 갑자기 아방가르드적 경향에 몰두한다든지 하는 것 등이다.

여기에는 두 가지 유형이 있을 수 있다. 하나는 잠시 외도를 하는 것, — 상황의 문제이든 혹은 내적 필연성의 문제이든 — 그때 혹은 그 시기엔 그렇게 쓰는 것이 자신의 시적 소명에 부응하는 행위라는 판단에서 그 같은 시작을 감행했을 경우이다. 예컨대 항상 존재론적인 문제에만 관심을 가졌던 시인이 어느 날 적극적으로 정치적 저항시를 쓰게 되었던 것은 그 시절이 독재정권 아래 있었고 그 같은 시대상황의 시인이라면 그 누구라도 저항시를 창작하는 것이 당연한 역사적 소명이라고 생각했기 때문일 것이다.

다른 하나는 자신의 문학관에 어떤 변화가 온 것, 즉 지금까지 존재론적 시만을 써왔던 시인이 어떤 계기에선지 생각이 바뀌어 사회시 창작을 참다운 시의 길로 믿게 되는 것과 같은 경우이다. 한 인간의 가치관이란 시간의 흐름이나 사회 상황 혹은 세계관의 변화에 따라 달라질 수 있는 일이니 문학에 대한 시인의 생각 역시 예외일 수 없지 않겠는가.

그렇다면 나는 어떤 시를 쓰고 싶었던 것일까. 이 대답에 앞서 한 가지 밝혀두고 싶은 것이 있다. 등단 이후 오늘에 이르기까지 내 시의 문학적 지향에는 어떤 큰 변화가 없었다는 사실이다. 물론 앞서 지적한 것처럼 경우에 따라 나도 내 시의 보편적 경향에서 벗어난 시들을 전혀 쓰지 않았다고 말할 수는 없다. 젊은 시절에는 전위적인 작품의 창작을 시도해본 적이 있었고, 문명비판적인 작품들도 꾸준히 써왔으며, 그 후 생태환경에 관심을 보인 작품 또한 적지 않다. 권위주의 정권 아래서는 우리 문단에서 소위 '민중시'라 부르는 사회 고발시들도 수편 쓴 적이 있다. 그러나 이 모두는 물론 내 시의 본령이 아니다. 그럼에도 불구하고 그 시절 내가 그런 예외적인 시들을 썼던 것은, 원래 시는 그 같은 세계를 지향해야 한다는 신념 때문이 아니라 어떤 특별한 상황, 어떤 특별한 경우에는 그 같은 시를 쓰는 것이 그 시대의 소명에 부응하는 길이라는 판단이 섰기 때문이다. 그러니 나는 대체로 시작 생애에서만큼은 일관성을 지켜왔던 것 같다.

그렇다면 내가 쓰고 싶은 시, 지금까지 내가 써왔던 시는 무엇인가. 한마디로 '영원'에 대한 탐구이다. 영원이란 무엇인가. 그 무엇에 '영원성'이라는 것이 있다는 것인가. 어찌하면 그 영원한 세계에 도달할 수 있을 것인가. 나는 그 같은 문제들에 대한 내 나름의 고뇌와 모색을 시로 썼다. 그러나 그것, 즉 '영원'이라는 것은 현실에서는 결코 도달할 수 있는 세계가 아닌 것. 나의 시에 알게 모르게 우수와 허무 그리고 비극적 미학이 자리하고 있는 이유가 여기에 있다. 나는 본질적으로 허무주의자인 것이다.

3. 어떤 시가 훌륭한가

시인이라면 누구나 훌륭한 작품을 쓰고 싶을 것이다. 실제 시작이 그 같은 결과에 이른다든가, 이르지 못한다든가 하는 것은 별개의 문제다. 아니 대부분은 실패할지도 모른다. 그럼에도 시인들은 하나의 이념태(理念態)로서 그가 훌륭하다고 믿는 어떤 시적 모델을 마음속에 그리면서 시를 쓴다. 그렇다면 내가 생각하는 그 훌륭한 시란 어떤 시일까.

첫째, 감동을 주는 시이다. 그렇다. 내게 있어서 감동이란 예술이 지녀야 할 최고의 덕목이다. 물론 '감동'이란 게 무엇인지, 또 어떤 작품이 감동을 주는지 등의 논의에는 여러 이견(異見)들이 있을 수 있다. 그럼에도 불구하고 굳이 이 용어에 정의를 내려야 한다면 나는 일단 이렇게 말해두겠다, '한 순간의 정서적, 지적 충격과 깨우침이 즐거움과 함께 우리의 삶을 질적으로 한 단계 향상시키는 어떤 힘', 그것이 시가 주는 감동이다.

모든 예술작품이 그러하듯 시인들 가운데는 '감동' 보다 '문제성'을 추구하는 데 목적을 두는 자도 적지는 않다. 예를 들어 실험시나 전위시 같은 것들의 창작이다. 물론 나는 시인이 어떤 문제성에 집착해서 상대적으로 작품이 주는 감동을 소홀히 여겼다 하여 이를 비난하거나 부정할 의도는 없다. 오히려 새로운 지평을 개척하려는 그들의 선구자적 소명을 높이 평가하는 편에 속한다. 그러나 일반적으로 이 같은 목적의식에서 쓰여진 실험시들이 일반 독자들에게 별 감동을 주지 못한다는 것은 부정하기 어렵다.

하나의 예를 들어본다. 그의 시에 지적 통찰이나 호기심을 유발시키는 요소가 충만하다는 것은 사실이지만 누가 이상(李箱)의 시를 읽고 그렇게 큰 감동 받을 수 있을 것인가. 아마 그 누구라도 거기서 어떤 정서적 충격이나 전율 같은 것을 느끼기는 힘들 것이다. 게다가 — 엄밀히 말하자면 — '지적 통찰'이나 '지적 호기심'과 같은 것들은 본래 시보다는 과학(학문)의 영역에 속하는 가치가 아니겠는가? 비록 문제시인이기는 하나, 내가 이상을 별로 훌륭한 시인의 반열에 올리지 않는 이유가 여기에 있다.

그러나 감동을 주는 작품과 문제성을 제기하는 작품들 중에서 어떤 것이 보다 가치 있는가 혹은 어떤 것을 취하는 것이 보다 올바른 선택인가 하고 묻는다면 그것은 무의미한 질문이다. 시에서는 옳고 그름이 있을 수 없으며 양자 공히 인간삶의 질적 향상에 모두 필요한 덕목들이라고 생각하기 때문이다. 그러므로 그 같은 문제는 시인 각자의 감성, 취향, 인생관,

문학관 등이 내리는 판단에 맡길 수밖에 없다. 그러나 누가 굳이 내게 나만의 개인적 취향을 묻는다면 이렇게 답할 것이다. "나는 지금까지 문제성 있는 작품보다는 감동을 추구하는 작품들을 쓰려고 노력해왔으며 앞으로도 그리할 것이다."

둘째, 훌륭하고 가치 있는 상상력의 탐구이다. 왜냐하면 모든 과학적 사고는 이성의 활동이지만 모든 예술적 사고는 본질적으로 상상력의 작용이라고 생각하기 때문이다. 한마디로 예술작품은 상상력의 소산이다. 그렇다면 어떤 상상력이 훌륭한가. 나는 수년 전 어떤 지면에서 이렇게 밝힌 바 있다. 이 같은 생각에는 지금도 변함이 없다.

> 훌륭한 시는 훌륭한 상상력으로 쓰여진 시라고 말할 수 있다. 훌륭한 상상력이란 무엇인가. 그것은 참신하면서도 독창적인 상상력을 일컫는 것이다. 인간의 삶을 가치 있게 하는 데 기여하는 상상력을 일컫는 것이다. 아름다움과 감동을 느끼도록 만드는 상상력을 일컫는 것이다. 정신의 새로운 영역을 개척해주는 상상력을 일컫는 것이다. 그러므로 상상력이 거의 없는 시, 상상력이 있다 하더라도 진부하고 통속적인 시, 그 상상력이 인간의 삶을 병들게 하는 시, 그 상상력이 혐오감이나 증오심을 일깨우는 시, 그 상상력이 자충수를 두는 시들을 훌륭하다고 말할 수는 없다.
>
> ― 오세영, 『시의 길, 시인의 길』, 시와시학사, 2002, 73쪽

셋째, 부분적 진실이 아닌 총체적 진실을 추구하는 시. 인간의 모든 가치 있는 정신(의식)활동은 필연적으로 이 세계 혹은 삶에 대하여 어떤 진실을 추구하게 된다. 따라서 고도의 정신적 산물인 시의 경우는 더 말할 필요가 없을 것이다. 그런데 인간이 추구하는 진실 혹은 진리는 크게 두 가지로 나뉠 수 있다. 하나는 부분적인 것이요. 다른 하나는 총체적인 것이다. 전자는 전체를 구성하는 것들 중의 일부에 관여하는 까닭에 객관적이며,

논리적 이성적 사유의 지배를 받는다. 이에 반해서 후자는 사물을 전체로서 직접 대면하고, 그 전체에 직접 관여하는 까닭에 직관과 비논리의 지배를 받는다.

예컨대 사물을 공간적으로 한번 바라보자. 우리들은 당연히 우리들의 시선이 가고 있는 한 측면만을 인식할 수밖에 없다. 그래서 보이는 그 측면을 사물의 전부일 것이라고 착각한다. 그러나 그렇지 않다. 실은 그 뒤에 숨은 후면이라는 것이 또한 있기 때문이다. 시간적으로 볼 경우에도 생(生)이란 존재하는 것 같으면서도 소멸(死)할 수밖에 없는 것이 그 본질 아닌가. 즉 우리들은 이 세계 혹은 이 세계를 구성하고 있는 사물들을 부분적으로 접하니까 논리적으로 보인다. 그러나 이 세상의 모든 것들은 앞과 뒤, 생성(生)과 소멸(死)이라는 상호 모순되는 관계성 위에서 존재하는 것이다. 우리는 전자와 같은 진실을 과학, 후자와 같은 진실을 시라고 한다. 그러니 시란 이 세계의 모순된 진실 달리 말해 총체적 진리를 밝히는 정신적 노력이라고 할 수 밖에 없다. 내 시가 다양한 역설과 아이러니로 이 세계를 인식하고자 하는 이유이다.

나는 지금까지 1,000여 편이 넘는 작품들을 써왔다. 하지만 이 모든 작품들이 과연 나름의 어떤 문학적 성취를 이루었는지 혹은 이 같은 나의 의도를 충분히 구체화시켰는지는 나 자신도 잘 모르겠다. 그것은 오로지 독자들이 판단할 몫이다. 다만 한 가지 위안을 삼자면 우리가 숭모하는 선학(先學)들 또한 그렇지 않았던가.

한 생애의 전체 시작(詩作)에서 남겨진 단 한두 편의 시가 ─ 비록 대부분은 실패했다 하더라도 ─ 그 문학적 위대성을 결정짓는다는 것이 시인이 지난 숙명의 아이러니일지도 모른다.

실험시를 쓰지 않는 이유

시작 생활 어언 40여 년, 불현듯 삶이라는 것이 덧없고 허무해진다. 살다 보니 단순히 습득한 지식과 스스로 깨달아 아는 것의 의미가 전혀 다르다. '인생무상'이라는 그 말.

나름대로는 열심히 살아왔다고 생각했는데 돌이켜보면 나 역시 다른 이들이 살아왔던 궤적과 별다를 바 없는 한 생이었다. 다 똑같이 밥 먹고, 다 똑같이 옷 입고, 다 똑같이 집을 구해 자식 낳아 기른 것 이외에 달리 해놓은 것이 없다. 그래서 나는 요즘 어떻게 생을 정리하면 그나마 보람 같은 것을 기대할 수 있을까 고심 중이다. 그러나 아무리 궁리해도 터득한 답은 결국 하나, 옛 선조께서 가르쳐주신 '홍익인간(弘益人間)' — '이웃을 이롭게 하여 그로써 기쁘게 하는 일' 그것이다.

인간은 홀로 살 수 없다. 옛 서양의 현인이 인간을 사회적 동물로 규정한 것, 또한 우리말의 '인간(人間)'이라는 단어의 뜻이 그렇지 않던가. 따라서 행복이라는 것도 기본적으로는 그 무엇보다 다른 사람들과 맺는 인간관계에서 오는 것일지도 모른다. 『성서』에서도 인간은 빵이 아니라 말씀으로 산다고 했다. 말씀 즉 언어야말로 인간과 인간의 관계를 맺어주는 끈

이 되기 때문이다.

그런데 한 인간이 타인과 맺을 수 있는 관계는 크게 세 가지밖에 없다. 힘(권력, 폭력)에 기초한 명령과 복종의 관계, 존경에 기초한 베풂과 섬김의 관계, 사랑에 기초한 감동과 헌신의 관계가 그것이다. 그렇다면 이 세 가지 인간관계의 유형 중 어떤 것이 가장 바람직하다 할 수 있겠는가, 두말할 것 없이 세 번째 유형이다. 첫 번째는 두려움, 두 번째는 필요에서 비롯된 인간관계이니 — 소극적이든 적극적이든 — 이 모두는 이해(利害) 문제에 얽힌 행위이지만 세 번째는 자발적(自發的) 무보상으로 하는 행위이기 때문이다. 인간이란 강제에 의해서가 아니라 자신이 스스로 하고 싶은 일을 하는 것에서 행복감을 느낀다. 따라서 인간의 행복이란 본질적으로 사랑에 기초하는 것이라고밖에 말할 수 없다. 그 누구든 사랑하는 자는 그 사랑의 상대를 위해서 자신을 희생하는 일까지도 행복으로 여기기 때문이다.

그러니 나로서는 아무리 궁리해보아도 시를 쓸 수밖에 없다. 시야말로 감동과 헌신의 인간관계에서만 그 존재를 드러내는 가치인 것이다. 그것은 마치 힘의 구심력이 정치를, 존경의 구심력이 교육을 지배하는 것과도 같다. 그러므로 많지 않아도 좋다. 아니 많다면 더욱 좋을 것이다. 내 시가 누군가에게 한번이라도 감동을 주고 또 그 감동으로 인해 그와 내가 어떤 무보상의 자기 헌신 즉 사랑의 관계를 맺을 수 있다면…….

60대에 이르러서야 뒤미쳐 깨닫게 된 이 몽매한 성찰이 내게 위안을 준다. 사실 그간 시를 쓰며 살아온 내 인생은 얼마나 행복했던 것이랴. 그것도 문제성을 제기하는 것보다 누군가에겐가 감동을 주는 작품을 쓰려고 노력해왔던 것이…… 내가 가능한 한 실험시나 전위시를 멀리하고 전통 혹은 정통 서정시에 매달리는 이유가 여기에 있다. 소위 민중시나 프롤레타리아 시가 첫째 유형의 인간관계를, 아방가르드 시가 둘째 유형의 인간

관계를 반영한 시라면 전통 서정시는 셋째 유형의 인간관계를 반영한 시
인 까닭이다.

제1부 시란 무엇인가

나와 시

이 기회에 시 쓰기에 대한 내 나름의 태도나 습관 같은 것을 한번 검열해보기로 한다.

1. 시와 생활

다 아는 바와 같이 나는 교수이자 시인이다. 나로서는 그동안이 두 가지 일 중 그 어느 하나를 소홀히 할 수 없었고 또 소홀하지도 않았다. 내 완벽주의 성격 때문에 더 그랬을지도 모른다. 고백하건대 나는 지금까지 단 한 번도 내 인생의 전부를 바쳐 시 쓰기에 몰두해본 적이 없다. 절반은 항상 학문하는 일에 투자할 수밖에 없었기 때문이다. 그러므로 문단에서 보는 눈은 나의 반쪽만을 보고 있는 셈이다.

인생이란 누구나 성공에 목적을 두며 성공이란 결국 노력으로 이루어진다. 나 역시 이 두 마리의 토끼를 잡기 위해 부단히 힘써왔다. 그러나 그것이 어디 쉽게 이루어질 수 있는 일이겠는가. 여러가지로 자질이 부족한 나로서는 그저 시간을 황금같이 쪼개 쓰는 방법 이외에는 없었다. 한 생에 주어진 시간이란 한정되어 있는 것, 시간을 벌 수 있는 방법은 사람을 만나지 않고 가능한 한 모임이나 술자리를 피하는 것 이외 별다른 묘책이 있을 리 없다. 교수 생활 30년을 통해 내가 아직까지 단 한 번의 보직도 맡지 않았던 이유, 문단에서 가깝게 지내는 문인이 별로 없고 ─ 성격적인 이유도 많이 있으나 ─ 문단 사람과 잘 어울리지 못하는 이유가 여기에 있다. 그러한 의미에서 내가 소위 일류대학 교수인 것은 내 시를 위해서는 다소 불행한 일일지도 모르겠다.

2. 시 쓰는 시간

전업 시인이 아닌 시인들이라면 누구나 그러하겠으나 나 역시 일상 생활인으로부터 시인으로, 즉 '생활하기'에서 '시 쓰기'로 전환하는 일은 그리 쉽지가 않았다. 직업이 학문을 하는 대학 교수인 까닭에 더 그러했을지 모른다. 학문이란 이성과 논리에 의해, 시 창작이란 감성과 직관을 통해 이루어지는 일인데 이 양자는 본질적으로 상반하는 관계에 있기 때문이다. 일반적으로 학문과 같은 이성적(理性的) 사유는 오른 쪽 두뇌가, 시 창작과 같은 감성적 사유는 왼 쪽 두뇌가 지배한다고 한다. 그러므로 평소 직장 생활에서 ─ 예컨대 논문 쓰기나 강의와 같은 지적 활동을 하는 생활에서 ─ 오른쪽 두뇌에 의존해 있다가 갑자기 시를 쓰기 위해 왼쪽 두뇌의 세계로 진입한다는 것은 쉬운 일이 아니었다. 그러므로 나는 나의 오랜 시작 경험을 통해 이를 극복하는 나름의 방법을 터득해놓고 있다.

생활하기와 시 쓰기 사이에 시간적으로 일정한 공백을 둔다. 이틀이고 사흘이고 멍한 상태에서 텔레비전만을 본다든지, 무념무상의 상태로 음악을 듣는다든지, ─ 자주 있는 일이 아니지만 ─ 폭음에 시달려본다든지, 혼자 멀리 여행을 다녀온다든지 하는 것 따위이다. 만일 사랑하는 사람이 있다면 그를 만나는 일도 아마 큰 도움이 될 것이다. 그러한 의미에서 시인 이란 놀면서 일하는 사람, 시란 놀면서 쓰는 글일지도 모른다. 그중의 하 나가 ― 나이 들면서 습관화된 것으로 ― 겨울 한 철을 산사(山寺)에서 보내 는 일이었다. 그 동안 내가 자주 머물었던 산사들로는 두타산 삼화사, 치 악산 구룡사, 달마산 미황사, 설악산 백담사, 금강산 화암사 등이 있다. 엊 그제도 나는 백담사 만해마을에서 20여 일을 보내고 돌아왔다.

3. 시 쓰기

영감이 떠오르지 않으면 시를 쓰지 못한다는 시인들이 있다. 일상공간 에서는 아무 때나 시를 쓸 수 없다는 것이다. 그러나 나는 그렇지 않다. 일 단 생활의 시간에서 시 쓰는 시간으로 전환이 되면 아무 때나 시를 쓸 수 가 있다. 생활의 시간에서 시를 쓰는 시간으로의 전환이 어떤 우연이나 신 비스러운 체험을 통해 이루어지는 것이 아닌, 인위적으로 조작된 행위이 므로 내게 있어 '아무 때나 시를 쓸 수 있는' 행위 또한 의도적이고 인위적 임은 물론이다. 그러한 의미에서 나는 ― 시를 쓰려는 마음만 먹으면 ― 아 무 때나 시 한 편을 만들어낼 수 있는 사람이다. 그 만들어진 시가 훌륭한 가, 훌륭하지 않은가는 별개의 문제이다. 어차피 영감을 받아 시를 썼다고 해서 모두 훌륭한 시가 된다는 보장도 없지 않은가.

시인이란 일상인과 별개로 존재하는 자가 아니다. 훌륭한 작품이든 아 니든 누구나 시를 쓰면 그가 곧 시인이다. 그럼에도 불구하고 우리가 '문 단 등단'이라는 어떤 독특한 제도를 통과한 사람만을 지적해서 굳이 시인 이라고 불러주는 것은 그가 이제 아마추어가 아니라 프로페셔널한 단계에 들어섰다고 보기 때문이다. 즉 '문단 등단'이란 지금부터 그가 아마추어로 서의 지위를 버리고 프로페셔널한 시 쓰기의 일원이 되었다는 것을 공인

받는 절차이다. 따라서 그것은 시를 잘 쓰고 못 쓰는 문제가 아니라 얼마나 작품다운 작품을 만들어내느냐 하는 문제이다. 실제 작품성의 우열을 따질 경우라면 문단에 등단하지 못한 사람들 그러니까 아마추어가 쓴 시가 문인으로 등재된 사람의 작품보다 훌륭한 예는 많이 있다.

프로페셔널한 사람은 그 분야의 전문인이다. 프로페셔널한 운동선수가 어디 자신의 기분이나 취향에 맞지 않는다고 그 부여된 경기를 거부할 수 있는가. 시 창작 역시 마찬가지이다. 누군가의 요구가 있고(원고 청탁 같은) 그것이 필요한 일이라면 그 즉시 한 편의 시를 만들어낼 수 있는 사람이 진정한 시인이다. 만일 그렇지 못한 시인이 있다면 그는 영감을 탓할 것이 아니라 자신의 미숙한 재능을 탓해야 할 것이다.

4. 시와 발상

시적 발상을 얻는 일은 일종의 선(禪)과 같은 행위에 비유될 수 있으리라 생각한다. 그렇다고 시 쓰기가 선과 동일하다는 뜻은 물론 아니다. 종국적으로 선은 대상의 긍정도 부정도 벗어나 완전한 자유 혹은 무의 세계에 침잠하지만 시는 그 마지막 순간에 진정한 의미의 대상으로 다시 돌아오기 때문이다. 다만 그 초기 단계에서 양자 모두 대상을 부정하거나 대상을 무화(無化)시킨다는 점만큼은 매우 유사하다. 그리하여 나의 시 쓰기는 대상에 대한 깊은 명상에서 시작해 나와 이 세계를 무화시킨 후—마침내 어떤 결정적인 순간—하나의 깨우침을 얻는 과정이다. 이와 같은 깨우침이 있게 되면 남는 것은 다만 그것을 미적(美的)으로 형상화시키는 언어화(言語化)의 단계만 남을 뿐이니 그 '깨우침'이야말로 바로 시라 할 수 있다.(이러한 관점에서도 시 쓰기는 선(禪)에 비유된다). 이 과정의 마지막 단계라 할 이 미적 형상화란 수십 년의 시작 경험을 통해 내 자신이 습득한 어떤 비법으

제1부 시란 무엇인가

로 이루어지는 것이니 큰 문제가 되지 않는다.

그러나 시적 발상을 얻기 위한 이 같은 명상에는 외적 조건 또한 무시할 수 없다. 나는 대개 심야의 밀폐된 공간에서 시를 쓴다. 부득이 낮에 작업을 해야 할 경우는 비록 무더운 여름날이라 하더라도 창문을 닫고 커튼을 내린 후 등불 아래서 시작에 든다. 이 밀폐된 어두운 공간에서 한두 시간 눈을 감고 명상에 집중하다 보면 최소한 한 편의 시를 건져낼 수 있는 것이다. 나는 이와 같은 방법의 시작에 임해서 실패해본 적은 단 한 번도 없다.

한 가지 부연할 것이 있다. 지금까지 시 쓰는 일을 장난삼아 혹은 유희삼아 해본 적이 없었다는 사실이다. 그 어느 때, 어느 작품이든 나는 항상 나의 최선을 기울여 시를 썼다. 시를 쓰다 내는 파지나 내 시 구절이 적힌 원고지도 절대 쓰레기통에 버리지 않고 반드시 불살라 허공에 날려 보냈다. 내 시가 좀 답답하다 혹은 너무 진지하다는 평도 이 같은 내 시작 태도에서 빚어진 작품상의 특성을 지적한 말일지도 모르겠다.

5. 내가 생각하는 시

시도 예술이냐고 묻는 사람들이 의외로 적지 않다. 그것은 시가 미술이나 음악과 같은 예술과 많은 부분에서 다르기 때문에 하는 말일 것이다. 그렇다. 다 알다시피 시가 다른 예술과 다른 점은 무엇보다 그 매재에 있다. 음악이 청각을, 미술이 시각을 매재로 하는데 비해 시가 언어를 매재로 한다는 것은 누구나 알고 있는 사실이지만 매재로서 청각이나 시각 그 자체가 하나의 감각이고 언어란 — 감각이 아니라 — 기호에 지나지 않는다는 것을 의식하는 논자들은 의외로 많지 않은 것 같다. 예컨대 미술에서 붉은색은 색 그 자체가 감각적으로 인지시켜주나 시에서 '붉다'라는 단어는—그 단어가 붉은 것이 아니라—'붉다'라는 기호(발음)에 내재한 의미 '紅'을 통해 환기시켜줄 뿐이다. 그러한 의미에서 언어는 기타의 예술과 달리 관념적이요 기호전달적이다. 음악이나 미술의 기준에서 볼 때 문학이 예술이 아닌 것처럼 보이는 이유이다.

그러나 문학(=시)이 예술의 일종이라는 것은 그 누구도 부인할 수 없는 사실이다. 다만 미술이나 음악과 같은 의미의 예술이 아닐 뿐이다. 헤겔 같은 철학자가 이처럼(문학처럼) 매재가 기호(=언어)인 예술을 관념예술, 미술이나 음악처럼 매재 그 자체가 감각인 예술을 물질 예술이라 불러 구분하는 것도 이 때문이다. 따라서 시는 본질적으로 미학적 차원의 영역만으로는 만족할 수 없는 예술이다. 다른 예술의 감각적 매재와 달리 시의 매재인 언어는 필연적으로 의미가 수반된 기호체계이고 그 지향하는 바가 바로 사상 즉 철학인 까닭이다. 그러므로 훌륭한 시는 감각(미학)의 영역을 넘어서 의미의 세계 즉 철학의 영역으로까지 진입하지 않으면 안 된다.

한때 우리 문단에서는 철없는 시인들이 소위 '무의미'라는 것을 주장하며 시에서 의미를 추방하려한 적이 있었다. 그러나 아무리 발버둥을 쳐도 그것은 미학의 영역을 넘어서기 어렵고 또 아무리 굿을 벌여도 미술이나 음악을 시봉하는 일에서 벗어날 수 없다. 다만 스스로 시의 위의를 해쳐 미술이나 음악의 아류에 머무르는 결과를 초래했을 뿐이다.

6. 시와 진실

이해하기 어려운 시가 많다. 또 시는 어렵다고 한다. 그것은 어느 정도 맞는 말이다. 시어는 일상어와 달라 본질적으로 난해한 특성을 지니고 있기 때문이다. 그래서 시론에서는 이 같은 시의 본질적 난해성을 혹은 애매성(ambiguity 언어에서 야기되는 필연적인 난해성), 혹은 모호성(obscurity 존재론적 조건에서 기인된 난해성), 혹은 막연성(vaguenes 거짓말에서 오는 난해성) 따위로 구분해서 사용하기조차 하는 실정이다.

그러나 시는 가능한 한 쉽게 써야 한다. 적어도 교양 있는 지식인에게서 조차 난해하다면 무엇인가 문제가 있는 작품이 아닐 수 없다. 그럼에도 불구하고 지금 우리나라에서는 난해한 시들이 유명세를 타고 있다. 아니 시라는 것은 난해해야만 한다는 강박관념이 지배하고 있는 것 같다. 읽어보면 뻔한 내용인데 그것을 일부러 어렵게 조작한 시들이 — 기왕에 조작하려면 독자들이 눈치를 채지 못하도록 완벽을 기할 일이지 — 의외로 많다. 모두 시적(詩的) 사기(詐欺)로 무엇인가를 속이거나 이득을 보려는 행위이다.

시 쓰기에는 네 가지 유형이 있지 않을까 한다. 첫째, 쉬운 것을 쉽게 쓴 시, 둘째, 쉬운 것을 어렵게 쓴 시, 셋째, 어려운 내용을 어렵게 쓴 시, 넷째, 어려운 내용을 쉽게 쓴 시가 그것이다. 첫째는 산문의 수준에 머물러 있어 아직 유치한 단계이다. 둘째는 능력 부족이거나 어떤 목적을 위해서 남을 속이려는 시인의 작품이다. 셋째는 자기 자신도 모르는 것을 쓴 것이니 의욕은 과하나 머리가 아둔한 경우이다. 넷째는 시에 대해 나름으로 달관한 경지에 든 시인의 작품이다. 따라서 이 네 가지 유형의 시작에 우열의 순서를 매긴다면 우수한 것부터 ①넷째, ②첫째, ③둘째, ④셋째가 될 것이다. 어려운 내용을 쉽게 쓰는 시야말로 시의 상지에 속한다.

7. 시에 대한 태도

시를 인생의 전부라고 주장하는 자들이 있다. 이 세상에서 시만이 가장 고귀하다는 것이다. 그리하여 그들은 만일 시를 잃게 되면 자신은 죽을 수밖에 없다고들 말한다. 그러나 나는 그렇게 생각하지 않는다. 시는 인생의 전부가 아니며 또 가장 고귀한 것도 물론 아니다. 시는 인생의 일부이자 동시에 인간의 삶이 추구하는 여러 가치들 중의 일부일 뿐이다. 그러므로 공동체의 일원일 경우 시대나 상황에 따라, 개인일 경우 어떤 특별한 계기에 따라 나는 시를 버릴 수도, 다른 목적을 위한 수단으로 이용할 수도 있다.

　가난으로 처자식이 굶고 있는 상황임에도 시를 붙들고 앉아 무위도식하는 자가 있다면 올바른 삶의 태도가 아닐 것이다. 이때는 시 쓰기를 일단 접어두고 밖에 나가서 우선 돈을 벌어 처자식을 먹여살려야 한다. 국권이나 인권이 짓밟혀 인간다운 삶이 빼앗긴 상황이라면 시를 버리고 나가 시대와 맞서 싸워야 할 것이다. 그럼에도 불구하고 달리 싸울 능력이 없는 자라면 시를 무기(수단)로 삼아 투쟁을 해야 한다. 문학의 본질이 원래 그래서가 아니라 그때 그 상황에서는 시를 현실과 맞서 싸우는 수단으로 이용해야 하는 것이 삶의 전체 가치라는 기준에서 더 바람직하기 때문이다.

　나는 자나 깨나 시에만 매달려 시가 없다면 자신의 인생도 없다고 말하는 사람, 시만이 가장 고귀한 가치라고 주장하는 사람, 자신은 시를 쓰는 까닭에 훌륭하다고 착각하는 사람들을 경멸한다. 그러므로 내가 이렇게 말하는 것은 당연하다. 시인인 까닭에 훌륭한 것이 아니라 훌륭한 시를 쓴 시인인 까닭에 훌륭하다. 굳이 시를 쓰려고 고심하지 마라. 시를 쓰는 사람이라고 무엇인가 대접을 받을 생각을 하지 마라. 인간에겐 이 보다 더 고귀하고 가치 있는 일이 많이 있다. 시는 무작정 시를 좋아하는 사람, 그러면서도 시 쓰는 것 이외 달리 할 수 있는 어떤 재능을 가지지 못한 사람이─시를 쓰지 못하면 죽을 것 같으니까─할 수 없이 운명적으로 쓰는 것이다.

시어 구사와 문장부호

1

유전인자 때문인지는 모르겠다. 우리처럼 시류 혹은 대세에 편승하거나 이에 부화뇌동하는 민족은 아마 이 세상에 별로 없을 듯하다. (무려 500년에 걸쳐 백성을 유일사상으로 통치한 조선의 권력 구조가 그렇게 만들었을 성싶다.) 좋게 에둘러서 하는 표현이겠지만 국제사회가 일반적으로 한국인만큼 유행에 민감한 국민은 이 세상에 없다고 말하는 것도 같은 취지의 지적이 아닐까.

우리 문학이 처한 상황 역시 예외가 아닐 것 같다. 물경 5만 명을 헤아린다는 우리 시단의 시인들이 쓰는 시들을 한번 살펴보자. 한결같이 난해한 시, 소위 해체시를 쓴다고 야단법석들이다. 그 누구 한 사람 읽어주지 않아도, 요즘 유행하는 시는 해체시이니 해체시를 쓴다는 사람, 해체시가 현대시이니 해체시를 써야 된다는 사람, 자신도 무슨 말인지 모르고 쓰면서 하여튼 시란 어렵게 써야 시라 한다니 해체시를 쓴다는 사람, 풍문으로 듣기에 선진국가인 유럽의 현대시라는 것이 해체시라 하니(사실과 전혀 다른 말이지만 무식의 소치로) 우리도 따라서 그렇게 해체시를 써야 한다는 사람,

시를 쓰려고 좌우를 살펴보면 모두 무슨 말인지 모르는 말들을 시로 쓰니 시란 그렇게 써야 되는가 보다 하는 생각에서 이를 흉내 내는 사람, 시가 무엇이지는 모르겠으나 무작정 허튼 말을 써대면 시라 하니 아무것이나 정신병 넋두리처럼 시를 쓰는 사람, 실제로 정신적 장애가 있어서 횡설수설하는 사람, 대부분이 자격 미달인 평론가, 신춘문예 심사위원들이라는 자들이 뽑아놓은 시들이 그런 시들이니 그렇게 시를 써야 된다고 믿는 사람들이 한통속으로 어울려 요즘 우리 시단은 온통 아수라 난장판이다.

내가 보기에는 그것이 그것이고 모두가 복사품들인 — 유럽에서는 이미 100여 년 전에 시도했다가 시 그 자체를 사망케 한(실제로 유럽에서는 이들로 하여 시가 죽어버린 지 오래다) — 소위 해체시 혹은 아방가르드 시라는 것을 앞다투어 모방해 쓰면서, 아무도 읽어주는 독자들이 없어 이제는 죽어 시체가 되어버린, 그것을 앞에 놓고 미인(美人, 현대시 명작)이라고들 호들갑을 떨며 잡지 하나를 만들어서 자기들 끼리끼리 모여 설왕설래하니 참으로 가관이 아닐 수 없다.

그러나 나는, 지금 건드리면 상투적 합리화와 뻔한 논쟁으로 치닫게 될 그 같은 현상들을 여기서 소모적으로 새삼 거론코자 하는 것이 아니다. 관점을 좀 달리해, 지엽적이기는 하지만, 우리가 일상의 시 창작에서 놓치고 있는 다른 문제 하나를 예로 들어 이야기해보겠다. 시에서 문장부호라는 것의 사용이다.

2

웬일인지 한국의 현대시인들은 — 평론가들이라고 해서 별다를 바는 없지만 — 그들의 시작(詩作)에서 문장부호의 사용을 꺼려한다. 아니 사용 그자체를 거부한다. 그중 어떤 이들은 선별적으로 문장부호를 사용하기는 해야 하지만 마침표만큼은 사용해서 아니 된다는, 밑도 끝도 없는, 주장을 펴기도 한다. 대체 무슨 논리와 무슨 의미론(semantics)적, 통사론(syntax)적, 문체론(stylistics)적 혹은 시학(poetics)적 원리에 근거를 대고 하는 말들인지 모르겠다. 한문(漢文)의 경우는 원래 문장부호라는 것이 없으니 논외(論外)이나 과문한 탓인지 나로서는 동서고금의 그 어떤 시론이나 시작법에서도 들은 바, 읽은 바가 없는 참으로 해괴한 이론이다. 그럼에도 불구하고 우리 시단은 시 쓰기에서 문장부호를 사용해서는 아니 된다는 이 그릇된 주장이 묵계된 약속처럼 대세를 이루고 이에 부화뇌동하는 대부분의 시인들은 그 누구도 자신들의 시작에서 제대로 문장부호를 사용하고자 하는 자가 없다. 혹 문장부호를 사용하는 자가 있다 하더라도 이를 촌스럽다고 여긴다. 참으로 무지스럽고도 이상스러운 일이자 악화(惡貨)가 양화(良貨)를 구축하는 꼴이다.

문자(letter)란 원래 말을 기록으로 남겨두기 위해 그 소리의 최소 단위, 즉 음운(phonem)을 시각적으로 나타낸 기호(sign 혹은 symbol)들이다. 예를 들어 ― 다 알다시피 ― 영어는 24개의 음운, 일본어는 12개의 음운, 한국어는 28개의 음운으로 구성된 언어들이어서 이들 언어의 사용자들은 이 음운들을 시각적으로 기록하기 위해서 각각 이에 맞거나(한글) 혹은 이에 근접한 수치의 문자(알파벳)들을 만들어 조합해 사용하고 있다. 그런데 ― 세계에 보편화되어 있는 알파벳을 포함해서 ― 그 어느 나라의 문자든지 문자라는 것은 그것만으로는 청각적인 말(언어)을 완전하게 시각적으로 재현할수 없다. 가령 말이 끝났다든지, 동음이의어 뜻을 분별시켜준다든지, 잠깐 쉬고 있다든지, 묻는 말인지 서술하는 말인지를 구분해준다든지, 소리의 강약이나 장단 혹은 느낌을 표현한다든지 하는 따위 같은 것들이다. 그래서 제2의 문자라 할 문장부호를 만들어 이를 보완하게 된 것이다. 일상 언어 즉 산문이 그러할진대 하물며 문장도(文章道)의 최고 수준에 있다 할 시에서랴.

시는 그 어떤 글쓰기의 유형보다도 문장부호(제2의 문자)를 정확하게 사용하여, 문자(제1의 문자)만으로는 그 기술에 한계가 있기 마련인, 시인의 생각이나 감정을 완벽하게 표현해야 한다. 즉 시는 기왕에 있는 문장부호를 최대로 이용해야 함은 물론 경우에 따라서는 오히려 새로운 문장부호를 만들어서라도 그 표현의 완벽을 기해야 할 글쓰기이지 아예 문장부호를 써서는 안 되는 글쓰기는 아니다. 그러니 시에서 문장부호를 쓰지 말아야 한다고 주장하는 것은 터무니없는 혹세무민(惑世誣民)의 궤변이다. 이는 단적으로 유럽이나 미국의 시들을 보면 알 수 있는 일이다(유럽 언어들이 선진국의 언어라서가 아니라 원래 문장부호는 유럽에서 만들어졌기 때문에 살펴보아야 한다는 말이다).

그들의 시는 시작에서 그 어떤 경우라도(예외적인 실험시들을 제외하고) 반드시 모든 문장부호를 활용한다. 문장부호를 정확히 구사하지 않은 시란 없다. 저들의 의식에 문장부호가 제대로 찍히지 않은 문장은 아예 거론할 가치가 없는 비문(非文)이며 문장부호를 제대로 사용하지 못하는 사람은 무식꾼에 해당한다는 생각이 확고하게 자리잡고 있기 때문이다.

3

그렇다면 우리 시단은 대체 왜 이 모양이 되었을까? 나는 하도 궁금해서 최근에 문장부호를 사용해선 안 된다는 몇 사람들을 만나 일부러 물어본 적이 있었다. 그들과의 대화 내용은 다음과 같다.

① '시에서 왜 문장부호를 사용해서는 안 되는가?', '문장부호는 문자가 아니니 꼭 써야 될 이유가 없다', '아니다. 문장부호는 제2의 문자이

제1부 시란 무엇인가

다. 문자란 화자의 생각이나 감정을 완전하게 기술할 목적으로 만들어 놓은 기호이니 제1의 문자이건 제2의 문자이건 하여간 모든 문자는 그 생각이나 감정을 완전하게 표현하기 위해서 필요할 경우 마땅히 사용하는 것이 원칙 아닌가?', '…….'

② '시에서 왜 문장부호를 사용해서는 안 되는가?', '시이니까 그렇다', '시는 왜 그래야 하는가?', '시는 원래 그렇다', '"원래 그렇다"는 근거는 무엇인가?', '모두 그렇게 쓰니까 그렇다', '많은 사람들이 역병에 걸리면 당신도 역병에 걸려 죽어야 정상인가?', '…….'

③ '시에서 왜 문장부호를 사용해서는 안 되는가?', '모든 사람이 문장부호를 사용하지 않으니 나도 따라서 그렇게 한다', '많은 사람들이 담배를 피운다. 그러니 당신도 담배를 꼭 피워야 하는가? 담배를 피워서 건강을 해쳐야 하는가?', '…….'

④ '시에서 왜 문장부호를 사용해서는 안 되는가?', '문장부호를 쓰면 촌스럽기 때문에 그렇다. '꼰대'들이 문장부호를 꼭꼭 붙인다', '문장부호를 쓰면 왜 촌스러운가. 왜 그것이 '꼰대짓'인가.', '예전 시인들이 문장부호를 사용한 까닭에 낡아빠진 느낌을 준다', '잘 알지 못하고 하는 말 같다. 우리나라 현대시는 발생 당시 즉 신시(新詩) 때부터 지금까지 어느 시인도 제대로 문장부호를 사용한 적이 없었다. 그러니 예전 시인들, 그러니까 '꼰대' 시인들이 문장부호를 정확하게 사용했다는 생각은 사실과 다르다. 그렇다면 이외에 촌스러운 이유가 또 있는가?', '하여튼 촌스럽다', '시에서 근거 없이 촌스럽다고 생각하는 편견과 그 때문에 문장부호를 제대로 사용하지 않아서 발생하는 여러 가지 의미의 왜곡 이 두 가지 현상들 중 어떤 것이 시에 더 나쁜 결과를 초래하는가?', '…….'

⑤ '시에서 왜 문장부호를 사용해서는 안 되는가?', '모든 문장부호를 쓰

지 말자는 것은 아니다. 쉼표는 쓰되 마침표는 쓰지 말자는 것이다', '왜 그래야만 하는가?', '마침표를 쓰면 호흡이 끊겨지기 때문이다', '호흡이라는 용어를 무슨 뜻으로 사용하고 있는지는 잘 모르겠으나 원래 호흡이란 한 숨에 발성할 수 있는 말의 분량(길이) 즉 'breath group'을 지칭하는 용어이다. 그것은 일종의 언어의 리듬(운율)과 관계되는 음절(syllable)들의 단위라 할 수 있다. 그런데 우리 말의 운율은 음수율이어서 —쉼표가 아닌 한—마침표의 경우는 호흡의 연속성에 별 영향을 끼치지 않는다. 그것은 오히려 발성자의 심리적, 정서적 문제에 관련되어 있다. 설령 마침표가 호흡의 연속성을 끊는 경우가 있다 하더라도 대부분은 예외적이다. 그뿐만이 아니다. 시에서 호흡이 꼭 연속되어야만 할 이유도 없다. 경우에 따라서는 연속성이 끊기는 것도 필요하다. 그럼에도 불구하고 일률적으로 마침표를 사용하지 말아야 한다는 주장은 억지가 아닌가?', '……', '원래 마침표란 한 문장이 끝났다는 것, 그리고 그것이 의문문이나 명령문이 아닌 서술문이라는 것을 표시해 주는 문장부호이다. '……다'로 끝난 문장이라 하더라도 때에 따라서는 서술문이 아닌 의문문이나 명령문이 될 수도 있기 때문이다. 따라서 한 문장이 서술문으로 끝나면 그것이 서술문으로 끝났다는 표시로 마땅히 마침표를 찍는 것이 정상이다. 가령 우리가 무슨 계약서를 쓸 경우 그 계약의 내용을 증서에 기록한 뒤 마지막으로 도장을 찍어 이를 확인하는 절차와 같다. 그런데 계약서를 써놓고도 굳이 도장만큼은 날인해선 안 된다고 주장한다면 그 계약이 어떻게 성립될 수 있을 것인가?', '……'

⑥ '시에서 왜 문장부호를 사용해서는 안 되는가?', '모든 시인들이 문장부호를 무시한다. 특히 이상(李箱)은 띄어쓰기도, 맞춤법도 지키지 않았고 문장부호를 아예 사용하지 않았다', '다른 사람들이 문장부호를

사용하지 않는 까닭에 자신도 문장부호를 사용하지 않는다는 것은 옳지 않다. 즉 부화뇌동이다. 이는 앞에서 충분히 설명한 바와 같다. 그뿐 아니다. 이상을 하나의 모범적인 사례로 들어 합리화하는 것도 적절하지 못하다. 그는 서구 아방가르드를 모방해 한국에서 최초로 문장부호를 사용하지 않고 시를 쓴 예외적 시인이므로 이를 전범으로 시작(詩作)에 임해서 문장부호를 사용하지 않는다는 것은 논리학에서 말하는 바 특수한 것을 일반화하는 오류에 해당하는 것이다. 그런데 아방가르드란 그 누구도 시도해보지 않은, 어떤 전적인 '새로움(The New, Peter Burger의 개념)'을 그 자신만의 독창적인 아이디어로 개척하는 것을 가리키는 말인데 이상은 유럽의 실험시들을 모방했으므로 진정한 아방가르드도 아니다. 그렇다면 모방자, 그것도 보편적인 것이 아니라 예외적인 것을 모방한 시인을 2차적으로 또 모방한 당신은 자청해서 스스로 삼류 시인이 되기를 바란다는 것이 아닌가', '…….'

위에서 살펴본 바와 같이 시에서 문장부호를 사용해선 안 된다는 주장은 이렇듯 아무런 논리도, 근거도, 관례도 없이(혹시 시인 자신의 미숙한 문장력을 애매한 표현으로 위장하기 위할 목적에서 그리한다면 몰라도) 다만 시에서 의미 전달의 왜곡과 불필요한 난해성을 야기시키게 만드는 함정일 뿐이다. 그것은 문장론에 대한 무지와 자기 성찰의 결여와 주위에서 '미운 오리 새끼'로 지목당하기를 두려워하는 자들이 시류에 편승하거나 부화뇌동한 결과라 할 수 있다.

4

그럼에도 불구하고 왜 이 같은 현상이 우리 시단에서는 버젓이 당연시

되는가. 나는 한글 사용의 역사성에서 그 이유의 일단을 찾아볼 수 있으리라 생각한다.

① 원래 우리나라는 수천 년간 한문을 사용해왔다. 그런데 한문이란 띄어쓰기나 맞춤법, 문장부호 등이 전혀 없는 글이다. 따라서 한국인들의 일상적 문자 생활에서는 관습적으로 문장부호 사용에 대해 어떤 의식이나 당위성을 가지지 못했다. 그것이 하나의 유전인자로 굳어진 것이다.

② 다 알고 있는 것처럼 한글은 500여 년 전 조선의 세종대왕께서 만들어 백성들에게 반포하신 문자인데 아쉽게도 거기에 문장부호는 없었다. 뿐만 아니라 20세기 이전까지는 일반 민중에게 널리 보편화되지 못했고 암암리에 사용되었다 하더라도 한문의 영향으로 맞춤법, 띄어쓰기, 문장부호의 사용과 같은 근대적 표기법이 전무(全無)했다. 즉 한문식 표기 그대로 몇백 년간 문장부호나 띄어쓰기 같은 것을 전혀 사용한 적이 없었다. 그러므로 한국인의 무의식 속엔 당연히 문장부호의 사용과 같은 개념이 있을 수 없었다.

③ 막연하나마 한글에 맞춤법, 띄어쓰기, 문장부호 같은 것에 대한 의식이 생기기 시작한 것은 1884년 갑오경장 이후의 일이다. 그러나 1933년 '조선어학회'에서 〈한글맞춤법 통일안〉이 만들어지기 이전까지는 영어 문헌이나 일본어 문헌의 영향으로 비록 문장부호를 사용하기는 했으나 그 사용에 어떤 일정한 법칙도 관습이나 규제도 없었다. 문장부호를 무시하거나 중구난방으로 사용하는 것이 다반사였다. 이는 이 시기에 간행된 잡지의 글들이나 이 시기에 출판된 김억의 『해파리의 노래』, 소월의 『진달래꽃』, 한용운의 『님의 침묵』 같은 시집들의 예를 보면 누구나 알 수 있는 일이다.

④ 우리 국어사(國語史)에서 맞춤법, 띄어쓰기, 문장부호 등의 사용은

1933년 조선어학회에서 제정한 〈한글맞춤법 통일안〉이 공표되면서 비로소 나름의 일관된 용법을 처음 갖게 되었다. 그러나 1960년에 이르기까지는 일제의 우리 말 탄압, 해방기의 혼란, 한국전쟁 등으로 인해 일반 국민에게 그 용법이 널리 보편화되지도, 정확하게 사용되지도 못하였다. 그러므로 문장 작법에서 문장부호를 정확하게 사용하려고 노력하기 시작한 것은 60년대, 소위 한글 세대의 등장 이후라 할 수 있다.

⑤ 이와 같은 역사성으로 인해 아직까지도 우리들은 우리 글에서 문장부호 사용에 대한 확실한 의식을 갖추지 못하고 있는 것이 사실이다. 오히려 지식인일수록 — 무지에서 기인하는 결과임에도 이를 수치로 여기지 않고 — 자신들은 마치 무슨 특권이라도 가진 계급처럼 맞춤법이나 문장부호 등의 사용을 경시 혹은 무시하는 풍조를 조장하였다. 그리고 또 이런 이상한 풍조를 하나의 멋 혹은 개성(?)으로 관용하는 것이 알고도 모를 우리 지식사회의 현실이기도 하다. 나는 이 같은 이유가 우리 시작(詩作)에서도 문장부호의 사용을 기피 혹은 우습게 보는 관례를 만들어냈을 것이라고 생각한다.

그러므로 '시에서는 문장부호를 정확히 사용할 필요가 없다.' 혹은 '마침표만큼은 사용해서는 안 된다.'고 주장하는 것 따위는 한글 표기의 역사성, 문장부호 사용에 대한 의식의 결여, 문장론에 관한 무식, 문장부호의 정확한 사용에 대한 무지와 두려움 정확한 글 쓰기의 어려움을 합리화하는 자기 변명 등이 시류편승 혹은 부화뇌동이라는 민족적 유전자와 결합해서 만들어낸 지극히 비정상적인 유행 풍조라 할 수 있다. 그러므로 지성인이라면 이는 마땅히 부끄러워해야 할 일인 것이다.

제2부

문학의 길

수평적인 삶과 수직적인 삶. 개인의 삶과 전체의 삶. 이 각기 상반하는 두 가지 지향 앞에서 문학이 걸어가야 할 길

느 쪽일까. 그러나 이는 한마디로 우문(愚問)이다. 왜냐하면 문학이란 원래 이 두 가지 세계 중 어느 한편하고만 관련을 맺을 수

기 때문이다. 문학은 수직적인 삶과 수평적인 삶, 개인적인 삶과 전체의 삶을 동등하게 혹은 균형 있게 반영하는데서 그 이상이 실

세계화와 우리 시

1

이번 세미나에서 내게 주어진 주제는 "우리 문학의 세계화"이다. 그렇다면 '세계화'란 무엇일까. 우리가 엊그제 뉴스에서 접한 바 "휴대전화 보급에 있어서 한국의 CDMA방식이 세계 표준으로 채택되었다"고 할 때의 뜻과도 같은 말일까. 그럴 경우 '세계화'는 곧 국제 공용의 표준 모드를 뜻하는 말이, '한국문학의 세계화' 또한 그 같은 국제 공용의 어떤 주조(鑄造) 문학이 될 수밖에 없다.

물론 우리가 이 자리에서 논하고자 하는 '세계화'란 그런 뜻이 아닐 것이다. 분명치는 않지만 아마도 '우리 문학을 전 세계인들의 눈높이에서 평가받는 문학의 반열로, 혹은 세계 지식인들이 인정하는 수준으로 올려놓는 것'을 뜻하는 것이 아닐까. 즉 우리 문학의 독서 영역을 한반도를 넘어 세계로, 특히 선진국 독자들의 영역으로 확장시키는 것, 그리하여 그들이 우리의 문학을 자신들 삶의 일부 가치로 수용하게 만드는 일을 가리키는 말일 것이다.

그렇다면 우리는 우리 문학을 어떻게 전 세계인들로부터 사랑받게 할수 있을 것인가. 간단히 두 가지 해결책밖에 없으리라 생각한다. 첫째, 세계인들로부터 사랑 받을 수 있는 문학작품의 창작, 둘째, 그것을 널리 보급시키는 노력이다. 그렇잖은가. 아무리 널리 보급시킨다 하더라도 관심을 끌 수 없는 작품이 어떻게 독자들의 인정을 받을 것이며 또 아무리 훌륭하다 하더라도 읽히지 않은 작품이 어떻게 독자들에게 수용될 수 있을 것인가.

전자부터 살펴보도록 하겠다. 어떤 작품이 세계인으로부터 사랑을 받을 수 있을 것인가. 결론부터 말하자면 가장 민족적이면서도 가장 세계적인 문학작품이다. 이 말에는 물론 피해야 할 함정이 하나 있다. 무엇보다 '민족'이라는 단어가 거는 집단 최면으로부터 자유스러워지지 않으면 아니된다는 사실이다. 일반적으로 문예학에서 '세계문학(world literature)'이란 세계인을 감동시키는 인류 보편의 문학, 간단히 '명작'을 의미하고 민족문학(national literature)이란 민족어(national language)로 쓰여진 문학, 즉 민족적으로 상호 영향관계에 놓여 있는(이 상호간의 영향관계를 탐구하는 학문을 비교문학(comparative literature)이라고 한다) 각개 문학의 하나를 일컫는 말이다. 예컨대 한국어로 쓰여진 문학은 한국의 민족문학, 영어로 쓰여진 문학은 앵글로 색슨족의 민족문학, 중국어로 쓰여진 문학은 한(漢)족의 민족문학이다. '민족문학'이란 민족어로 쓰여진 문학 그 이상도 이하도 아닌 것, 따라서 '민족문학'이라는 용어를 사용할 때 우리는 항상 다음과 같은 전제를 달지 않으면 안 된다. '모든 민족문학이 훌륭한 것이 아니라 훌륭한 민족문학이 훌륭하다.'

그렇다면 세계의 독자들로부터 사랑을 받는 민족문학 작품이란 또 무엇인가. 당연히 ― 단지 민족문학만이 아닌 ― '훌륭한 민족문학'으로서 세계문학의 반열에 오른 문학작품이어야 할 것이다. 필자는 몇 년 전 이 문제에 관해 나름의 견해를 피력한 바 있으므로 이를 다시 인용해보기로 한다.

첫째, 민족어, 즉 모국어의 이상적인 구사. 훌륭한 민족문학은 자신의 모국어만이 지닌 특징을 가장 아름답고 섬세하게 승화시킬 수 있어야 한다. 음운, 음성, 어휘, 운율, 문체, 통사론 의미론적 관계성 등 제 분야가 만들어 내는 아름다움과 의미 그것이다. 고대 소설이나, 판소리, 시조 등이 갖는 한국어의 리듬, 문체, 어휘구사, 톤, 수사법 등이 한국 현대문학의 언어에 어떻게 기여할 수 있는가 살펴보는 일도 그중 하나일 것이다.

둘째, 한국적인 인간형의 탐구. '화랑'이나 '춘향'이 같은 인물을 재현시키자는 것이 아니다. 이를 토대로 하면서도 보다 창조적, 인류 보편적인 인간상을 모색하는 일이다.

셋째, 한국 전통 문학양식의 계승과 발전(물론 '전통'과 '유물'은 다르다). 가령 시조나 판소리 같은 것들은 외국문학에서는 찾아볼 수 없는 독특한 우리 민족만의 문학양식이다. 그러한 관점에서 수년 전 이문구나 김지하 등이 판소리의 리듬과 구성을 현대시나 소설에 수용하여 크게 주목을 받은 것은 하나의 가능성을 예시해준 것이라고 할 수 있다.

넷째, 민족의 기층적 사고 — 인생관이나 세계관 또는 전통 사상에 대한 탐구와 자기 성찰의 노력. 고급한 대로 유교, 불교사상이건 혹은 민간신앙으로서 무속사상이건, 민중의 소박한 세계관이나 인생관이든 이에 내재한 한국적 사상의 원형을 인식한다는 것은 민족문학의 창조적 계승에 필수적 요건이 된다.

다섯째, 민족의 보편적, 문학적 감수성에 대한 일체감의 체험. 가령 '한(恨)'과 같은 것이 정서에 있어서, 해학, 골계 등이 행위에 있어서 그러하다면 설화, 전설 등 전통세계는 문학적 소재에 있어서 그 같은 우리 문화 유산이라고 생각한다. 우리는 이미 김소월의 시, 김유정, 채만식, 황순원, 김동리 등의 소설에서 그 가능성을 엿볼 수 있지 않았던가.

여섯째, 민족정신의 탐구. 사회적, 정치적 이념이나 실천 윤리로서만이 아니라 한 민족이 근거하고 그 영원성에 뿌리를 내릴 수 있는 힘, 소위 낭만주의자들이 신봉했던 민족혼(이 말은 많은 오해를 불러일으켜왔으므로 상식적인 차원에서 '한 민족에게 일체감을 형성시키는 동질성(national identity)'이라는 정도의 뜻으로 사용하도록 한다.)과 같은 것을 체험케하는 일이 그것이다. 물론 이는 정치 이념과 결부될 경우 자칫 국가주의를 합리화시켜줄 소지가 없지도 않다. 그럼에도 불구하고 그것은 민족문학의 확립을 위해서 우리가 언제인가는 한번 정면으로 부딪치지 않으면 안 될 명제이기도 하다.

물론 훌륭한 민족문학이라고 해서 반드시 세계인의 사랑을 받는 것은 아니다. 같은 민족어를 공유한 집단에게 공감을 줄 수 있는 작품이 의외로 다른 민족어를 구사하는 집단에겐 무의미한 경우가 없지도 않다. 가령 한국의 독자들에게 높이 평가되어왔던 서정주의 「국화 옆에서」가 프랑스 독자들에겐 거의 외면된다고 한다. 프랑스에서 국화의 의미는 다만 장례식장에서 조화(弔花)로 이용되는 것 이상이 아니기 때문이라는 것이다. 그러므로 한국인에게는 비록 훌륭한 민족문학 작품이 된다 하더라도 그것이 세계문학이 되기 위해서는 부차적으로 다른 몇 가지 조건들이 고려되지 않으면 아니 될 것이다.

첫째, 사상이나 이념, 정서나 감정, 혹은 세계관이나 인생론적 태도 그 어떤 것에 관한 문제든 본질적으로 세계인이 지향하는 인류 보편의 가치 추구라는 영역에서 벗어나서는 아니 된다.

둘째, 작가의 메시지가 시대성을 초월하지 못할 경우 세계문학이 되기 어렵다. 즉 한 시대의 문제에만 국한되어 영원성을 지니지 못한 문학은 세계문학이 될 수 없다. 나치하의 프랑스 레지스탕스 문학은 나치가 패망했을 때 단지 역사적 문헌 이상의 의미를 갖지 못했다. 그러나 「햄릿」은 덴마크 왕실의 부정이라는 한 시대적 사건을 소재로 해서 쓰여졌음에도 불구하고 삶의 보편적인 문제를 다루고 있었던 까닭에 보다 영원성을 지닐 수 있었다.

셋째, 민족문학은 복고적, 과거지향적, 폐쇄적인 배타문학이 되어서는 아니 될 것이다. '민족'이란 — 역사성과 전통을 지녔음에도 불구하고 — 끊임없이 생성, 변화, 창조를 거듭하면서 미래성과 영원성을 지향하는 자이기 때문이다. 따라서 여기에 그 민족의 원형 혹은 신화를 탐구하는 것들과 같은 문제가 관련되지 않을 수 없다. 그러나 민족문학이 신화성을 지녔다는 것은 단순한 과거 지향성을 뜻하는 말이 아니다. 라인홀트 니버의 견해와 같이 신화란 '과거적이자 동시에 미래적인 것, 미래의 역사로서 현존하며 영원성을 지니고 도덕적 정신적 가치관을 마음속에 그려주는 것으로서의 존재'를 가리키는 말이기 때문이다.(R. Niebuhr, "The Truth Value of Myth", *The Nature of Religious Experience*, New York, 1937).

넷째, 도구 특히 정치도구로서의 문학이 아닌 순문학(belle littérature)이어야 한다. 그것은 문학이 비록 정치적 모순을 비판하거나 특정한 이념에 저항할 수는 있다 하더라도 정치에 종속되어서는 아니 된다는 뜻이다. 예컨대 과거 공산주의 국가에서 — 아이러니하게도 체제 그 자체에 저항한 작품을 예외로 하고 — 그 어떤 작가의 작품도 세계문학의 반열에 오르지 못했다는 것이 이를 실증해주고 있다.

다섯째, 세계화라는 틀에서 볼 때 민족주의 이념은 더 이상 우리 문학의 발전에 도움이 될 수 없을 것이라는 점이다. 그것은 21세기를 지향하는 현대인의 보편적 세계관이 그렇기 때문이다. 물론 이 세계에는 특별한 역사적, 정치적 상황으로 인해 아직도 '민족주의'가 존중되어야 할 가치로 살아 있는 민족 혹은 국가가 적지 않다. 한국도 예외는 아니다. 그러나 오늘의 시대에 '민족문학'이 아닌 '민족주의 문학(nationalist literature)'은 — 어떤 정치적 목적의식, 혹은 정치문학에서라면 몰라도 — 최소한 세계문학이라는 관점에서는 긍정적 요소로 작용하기 힘들 것이다.

2

우리 문학의 세계화를 위한 두 번째 단계는 당연히 해외 수출이다. 이에 대해서는 그동안 문화부나 번역원, 문화예술위원회, 문화재단, 문학단체, 학술단체 및 각급 대학 등에서 수많은 논의가 있어왔으므로 여기서 새삼스럽게 어떤 특별한 아이디어나 방법을 제시할 수는 없다. 기왕에 논의된 것들 중 그 어느 하나라도 성실히 그리고 꾸준히 실천하면 될 일이다. 다만 인간의 두뇌는 쉽게 타성에 젖기 마련이므로 이를 다시 각성시킨다는 뜻에서 주된 것 몇 가지를 재론하자면 다음과 같다.

첫째, 경영 마인드이다. 문화부나 기타 문학을 지원하는 단체의 책임자, 정책 입안자들과 그것을 실천에 옮기는 실무자들은 진정으로 왜 우리 문학의 세계화가 중요한가를 자각해야 한다. 그러기 위해서는 이 문제가 단지 문학의 차원만이 아닌 민족 발전, 국가 발전의 초석이 된다는 사실 또한 인지해야 할 것이다.

둘째, 대한민국은 자본주의 국가이다. 자본을 지배 혹은 독점하고 있는 계층의 국가 경영에 끼치는 영향이 절대적임은 두말할 필요가 없다. 따라서 이들에게 우리 문학의 세계화가 — 넓은 의미에서 국가, 좁은 의미에서는 자신들의 기업에 — 왜 필요한가를 인식시키는 일이 또한 중요하다. 예컨대 일본의 소니 회사는 미국과 유럽 등의 민간단체, 지역 도서관, 각급 학교에 적극적인 경제 지원을 함으로써 저들의 민족시라 일컬어지는 하이쿠나 단가 창작 운동을 범세계적으로 펼치고 있는데 그것은 좁은 의미에서 소니라는 한 기업의 홍보뿐만 아니라 넓은 의미에서 일본 경제, 일본이라는 국가 이미지의 제고에 큰 기여를 하고 있다.

셋째, 국제적으로 영향력 있는 문인, 지식인, 언론인, 출판인들과의 활발한 교류와 그 확대이다. 여기에는 그들을 우리나라로 초청, 장·단기간 체류케 함으로서 우리 문학인들과 접할 기회를 만들어주는 방법도 있을 수 있고 우리 문인들이 해외에서 활동할 수 있도록 적극 지원하는 방법도 있을 수 있다. 미국 아이오와대학의 '국제 창작 프로그램'과 같은 문인 연수 제도나 국제적인 문학상의 제정도 고려해볼 만하다.

넷째, 정부 및 민간 차원에서의 해외 번역 사업을 보다 적극적으로 활성화시켜야 한다. 번역 대상 작품의 공정한 선정과 출판 후의 판촉 지원이 필수적임도 물론이다.

다섯째, 훌륭한 번역가의 양성이다. 이를 위해서는 번역 연수원과 같은 기관을 만들 수도, 각급 대학에 번역사 교육을 위탁할 수도 있으며, 외국인 번역사와 한국 작가가 자연스럽게 접촉할 수 있도록 어떤 제도적 장치를 마련해주는 것도 좋을 것이다.

시조와 우리 자유시

'시조(時調)는 양(洋)의 동서를 막론하고 세계 그 어느 민족문학에서도 유례를 찾아보기 힘든 우리만의 고유한 전통 정형시 양식이다. 그것은 또한 이 세계 여러 다른 나라 정형시들의 운명과는 달리 오늘날까지도 자유시와 어깨를 겨누며 당당히 현존하고 있다는 점에서 남다른 의미를 지닌 우리 민족문학의 자존심이기도 하다.

그럼에도 불구하고 시조는 문단 일각으로부터 부당한 편견을 받고 있는 것도 사실이다. 예컨대 '낡은 시형' 혹은 '시대의 조류로부터 비껴서 있는 시형'이라는 등의 왜곡된 인식 같은 것들이 그것이다. 그 결과 시조는 시집 출판이나 발표 기회 등에 있어서 자유시에 비해 많은 차별을 당하고 여러 형태의 정부 지원과 외국과의 교류 등에서도 항상 소외되어왔던 것이 저간의 사정이다. 그 뿐만아니다. 해외 출판을 위한 번역원 등의 번역 지원 사업에서도 시조집에 대한 배려는 냉담했다. 2005년 우리나라가 주빈국이었던 프랑크푸르트 북페어의 한국 도서전에서도 시조집은 단 한 권 선정되지 못했으며 시조시인 역시 단 한 명도 초청되지 않았다.

이와 같은 현상에는 문화적 서구 사대주의가 한몫을 거들고 있었을지도 모른다. 혹시 서구적 가치가 세계 보편적 기준이 되고 있는 오늘의 시대에는 '서구에서 발생한 자유시가 우리 문학을 대표해야 한다'는 편견이 자리잡고 있지는 않았을까. 물론 우리는 우리의 근대 자유시 형성 과정에 있어서 서구문학이 끼친 영향을 부인할 수 없다. 그러나 우리의 현대 자유시가 전통문학인 시조와 전혀 무관하게 성립된 것은 결코 아니다.

그 어떤 나라의 민족문학도 발생의 초기 단계에서부터 산문문학 혹은 자유시로 쓰여진 경우란 없다. 처음엔 운문으로 쓰여져 낭송 혹은 낭독되는 것이 일반적이었다. 우리가 전통적으로 시(poetry)와 운문(verse)을 같은 개념으로 사용해왔던 것도 이 때문이다. 그러던 것이 근대에 오자 정형시 혹은 운문시와 별개인 자유시가 등장하게 된다. 물론 그렇게 된 문학사적 필연성을 해명해내는 일은 복잡하다. 그러나 분명한 것이 하나 있다. 장르 유(類)로서 산문문학인 소설과 장르 종(種)으로서 산문 형태인 자유시는 근대 시민사회의 문학적 반영으로 이루어졌다는 바로 그 사실이다.

근대 시민사회란 무엇인가. 간단히 이념적으로는 민주주의, 사회적으로는 민중주의, ─ 그 물적 토대가 된다는 점에서 보다 더 중요하게 ─ 경제적으로는 자본주의를 지향하는 사회를 일컬음이다. 따라서 전통적 운문문학 역시 근대에 들어 민중주의, 민주주의, 자본주의적 삶의 양식이 그 문학적 이념, 감수성, 기호, 세계관, 미의식 등에 반영되면서 산문문학양식으로 해체되는 경로를 밟았다. 봉건사회의 가치 의식을 추구하는 운문문학과 달리 산문문학은 근대 시민사회의 자유 평등 의식을 반영한 문학양식인 것이다. 우리의 시조를 비롯한 전통시가의 해체 역시 이와 크게 다르지 않다.

여기에는 물론 가치 부여의 문제가 제기될 수 있다. 예컨대 자유시가 근대 시민사회의 반영이라면 상대적으로 운문시 혹은 정형시는 이 시대에 비적합한 문학양식인가. 이에 긍정하는 일부 논자들이 없는 것은 아니다.

그럼에도 불구하고 서구와 그 문학적 전통이 다른 한국의 경우 운문시와 자유시의 관계를 이 같은 대립구도로서만 설명할 수 없다는 것이 필자의 생각이다. 일반적으로 이 세계 모든 민족문학의 운문시는 그대에 들면서 해체되었다. 그러나 운문시와 그로부터 발전한 정형시는 비유적으로 원자의 핵과 양자의 관계에 있다고 보는 견해가 자연스럽다. 즉 모태와 자식들의 관계, 항구와 선박들의 관계이다. 따라서 전통 정형시는 한 시대 문학의 핵에 위치하여 무질서하게 부동하는 주변의 산문문학을 통어하는 데 그 존재 의의가 있다고 할 것이다.

우리 문학사 역시 마찬가지이다. 문제는 이의 토대가 되는 우리의 일반 역사에서도 과연 자생적으로 자본주의 경제, 혹은 근대 시민사회를 지향하는 움직임이 있었느냐 하는 점과—우리의 근대화가 파행적이었다는 사실 때문에—우리의 자유시가 과연 전통 시가의 하나인 시조로부터 발전해온 것이냐 하는 점이다. 이에 관한 논의는 문학, 역사학, 사회학, 정치학, 경제학 등 제 분야에서 매우 민감하게 다루어져야 할 사항이고 또 많은 이론(異論)들이 대두되고 있어 간단히 해결될 문제는 아니다. 그러나 필자의 소견(이 문제에 관한 자세한 논의는 졸저 『20세기 한국시 연구』에 수록된 「근대시와 현대시」라는 논문을 참조하시기 바람)으로는 우리 역사에도 분명 자생적으로 자본주의 경제를 지향하는 사회 변화와 근대 시민사회로 나아가는 민중운동의 싹이 있었다. 그것은 대략 18세기 전후라고 생각된다.

물론 이와 같은 사회 변화는—소위 "개화기"에—서구문물이 수용되면서 본격화하였다. 그러나 그것이 비록 태동기 혹은 이행기의 수준에 머무른 것이었다 하더라도 이 시기(18세기)에 근대화를 지향하는 이 같은 현상들이 서서히 나타나고 있었다는 사실만큼은 부인하기 힘들다. 따라서 이 시기의 우리 문학사에서도 그 같은 변화에 따라 시민사회의 문학적 반영으로서의 자유시 지향운동이 대두할 수밖에 없었음은 물론이다. 필자는 그것을 18세기에 등장한 사설시조에서 찾고자 한다.

사설시조의 창작은 분명 18세기 우리 사회의 근대화가 문학적으로 표출된 문화적 현상의 하나였다. 그리고 그것은 우리의 전통 정형시라 할 평시조가 일부 해체되어 자유시로 발전해 나가는 첫 단계라 할 수 있다. 이에서 비롯된 우리의 자유시 지향 운동은 두 번째 단계로 전통 장르 즉 민요, 시조, 가사 등의 상호침투 작용에 의해서, 세 번째 단계로 창가, 찬송가 등 외래적 요소의 상호침투 작용에 의해서, 네 번째 단계로 마지막 저항세력인 신체시, 언문풍월, 사행시 등 신판 정형시 창작 운동의 극복을 통해서 20세기, 즉 1910년대 말에서 1920년대 초에 완전한 자유시형을 확립하게 되는 것이다.

우리 시의 자유시 형성 과정을 이렇게 파악한다면 우리는 다음과 같은 결론에 다다를 수 있다. 첫째, 우리의 자유시는 외래문학에 의해서가 아니라 전통 정형시인 시조의 발전으로 이루어진다. 둘째, 구체적으로 18세기 사설시조의 대두에서 시작된다. 셋째, 다른 모든 세계문학이 그러한 것과 같이 이 또한 자본주의 경제에 토대를 둔 근대 산업사회의 문학적 반영이다. 넷째, 우리의 시조는 18세기 이후 이원화되는 길을 걸어왔다. 하나는 스스로 해체화 과정을 밟으며 자유시로 발전해온 길이요 다른 하나는 전통 정형시의 규범을 지켜 자신의 영역을 고수해온 길이다. 다섯째, 오늘날 시조와 자유시는 대립적, 배타적인 관계에 있는 것이 아니라 상호보완적 관계에 있다. 즉 민족문학의 중심부에 있는 것이 전자라면 그 주변부에 있는 것은 후자이다. 따라서 나는 우리 시가 이 양자 사이에 원심력과 구심력이라는, 보다 적절한 긴장 관계를 유지함으로써 민족문학으로서의 소명을 다할 수 있을 것이라고 생각한다.

이렇듯 우리의 현대 자유시는 — 다소간 서구의 영향을 받은 것만큼은 부인할 수 없으나 — 본질적으로 우리 전통시가 특히 시조에서 파생 발전하였다. 따라서 시조 없이 현대시란 존재할 수 없는 것이다.

어느 나라 민족문학이든 산문문학과 운문문학이 있기 마련이고 이 양자는 상호 팽팽한 긴장 상태 아래서 한 시대의 문화적 소명을 실현시켜왔다. 그러므로 이제 나는 괴테의 다음과 같은 잠언을 인용하면서 이 글을 끝맺고자 한다. "가장 민족적인 것이 가장 세계적인 것이다".

현대문학의 지향점

1

편의상 이 세계를 동서양으로 구분해서 이야기할 수 있다면 오늘의 물질문명은 서구인들에 의해서 주도되어왔다는 것이 일반적 견해입니다. 물론 동양이 서양에 끼친 영향을 무시할 수는 없지만요. 아니 어찌 보면 오늘의 서구 물질문명은 동양의 과학적 발명을 토대로 해서 이루어진 것이라고 말해도 과언은 아닐 것입니다. 중국의 종이나 나침반, 화약 등의 발명. 한국의 제철기술, 금속활자, 아랍의 수학 및 천문학의 이론 정립 등은 그 대표적인 예들의 일부일 것입니다. 그러나 동양인들은 오늘의 서구인들처럼 그것을 근대 산업사회로까지 발전시키지는 못했습니다.

이를 어떻게 설명할 수 있을까요? 우선 다음과 같은 견해가 있을 수 있습니다. 서양인은 자연을 정복하는 삶을 지향해왔고 동양인은 자연에 귀의하는 삶을 지향해왔다는 주장입니다. 서양인들은 자연을 물질로 이해하여 이를 인간 삶에 이용하고자 하였습니다. 그러므로 그들에게 있어 자연이란 인간 삶의 편의를 위한 도구에 지나지 않게 됩니다. 그러나 동양인들에게 있어서 자연은 항상 신성한 존재이고 언제인가 그 자신 돌아가야 할 본향(本鄕)이었습니다.

그러므로 '문화'의 개념 역시 동서양이 다릅니다. 영어에서 'culture'라는 말은 본래 '개간한다'는 뜻을 지니고 있으나 한자 문화권에서 '문화(文化)'라는 말은 '문치교화(文治教化)'의 준 말로 '인간을 다스려 깨우친다'는 뜻입니다. 전자는 '농경'이라는 말에서 보듯 자연을 다스려 개간한다는 뜻이고 후자는 인간을 다스려 개간한다는 뜻이지요. 물론 인간을 다스려 개간한다고 할 때 그 이상을 어디에 두느냐 하는 것에 대해서는 여러 논의가 있을 수 있습니다. 그러나 그 중요한 사상계보 가운데 하나가 '무위자연(無爲自然)'이라는 것은 잘 알려진 사실입니다.

오늘의 서구 문화는 기독교 세계관에 토대해서 이루어진 것이라 할 수 있습니다. 서구 문명사를 기독교 문명사라 부르는 것도 이 때문이지요. 반면 불교는 동양문화의 오랜 뿌리들 가운데 하나입니다. 따라서 우리는 자연에 대한 동서양의 태도 역시 불교와 기독교의 자연관을 비교함에 의해서도 살펴볼 수 있으리라 생각합니다. 불교에서는 살생을 큰 죄악으로 여깁니다. 물론 기독교도 살생을 금하긴 마찬가지지요. 십계명에는 '살인하지 말라'는 계율이 분명 들어 있으니까요. 그러나 불교는 인간이 아닌 다른 생물들에게도 이 계율을 엄격히 적용하는 것에 반해 기독교는 꼭 그렇지만은 않은 것 같습니다. 예컨대 불교에서는 "삼라만상 실유불성(森羅萬象 悉有佛性)"이라 하여 생명을 지닌 것은 그 무엇이든 모두 부처가 될 수 있는 본성을 지녔다고 봅니다. 인간과 동등한 것이지요. 불교의 승려들이 살생을 피하기 위해서 엄격히 육식을 금하고 오직 풀잎(채소)과 열매(과실과 곡물)만을 먹는다는 것은 다 아는 바와 같습니다.

생존을 위한 이 같은 살생에 대해서도 동서양은 그 윤리적 시각이 다릅니다. 야훼가 이 세상을 인간에게 주시고 당신을 대신해 인간으로 하여금 이를 관리하도록 허락하셨다는 기독교 세계관에서는 육식이 아무런 죄가

114

되지 않습니다. 그러나 불교의 경우 — 비록 자신의 생존을 위한 것이라 할지라도 — 타자를 먹는 행위는 물론, 생존 그 자체가 죄입니다. 서구의 철학자 야스퍼스가 이를 기독교의 원죄(原罪, Original Sin)와 구분해서 "공동죄(共同罪, Mitschuld)"라고 불렀던 것은 널리 알려져 있습니다.

오늘날에도 불교 승려들은 올이 성긴 짚신을 신고 다닙니다. 보행 중 혹시 자신도 모르는 사이에 땅에 기어가는 벌레를 밟아 죽이지는 않을까 하는 염려 때문이지요. 12세기 한국의 한 유명한 시인 이규보(李奎報)는 어떤 산문에서 사람의 피를 빨아먹는 이(虱)도 살아야 할 권리가 있다 하였고 옛 중국의 제(齊)나라 환공(桓公)은 굶주린 모기가 피를 빨아 먹을 수 있도록 잠자는 동안 자신의 발을 모기장 밖으로 내놓았다고 합니다. 역사적으로도 모기장을 만든 사람들은 동양인이었지만 모기약을 만든 사람들은 서양인이었습니다. 이 모두는 자연과 더불어 자연에 의지하면서 살아온 동양적 삶의 태도와 자연을 정복, 인간화해온 서양적 삶의 태도를 단적으로 대비시켜준 예라 하겠습니다.

따라서 이처럼 자연 의존적 혹은 자연 귀의적 삶에 토대를 둔 동양이 보다 정신적인 문화를, 자연을 정복하여 그것을 생활의 이기로 이용하고자 했던 서양이 보다 물질문명을 발전시켰다면 이는 당연한 결과가 아니겠습니까?

2

서구 문명사는 일정한 주기로 순환해서 오늘에 이르렀다는 주장들이 있습니다. 소위 순환사관(循環史觀)을 취하는 논자들입니다. 어떤 학자는 그 주기가 2000년, 어떤 학자는 1000년, 또 어떤 학자는 500년이라고도 합니다. 이를 일일이 논할 필요는 없습니다. 다만 한 가지 중요하게 지적되어야 할 것이 있다면 그 같은 순환을 통해서 맞이한 르네상스 이후의 서구 문명 즉 서구 근대 문명이 본질적으로 이성 중심적(logo centrism) 세계관에 토대한 물질문명이라는 것과 이에서 기인한 인간성의 파탄으로 머지않아 온 인류가 종말에 이를 것이라는 견해가 보편화되고 있다는 사실입니다. 슈펭글러(Oswald Spengler)의『서구의 몰락』과 같은 저서는 아마 그 대표적인 예의 하나일 것입니다.

순환론적 역사관에 의하면 20세기는 한 주기의 문명사적 전개가 끝나고 이제 새로운 주기의 문명사적 탄생을 예비하는 일종의 경계 시대에 속합니다. 어떤 학자는 아예 서구의 역사를 4000년으로 보고 전기 2000년을 그리스 문명사, 후기 2000년을 기독교 문명사라고도 합니다. 그리하여 그들은 이 후기 2000년을 다시 세분화해서 대체로 세 시기로 나누어 보는 것이 일반적인 것 같습니다. 기독교가 인간의 삶과 물질을 지배해온 중세, 이 같은 기독교의 지배로부터 인간 해방을 추구한 르네상스 휴머니즘과 계몽주의 시대, 그리고 인류가 물질의 법칙이나 이성적 합리주의를 신봉하게 된 오늘의 과학의 시대가 그것입니다. 첫째의 시기가 중세, 둘째의 시기가 르네상스에서 18세기에 이르는 근대, 셋째의 시기가 19, 20세기의 현대임은 다 아는 바와 같습니다.

신이 지배하던 중세에 대해서는 더 말할 필요가 없겠지요. 그러나 그 이후 전개된 서구 문명사는 꾸준히 신으로부터 인간을 독립시켜온 역사였습니다. 그리고 그 출발이 된 르네상스 휴머니즘과 계몽주의로 무장한 두 번째 시기는 신의 전횡으로부터 인간을 해방시키는 데까지는 일단 성공을 거둔 듯이 보였습니다. 이 시기 말에 등장한 니체나 다윈, 마르크스와 같은 사상가들은 아예 신은 존재하지 않는다거나 존재했다 하더라도 이제는 이미 죽어버렸다고 선언하지 않았습니까?

다행스럽게도 이들이 살았던 시대의 과학적 세계관 — 대표적으로 뉴턴의 물리학 — 은 매우 낙관적이었습니다. 그들은 물질의 진보를 의심 없이 믿었고 과학의 힘이야말로 그들이 버린 신(神)을 대체할 수 있는 유일한 대인이라고 생각했습니다. 심지어 그들은 과학이 이 지상에 천국을 건설하리라고까지 믿었습니다.(예컨대 헤겔이나 마르크스주의의 변증법적 사관이 제시한 소위 형이상학적 총족(Metaphisical fullfilment)의 세계, 래닌의 지상천국론 등) 그러므로 적어도 19세기 후반까지의 서구인들은 불행하지 않았습니다.

그러나 우리가 소위 '세기말'이라고 부르는 19세기 말 이후에 이르자 서구인들은 차츰 자신들의 세계관에 회의를 품게 됩니다. 그것은 하이젠베르그나 프랭크 그리고 아인슈타인과 같은 새로운 물리학자들에 의해서 과학은 결코 완전한 것이 아니며, 무한히 진보할 수 있는 것은 더더욱 아니라는 사실이 발견되었기 때문입니다. 즉 20세기에 들어서면서 서구 과학자들은 19세기 이전의 서구인들이 생각했던 것처럼 신의 전지전능성을 과학으로 대체할 수 없다는 사실을 깨닫게 된 것입니다.

그 결과 그들은 당연히 문명사적 딜레마에 빠지게 됩니다. 과학의 절대성은 무너졌는데 그렇다고 전통적인 기독교 신에게 다시 돌아갈 수도 없게 되었기 때문이지요. 문명사에 대한 그들의 이 같은 종말의식(終末意識)은 여기서 비롯됩니다. 즉 그들은 과학의 진보에 대한 한계성뿐만 아니라 과학이 가져온 이성주의와 물신적 가치관이 어떻게 인간성을 파멸의 길로 나아가게 하는지를 확실히 깨닫게 된 것이지요. 제가 20세기를 서구문명사의 종말에 대한 자각과 새로운 문명사의 이념을 예비하는 시기로 파악한 것도 이 때문입니다. 그러한 관점에서 20세기 서구 물질문명을 규정하는 키워드는 세계 혹은 세기말 의식(Fin de siècle, Fin du globe) 즉 종말론(Eschatology)과 재해주의(Catastrophism)라 할 수 있습니다.

그러나 여기에는 한 가지 더 유의해야 될 사항이 있습니다. 이처럼 오늘의 물질문명을 대두시킨 서양인들의 휴머니즘과 과학적 합리주의에의 지향이 기본적으로는 앞장에서 말씀드린 그들의 뿌리 깊은 자연 정복의 세계관에서 비롯했다는 바로 그 사실입니다.

3

서구 물질문명에 대해 이야기하면서 흔히 우리들은 19세기는 신을 죽인 시대요, 20세기는 인간을 죽인 시대라고 합니다. 오늘날 우리가 당면하고 있는 여러 형태의 공해와 생태 환경의 파괴, 대량학살무기, 물신주의에서 기인된 도덕적 파탄, 자원 및 식량의 고갈과 인구폭발 등과 같은 문제들이 모두 이에 관련되어 있습니다. 아방가르드이든, 모더니즘이든, 포스트모더니즘이든 오늘 날 유행하고 있는 현대 서구의 예술사조도 실은 이와 같은 문명사의식이 산출한 문화적 현상 이외 다른 것이 아닙니다. 한마디로 서구문명사의 종말의식과 재해의식에 기초해서 새로운 문명사를 건설하려는 이념 탐구라고 말할 수 있기 때문입니다.

물론 서양의 물질문명이 안고 있는 제 문제는 본고장인 서양에만 국한되는 현상은 아닐 터입니다. 오늘의 세계는 지구 그 어느 곳이든 보편적으로 개방과 세계주의를 지향하고 있으며 특히 동양은 근대화의 과정에서 서구로부터 많은 영향을 받아들였기 때문입니다. 따라서 오늘의 동양 역시—그 서구화의 정도에 비례하여, 서구사회에서 야기되는 여러 문명사적 문제들에 직면하고 있는 것도 사실입니다.

그러나 비록 같은 문명사적 질병을 앓고 있다 하더라도 동서양이 놓인 상황은 다릅니다. 첫째, 역사적 관점에서 이 질병은 서구의 문명사적 필연성에서 발생했고 동양의 그것은 줄곧 수용자의 입장에 있었다는 사실이요, 둘째, 동양은 오랜 역사 동안 서양과 다른 독자적 정신문화를 영위해 왔으며 아직도 그것을 유지 발전시키고 있다는 사실입니다. 그러한 관점에서 동양은 비록 서구 물질문명의 수용에서 기인되는 제 문명사적 질병이 문제 된다 하더라도 본고장인 서양만큼 심각하다고 말할 수는 없습니다. 그것은 우선 그들이 만일 충분히 사려 깊고 예지 있는 판단으로 서구의 물질문명을 취사선택할 수 있다면 그들의 전임자가 범했던 우를 피할수 있고 자신의 정신문화로 서양의 물질문명을 어느 정도 통어, 극복할 방도도 강구할 수 있기 때문입니다.

근대화 과정에서 동양인들이 "서양이라는 그릇 속에 동양이라는 밥(이념)을 담자(동도서기(東道西器))"고 외친 것도 바로 이를 뜻하는 것입니다. 분명 동양인들은 서구 물질문명을 하나의 방법 혹은 수단으로 받아들이면서 그것을 동양의 이념으로 수용할 수 있는 길을 발견할 가능성이 크고 서양역시 동양의 그 같은 정신문화에서 도움을 받을 부분이 적지 않을 것이라고 생각됩니다. 그것은 근본적으로 오늘의 서구 물질문명이 자연 정복의 세계관에서 기인한 것이므로 이와 대조하여 자연귀의의 세계관에서 형성된 동양의 정신문화는 그 결함을 어느 정도 보완해줄 수 있을 것이라 생각되기 때문입니다.

앞서 저는 서구 현대 문학예술의 본질이 기본적으로 새로운 문명사의 이념을 탐구하는 데 있다는 것을 지적한 바 있습니다. 그리고 그 같은 노력은 문학의 내용, 기법, 상상력 등 여러 분야에서 시도되고 있는 것도 사실입니다. 그러나 그 이념의 확실한 실체는 아직 구체적으로 드러나지 않은 것 같습니다. 거기에는 물론 크리스차니즘을 포함해서 유럽 전통의 정신적 가치를 재발견하려는 자기 성찰 혹은 회귀주의도 있지만요.

그러나 여기서 감히 제가 제안하고자 하는 것은 그 여러 시도들 중의하나로 자연귀의적인 삶의 태도에서 형성된 동양의 정신문화를 한번 탐색해보는 방법입니다. — 이미 서구의 몇몇 시인들이 이를 성공적으로 실천한 예가 있지만 — 가령 유교나, 불교, 도교 및 힌두교의 가치 있는 인생관이나 세계관을 부분적 혹은 본격적으로 서구적 상황에 맞게 수용해 보는 일입니다. 그 결과물은 다만 서양을 위해서만이 아닌, 동양을 위해서도 유용한 새로운 시대의 문명사적 이념을 창출해낼 수 있을지도 모르기 때문이지요.

저는 이상의 논의를 주로 서구 물질문명이 야기시킨 문명사적 문제에 초점을 맞춰 개진하였습니다. 그러나 서양에서 탐구할 이 새로운 문명사적 이념은 물론 동양의 발전을 위해서도 큰 도움이 될 것입니다. 오늘의 물질문명은 단지 서양에만 국한되어 있지 아니하고 전 지구적 보편성을 띠고 있기 때문입니다. 그러나 보다 바람직한 방향은 양대 문명의 상호 수용과 높은 차원에서의 조화가 시도되어야 하겠다는 것입니다. 그 같은 관점에서 동서양의 시 역시 새로운 시대의 문화이념을 모색하는 첨병이 되어야 합니다. 따라서 각각 상대방이 지향해왔던 세계관을 창의적으로 수용 발전시키려는 노력은 부단하게 지속되어야 할 것입니다.[*]

---

[*] 제12차 세계시인대회(집행위원장 오세영) 주제 발표문, 서울 라마다올림피아호텔 임페리움홀, 1990. 8. 23.

제2부 문학의 길

민족문학, 향토문학, 지역문학

1. 유사한 용어들

넓은 의미에서 '문학'이란 '문자로 기록된 모든 문헌'을 지칭하는 용어이다. 서구어 'Literaure'라는 단어의 뜻 자체가 그러하다. 따라서 일찍부터 이 용어는 무언가 분명한 의미의 제한을 두지 않고 쓸 경우 많은 오해를 불러일으킬 소지가 있었다. 역사적으로 우리들이 '순문학', '구비문학', '기록문학', '어용문학', '저항문학', '프롤레타리아 문학', '부르주아 문학', '참여문학', '순수문학,' '이민문학', '비교문학', '민족문학', '민족주의 문학', '세계문학', '전향문학', '향토문학', '전쟁문학' '전후문학' 등과 같은 개념들을 구분해서 사용해온 이유가 여기에 있다.

이 여러 종류들 가운데서 지금 우리가 논의하고자 하는 소위 '지역문학'에 유사하거나 혹은 연관되는 문학은 '이민문학', '민족문학', '향토문학', '세계문학' 정도가 아닐까 한다. 이들 모두가 문학의 공급자나 수요자를 공간적 관점에서 논의할 때 성립하는 개념들이기 때문이다.

'이민문학'은 외국에 이민을 간 문인이 그 나라의 국어가 아닌 자신의 모국어로 쓰는 문학을 말한다. '민족문학'은 자국이든 타국이든 자신의 민족어로 쓰여진 문학을 말한다. '향토문학'은 한 민족문학 안에서 지역의 향토성을 형상화시킨 문학을 말한다. '세계문학'은 민족의 범주를 벗어나 세계의 모든 독자들이 사랑하는 인류 보편의 문학을 말한다. 그러한 의미에서 '지역문학', '민족문학', '향토문학'이라는 명칭은 넓은 의미든 좁은 의미든 본질적으로 '지역'이라는 개념을 수반하고 있다. 모두 세계문학에 대한 대타적(對他的) 지역문학의 성격을 띠고 있기 때문이다.

따라서 지역문학을 논의하기 위해서는 먼저 이와 유사한, 이상의 문학들(지역문학, 민족문학, 향토문학)이 지닌 본질을 살펴보는 것이 순리일 것이다.

2. 민족문학과 민족주의 문학

우리 문단에서 '민족문학'이란 많은 오해를 지닌 용어인 듯하다. 특히 70~80년대의 '민중문학' 논의에서 민족문학을 주장했거나 그 자신 민족문학의 실천자임을 자처했던 대부분의 소위 민중문인들에게서 그러하다.

'민족'이 무엇이냐 하는 질문은 역사학과 정치학의 오랜 숙제였다. 그러나 학계의 보편 견해는 간단히 '같은 언어'를 쓰는 집단을 일컫는 용어라고 하는 것이 일반적이다. 물론 언어의 공유만으로는 민족의 정체성을 규정할 수 없는 경우가 없지는 않다. 정치학이나 역사학에서 부차적으로 '동일한 종교', '동일한 역사', '동일한 문화'의 공유와 같은 기준들을 드는 것도 그 때문이다. 이와 대조하여 '민족주의'란 근대에 와서 생긴 일종의 정치 이념으로 그 뜻이 전혀 다르다. 그것은 중세의 봉건 정치체제가 무너지고 근대 민족국가가 성립되면서 만들어진 민족 단위의 어떤 국가 의식을 일컫는 용어이기 때문이다.

따라서 민족문학(national literature)과 민족주의 문학(nationalist literature)은 이렇게 구분된다. 민족문학은 민족어(national Language)로 쓰여진 문학을, 민족주의 문학은 — 민족문학 가운데서도 특수한 이념이라 할 — '민족주의'를 지향하는 문학을 뜻한다는 것이다. 그러므로 이 양자는 종개념과 유개념, 혹은 상호 집합의 관계에 있다. 모든 민족주의 문학은 민족문학의 일부이지만 모든 민족문학이 민족주의 문학이 될 수는 없는 것이다. 예컨대 황진이의 시조나, 「춘향전」이나, 김소월의 시는 물론 민족주의 문학이 아니지만 훌륭한 민족문학의 하나임은 분명하다. 이와 대조해서 이육사나 심훈의 저항시들은 민족문학이면서 동시에 민족주의 문학이다. 그러므로 지난 70~80년대, 우리 문단의 민중문학파들이 주장했던 소위 '민족문학'이란 — '민족문학'이 아닌 — '민족주의 문학'을 가리키는 용어였다고 말할 수 있다. 필자로서는 왜 그들이 참다운 명칭, '민족주의 문학'이라는 용어를 기피하고 대신 이렇듯 전혀 뜻이 다른 '민족문학'이라는 용어를 사용해서 그간 우리 문단에 여러 가지 혼란을 야기시켰는지 그 이유를 모르겠다. 아마도 어떤 정치적인 의도 때문은 아니었을까.

　　민족문학은 민족의 신화적 원형에 기초하여 시대적이라기보다는 영원성을 지향하는 민족어(national language) 문학이다. 물론 여기서 '신화적'이라는 말은 '복고적'이라는 뜻이 아니다. 오히려 — 라인홀트 니버의 견해와 같이 — '과거적이면서 미래적인 것, 미래의 역사로서 현존하며 영원성을 지니고 도덕적 정신적 가치관을 마음속에 그려주는 것'을 가리키는 용어이다.(R. Niebuhr, "The Truth Value of Myth", *The Nature of Religious Experience*, New York, 1937) 따라서 민족문학은 비록 신화성에 본질을 두고 있다 하더라도 과거 지향적, 폐쇄적 혹은 배타적인 문학이 아니다. 끊임없이 생성하고 자기극복을 거듭하면서 창조적 미래를 실현해가는 민족어 문학인 것이다.

　　민족문학은 특정한 정치적 이데올로기를 지향하지 않는 문학이라는 점에서 순문학이다. 그럼에도 불구하고 거기에 자각적이든 무자각적이든 어떤 민족적 소성(素性)이 살아 숨쉬고 있음은 물론이다. 그 이유는 무엇일까. 한마디로 민족어에 내재된 그 민족 삶의 어떤 보편적 감수성 때문이라고 말할 수 있을 것이다. 그러므로 훌륭한 민족문학은 그 같은 민족어의 보편적 감수성을 최대의 공감영역으로 확장시킨 문학이어야 할 것이다.

바람직한 민족문학은 외래적인 것을 수용하되 주체성을 잃지 아니하며 새롭게 변신하되 전통을 버리지 않는다. 그가 구현코자 하는 민족의 전형적 인간상은 역사성(과거)에 토대를 두면서도 미래에 실현되어야 할 어떤 이상(理想)이며 동시에 우리 삶의 정신적 규범을 현실적으로 예시해주는 문학이어야 한다.

3. 향토문학과 지역문학

최근 우리 문단에서는 가끔 '지역문학'이라는 말이 운위되고 있다. 그러나 '지역문학'은 문예학에 정립된 보편적 학술 용어는 아니다. 단지 어떤 지역의 문학을 다른 지역의 그것과 구분하기 위해 동원한 편의적 용법일 뿐이다. 따라서 그것은 문학의 질적 성격이 아니라 그 문학행위가 영위되고 있는 공간적 영역을 지리적으로 한정해서 일컫는 명칭이라 할 수 있다.

지역문학과 유사한 개념으로는 그 외 '지방문학'이라는 말이 있을 수 있다. 그럼에도 불구하고 대부분의 논자들이 지방문학이라는 말 대신 지역문학이라는 말을 고집해 사용하는 이유는 무엇일까. 아마도 — '중앙'이라는 말의 대립 개념인 — '지방'이라는 단어가 지닌 어떤 부정적 코노테이션 때문일 것이다. 즉 지역문학이란 중앙문학에 종속되거나 중앙문학의 변두리에 있는 문학이 아니라 중앙문학과 대등한 독자 문학이라는 뜻이다. 그러한 의미에서는 흔히 우리가 중앙문단 혹은 중앙문학이라 부르는 것도 기실은 지역문학의 하나일 것이다.

지역문학의 개념에서는 무엇보다 그 구분 짓는 기준이 문제 될 터인데 여기에는 두 가지 관점이 있을 수 있다. 하나는 단순히 행정구역상의 구획을 그대로 수용하는 방식이다. 예컨대 '수원문학'이나 '화성문학'은 당연히 행정구역상 수원시나 화성시에 주거하는 문인들이나 그 수용자의 문학을 일컫는 말이다.

다른 하나는 행정구역상의 영역보다 삶 혹은 생활의 어떤 동질성을 기준으로 나누는 방식이다. 그러니 이 같은 의미의 지역문학은 반드시 행정구역이 지시하는 영역의 범주를 지킬 필요가 없다. 가령 전자의 기준을 따를 때 충남의 장항이나 논산의 일부 지역은 당연히 충청지역의 문학이 되겠으나 후자의 기준을 따르자면 오히려 호남 지역에 가깝다. 경기도의 경우도 안성지역의 정서는 충청도와 유사하고 화성지역의 해안은 화성의 동쪽 지방보다 안산의 해안지역과 훨씬 동질적이다.

그래서 문예학(특히 독일의 문예학)에서는 일찍부터 지역 문학이라는 개념보다 향토문학(Heimat Kunst)이라는 개념이 보편화되어 있었다. 문학의 공간적 범주를 단순히 행정구역으로 규정짓는 것이 아니라 — 비록 행정구역은 다르다 할지라도 — 같은 향토성을 지닌 지역이라면 하나로 묶는 방법이다. 이 경우 향토 문학은 행정구역상의 지역 구분과 상관없이 같은 향토성을 지닌 문학을 일컫는 말이 된다.

향토문학이란 간단히 향토적 세계를 반영한 문학으로 정의될 수 있다. 그렇다면 그 '향토성'이란 무엇일까. 한마디로 향토민(Volk)의 생활과 정서를 뜻한다. 원래 민속학 혹은 민족학적 정의에 따르자면 '향토민'은 원칙적으로 '도시화와 문명화에 오염되지 않고 향토적 자연에 몰입해 사는 사람'을 가리키는 말이다. 그러나 오늘날과 같이 산업화된 사회, 도시와 농촌(시골)의 구분이 사라진 시대에 그 같은 의미의 향토민이 온전하게 남아 있을 리 없다. 그래서 우리는 이를 보다 넓게 문학적 활동 공간의 지역성 혹은 지방성을 가리키는 말로 사용하는 것이 바람직할 것이다. 그러한 관점에서 향토 문학의 개념은 다음과 같이 정리될 수 있으리라 생각한다.

첫째, 향토어의 이상적인 구사. 즉 향토어의 특성을 아름답고 섬세하게 승화시킬 수 있어야 한다.

둘째, 향토적 특성이 가미된 인간형의 탐구. 당연히 그 지역의 역사성이나 신화, 전설과 같은 문화적 토양에 기반하는 인물들일 터인데 이 같은 특성의 인물을 통해 바람직한 새 시대의 창조적 인물형을 만들어 제시하는 것은 향토문학이 지닌 중요한 목적의 하나가 될 것이다.

셋째, 향토적 정서의 형상화.

넷째, 향토적 소재의 발굴과 그 문학적 형상화.

한편 지역 문학은 단순한 행정구역상의 분류개념이므로 다른 지역문학과 구분되는 그들만의 어떤 특별한 질적 정체성이 있을 리 없다. 따라서 그 발전에 대한 논의는 그 지역의 외적 환경과 밀접히 관련될 것이다.

문학과 모순의 진실

1.

우리는 문학작품을 종종 하나의 패러다임이나 한 가지 논리로 받아들이고자 하는 유혹에 빠진다. 오랜 기간에 걸쳐 습득한 과학적 사고의 영향 때문일 것이다. 그러나 문학은 그 매재인 언어에서부터 문체, 형식, 구조, 이념, 기능, 및 세계인식의 태도에 이르기까지의 그 전 영역이 본질적으로 모두 다의적, 비논리적이다.

시의 언어가 비논리적이라는 것은 재론할 여지가 없다. 이는 그 어떤 시론(詩論)에서도 대개 시의 언어를 '역설(paradox)'의 언어, '아이러니(irony)'의 언어, '장력언어(tensive language)' 혹은 '의사진술(psuedo-language)' '애매성(ambiguity)' 따위로 규정하는 것을 보아도 쉽게 이해될 수 있는 일이다. 엘리엇의 시에는 '나의 유일한 질병은 건강이다'라는 시구가 있고 한용운의 시에는 '나는 님을 보냈지만 님을 보내지 아니하였습니다'라는 시구가 있다.

서사양식이건, 서정 혹은 극양식이건 문학작품의 형식이나 구조(structure)

역시 이와 다르지 않다. 모두 갈등의 원리에 바탕을 두고 있기 때문이다. 가령 서사 양식은 주동(protagonist)과 반동(antagonist)이라는 두 인물 혹은 성격들의 상호 갈등과 선·악, 진·위의 투쟁이라는 테마적 갈등에, 서정 양식은 소위 이원적 대립(혹은 이항대립, binary opposition)이라 부르는 정서, 의미, 상상력 등 제 가치들의 갈등에 그 본질이 있다.

작품을 '내용(content)'과 '형식(form)'으로 구분하고자 했던 전통적 이분법 또한 예외가 아니다. 이는 원래 데카르트의 인식론에서 비롯한 것으로 데카르트주의자들에 의하면 인식 행위란 무엇보다 '주체(subject)'와 '객체(object)'라는 이분법적 근거 위에서만이 가능하다고 한다. 그의 코기토(cogito)가 이 같은 전제 아래서 주체의 확실한 근거를 밝히려는 노력이었다는 것은 누구나 아는 바와 같다.

그러므로 데카르트주의자들에겐 문학 행위 역시 객체와 주체가 만들어 낸 어떤 인식론적 행위 이상이 아니다. 그런데 여기서 우리가 내용이라 부르고자 하는 것은 주체의 반영, 즉 작품에 담겨진 작가(주관)의 생각, 혹은 사상을, 형식이라 부르고자 하는 것은 객체의 반영, 즉 이를 미적 규범(객관)으로 정제시키는 하나의 틀을 뜻하는 말이므로 이 양자는 상호 대립될 수밖에 없다. 작품에 표현된 생각이나 철학은 작가의 인생관(주관)에서, 그것을 형상화시키는 규범은 이 세계에 내재한 질서의 원리(객관)에서 구한 것이기 때문이다.

주관과 객관의 이 같은 이분법은 시의 언어를 규정함에 있어서도 상호 대립되는 견해를 노정시킨다. 주관을 강조하는 사람들은 '전달의 언어'라 하고(목적문학 : 사회주의자 리얼리즘) 객관을 강조하는 논자들은 사물 그 자체, 즉 '사물의 언어'라고(순수문학) 하기 때문이다. 그러나 전자만을 수용할 경우 극단적으로 한 편의 소설이 역사기록이나 신문기사와, 후자만을 수용할 경우 시가 무당의 주문(실제로 서구 상징주의의 어떤 유파에서는 시가 무당의 주문과 같다고 극언한 바 있다.)과 어떻게 구분되는지 설명해내기 어렵다. 따라서 20세기 신비평 그룹의 한 비평가가 '시의 언어는 관념적인 것도 즉물적인 것도 아니다. 이 양자의 조화(형이상학적인 시(metaphisical poetry))에 본질이 있다'라고 말했던 것은 그 나름의 일리 있는 해법이라 할 것이다.

여러 논의가 있어왔지만 문체(style)는 언어의 공분모(公分母)와 그것을 작품에서 실현한 각개 구체어(具體語) 사이의 편차(偏差), 혹은 언어의 객관적 요소(사고의 핵심부)와 주관적 요소(정의적 요소)가 만들어내는 편차, 혹은 언어가 갖는 보편적 규범과 이를 운용하는 각개 개성 간의 편차를 가리키는 용어라는 것이 정설이다. 그러나 그 개념 규정이야 어떻든 우리는 이상의 견해에서 문체 역시 보편적인 것과 개성적인 것, 또는 객관적인 것과 주관적인 것의 상호 대립이 이루어낸 어떤 의미론적 긴장이라는 사실만큼은 확인할 수 있다. 그러니 문체 또한 그 본질은 모순의 원리에 있다고 할 것이다.

17세기의 철학자 토머스 홉스(Thomas Hobbes)는 코노테이션(connotation, 개인적 주관적 의미)을 완전하게 제거한, 그래서 온전히 디노테이션(denotation, 명시적 의미)으로만 된 어떤 보편적 언어 즉 '유니보컬(Univocal)'이라는 것을 가정한 적이 있었다. 물론 그 실현 가능성은 전무하다. 그러나 만일 ― 그의 기대처럼 ― 그것이 이 지상에 실현된다면 문학은 더 이상 존재할 수 없을 지도 모른다.

이와 반대로 만일 우리가 언어의 공분모, 혹은 보편적 규범을 전적으로 배제하고 오직 개인적 편차만으로 된 언어를 만들어낸다면 적어도 문학의 경우만큼은 무용지물이 될 것이다. 왜냐하면 보편적 규범이 배제된 언어는 의미 전달 그 자체가 불가능해질 것이기 때문이다. 그러한 관점에서 문체 역시 주관적인 요소와 객관적인 요소, 규범과 개성의 편차 사이에 놓인 상호 모순된 관계성을 본질로 한다는 사실을 알 수 있다.

문학과 모순의 진실

보편성과 특수성의 문제는 세계문학사에서 시대에 따라 각기 한 편이 옹호되면 다른 한편이 경시되는 대립관계를 반복해왔다. 우리는 그것을 넓은 의미에서 고전주의적인 경향(보편성)과 낭만주의적인 경향(특수성)이라 부른다. 그러나 비록 그렇다 할지라도 만일 문학이 보편성을 배제시킨다면 영속성을 지니지 못하고 특수성을 배제시킨다면 모두 동일해져버리는 결과를 가져올 것이다. 따라서 우리가 추구하는 이상 역시 고전적인 것과 낭만적인 것, 보편성과 특수성이 상호 조화된 문학작품, 보편적이면서도 특수성을 지닌 문학작품일 수밖에 없다.

문학의 본질이 지닌 이 같은 모순의 관계는 세계 인식의 태도에서도 그대로 드러난다. 플라톤과 아리스토텔레스의 저 오래된 논쟁에서부터 우리 시대의 문학론에 이르기까지 역사적으로 일관되게 논의되어온 것들이 모두 그러했다. 따라서 우리들은 문학을 일방적으로 주관의 표현, 또는 객관의 반영 그 어느 하나만으로 규정해버릴 수는 없다. '거울(모방)'에 의해서도 '램프(창조)'에 의해서도, 혹은 노미널리즘에 의해서도, 리얼리즘에 의해서도, 어느 한편만으로는 어차피 그 본질을 완전하게 해명해낼 수 없기 때문이다.

이상의 논의에서 살펴볼 수 있듯 문학이란 한마디로 이처럼 상호 모순되는 여러 가치들의 조화 위에서 피는 언어의 꽃이라 할 수 있다.

2

요즘 우리 문단은 문학이 지닌 이 같은 이원성 혹은 다양성을 애써 무시하려는 경향이 없지 않다. 일부 논자들은 존재론적 문제만을, 다른 일부에서는 사회적 문제만을 다루어야 한다고 주장한다. 문학의 영원성과 보편성을 강조하는 문학이 전자라면 문학의 시대성 내지 역사의식을 강조하는 문학은 후자 쪽이다. 문학을 개인적 삶의 의미와 그 천재성을 표현하는 것으로 보는 사람들이 있는가 하면 공동체적 삶의 의미와 보편성을 반영해야 한다고 주장하는 사람들도 있다. 상대방의 소설을 '연애 놀음'으로 몰아세운 논자들의 의식 속엔 문학이 삶의 현실적, 사회적 문제를 다루어야 한다는 강한 신념이 도사리고 있고, 반대로 상대방을 '정치꾼'으로 몰아세운 논자들의 의식엔 문학이란 삶의 근원적인 문제만을 다루어야 한다는 편협한 집착이 도사리고 있다.

그렇다면 그 어느 편의 주장이 타당할까. 수평적인 삶과 수직적인 삶, 개인의 삶과 전체의 삶, 이 각기 상반하는 두 가치 지향 앞에서 진정 문학이 걸어가야 할 길은 어느 쪽일까. 이 같은 물음은 물론 우문(愚問)일 것이다. 문학이란 원래 이 두 가지 세계 중 그 어느 한편하고만 관련을 맺을 수는 없기 때문이다. 문학은 수직적인 삶과 수평적인 삶, 개인적인 삶과 전체의 삶을 동등하게 혹은 균형 있게 반영하는데서 그 이상이 실현될 수 있는 정신적 재보이기 때문이다.

여기서 우리는 사회심리학자 에리히 프롬(Erich Pinchas Fromm)이 기독교 십자가의 상징적 의미를 수직선과 수평선의 교차로 설명했던 것에서 어떤 암시를 받을 수 있을지 모르겠다. 그에 의하면 수직 축이란 신과 인간의 관계 즉 존재론적 유한성과 그 구원의 문제를, 수평축이란 인간과 인간의 관계 즉 이 땅에 실현코자 하는 이상적인 삶의 공영체를 의미한다. 그런데 오늘의 기독교는 십자가처럼 이 양 축이 조화를 이루지 못하고 각기 분열의 길로 치닫고 있다는 것이다. 일부 신도들은 오직 구원의 문제에만 매달리려 하고 다른 일부는 사회 정의의 실현에만 집착한다. 그래서 그는 전자와 같이 오로지 천국 가는 일에만 몰두하여 사회정의의 실현과 같은 문제에 대해서는 지극히 냉담한 기독교인들을 일러 '불타는 얼음(burning ice)'이라고 비판한 바 있다.

필자는 문학 역시 마찬가지라고 생각한다. 문학이 보편적으로 다루는 주제들 가운데서 허무, 절망, 고독, 죽음, 사랑과 같은 주제들은 존재의 근원적 가치 즉 십자가의 수직축과 관련되는 문제들이며 사회, 역사, 정치, 상황 같은 주제들은 공동체적 삶의 이상 실현 즉 십자가의 수평축과 관련되는 문제들인데 문학은 — 수직선과 수평선이 교차하는 십자가의 상징이 그러하듯 — 어느 한쪽을 배제하지 않고 양자 공히 조화시키는 데서 그 최고의 수준에 도달할 수 있으리라고 믿기 때문이다. 아마도 그 적절한 예는 셰익스피어의 「햄릿」일지도 모른다.

일반적으로 「햄릿」은 한 인간이 지닌 성격적 결함이 어떻게 존재를 파멸에 이르게 하는가 하는 문제를 탐구한 비극으로 알려져 있다. 그런 관점이라면 「햄릿」은 분명 — 위의 논의에서 언급한 — 삶의 수직적인 문제에만 관련된 작품일 것이다. 그러나 그렇지 않다. 가령 야스퍼스는 이 작품을, 가치가 전도된 현실에서 진실을 추구하다가 종국적으로 파멸에 이르게 된 한 인간의 비극적 생애에 초점을 맞춰 분석한 적이 있다

실제로 주의 깊게 읽어본 독자라면 주인공 햄릿은 당시 위선과 부정으로 가득 찬 덴마크 왕실 권력과 홀로 외롭게 싸워 진실을 밝혀내고자 했던 한 의로운 인물임을 알 수 있다. 살인자요, 왕위 찬탈자요, 파렴치범인 왕이 오히려 정의와 진리의 대행자로 군림하는 당대의 부조리한 사회상황과 용감하게 맞서 자신의 목숨을 초개같이 내놓은 의인(義人)이기도 한 것이다.

우리는 이를 다음과 같은 그의 유명한 독백, "To be or not to be, that's question"에서도 확인할 수 있다. 이 시행을 기왕의 해석대로 '죽느냐 사느냐'로 이해한다면 수직적 삶의 문제와 관련되는 독백이라 하겠지만 '이것이냐 저것이냐'로 해석한다면 '진실이냐 허위냐'를 선택해야 하는 문제 즉 수평적 삶의 문제와 관련되는 독백이라고도 말할 수 있기 때문이다. 아니

우리는 햄릿이 이 한 문장의 독백을 통해서 삶의 수직적 문제와 수평적 문제를 동시적으로 언급했다고 보는 것이 옳다. 따라서 「햄릿」의 문학적 성취는 삶의 영속성(보편성)과 시대성(특수성), 존재론적 문제(수직의 축)와 사회적 문제(수평의 축)를 하나로 통합할 수 있었던 그의 남다른 통찰에서 오는 것이라고 말할 수 있다.

문학이 포괄하는 영역이 개인적 삶에 국한되는 것이냐, 혹은 전체의 삶의 문제만을 다루어야 하는 것이냐 하는 문제도 같은 결론에 이른다. 어떤 작가는 개인 삶의 문제에 보다 비중을 두고 다른 작가는 전체 삶의 문제에 몰두하며, 또 다른 작가는 이 둘을 포괄한 변증법적 태도 위에서 창작한다. 그럴 경우, 우리는— 문학 외적 편견을 가지지 않는 한— 단순히 그 어느 한편이 옳다고 주장할 수는 없다. 다만 훌륭한 작품이란 앞서 예를 든 「햄릿」과도 같이 이 두 가지 세계가 이상적으로 결합된 어떤 변증법적 상태에서만 존재할 수 있다고 말할 수 있을 뿐이다.

3

문학이 모순의 원리에 기초한다고 할 때, 그 '모순'은 문자 그대로의 모순 그러니까 당착(撞着)을 뜻하는 말이 아니다. 참다운 문학은 이 같은 모순들을 하나로 조화시키거나 초극하여 보다 차원 높은 경지로 상승하는 데서 존재한다. 우리는 이를 앞서 '십자가의 상징'을 통해 살펴본 바 있다. 서구 문학론이 혹은 '초월(야스퍼스)', 혹은 '카타르시스(아리스토텔레스)', 혹은 '평형'이나 '조화(신비평)', 혹은 '이원적 대립과 전복(구조주의나 기호론)' 등과 같은 개념들로 문학의 본질을 해명코자 했던 것 역시 물론 이와 관련되어 있다. 그러므로 문학이 추구하는 진실 역시 단일하거나 논리적일 수 없다. 그것은 복합적이며 비논리적이다. 시(문학)가 지닌 이 같은 모순의 진실을 우리는 논리에 기반하는 과학의 부분적 진실(partial truth)과 구분하여 총체적 진실(whole truth)이라 부른다.

　필자는 오늘의 우리 문학도 — 지난 '민중문학'의 시대가 그랬던 것처럼 — 수평적(사회적) 삶의 반영과 수직적(존재론적) 삶의 반영으로 대립시켜 그 어느 한편을 배제하려는 태도를 이제 그만 불식해야 하리라고 생각한다. 문학이란 여러 다양한 관점에서 삶을 조명할 수 있으며, 보다 훌륭한 문학 작품은 상반하는 이 두 세계를 이상적으로 조화시킬 수 있는 문학이어야 한다고 믿기 때문이다.

문학에도 투기가 있다

지금 우리 시단은 당면한 우리의 경제 현실과 참으로 유사하다는 느낌을 지울 수 없다. 발생구조주의의 필연성을 강조했던 골드만(Lucien Goldman)도 문학의 구조는 당대의 사회구조(경제구조)를 반영한다 했으니 어찌 보면 당연한 현상일지도 모르겠다. 그러므로 우리는 이 대목에서 골드만이 왜 세계문학사에서 개성이 소멸된(자아가 해체된) 인물이 카프카(Franz Kafka)의 소설 이후에야 비로소 등장할 수밖에 없었는지를 독점 자본이 출현한 서구 자본주의 사회와 관련시켜 해명했던 것에 대해 다시 한번 성찰해 볼 필요가 있으리라 생각한다.

문학 작품은 그 자체 — 구조나 형식, 인물이나 성격, 세계관이나 이념, 언어적 감수성 등 — 뿐만 아니라 생산(출판)과 향유(판매)라는 측면에서도 그 토대가 되는 경제구조를 반영한다. 이를테면 경제운용에 생산자와 소비자, 관리자, 자본가 등이 있고 또 이들에 의해서 생산과 분배가 이루어지듯 문학 역시 작가는 생산자, 독자는 소비자 그리고 평론가, 문학교수, 잡지 편집자, 신문사 기자, 문학연구생 등은 관리자, 출판사, 잡지사 등 매체의 주인들은 자본가에 대응될 수 있다. 작품과 상품, 창작과 경제 생산,

발표와 분배의 관계 역시 마찬가지다. 한마디로 경제와 문학은 상동성(相同性, homology)을 지니고 있는 것이다.

물론 이 세상 모든 것이 그러하듯 자본주의 역시 이상적인 삶의 공동체로 발돋움 할 수도 있고 — 만인이 만인을 상대로 이전투구(泥田鬪狗)를 벌리듯(토머스 홉스) — 물신적 가치관이 지배하는 부정사회로 타락할 수도 있다. 고상한 자본주의로 불릴 만한 것이 있는가 하면 천박한 자본주의도 있다. 그러나 우리의 경제현실이 아직 전자와 같은. 그렇게 정의로운 단계에까지 이르지 못했다는 것은 누구나 인정하고 있을 터이다.

그중 부동산에 관련된 예 하나를 들어보기로 한다. 작년에는 대기업들의 불법적 부동산 투기가 전 국민의 분노를 사더니 올해 불거진 수서 신도시 개발 사건은 타오르는 불길에 기름을 붓는 격이었다. 그 결과. 최근 2, 3년 들어 전 국토는 물론 서울의 땅값, 집값도 두세 배씩 뛰었다. 그만큼 서민, 무주택자들이 꿈꾸는 자가(自家) 소유의 희망이 사라져버린 것이다.

이 같은 부동산 투기 메커니즘에서 우리는 다음과 같은 유형의 등장인물들을 생각해볼 수 있다. 첫째 투기꾼, 둘째 바람잡이. 셋째 막차를 탄 승객, 넷째 제삼자(부동산 투기에서 비롯된 부조리로 인해 정신적 물적 손해를 입은 대다수의 국민들) 등이다. 물론 이외에도 투기의 대상이 되는 현물(부동산)이 있고 투기를 조장하는 루머(거짓 정보)도 있다. 부동산 투기란 이상의 제 인물군들이 야합해서 만들어낸 한 편의 경제 드라마인 것이다.

그렇다면 경제와 상동관계를 지닌 작금의 우리 문학은 이 같은 우리 경제 현실과 얼마나 닮았을까. 한마디로 — 의식적이든 무의식적이든 — 그같은 구조를 고스란히 반영하고 있지 않나 하는 것이 필자의 생각이다. 그중에서도 우려되는 것이 '부동산 투기'에 비유될 수 있는 '문학투기' 현상이다.

우선 시단의 투기 대상 즉 현물(부동산)은 당연히 문학작품 그 자체이다.

시단의 투기꾼은 일부 부도덕한, 문학 관련 기업가나 문학권력 집단이다.

시단의 바람잡이들은 저급한 작품들을 이용해서 무언가 이득을 챙기려는 자 즉 일부 비윤리적인 비평가나 문학 관리층(문학 전공 교수, 문학 매체의 이 분야 종사자)이나 문학권력 집단의 하수인들이다. 그 이득이란 경제적인 것일 수도 있고, 명성일 수도 있고, 문학권력일 수도 있는데 이들은 악덕 부동산 업자의 손발과 같은 역할을 담당한 사람들에 해당한다. 여기에는 물론 — 문학적 감수성의 부족과 문학적 무지로 인해 — 그 세력에 부화뇌동하는 많은 문인 혹은 지식인들도 있다.

시단의 막차 승객은 문단에서 인정받기를 목말라 하는 신인들이나 문화적 허영에 목을 매는 아류, 부화뇌동해서 시류에 편승코자 발버둥치는 삼류시인, 삼류지식인들이다. 이들은 문학 투기군의 좋은 먹잇감으로 그들의 농간에 따라 잠깐 문단에서 반짝이다가 속절없이 문학사의 수평선 너머로 사라져져버리는 유성들이다.

물론 그 외에도 — 문학투기와 아무 관련이 없지만 — 결과적으로 큰 피해를 입는 절대다수가 있다. 오도된 문학을 진실로 착각하여 자신들의 지적 정서적 성숙에 큰 손상을 입었거나 손상을 입었다는 자각조차 갖지 못한 일반 대중 독자들이다. 물론 시단의 현물은 저급한 작품, 혹은 상업적 바람몰이나 속임수에 이용될 수 있는 작품들이며 시단의 찌라시(거짓 정보 왜곡 과장된 홍보)는 문학권력집단의 패거리 비평, 뒷북치기 부화뇌동 비평 등이다.

범죄는 일상생활에만 있는 것은 아니다. 문학과 문화를 오도하고 오염시키는 것 또한 용서할 수 없는 범죄이다. 그러므로 우리는 우리 사회 그 어느 곳에 혹시 이 같은 문화적 범죄가 횡행하고 있지 않나 혹은 그 발생을 조장하는 패거리 문학권력은 없나 눈을 치켜뜨고 한번 지켜볼 일이다.

생태문학과 불교

일찍이 에른스트 헤켈(Ernst Haeckel)에 의해 '생태학(生態學, ecology)'이라는 학문의 가능성이 선언되고(1866), 레이첼 카슨(Rachel Carson)이 그의 『침묵의 봄(*Silent Spring*)』(1962)을 통해 생태환경의 위기를 고발한 이후 생태환경의 문제는 오늘의 인류에게 더 이상 미룰 수 없는 초미의 관심사가 되었다. 날로 심화되고 있는 생태 파괴와 환경오염을 이대로 방치해둘 경우 인류는 머지 않아 생존 그 자체가 불가능한 상황에 직면하게 되리라는 인식이 이제 현실로 다가왔기 때문이다. 그리하여 — 비록 만시지탄이기는 하나 — 오늘날 우리들, 특히 지식인들이 다음과 같은 생태학의 명제들을 체험적으로 깨우치게 되었다는 것은 그나마 다행한 일이라 하지 않을 수 없다.

첫째, 이 우주의 모든 유기체는 전체적으로 상호의존적이다. 즉 각자 생물들은 다른 생물의 생존과 관련을 맺고 있다. 둘째, 유기체는 유기체뿐만 아니라 비유기체와 환경에 필연적으로 연속되어 있다. 셋째, 유기체와 유기체, 유기체와 환경은 상호 영향을 주면서 지속적인 변화를 함께한다. 넷째, 그 변화는 — 다윈의 진화론에서도 언급된 바와 같이 — 낮은 차원에서 높은 차원으로 항상 진화하려는 방향으로 나아가고 있다. 다섯째, 모든 유기체는 전체 유기체와 더불어 그 놓인 환경에 상호 의존적이라는 점에서 거시적 통일성과 균형을 이루고 있다. 여섯째, 이 세계는 하나의 거대한 유기체로 살아 움직인다.

그렇다면 이 같은 자각에도 불구하고 우리는 왜 여전히 생태환경의 위기로부터 벗어나지 못하는 것일까. 즉 이 우주 자연에 대한 이 같은 자각이 왜 실천으로 이어지지 못하는 것일까. 많은 학자들의 연구에 따를 경우 오늘날 생태환경의 문제는 첫째, 농경문화의 정착과 이에서 비롯된 문명의 발전, 둘째, 서구 물질문명이 야기한 산업자원의 습득, 환경오염, 공해, 인구 증가, 농업생산성의 증대 등이 역사적으로 자연을 정복 혹은 훼손하는 과정을 심화시켰기 때문이라 한다.

그러므로 이 같은 문제들을 완전하고도 확실하게 해결할 수 있는 방안이 있다면 당연히 문명을 포기하고 농경문화 이전의 원시 수렵 및 채집 경제의 시대로 회귀하는 일 뿐일 것이다. 그러나 이는 물론 가능하지도, 타당하지도 않으므로 우리가 선택할 수 있는 차선의 방법은 자연을 이용, 수탈, 정복하는 대신 더불어 함께 조화, 상생, 나누는 문명사를 모색하는 노력 밖에 없다.

동서양을 막론하고 오늘날 지구촌의 화두는 소위 '세계화'이다. 그리고 그 세계화의 중심에 유럽과 미국의 기준이 우뚝 서 있다는 것은 두말할 필요가 없다. 각 문화권의 문명 역시 이미 독자성을 상실한 채 서구화로 치닫고 있는 중이며 동아시아의 고유 문명도 예외는 아니다. 그러한 의미에서 현재 우리가 당면하고 있는 생태환경의 위기는 한마디로 오늘의 물질문명을 배태한 서구적 세계관에서 비롯한 것이라고 말할 수 있다. 이는 크게 — 다른 많은 논의가 있음에도 불구하고 — 다음과 같은 두 가지 관점으로 정리된다.

첫째, 이성 중심주의 사상(Logo-centrism)에 토대한 서구 휴머니즘이다.

근대 서구의 휴머니즘은 이성을 유일한 인간의 본성으로 본다. 무엇보다 합리주의와 논리적 사유에 최상의 가치를 두고 있다. 그런데 아이러니한 것은 19세기 이후에 들자 이를 토대로 발전한 서구 물질문명이 바로 이 '합리주의와 논리적 사유'라는 그 자체의 덫에 걸려 이제는 오히려 추구하는 바 인간적 이성(理性)을 도구적 이성으로 전도시켜버렸다는 점이다. 그리하여 그들은 자청해서 자신들을 물질적 법칙에 가두어 물신숭배나 비인간화로 치닫는 길을 걷게 되었다. 그뿐만이 아니다. 삶과 그 삶에 관련된 모든 것들도 한낱 물질 혹은 상품적 가치로 전락시켜 오늘의 생태환경을 파국으로 몰아가는 세상을 만들고 말았다.

둘째, 기독교적 자연관이다.

『성서』에 따르면 야훼께서는 천지창조 후 당신이 만든 모든 것들을— 당신을 대신해서— 인간이 관리하도록 허락해주셨다. 문제는 이를 잘못된 주인의식으로 받아들인 서구인들이 그들의 삶을, 자연과 조화를 이루려 하는 노력보다 자연을 지배하고자 하는 세계관으로 정립시켜 버렸다는 점이다. 흔히 동양의 자연관은 인간과 자연의 조화에 있다 하고 서양의 자연관은 인간이 자연을 정복하는 데 있다고 말하는 바로 그 지적이다.

그렇다면 우리는 기왕 인간에 의해서 오염되고 파괴된 자연환경을 어떻게 회복시킬 것인가.

첫째, 이 세상 모든 생명 전체를 동등하게 존중하고 함께 더불어 사는 삶을 살아야 한다. 불교나 힌두교에서 말하는 소위 아힘사(ahimsa, 비폭력, 비살생)가 그것이다. 이는 분명 인간이 신으로부터 이 세상을 위임받았다는 기독교적 자연관의 주종(主從)의식과는 다른 자연관이다. 주와 종의 관계는 그 아무리 이상적이라 해도 지배와 복종의 틀에서 벗어날 수 없지만 아힘사에 토대한 상호 존중의 관계는 항상 상생과 조화를 도모하려 노력할 수밖에 없기 때문이다. 물론 기독교에서도 살생은 금하고 있다. 그러나 그것은 인간에 국한된 계율이어서 인간 이외의 생명체까지도 포함하는 보편 개념은 아니다. 그러나 불교에서는 이 세상 우주 만물 모두를 삼라만상(森羅萬象) 실유불성(悉有佛性)이라 하여 부처처럼 여긴다.

둘째, 불교의 소위 삼법인(三法印)의 하나인 제법무아(諸法無我)의 존재관이다. 즉 개체로서의 아(我, Ātma)를 버린 무아(無我, Anātman)로서의 '나'를 지향한다는 점이다. 원래 고대 인도의 우파니샤트 철학은 '아(我)'를 우주의 근본원리가 되는 '대아(大我, 범아(梵我)라고도 번역함 Brahmatman)'와 현상계의 각 개체를 이루는 '소아(小我, Jivatman)'로 구분하였다. 그런데 불교에서는 이 개체로서의 '아'가 아닌, 전체로서의 '대아', 즉 우주 만물이 바로 나인 평등상으로서의 '아' — 그러니까 일상적인 의미에서는 '나'라고 부를 수 없는 어떤 절대적인 '나'를 '무아'라는 개념으로 받아들였다. 불교의 수행자들이 끊임없이 일상적, 이기적인 '나' 즉 아상(我相)을 버리고 무아(無我)의 경지에 들려고 노력하는 이유가 여기에 있다.

셋째, 삼법인의 다른 하나인 제행무상(諸行無常)의 세계관에서도 같은 가르침을 배울 수 있다. 불교에서는 우리의 일상적 삶 즉 현상계를 한낱 허망하고 덧없는 세계로 본다. 그것은 풀잎에 맺힌 아침 이슬이나 바위에 부딛혀 속절없이 스러지는 물거품과도 같은 것이다. 모든 것은 마음의 소산[三界唯心所作]일 뿐이다. 따라서 무엇인가 물질에 집착하고 그것을 소유코자 하는 행위는 무의미하다. 불교가 항상 무소유(無所有)와, 남을 위해 베푸는 삶, 즉 '보살행(菩薩行)'을 최상의 윤리로 가르치는 것도 이 때문이다. 이처럼 자신을 버리고 남을 위해서 모든 것을 베푸는 삶, 물질적인 것에 대한 집착과 소유욕을 끊고 무소유로 사는 삶이 또한 오늘의 생태 위기를 극복할 수 있는 하나의 방안이 될 수 있는 것이다.

이렇듯 동양적 세계관의 하나인 불교는 오늘날 생태 문제를 포함해서 서구 물질문명의 위기를 극복해 줄 수 있는 하나의 이념적 대안이 될 가능성이 있다. 물론 여기에도 풀어야 할 숙제가 없는 것은 아니다. 오늘의 자본주의 문명이 본질적으로 인간의 이기주의에 토대해서 이루어진 것이라고 할 때 그 '이기주의'를 어떻게 '무아' 혹은 무소유의 삶의 양식과 조화시킬 수 있을 것인가 하는 그 현실적인 문제이다.

　우리 문학이 풀어야 할 숙제의 하나도 아마 여기에 있을지 모른다. 우리는 지금 생태환경에 대한 시의 이념적 지향점을 과연 어디에 두어야 할 것인가.

시 한 편의 인문정신

　해마다 입시철이 돌아오면 나라는 열병을 앓는다. 당사자인 입시생은 말할 것이 없겠지만 각급 학교는 고사 실시로, 정부는 그 관리로, 학부형은 뒷바라지로 온통 북새통을 이루는 한 달이 지나가기 마련이다. 직업이 교수인지라 필자 역시 입시철엔 어떤 형태로든 이같은 대학입학고사와 무관하게 보낼 수 없다. 예전에는 출제위원으로 몇 주씩 호텔에 감금되는 곤욕을 치렀으나 나이가 든 요즘에는 벌써 수년째 면접위원으로만 불려다니고 있다.

　학력평가가 다양해지면서 최근, 대학의 구술시험은 필기시험 못지않게 그 비중이 커졌다. 당락에 영향을 미칠 정도이다. 그래서 과거 형식적으로 치러졌던 것이 지금은 매우 중요한 대학입시의 한 관문이 되었다. 이는 물론 그 누구보다 입시생들이 잘 알고 있는 사실이다.

　작년의 일이다. 관례에 따라 필자는 이해에도 면접관으로 위촉을 받았다. 그래서 미리 입시생들에게 무엇을 물어볼 것인가를 고민하다가 문득 시 한 편을 외워보도록 주문해 보았다. 대상이 모두 한국문학을 공부하고자 하는 입시생들이니 별 어려운 문제도 아닐 것 같았다. 그러나 막상 면접에 임하면서 내 기대는 곧 물거품처럼 사라져 버리고 말았다. 전체 입시생 64명 가운데 온전히 시 한 편을 외울 수 있었던 학생이 단지 4명, 외우려고 시도하다가 도중에 실패한 학생이 8명뿐, 나머지 55명의 학생들은 처음부터 아예 외울 수도, 외울 의지도 없었기 때문이다. 일부 학생들은 당당하게 외우지 못한다고 선언하면서 무엇이 못마땅했던지 출입문을 거칠게 닫고 나가버리기조차 했다.

당시 필자가 응시생들에게 시 한 편을 외어 보도록했던 것은 나름의 어떤 믿음이 있어서였다. 앞으로 대학에서 한국문학을 전공할 계획이라면 당연히 한국문학에 관심을 가졌을 것이며 한국문학에 관심을 가졌다면 최소한 좋아하는 시 한 편 정도는 충분히 외울 수 있으리라고 생각했기 때문이었다. 그런데 그러한 나의 기대가 산산히 깨졌으니 그때의 내 심정이 오죽했겠는가. 문명국가의 교양인으로서 모국어로 쓰여진 시 한 편 외울 수 없는 사람이라면, 물론 자신을 부끄럽게 생각해야 할 일일 것이다. 그런데 항차 대학에서 한국문학을 전공할 학생임에랴.

이처럼 국문학과를 지망하는 학생들조차도 시 한 편을 외울 수 없을 지경이 된 우리 국민의 교양 수준은 어디서 비롯하는 것일까. 가깝게는 자신의 적성을 외면하고 무작정 일류대학에 진학할 수밖에 없는 사회 풍조와 대학 입시에만 매어 있는 중고등학교 국어교육, 멀리는 물신 숭배에 세뇌되어 인성을 함양하려는 노력에는 무관심해진 우리 국민의 세속적 가치관 등에 있을 것이다. 그러나 무엇보다도 이에 우선하는 이유가 있다. 한 나라의 문화와 가치관을 선도하는 대통령의 국정철학이다.

그러나 정부가 지금처럼 모든 가치를 경제 생산성에만 집중하고 경제 생산과 관련이 없는 학과목들은 학교 교육에서 점차 폐기시키거나 위축시키는 정책으로 나아간다면, 그리하여 인문학을 천시하고 상공업만을 장려하는 정책으로만 나아간다면 ─ 한 편의 시를 짓고 읽는 일은 제껴두고 한

대의 컴퓨터를 더 수출하는 일에 매달린다면 ─ 근시안적으로 국민소득 몇 달러를 높이는 데는 다소 도움이 될지 모른다. 그러나 장기적으로 우리 사회가 인간성의 소중함과 아름다움은 잃어버리게 될 상황으로 전락해버릴 것은 뻔한 결과가 아니겠는가.

그럼에도 불구하고 지금처럼 인문학을 그 본래의 취지대로 대우해주거나 진흥시키지 않고 이를 이용해 무슨 경제적 가치를 창출해낼 것인가에만 혈안이 될 경우 앞으로 한국 대학들의 국문과는 작명과(作名科), 철학과는 운명감정과, 역사학과는 드라마콘텐츠과로 그 학과명을 아예 바꾸어야 할 날이 올지도 모르겠다. 실로 우리나라 인문학의 위기는 인문학 그 자체보다도 그것을 천시하는 정부 정책에 있는 것이 아닐까 하는 생각이 든다.

그러나 다시 한번 되새겨보자. 15세기의 위대한 인문정신의 발현 없이 어떻게 서구에서 르네상스 운동이 일어났으며 그 르네상스 없이 어떻게 오늘과 같은 물질문명이 배태될 수 있었겠는가. 왜 우리보다 훨씬 앞서 있는 프랑스나 독일 같은 자본주의 선진 국가들이 그들 학생들의 대학 입시 자격으로 최소한 200편 이상 자국의 문학 고전을 외우도록 강제하는가를……

국어교육의 문제

1

많은 것들이 있겠으나 우리 초·중등 국어교육이 지닌 문제는 크게 세 가지로 정리될 수 있지 않을까 한다. 첫째, 문학과 국어의 상관관계, 둘째, 학습목표, 셋째, 문학교수와 그 평가 등이다.

교육부의 공식 초·중등학교 국어학습의 목표란 한마디로 '국어' 즉 한 국어로서의 '말하기', '듣기', '쓰기'라 한다. 그런데 엉뚱하게도 교육부는 여기에 그 외에도 '문학'과 '언어'를 포함시키고 있다. 문제는 '말하기', '듣기', '쓰기'는 대상을 수용하는 방식이고 '문학'과 '언어'는 교육 대상 그 자체여서 이 같은 분류가 전혀 등가적일 수 없다는 점이다. 문학작품을 통해 '말하기', '듣기', '쓰기'를 교육할 수 있고 '언어'의 활용에도 — 여기서 '언어'라는 영역은 아마도 문법을 의미하는 것 같지만 — 당연하게 '말하기', '듣기', '쓰기'가 있을 터이니 '문학'과 '언어'는 누가 보아도 앞의 '말하기', '듣기', '쓰기'라는 언어 기능상의 분류와 중복된다고 하지 않겠는가?

따라서 교육부가 나름대로 국어 학습목표를 정할 경우 그 이용 방식(언어 기능)을 기준으로 '말하기', '듣기', '쓰기'의 세 가지로 하든지, 대상 그 자체를 기준으로 '문학의 언어'와 '실용(비문학의)언어'로 하든지 둘 중 어느 하나를 선택했어야 옳았을 것이다. 이 같은 관점에서 우리 초·중등학교 국어교육의 기초적 오류는 애당초 학습목표의 혼란에서부터 비롯하는 것이라고 말해야 할것이다.

문제는 이에 그치지 않는다. 고등학교의 경우 제5차 국어 교과과정 이후부터는 문학이 국어의 영역에서 아예 배제되어버렸다는 사실 그것이다. 그러니 당연하게도 그 교수 역시 ─ 국어시간 국어책에 의해서가 아니라 ─ 별도의 문학시간에 별도의 교과서 즉 문학 교과서에 의해 수행되고 있는 것이 지금 우리 학교 문학교육의 현실이다. 잠정적이기는 하나 물론 지금 고등학교 국어 교과서에도 한두 편 정도의 극히 제한된 문학작품들이 형식적으로 수록되어 있기는 하다. 그러나 그것은 현행 국어 교육과정에 대한 일부 학자들의 반발 혹은 저항의 움직임을 무마시키기 위한 것이지 문학을 국어로 인정코자 하는 교육부의 근본 방침 때문에 그런 것은 아니다.

논자들 중에는 물론 국어로부터 독립시킨 이 같은 별도의 '문학'이라는 학과목 설정에 대해 긍정적으로 생각하는 사람이 전혀 없지는 않을 것이다. 그러나 이는 국어학습에 대한, 다음과 같은 몇 가지 오해에서 빚어진 해프닝이라 할 수 있다.

첫째, 그들은 '문학'이 필수과목이 아닌 선택과목이라는 점, 그러므로 학교장의 재량에 따라 현장 수업에서 언제 어느 때나 배제될 수 있다는 사실을 모르고 있다. 현재 일선학교에서 문학이 그나마 일주일에 한두 시간 정도로 학습되고 있는 것은 아직까지 대입수능시험에서 문학작품이 ─ 그것도 '언어'라는 영역으로 한두 문제 출제되고 있기 때문이다. 그러므로 만일 수능시험과목의 언어영역에서 문학 문제가 배제될 경우 언제든지 문학 과목은 일선 중·고등학교 교육에서 퇴출될 수 있다. 즉 현재의 교과과정에서 문학과목은 — 교육부 내에서 점점 세를 늘려가고 있는 기능주의 교육관에 비추어볼 때 — 앞으로 그 존립 여부 자체가 불투명한 상황이다.

둘째, 보다 중요한 문제는 문학을 국어로 인정할 수 없다는 교육부의 일관되고도 그릇된 국어관(國語觀) 혹은 국어정책이다. 본질적으로 '국어'란 '문학'의 다른 이름에 지나지 않는 까닭에 만일 국어에서 문학을 부정하게 되면 언어교육의 왜곡은 물론 국어 그 자체가 고사하는 길로 나아갈 수밖에 없을 것이기 때문이다. 그러므로 명칭이 다르다하여 그 명칭으로 지시되는 실체 자체를 부정하고 있는 것이 현하 우리 학교 국어교육이 처한 상황이다. 가령 '인간'과 '사람'은 그 명칭이 다르다고 양자의 실체가 다른 것은 아니다. 이 문제는 2장에서 다시 자세하게 논의될 것이다.

그렇다면 지금까지 고수해왔던 '문학=국어'라는 인식과 달리 이제 와서 교육부가 별안간 문학을 국어로부터 분리시킨 이유는 무엇일까. 그들의 견해에 따를 경우 답은 아주 간단하다. 국어는 한국어로 '말하기', '듣기', '쓰기'가 목적인 언어과목인데 문학은 음악이나 미술과 같은 예술의 한 분야라는 것이다.

이와 같은 그들의 인식에는 물론 문학교육이 언어교육에 별다른 도움을 주지 못한다는 편견이 자리잡고 있다. 즉 문학교육의 목적은 문학작품의 감상 능력을 배양시키거나, 가치 있는 심미적 정서를 계발시키거나, 시인이나 소설가와 같은 문인들을 양성시키는 일에만 있다고 생각하는 것이다. 물론 초·중등학교 문학 교육에 부차적으로 이 같은 목적이 전혀 없다고 말할 수는 없다. 그러나 이는 본질적으로 문학교육에 대한 오해나 무지에서 기인하는 것이지 실체가 그런 것은 물론 아니다. 초·중등학교 문학교육의 근본 목적은 예술교육보다도 사실은 언어교육에 있기 때문이다.

따라서 이 같은 그들의 견해에는 세 가지의 심각한 오해가 있다.

첫째, 이미 헤겔이 지적한 바 있지만 언어를 매재로 한, 소위 관념예술

(ideal art)인 문학은 감각 그 자체가 소재가 되는 미술이나 음악과 같은 물질 예술(material art)과 근본적으로 다르다. 그러므로 미술이나 음악을 이해하는 잣대로 문학을 언급한다는 발상 자체가 잘못이다.

둘째, — 다음 장에서 논의되겠지만 — 국어교육의 목적이 단순히 '말하기', '듣기', '쓰기'와 같은 언어활동의 기능 향상에만 있는 것이 아니라는 점이다. 그것은 보다 심원한 철학적, 이념적 목적을 지니고 있는데 성장기의 청소년들에게 이 같은 목적을 실현시킬 교육이 있다면 문학 이외 다른 학과목이 있을 수 없다.

셋째, 그들의 주장대로 국어교육의 목적이 설령 '말하기', '듣기', '쓰기'에 국한되어 있다 하더라도 현실적으로 이 목적의 효율적 달성은 문학작품을 통해 학습하는 것 이외 달리 특별한 방법이 있을 수 없다는 점이다. 그들은 일상어나 실용문 혹은 강연이나 메스컴의 언어 같은 생활어가 주가 된다고 생각하는 것 같지만 — 그런 까닭에 지금 고등학교 국어 교과서의 대부분을 이 같은 내용으로 편찬했지만 — 이는 아주 그릇된 판단이다.

가령 국어 교과서에 황순원의 「소나기」가 수록되어 있다고 하자. 이때 교사가 학생들에게 이 작품의 감상문을 쓰도록 지도하여 수업시간에 발표 시킨다면 여기에는 '말하기', '듣기', '쓰기' 라는 국어교육의 모든 활동이 — 그 어떤 다른 텍스트보다도 더 — 효율적으로 혹은 자연스럽게 녹아 있다. 감상문의 작성이 쓰기이며, 감상문의 발표와 그에 대한 토론이 바로 듣기와 말하기일 것이기 때문이다. 따라서 그들의 주장대로 국어교육의 목표가 설령 '말하기', '듣기', '쓰기'에만 있다 하더라도 이 목표를 보다 적절히, 혹은 보다 효과적으로 실현시킬 여타의 소재 즉 텍스트란 문학작품 이외에 다른 특별한 대안이 있을 수 없다. 그러니 '국어'라는 이 추상적, 관념적 의미의 구체적, 감각적 실체는 바로 한국말로 쓰여진 문학작품 이외 다른 것이 아니다. 명칭상 '국어'라 하지만 실은 '문학'이 즉 '국어'인 것이다.

이상에서 살펴본 바, 우리 초·중등학교 국어과목의 중심은 당연하게도 문학에 있다. 그러므로 '문학은 국어가 아니라'는 잘못된 판단에 근거하여 국어과목에서 문학을 배제시킨 현행 교육부 제정 국어 교과과정은 마땅히 폐기되어야 할 것이다. 즉 고등학교 학과목에서 문학과목의 독립은 철회되어야 하며 국어교육은 문학작품의 교수가 중심이 되어야 한다.

그뿐만 아니다. 고등학교 국어 교과서의 내용 역시 — 현재의 교과서처럼 일상어 중심의 소재(생활어, 실용문, 신문기사, 방송어, 인삿말, 국회 연설문 만화, 광고문…… 등)만이 아닌 — 문학작품 위주로 편찬되어야 한다. 다만 문학 학과목 그 자체는 없애되 문학 교과서의 편찬만큼은 현행 방식대로 존속시킬 필요가 있다. 국어시간에 국어(문학)교육의 부교재로 널리 활용될 가치가 있기 때문이다.

2

국어교육의 목적을 '말하기', '듣기', '쓰기'로 규정한 지금의 교육부 방침은 한마디로 언어에 대한 이해 부족에서 기인한 것이다. 왜냐하면 엄밀한 의미에서 언어는 구조적으로 파롤(parole)과 랑그(langue), 기능적으로는 존재의 언어(ontological language)와 도구의 언어(일상의 언어, instrumental language)로 되어 있어 이 양자를 균형있게 가르쳐야 하는데 현행 중고등학교 국어는 그 학습목표를 '파롤'과 '도구의 언어'를 익히는 데에만 두고 있기 때문이다. 이는 다음과 같이 설명된다. 다 알고 있다시피 '랑그'는 '파롤'의, '존재의 언어'는 '도구의 언어'의 모태이다. 따라서 언어의 보다 중요한 본질은 '랑그'와 '존재의 언어'에 있으며 이에 따라 국어의 학습목표 역시 — 파롤과 도구의 언어 활동을 향상시키는 것만이 아닌 — 랑그와 존재의 언어 활동을 심화시키는 데 두지 않으면 안되는 것이다.

그러한 관점에서 중등 과정 이상의 국어 학습목표는 '말하기', '듣기', '쓰기'보다 더 중요한 '사고력', '상상력,' '창의력'의 향상에 있어야 한다. 달리 말해 '사고력', '상상력', '창의력'의 향상에 두든지 아니라면 '사유'(사고력과 상상력), 표현(말하기 쓰기), 이해(듣기, 읽기)의 계발에 두든지 해야 한다. 상식적으로도 사고력이나 상상력이 부족한 자가 어떻게 말을 잘 할 수 있으며 또 어떻게 상대방의 이야기를 제대로 경청할 수 있겠는가?

다 아는 바와 같이 근대 언어학의 창시자 소쉬르(F. Saussure)에 의해 밝혀진 바 언어의 파롤과 랑그란 — 상식적인 차원에서 — 전자가 실제로 발음기관을 통해 발화된 말을 가리키는 것이라면 랑그는 그 파롤을 실현시킨 이념태(理念態)로서 우리의 청각 영상(image acoustique)에 자리하고 있는 그 원형을 가리키는 개념이다. 따라서 랑그의 차원에서 볼 때 언어는 바로 사유체계 그 자체라 할 수 있다. 일차적으로 '생각'이 먼저 있고 그것을 표현하거나 전달하기 위해 이차적으로 '말'이 생긴 것이 아니라 언어(랑그)가 있으므로 생각할 수 있는 것이다. 즉 언어(랑그)는 인간의 사유(思惟)에 선행하는 것으로 사유 그 자체라 할 수 있다.

한편 우리는 일반적으로 '언어를 사상이나 감정을 전달하는 도구(기호)'라고 한다. 그러나 진정한 의미에 있어서 언어의 본질은 그것만이 아니다. 왜냐하면 그 전달에 앞서 먼저 언어 자체가 만들어져 있어야 하기 때문이다. 가령 우리가 호미로 밭을 매기 위해서는 밭을 매기에 앞서 밭을 맬 호미가 만들어져 있어야 한다. 언어 역시 마찬가지다. 그러니 언어활동 또한 크게 언어를 만드는 행위와 그 만들어진 언어를 이용하는 행위의 두 가지로 나누어 살펴볼 수 밖에 없다. 이 경우 우리는 전자를 존재의 언어(발생론적 언어)라 하고 후자를 도구의 언어(일상의 언어 혹은 전달의 언어)라고 한다. '언어란 단지 사상이나 감정을 전달하는 도구(기호)'가 아닌 것이다. 그러한 의미에서 보다 중요한 것은 이 도구의 언어, 즉 일상어나 생활어를 가능케 해주는 존재의 언어이다.

이 세상에서 최초로 언어가 만들어지는 상황을 한번 가정해본다. 어떤 원시인이 길을 걷다가 우연히 아직까지 자신이 보지 못했던(인식하지 못했던) 어떤 아름답고도 신기한 꽃나무(언어학의 용어로 '대상' 즉 referent)를 처음 보고 그것을 '장미'라고 호명했다 하자. 그 순간 이 '장미'라는 소리(언어학의 용어로 '기호' 즉 symbol)는 비로소 한 개 언어가 된다. 물론 여기에는 이 '장미'라는 소리로 지시된 대상의 의미(언어학의 용어로 '의미' 즉 reference) 생성 역시 필연적이다. 즉 지금까지 알지 못하고 지내왔던 그 어떤 것이 이제 '장미'라는 이름의 호명에 의해서 비로소 내 앞에 '장미'라는 한 당당한 실체로 그 의미를 드러내게 되는 것이다.

우리는 이처럼 무의미하고 혼돈된 상태로 내 방치되어 있는 어떤 것들의 하나에 이름을 주어 그것을 의미 있는 존재로 현현케 하는 행위를 존재의 언어 혹은 발생론적 언어라고 한다. 따라서 존재의 언어란—이 언어를 통해 의미를 전달하는 데 이용하는—도구의 언어에 선행한다. 그러니까 존재의 언어는 보다 근원적인, 보다 본래적이면서도 진정한 언어라 할 수 있다. 이 세상의 모든 사물들은 바로 이 같은 존재의 언어에 의해서 비로소 존재하게 되기 때문이다.

그런데 이 '랑그로서의 언어'나 '존재의 언어'를 습득시키는 데 있어 보다 효율적인 것은 당연히—일상어의 학습에 있는 것이 아니라—문학어의 학습에 있다. 문학어, 특히 시의 언어가 바로 존재의 언어를 지향하고 있기 때문이다. 따라서 문학작품의 교육은 앞서 지적한 바, 말하기, 듣기, 쓰기와 같은 학습목표의 달성에도 효율적이지만 그보다도 이처럼 랑그 혹은 존재의 언어활동을 심화시키는데도 그 근간이 된다고 말할 수 있다..

따라서 우리 국어교육의 목표는 일상적이고도 기능적인 수준의 '말하기', '듣기', '쓰기'의 차원을 넘어서 언어를 통해 이 세상을 인식하고 의미를 생산하며 어떤 고귀하고도 아름다운 정신적 가치를 창출해내는 '사고력', '상상력', '창의력'과도 같은 것을 함양시키는 데 두어야 한다. 우리 초·중등학교 국어교육의 중심이 바로 '랑그로서의 언어'와 '존재의 언어'에 있어야 하는 이유이다.

국어와 관련시켜 한 가지 더 상기해야 될 명제가 있다. 한 나라의 국어는 그 본질이 단지 구성원 간 의사소통의 도구로서 존재하는 것만은 아니라는 사실이다. (그렇다면 물론 국어교육의 목표는 단지 말하기, 듣기, 쓰기의 달성만으로 족할 것이다.) 그것은 한 민족(nation)의 정체성이나 동질성을 담보하는 원형적 가치이기도 하다. 헤겔 등이 한 민족의 정신(National Geist)이나 혼(Volks Seele)을 그들의 민족어에서 찾았던 것도 이 때문이다. 정치학이나 역사학에서 '민족'이라는 개념을 학술적으로 규정할 때 그 첫 번째 조건으로 민족어(National language)의 공유를 드는 것도 같은 맥락이라 할 수 있다. 한마디로 민족이란 같은 민족어를 쓰는 집단을 일컫는 명칭 이외 다른 말이 아닌 것이다.

그러므로 초·중등학교에서의 국어교육은 단지 말하기, 듣기, 쓰기와 같은 저급한 단계의 기능적 수준에 있는 것이 아니다. 보다 차원 높게 민족정신의 함양, 민족의 정체성 확립과 같은 보다 큰 이념적, 사상적 영역에 목적을 두어야 한다. 그럴 경우 이 이념적 목적 역시 문학교육에 의해 보다 효과적으로 달성될 수 있을 것임은 두말할 필요가 없다. 문학이야말로 그 같은 의미에서 언어의 총체성(總體性, totum)를 담당하고 있기 때문이다. 가령 헤겔, 슐레겔 등이 민족의 기원을 밝히는 신화에도 민족의 정신이나 민족의 혼이 내재해 있다고 생각했던 것은 어느 민족이나 그 문학의 원형은 신화에 있다는 인식에서 가능했던 것이다.

이상 살펴본 바 우리 초·중등학교에서의 국어교육의 목적은 교육부에서 주장하고 있는 것처럼 단지 말하기, 듣기, 쓰기만이 아닌 그보다 더 높은 수준에서의 상상력, 사고력, 창의력(혹은 사고[상상력, 사고력], 표현[말하기 쓰기], 이해[듣기 읽기]) 그리고 민족의 정체성 확립 등과 같은 것에 두지 않으면 안 된다. 그러한 관점에서도 국어란 바로 문학인 것이다.

3

일선 초·중등학교 문학교육이 지닌 또 하나의 심각한 문제는 그 교수 방법과 평가에 있다. 그것은 다시 두 가지 측면으로 나뉜다. 하나는 문학을 항상 정치나 이념의 반영 혹은 그 전달 도구로 해석한다는 점이요. 다른 하나는 문학을 문학이 아닌 과학으로 가르친다는 점이다. 그 결과 학습 평가 역시 대체로 과학 과목들에게서 행해지는 그것처럼 4지선다 혹은 5 지선다형으로 된 객관식 시험문제를 통해서 기계적이고도 도식적으로 검증한다. 수학이나 과학 문제의 해답이 그런 것처럼 한 가지 분명하고도 정확한 모범답안을 강요하는 일 그것이다. 교육부에서 제시한 교사용 지도서가 그같이 되어 있다.

문학작품을 정치나 이념의 반영 혹은 전달의 도구로 가르치는 관례에 대해서는 일일이 열거할 필요가 없을 것이라 생각한다. 예컨대 이방원의 「하여가」보다는 정몽주의 「단심가」가 더 훌륭하다는 평가에서부터, 윤동주는 저항시인이며 그 대표적 저항작품이 「서시」라는 주장, 일제강점기의 문학작품에서 긍정적인 주체는 모두 조국이며 그 상대 또한 항상 일본제국주의 그리고 그 주제 역시 대부분 조국광복이나 민족투쟁이라는 해석, 김수영의 「풀」이나 김광섭의 「성북동 비둘기」, 신동엽의 「금강」은 우리 문학사의 천고에 다시없는 명작으로 '참여시' 혹은 '민중시'의 귀감이라는 규정, 위대한 우리 시대의 문학이란 두말할 것 없이 현실을 비판하거나 민족주의 이념을 표방하는 문학 즉 '민족문학'이라는 것(그러나 엄밀히 말하자면 그것은 '민족문학(national literature)'이 아니라 '민족주의 문학(nationalist literature)'이다. 문예학에서 민족문학란 민족어로 쓰인 문학을 가리키는 용어이기 때문이다. 「민족문학 · 향토문학 · 지역문학」 본서 121쪽 참조) 등이다.

한편 문학교육의 학습평가가 모조리 객관식 시험 출제 형식(설혹 단답식의 주관식 문제가 있다 하더라도 여기서 크게 벗어나는 것이 아니다)으로 되어 있다는 것도 심각한 문제이다. 그 대표적인 것이 대입 수능고사에서 출제되고 있는 5지선다형 시험지로 그 전형이 — 비록 두 작품을 비교한다든가 다른 부분과 연계하는 등 기술적 변용이 없는 것은 아니지만 — 어떤 것이든 일단 무엇인가를 묻고 미리 제시된 5개의 답 중 하나를 선택하는 방식인 것은 다 아는 바와 같다. 예컨대 한용운의 「님의 침묵」에서 '님'이란 누구인가'를 물었다 하자. 여기에는 다섯 개의 답 즉 ① 부처, ② 조국, ③ 연인, ④ 중생, ⑤ 자연이 미리 제시되어 있고 응시자는 그중 하나를 선택해야 되는데 그 정답이 ② 조국인 것은 두말할 필요가 없다. 앞서 지적했듯 문학작품을 항상 정치 및 이념적 관점에서 해석하는 것이 정석이기 때문이다.

그러나 — 과학이 아닌 — 문학교육에서만큼은 이 같은 평가 방식이 가능하지도 필요하지도 않다. 원래 과학은 이성적 진실을 대상으로, 문학은 감정적 진실을 대상으로 하는 정신 행위인 까닭에 과학과 달리 문학에서는 어떤 객관적이고도 일의적인 정답이 있을 수 없기 때문이다. 굳이 현학적 이론을 들먹일 필요 없이 문학이 지닌 의미는 본질적으로 주관적, 직관적, 다의적이다. 그래서 논자들에 따라서는 문학의 본질은 모순 혹은 역설적 진실에 있다고까지 주장하고 있다. 즉 1+1=2가 되는 진실은 과학이지만 1+1=1이 되는 진실은 문학이다. 그러니 문학에 한 가지 답이 있을 리 없다.

그러므로 앞서 든 예와 같이 교육부에서 학생의 국어학습 수준을 5지선다형 시험문제 출제 형식으로 평가한다는 것은 일선 학교에서 문학을 문학이 아니라 과학으로 가르치라는 명령과도 같다. 즉 문학을 가르치는 수업을 문학을 부정하는 수업으로 전도시키고 있는 것이다. 따라서 그것은 일종의 문화적 폭력 그러니까 국가가 자행하는 지적 범죄행위라 할 수 있다. 그 결과 한국의 모든 학생들은—명목상 그들의 학습과목에 비록 '문학'이라는 것이 들어 있다 하더라도—학교교육에서는 문학다운 문학을 제대로 배운 적 없이 학교를 졸업하는 지적 불구자들이 되어버린다. 여기서 끝나는 것만이 아니다. 보다 심각한 문제는 그들이 성인이 되어 사회에 진출했을 때—문학에 대한 몰이해나 혐오감 같은 것을 갖는 것과는 별개로—그들의 인격 형성에 있어서 적잖은 결함을 지니게 된다는 사실이다.

첫째, 전인적 인간이 아니라 인문교양이 결여된 기능인 즉 지적 장애인으로 성장하여 일생 동안 한낱 도구적 혹은 공리적 가치관에 지배당하는 삶을 살게 된다. 오늘날 우리 사회가 물신만능주의에 빠져 삶을 물화시킨 이유의 하나도 자본주의 사회가 좀먹은 이 같은 인문정신의 결여에서 비롯한다는 것은 누구나 지적하고 있는 바와 같다.

둘째, 이 세상에는 항상 모범 답안이라는 것이, 그것도 단 하나가 있어야 한다는 단순 획일적 사고의 포로로 살게 된다는 점이다. 다른 어느 나라보다도 우리 사회에서 보는 바, 광적인 사이비 종교 신앙인이나 맹신적인 이데올로기 추종자들이 끊이지 않고 대두하는 것, 현실 정치나 노사문제 등에 있어서 타협 없는 갈등이 막장까지 가는 것 등도 모두 이와 무관치 않으리라 생각한다.

셋째, 사고력이나 상상력이 빈곤한 지식인들의 대량 생산이다. 지식과 기술은 나름으로 축적되어 있지만 그것을 어떻게 그리고 어디에 창조적으로 활용할 수 있는가. 또 어떻게 새로운 가치를 창출해낼 수 있는가 등의 문제에 대해서는 거의 무능한 사람들이다. 오늘날 우리의 경제 생산성이 어느 수준에서 한계에 다다라 있는 것, 그리하여 말끝마다 인문학의 중요성을 강조하고 있는 것도 아마 이 때문이리라.

넷째, 자라나는 어린이에게 정치권력이나 연예계에의 진출을 최고의 가치로 숭상하게 만드는 기풍을 확립시켜 우리 사회 전체를 어지럽히고 있다는 점이다.

다섯째, 당연히 한국문학의 지평에도 먹구름이 낄 수밖에 없다. 우리 문단—특히 시단의 경우 대체로 일상 삶의 에피소드를 사실적으로 보고하는 이야기체 시와 해체된 의식의 단편들을 무의미하게 나열 혹은 묘사하는 소위 난해시들이 대세를 이루고 있는 것, 작품 평가가 오도되거나 전도되고 있는 것도 필자의 소견으로는 근본적으로 이 같은 문학교육의 왜곡에서 비롯된 상상력의 결핍에서 오는 결과가 아닐까 한다. 중·고등학교, 더 나아가 그 연장선상에 있는 대학에서 제대로 문학다운 문학교육을 받지 못한 채 어깨너머로 문단의 시류를 쫓게 된 결과이다. 한국 사회가 이룩한 다른 많은 세계적 수준의 성과에 비추어 아직도 우리가 노벨 문학상 하나를 타지 못하는 이유도 그 근원을 따지자면 이 같은 우리 문학교육의 왜곡된 현실에서 비롯된 것일지 모른다.

그렇다면 각급 학교에서 자행되고 있는 이 같은 문학교육의 왜곡현상은 어떻게 바로잡아야 할 것인가? 물론 여러 처방이 있을 수 있을 것이다. 그러나 필자로서는 다른 어느 무엇보다 대학입학수능고사 언어(문학)영역 시험 출제 방식을 혁명적으로 개혁하는 데 있지 않을까 생각한다. 우리 초·중등학교 교육에 결정적 영향을 미치는 것이 바로 이 대학입시이기 때문이다. 그렇다면 그 혁명적개혁이란 또 어떻게 실천할 수 있는가? 그것은 물론 우리 교육당국이 심각하게 고민해야 할 문제일 것이다. 그러나 필자로서는 다음과 같은 몇가지 방향이 있지 않을까 한다.

첫째, 소위 수능 '언어' 영역의 객관식 5지선다형 출제 방식은 당장 퇴출시켜야 한다. 앞에서도 지적한 바와 같이 객관식 4지 혹은 5지선다형 시험 출제 방식이란 비문학 혹은 비예술 분야—따라서 과학 분야에서나 가능하며 문학을 문학으로서가 아니라 과학으로 가르치기를 강요하는 행위에 다르지 않기 때문이다. 이는 다른 어떤 선진 외국에서도 찾아볼 수 없는 우리나라만의 예이다.

둘째, 시험문제는 주관식이어야 한다. 그러므로 당연히 정해진 어떤 답을 요구하는 내용이 아니라 작품에 대한 응시자의 반응과 독창적 해석, 그에 관련된 사고력과 상상력 그리고 나름의 창의적 문제 해결을 묻는 방식으로 계발되어야 한다.

셋째, 출제 범위를 교과서 수록 문학작품에 한정시키지 않고 폭넓게 개방해야 한다. 그래야만 밑줄 긋기 식의 작품 해석과 단답 위주의 지식 교육에서 벗어날 수 있다.

넷째, 중고등학교에 재학하는 동안 필히 일정량의 문학작품을 독서하도록 강제해야 한다. 이를 위해서는 교육부 차원에서 학생들에게 권장 독서용 도서 목록을 지정해주고 이를 대학 입시에 적극 반영시킴으로써 과연 이들의 독서량이 어느 수준에 이르렀는가를 체크하는 방식을 강구해야 한다.

다섯째, 시의 경우는 특별히 중고 재학 시 수백 편 이상의 작품을 낭독할 수 있도록 유도해야 한다. 따라서 이를 위해서는 그 어떤 형식, 그 어떤 내용이든—예컨대 면접고사든 단순히 암기 유무를 판단하는 필기시험이든—대학 입학시험이나 고등학교 졸업 자격시험 같은 것을 통해 그 낭독 능력을 검정하는 제도적 장치가 확립되어야 할 것이다.

한국 근대시의 형성

1

한국 문학사에서 '근대'란 일반적으로 동학혁명(東學革命)과 갑오경장(甲午更張)이 일어난 1894년 이후의 시기를 가리킨다. 그러므로 우리가 '근대시'라 부르는 것 역시 — 학술적인 의미에서가 아니라 관례적인 의미에서 — 대개 1894년 이후의 시를 의미하는 것이다.

근대시가 무엇이냐 하는 문제는 쉽게 결론짓기 힘들다. 그러나 상식적으로 말하자면 반봉건(反封建) 근대의식이 문학적으로 표현된 시가 아닐까 한다. 그런데 '반봉건 근대의식'이란 일반적으로 정치에서는 민중주의, 민주주의, 민족주의를, 세계관에서는 과학적 계몽주의를, 윤리관에서는 휴우머니즘을, 그리고 삶의 양식에서는 개인주의와 자아의 발견을 지향하는 의식이므로 근대시 역시 일단 이와 같은 이념의 추구가 각각 형식이나, 언어나, 내용 등에서 반영된 시라고 정의할 수 있을 것이다.

근대시의 성격을 이렇게 규정할 경우 필자는 그 연원을 — 통상적으로 비록 19세기 말에 출발해서 20세기 초에 완성되었다고 하더라도 학술적으로는 이보다 훨씬 거슬러 — 18세기 전후의 시대에서 찾을 수 있으리라 생각한다. 그것은 한국 문학사에 이 같은 변화가 18세기 사설시조(辭說時調)에서부터 나타나기 시작했다고 보기 때문이다. 물론 이 시기 사설시조에 반영된 근대의식은 동시대 서구의 그것처럼 적극적이었다거나 보편적인 것은 아니었다. 그럼에도 불구하고 당대 조선사회의 변화와 더불어 한국문학에서의 반봉건 근대의식의 싹은 이때 이미 돋아나기 시작하고 있었다.

사설시조의 근대성은 다음과 같다. 첫째, 형식면에서 이전의 문학사에서는 찾아볼 수 없을 만큼 자유시형과 자유율을 지향했다. 조선의 전통적인 정형시 즉 평시조의 정형성을 탈피해 — 종장 첫구의 3.5조 음수율을 폭넓게 변용시킨 것과 내용의 삼분절(三分節)을 제외할 경우 — 그 어떤 형식에도 구속받지 않았던 것 등이다. 둘째, 산문적 진술을 원용하고 언어를 민중적인 것으로 해방시켰다. 즉 속어는 물론 비어, 음담패설, 생활어 등을 자유롭게 구사함으로써 귀족어, 지식어, 교양어로만 작품을 쓰던 전시대의 언어규범을 정면으로 무너뜨렸다. 셋째, 이념적인 측면에서 억압된 인간성의 해방 — 에로스의 방출을 통한 — 전근대적 모럴에 대한 도전, 새로운 사회 경제 현실에 대한 자각 등을 통해 간접적이나마 시대를 비판하고 시회모순을 고발하였다. 넷째, 사실주의적 태도와 비판, 풍자 및 희극미 등으로 당대 삶을 조명하였다.

그러나 한국시의 이같은 자생적 근대성은 19세기 외세의 침략을 받자 물론 그 정상적인 발전을 도모하기가 어렵게 된다.

2

이후 한국은 여러 정치적 우여곡절 끝에 1910년, 일본 제국주의에 강점당하기에 이른다. 따라서 이 시기의 한국문학은 두 가지 도정을 걷지 않을 수 없었다. 일본을 매개로 해서 서구적 근대성을 불구적으로 받아들이거나, 이에 대항하며 민족 자주의 근대화를 확립하려 했던 것이 그것이다. 일제강점기에 쓰여진 많은 계몽시, 저항시, 민족주의 시, 민족문화 탐구의 시, 마르크스주의 시 등은 이 같은 후자의 문맥에 의해서 이해되어야 할 현상들이다. 한국 근대문학이 자유시형과 반봉건 근대의식 이외에 민족저항시라는 또 다른 성격을 갖게 된 이유가 여기에 있다.

일반적으로 한국 근대사에서 '개화기'란 조선 왕조가 서구열강의 강요에 못 이겨 타의적으로 문호를 개방했던 1860년대부터 일본 제국주의자들에게 국권을 빼앗긴 1910년까지의 기간을 일컫는 용어이다. 따라서 그것은 자생적 근대화운동이자 민중혁명의 하나였던 동학운동이 실패로 돌아간 후 충분한 대비 없이 외세의 강압으로 문호를 개방한 시기라 할 수 있다. 그 결과 한국은 세계 열강의 각축장이 되는 수난을 겪다가 이어 일제의 침략을 받아 주권을 잃어리고 만다. 이 시기의 중요 정치적 사변으로는 병인양요(1866), 신미양요(1871), 병자수호조약(1876), 임오군란(1882), 한미통상조약(1882), 동학란(1894), 갑오경장(1894), 청일전쟁(1894), 러일전쟁(1904), 을사늑약(1905), 일제의 강점(1910) 등이 있었다.

문호 개방을 통해 외래사조, 특히 서구의 문물이 밀려 들어오기 시작하자 우리의 전통시가도 종래의 자생적인 변화에 한층 큰 자극을 받게 된다. 그것은 한마디로 이 기간에 우리의 근대시가 여러 내외적인 요인에 힘입어 몇 가지 과도기적 시형(詩型)을 실험하고 드디어 그 형식적인 측면에서 자유시를 완성하게 되었다는 말로 요약될 수 있다. 즉 한국의 근대시는 18세기에 평시조가 사설시조로 해체되고 개화기에 와서 보다 적극적인 실험 과정을 거친 뒤 1910년대 중반에 이르러 급기야 완전한 자유시를 완성시킨 것이다.

그러한 관점에서 평시조나 사설시조는 각각 한국 문학사에서 두 가지 경로로 분화되는 길을 걷게 되었다. 하나는 그 자체로 독립된 장르를 구축해 나가는 길이요 다른 하나는 스스로 해체되어 자유시로 나아가는 길이었다. 이 후자로서의 성격은 현대에 들어 자유시로 용해되어버렸으나 전자로서의 성격은 독립된 장르 즉 평시조로 남아 오늘날에도 활발하게 쓰여지고 있다.

18세기부터 그 정형성이 해체되기 시작한 우리의 전통시가가 근대에 들어 자유시를 이루게 되는 과정은 대개 네 단계로 나누어 살펴볼 수 있다. 첫째 전통장르 자체 내의 해체, 둘째 전통 장르 상호침투에 의한 해체, 셋째 외래적 요소의 영향과 새로운 율격의 실험, 넷째 반동적 시형의 등장과 그 극복 등이다.

첫 단계는 이미 18세기에 일어났다. 앞에서 지적한 바, 전통 정형시형이라 할 시조 장르 가운데서 좀 더 자유롭고 산문적인 사설시조가 등장한 것이 그 한 예이다. 그 외에도 또다른 조선조의 대표적 시가양식이라 할 가사 역시 17, 8세기를 전후해 산문화의 경향을 띠고 있었다. 일정한 정형이 없이 다만 4.4조 2행 연구(聯句)로 되풀이되는 가사의 등장이 그것이다. 이 시기에 이르러 가사가 가창 대신 낭송되기 시작한 것도 같은 맥락의 변화라 할 수 있다.

이 첫 번째 단계 이외의 나머지 세 단계는 모두 개화기에 일어난 자유시 지향운동들이다. 둘째 단계에 오면 장르 자체 내에 국한되었던 정형성의 해체가 서로 다른 장르끼리 상호작용을 일으킴으로써 한층 심화된다. 가령 민요와 가사, 가사와 시조, 시조와 민요 가사와 언문풍월 등이 상호침투하거나 혹은 혼합된 형식의 시가를 창작함으로써 예전에 없었던 자유시적 요소를 확산시킨 것 등이다. 그 결과 전통시는 예전보다도 더 적극적으로 형식의 해체, 산문화 지향, 연구분 방식의 채택, 기계적 율격의 파괴 등을 가져오게 된다.

셋째 단계는 외래 요소의 수용이다. 그 대표적인 예는 아마도 각급 학교

교가(校歌)의 가사 창작이나 찬송가 및 서구시의 번역 수입 등에서 받은 영향일 것이다. 우리 근대시는 이로부터 어법이나 언어 등에서 현대적 감수성을, 내용이나 이념 등에서 서구적 세계관을 수용하기 시작했다.

이와 같은 세 단계를 거쳐 자유시가 그 완성을 이루려는 찰나에 대두한 것이 마지막 네 번째 단계이다. 이는 전통시가의 자유시 지향 현상에 대해 거부감을 가지고 있었던 당시의 일부 문학적 보수세력들이 새로운 민족 정형시형의 탐구를 통해 이를 저지하고자 했던 일종의 반동적 문학운동이라고 할 수 있다. 이 결과로 창안된 이 시기의 과도기적 정형시형들이 신체시, 4행시, 언문풍월 등이다.

그러나 시대적 감수성과 동떨어진 이 같은 반동적 움직임이 결코 성공을 거둘 수 없었으며 이 넷째 단계를 극복하자 사설시조의 창작에서 비롯된 우리 전통시가의 정형 해체와 자유시 지향운동은 드디어 민족적인 공감을 얻는데 성공하여 우리의 자유시는 1910년대 중반에 등장한 몇몇 아마추어 시인들에 의해서 처음 쓰여지기 시작하다가 곧 전문적인 시인들을 배출하게 된다. 1910년대 말의 김억(金億, 1896~?), 황석우(黃錫禹, 1895~1960), 주요한(朱耀翰, 1900~1893) 등이 그들이다.

3

개화기에 쓰여진 우리 시가 양식으로는 민요, 한시, 시조, 사설시조, 개화기 가사, 창가, 신체시, 4행시, 언문풍월 등이 있다. 이 중에서 민요, 한시, 시조, 사설시조 등은 물론 전통 장르이지만 개화기 가사, 창가, 신체시, 4행시, 언문풍월 등은 — 언문풍월만을 예외로 할 경우 — 특별히 개화기에 들어 발생한 시 양식들이다.

개화기 가사란 개화기에 쓰여진 가사를 가리킨다. 형식 면에서 조선조의 전통 가사와 크게 다를 바 없음에도 우리가 굳이 그것을 '개화기 가사'로 명명해 구분하는 것은 거기에 개화기라는 한 특정된 시대 의식이 반영되어 있기 때문이다.

첫째, 전통가사처럼 정형을 엄격히 고수하지 않고 다소 자유스러움을 지향했다. 길이에 제한이 없었다는 점, 4.4조 율격에 국한되지 않고 3.4조, 혹은 4.3조의 변이율도 구사했다는 점, 합가(合歌)나 후렴구 등을 삽입하며 연을 구분했다는 점, 민요나 시조 등과 상호 침투해 형태 및 율격상 상당한 파격을 보여주었다는 점 등이다.

둘째, 그 내용 혹은 이념적인 측면에서 조선조의 전통가사와 달리 근대의식을 반영하였다. 자주독립과 문명개화를 역설한 것, 반외세, 반봉건의식을 고취한 것, 현실비판과 풍자를 통해 사회를 개혁하고자 한 것, 애국혹은 우국의 충정을 노래한 것 등이다. 이 같은 일반적 주제의식 때문에혹자는 개화기 가사를 우국가사(憂國歌辭), 혹은 한말우국경세(시)가(韓末憂國警世(時)歌) 혹은 개화가사(開化歌辭)라 부르기도 한다.

개화기 가사는 1890년대 들어 각급신문이나 잡지 및 학회지나 교지 등에 독자 투고 형식 혹은 기자 집필 형식으로 발표되었다. 작자 대부분도전문적인 문인이나 시인이 아니며 그 창작 의도 역시 순문학적인 것이라기보다는 사회운동 혹은 정치운동에 머문 것들이었다. 그렇지만 그 담고있는 여러 근대문학적 요소들 — 앞서 지적한 형태적, 이념적 요소들이 한국 근대시 형성에 중요한 밑바탕이 되었다는 사실만큼은 부정하기 힘들다.

창가는 원래 일본 문부성(文部省)이 그들의 소학교 음악 교과서에서 지칭한 서양음악의 명칭으로 서양곡에 맞춰 부르는 노래를 가리킨다. 그중 문학과 관련되는 부분은 이 노래의 가사가 전통적인 한국 시의 정형율격에서 벗어나 7.5조, 8.5조, 6.6조 등으로 되어 있어 새로운 율격, 새로운 시형을 탐색했다는 점이다. 우리나라 최초의 창가로 알려진 「황제탄신 경축가」는 당시 새문안교회 교인들이 고종황제의 생일을 축하하기 위해서 1896년 7월 25일에 지은 것인데 여기에 합동찬송가 468장의 곡조를 붙여 불렀다. 대체로 3.3조의 음수율을 지키고 있었으나 많은 파격을 보여준 것이 특징이다. 이 시기의 중요한 창가 작자로는 최남선(崔南善, 1890~1957), 이광수(李光洙, 1892~1950) 등이 있었다.

창가는 전통시가에는 없는 새로운 음수율의 율격을 만들어냈다는 점에서 나름의 시사적 의의를 지닌 시형이다. 그러나 지나치게 고정 음수율에 집착한 나머지 자유시 운동에는 별다른 긍정적 영향을 주지 못했으며 오히려 정형시형으로 퇴행하는 모습을 드러냈다고 봄이 옳다.

언문풍월과 4행시는 신체시와 마찬가지로 근대 자유시 운동을 거부하고 한국시의 새로운 정형을 확립할 목적에서 1900~1920년대의 일부 시인들에 의해 창작되었다. 전자는 원래 조선 중기에 등장했다가 사라진 후 이 시기에 다시 되살아난 것인데 순우리말 구어체로 쓰되 한시의 절구(絕句) 혹은 율시(律詩)를 모방한 시형이다. 시의 한 행을 5자 혹은 7자로 하고 한 연을 4행으로 하여 각 연 1, 2, 4연의 끝에 같은 운을 붙였다. 후자 역시 이에 준하나 한 행의 길이를 5자 혹은 7자로 제한하지 않고 그 대신 4.4조 혹은 6.5조 등 음수율을 지켰다는 점에서 다소 다르다.

4

이 시기의 독특한 과도기적 장르로는 소위 '신체시'라 부르는 시형이 있다. 장르적 차원에서는 어떤 통일된 정형시적 규범을 지니고 있지 않으나 개별 작품의 경우 그 것만이 지닌 독특한 정형성을 지켰다는 점이 특징이라면 특징이다. 예컨대 각 작품은 그 자체에만 해당하는 정형으로 첫째,

매연을 구성하는 행수가 같을 것, 둘째, 비록 모든 시행에 일관하는 공통 음수율은 없다 하더라도 각 연의 대응 되는 시행만큼은 나름의 동일한 음수율을 밟을 것 등의 규범이 있었다. 이를테면 1연의 1행과 2연의 1행, 3연의 1행…… 1연의 2행과 2연의 2행, 3연의 2행…… 등의 음수율이 같아야 했다. 그러한 의미에서 신체시 역시 4행시나 언문풍월처럼 자유시에 반동하는 시형이라고 할 수 있다. 최초의 공식적인 신체시이자 대표작으로 꼽히는 것이 1908년『소년』지 창간호에 발표된 최남선의 「해에게서 소년에게」이다.

이상에서 살펴본 것처럼 근대에 들어 한국의 시는 시조나 가사 등 조선시대의 시양식들이 이 같은 네 가지 단계의 발전을 거치면서 자연스럽게 자유시를 완성시켰다. 그리고 이 자유시 최초 작품이 1919년『창조』창간호에 발표된 주요한의 「불놀이」나 기타 같은 시기의 황석우ㆍ김안서의 시들이다.

시와 학문의 갈림길에서

이상적 진리라고 하는 것은 논리적이고 객관적이고 보편적인 진리를 말합니다. 이에 반해 감성적 진리라고 하는 것
고 주관적이고 또 읽히기 모순이 되는—이상적인 생각으로 보편으로 볼 때는 읽히기 맞지 않지만 그럼에도 불구하고 삶의 어떤 절대
리가 되는 진리입니다. 그 같은 관점에서 학문은 이상적 진리를 대상으로 문학은 감성적 진리를 대상으로 하는 정신적 노력이라고

진실과 사실 사이

대담자 : 김준오(문학평론가 · 부산대 교수)
일   시 : 1990년 9월 21일
장   소 : 미학사 편집실

김준오 : 우선 서론을 겸해서 두 가지 정도를 이야기하고 시집에 수록된 작품들의 특징적 경향을 몇 가지 얘기하는 방향으로 하지요. 연작시의 형태로 1 · 53까지의 시가 '그릇'이라는 제목 하나로 이어져나갔는데, 이런 스타일로 시집을 내는 경우는 좀 드물기 때문에 우선 그 '연작시'라는 문제부터 생각해보고 들어가는 것이 어떨까 싶은데요.

오세영 : 네, 그렇게 하시죠.

김준오 : 대개 비평가들이 더러 하나의 주제를 여러 편의 시를 통해 집요하게 파고들 때 이를 연작시라고 하는 것 같은데 선생님의 『가장 어두운 날 저녁에』라는 시집에서 시론이랄까, 선생님의 시관(詩觀)을 봤습니다. 그게 82년도 문학사상사에서 나온 제2시집이죠?

오세영 : 예, 맞습니다.

김준오 : 「현실과 영원 사이」라는 그 시론을 보니깐 총체적 시각이란 말이 나오는데 그런 총체적 시각과 연관되는 것이 연작시 형태가 아닌가 그런 생각을 해봅니다. 어떤 하나의 사물을 두고 여러 각도에서(공시적이든 통시적이든) 볼 때나, 하나의 세계관이랄까 하나의 패러다임으로 인간조건이든지 삶의 여러 모습을 조명할 때 연작시라는 것이 탄생한다고 봅니다. '집합(aggregation, 둘 이상의 짧은 독립된 작품들이 하나의 전체로 통일되는 것)'은 '크기'와 함께 장르 변화의 한 요인이 아닙니까? 다시 말하면 연작시와 연작소설은 '집합'의 양식으로 장시화, 장편소설화의 변화를 가져오고 이것은 모두 총체적 시각과 연관되지요. 물론 이런 연작시라는 것이 최근에 주목되는 양식은 아니죠. 조선조 시대에도 연시조라는 형태가 있었고 이상(李箱)도 「오감도」라는 연작시를 썼고 해서 전혀 새로운 것은 아닌데, 그래도 「그릇」이라는 연작시를 쓰게 된 동기랄까 의도를 조금 얘기 나누었으면 좋겠는데요. 왜 '그릇'이라는 테마를 가지고 70여 편이나 시를 썼나요?

오세영 : 먼저 「그릇」 연작시들을 쓰기 이전의 제 시의 편력을 살펴보는 것이 도움이 될 것 같습니다. 제 첫 시집 『반란하는 빛』에서 저는 주로 모더니즘, 또는 아방가르드 경향의 시들을 썼습니다. 요즈음 젊은이들이 속칭 '해체시'라 부르며 유행을 타는 그런 시들에 가까운 것들이라고나 할까요. 그 당시 제가 관심을 기울였던 것은 언어를 어떻게 미학적으로 창출해내고 또 어떻게 소외된 현대인의 내면의식 — 잠재의식까지도 포함해서 — 을 밖으로 드러내 형상화할 것인가 하는 문제였습니다. 그리고 이는 제가 참여하고 있었던 60년대 『현대시』 동인들의 일반적인 특성이라고도 할 수 있고요.

그러나 시간이 흐르고 제 시에 대한 성찰이 깊어지면서 저는 시라는 것이 단순한 내면의식의 반영이나 미학적 형상성에서 머물러서는 안 된다는 자각을 가지게 되었어요. 무언가 메시지가 담겨 있는 시, 현실에 대한 분열된 자의식을 뛰어넘어 그것을 통합시키는 시, 병적(病的)인 세계를 — 단순히 반영하기보다는 — 건강한 것으로 회복시켜주는 시를 쓰고 싶었습니다. 여기에는 물론 시단의 유행적 필리스티니즘(philistinism)에 대한 혐오감, 맹목적인 서구문화 추수에 대한 자괴감, 저널리즘의 호기성(好奇性)에 대한 경멸감이 작용한 것도 사실이었습니다. 최근 어떤 젊은 비평가가 제 문학을 이야기하면서 제게 — 지금 쓰고 있는 시보다 — 초기시가 더 좋은데 왜 초기 시의 세계를 꾸준히 탐색하지 않느냐고 묻기에 저의 초기시도 시냐고, 그런 눈으로 비평을 하니 우리 시단이 이 모양이 아니냐고 책망한 적이 있었습니다만…….

요즘 우리 문단에는 젊은 비평가들밖에 없는 것도 큰 문제입니다. 문학적 감수성이란 항상 같은 세대를 지향하기 마련이니까요. 어떻든 저는 그때 저의 초기 시작(詩作)을 버리고 무언가 새로운 세계를 탐구하지 않을 수 없었습니다. 그것은 미학적 차원에서 철학적 차원으로, 아니 이 양자가 조화될 수 있는 어떤 세계였습니다. 이 같은 모색기에서 씌어진 것이 제2시집 『가장 어두운 날 저녁에』입니다.

이후 저는 제 시론을 보다 본격적으로 탐색하기 시작했습니다. 그러나 즉시 부딪히는 문제는 그 철학적 토대를 어디에 두느냐 하는 것이었지요. 이 과정에 만난 것이 불교나 노장의 '무(無)', 우리의 무속(巫俗)같은 동양사상이었습니다. 물론 기법과 형식의 구사라는 측면에서도 나름의 새로움을 추구하려 노력했지만요. 한마디로 동양적인 것과 서양적인 것, 미학적인 것과 철학적인 것, 회화적인 것과 음악적인 것, 전통적인 것과 현대적인 것(모더니즘)을 조화롭게 담아보려 했습니다. 그러한 관점에선 연작시로 씌어진 제3시집 『무명연시(無明戀詩)』 수록 작품들은 일종의 실험시들이라 할 수도 있지요.

그러나 이와 같은 실험을 의식적으로 시도하다 보니 시가 관념적으로 흐르고 일상 삶에서 멀어진 것은 어쩔 수 없는 일이었습니다. 다소 작위적이기도 했구요. 그래서 저는 이제 그것을 일상의 삶으로 끌어내려 보다 현실적 토대 위에 올려놓으려고 노력했습니다. 제4시집『불타는 물』의 세계에서 부터였습니다. 수록시들 가운데 여성지와 일반 대중지에 발표된 작품들을 제외한 이 시집의 거의 절반에 가까운 시들이 그것입니다. 그러나 이를 보다 본격적으로 실천한 시집이「그릇」연작들을 묶어 간행한 이번의 제5시집『사랑의 저쪽』이지요.

김준오 : 오 선생님은 60년대『현대시』동인으로서 지금까지 연장되는데 그때의『현대시』동인들의 문학사적 의의는 오 선생님이 설명하신 것처럼 소위 실험시, 언어시의 형태로 주로 언어의 일상적인 틀을 깨고 어떤 새로운 눈으로서 여러 실험을 한다 할까, 이런 것들이 대개 그 당시『현대시』동인들이 가지고 있는 특징이고 그것이 60년대 문학사적 의의라고 일반적으로 인식되고 있습니다. 그런데 조금 전에 오 선생님이 설명하시기로 시에서의 사상성, 관념성 이런 말씀을 하셨는데 앞에 소개한 시론에서 예술을 물질예술과 관념예술로 구분하고, 회화·조각 같은 것은 물질예술이고 시 등은 관념예술인데, 관념만이 영원한 것이라고 하여 시의 사상성이 상당히 중요시된다는 것을 밝히고 있습니다.

이것이 두 번째로 얘기하고 싶은 것입니다. 오 선생님이 미리 말씀을 다 하셨지만 시에서 사물이든지 우리들의 삶은 객관적인 내용이 되고 그 객관적인 내용에 대해서 시인이 어떻게 반응하느냐(서정적으로 반응하느냐 또는 명상적, 사색적으로 반응하느냐)가 주관적 내용이 되는데 선생님 시는(소월문학상을 받은『불타는 물』같은 시는 상당히 감상적인 시지만) 대개「그릇」연작시를 비롯해서 일반적으로 서정적인 반응보다는 명상적이고 사색적인 반응을 한 유형으로 우리에게 알려져 있습니다. 그런 선생님의 시 중에서 가장 전형화되고, 그래서 가장 명상적인 시가 바로 이 연작시 『그릇』이 아닌가 생각합니다.

오 선생님께서 쭉 설명을 하셨지만, 이 시에서 '그릇'이란 것은 단순히 사물로서의 그릇이 아닌 메타포로서 또는 경우에 따라서는 심벌로서 사용되고 있음을 알 수 있는데, 그릇은 운동장, 창고, 우주, 지구, 세계, 빨래, 나무, 껌, 버려진 병, 신발, 우리들이 정화수를 담는 그릇, 심지어 복싱의 사각, 또 그릇 속에 담겨진 내용물들과 같은 일상적인 이미지에 대해서 특유의 명상적인 반응을 해서, '지금 여기'의 의미보다 즉 현상적인 것보다, 그러니까 사회적이고 역사적인 상황을 추상화시켜 사물의 본질이라든가 인간의 본질적인 조건, 이런 문제를 탐색하는 ─ 추상화 ─ 작업의 산물들이 '그릇'이 아닌가 하는 느낌입니다. 또한, 어떤 평자들이 오 선생님을 철학하는 시인이다, 시와 철학의 만남이라고 기술하듯이 선생님의 시는, 특히 연작시 「그릇」은 그런 명상적인 시의 유형에 속한다고 생각합니다.

'그릇'은 여러 의미의 메타포, 심벌로서 사용되고 있습니다. 어떤 때는 구속이라는 의미로 또 어떤 때는 뭔가 많이 담으려는 욕망의 메타포로도 되고 또는 제일 많이 나오는 것으로는 실존적 조건들의 상징이더군요.

이제 좀 구체적으로 이 연작시 53편을 여러 가지 주제별로라든지, 여러 면에서 유형화해가며 이야기를 했으면 합니다. 처음에 제가 느낀 것은 인간의 실존적 조건, 가령 '나는 유한한 존재다' 또 '인간이란 것은 불완전한 존재다.'라는 이런 한계인식이 많은 작품의 테마가 돼 있다 하는 점입니다. 선생님의 인생관은 T.E. 흄이 낭만적인 인생관 또는 낭만적인 태도와 대비해 인간은 사악하고 불완전한 것으로 본 소위 고전주의적 인생관에 닿아 있더군요. 그런데, 인간의 그 불완전성과 유한성, 삶의 허무성 등 인간조건을 인식했을 때 자칫하면 통속적 세속적 의미의 무상감, 허무에 빠지기 쉬운데, 「그릇」의 경우, 도리어 그 한계를 적극적으로 수용하여 인간의 어떤 참다운 의미를 찾을 수 있고, 우리의 삶과 인간존재의 의미를 더 풍부하게 할 수 있는 하나의 계기로서 그 실존의 조건을 받아들이고 있다는 그런 적극적이고도 능동적인 느낌을 많이 받았습니다.

이렇게 인간존재의 한계의식, 고전주의적 인간관을 테마로 한 것을 첫째 특징적 구조로 들 수 있겠습니다. 가령, '그릇에 담길 때,/물은 비로소 물이 된다/존재가 된다//잘잘 끓는/한 주발의 물,/고독과 분별의 울안에서/정밀히 다지는 질서,'(「그릇 6」)에서 그릇은 인간한계의 메타포이며 이 한계자체가 인간을 인간답게 한다는 진리를 극명하게 환기하고 있습니다. 그래서 '욕망을 다스리는 영혼의/형식(形式)이여, 그릇이여' 처럼 비극적 주인공의 자질인 '히브리스'(hybris), 곧 인간의 한계를 벗어나려는 욕망을 거부하는 고전주의적 인간관을 읽게 되는 것은 극히 자연스러운 형상입니다.

또 인간존재의 불완전함과 나약함을 흔히 '깨진 그릇'으로 형상화하더군요. 그런데 유한하고 그래서 불완전한 인간조건을 교묘하게 '깨진 그릇은/칼날이 된다'(「그릇 1」)는 날카로움의 이미지로 변용시켜 이것을 다시 이성의 날카로움에 연결시키더군요. 그리하여 인간의 불완전성을 끊임없이 인식하는 고통을 통해서만이 인간이 성숙되어간다는 법칙, '상처 깊숙히서(깊숙이에서) 성숙하는 혼(魂)'의 이법을 터득하는 적극적 태도를 엿볼 수 있었습니다. 「그릇 44」에서는 인간의 근본구조를 권태로 해석하고 있더군요. 인간의 한계인식과 이런 실존적 조건에 대한 태도가 '그릇'이라는 하나의 통일된 메타포로 형상화되고 있다는 것이 저의 첫인상이었습니다.

오세영 : 잘 보셨어요. 제 자신도 존재의 실존적 조건이나 근원적 한계성 같은 것들을 어떻게 초극할 수 있느냐 하는 데에 몰두하였습니다. 그렇지

만 이 같은 문제들은 사실 매우 관념적이거든요. 구체적 행위나 실천적 도덕규범에 의해서 도달될 수 있는 것들도 아니구요. 결국 자유의지나 내적 사유를 통해서 이룰 수밖에 없는 것들인데 저는 그것을 저의 시에서 '완전한 자유인' 즉 존재론적 한계성을 내적인 의지로 초월시킬 수 있는 인간으로 형상화하고자 했습니다. 그것은 아마도 선생님이 말씀하셨던 '구속과 자유'라는 의미망에 필연적으로 관련이 되는 문제이겠지요.

저는 인간이 갖는 실존적 한계성을 '구속'이라는 개념으로 받아들였습니다. 그래서 이를 깨뜨리려고 노력했지요. 절망과 고독 그 자체를 두려워하기보다는 오히려 정면으로 받아들여 맞서 싸우는 것입니다. 패배의 양식이든, 초월의 양식이든 실존적 조건을 외면하지 않고 이에 맞서 대결한다는 것은 자유의 개념에 가까운 것이라고 생각했기 때문입니다. 제 시의 메타포로 이야기하자면 '깨져서 흙으로 돌아가는 그릇'입니다. 두려워 회피하는 것은 일상적인 그릇에 무언가 불완전한 내용물을 담는 헛된 노력과 같다고 생각했기 때문입니다.

김준오 : 인간의 존재론적 한계성과 이에 대한 태도를 말씀한 끝에 조금 내비치셨는데 두 번째의 특징적 인상을 얘기하면 연작시 「그릇」에 유난히 '텅 빔'이라는 시어가 많이 사용되고 있다는 점입니다. 그릇이란 건 본래 무엇인가가 담겨지도록 계획된 것이면서 동시에 텅 비어 있는 양면성을 지닌 것이 아닙니까.

오세영 : 제게 있어 '그릇'은 저의 시세계를 총체적으로 함축한 하나의 큰 메타포입니다. 저는 우주나 세계나 인생이나 이 세상의 모든 것들이 지닌 존재론적 의미를 '그릇'으로 보려고 했습니다. 그러니까 '그릇'은 제게 단순히 현실적인 의미로서의 그릇이 아니라 이 세계를 바라다보는 패러다

임이기도 합니다.

인식의 틀로 보자면 '그릇'의 메타포는 여러 다양한 대상(소재)에서 발견될 수 있습니다. 이를테면 식기로서의 그릇이 아닌 것들, 가령 나무나, 옷이나, 칼이나, 집이나, 수레나, 각종 병(甁)같은 것들도 저의 시에 있어서는 모두 하나의 그릇들입니다. 우주 역시 마찬가지입니다. 저로서는 그 공간에 담겨질 수 있는 어떤 완전한 존재란 무엇인가 하는 것이 화두였습니다. 그런데 만일 사람도 하나의 그릇이라면 거기에 무엇을 담아야 할까요. 돈이나 권력은 아니겠지요. 왜냐하면 그것은 영원한 것도 완전한 것도 아니기 때문입니다. '사랑'일까, 아니면 '지식'일까. 저는 이 같은 가치들 너머에 있는 어떤 완전한 '무(無)의 세계'를 발견한 것입니다. '깨져서 본래의 상태, 흙으로 돌아가는 그릇'이야말로 완전한 존재라는 것이지요. 달리말해 일상의 존재는 항상 '그릇'으로 남기를 바라는 까닭에 그 안에 무언가 담기를 갈구하게 됩니다. 그러나 이 지상에는 그 어떤 것도 그릇에 담겨질 '완전한' 그리고 '영원한' 내용물은 없습니다. 그러므로 그 그릇이 완전한 존재가 되는 길은 오직 깨져서 흙으로 돌아가는 길뿐이지요. 그러한 의미에서 「그릇」 연작시에 일관하고 있는 세계관 역시 『무명연시』와 마찬가지로 동양적 사유에 뿌리를 내린 것이라고 할 수 있습니다. '완전한 무'에 대한 인식은 동양적인 세계관이 아니겠습니까?

김준오 : 그래서 그릇은 비어 있는 것으로도 정의되고 동시에 채워지는 것으로도 정의되죠. 여기서 '텅 빔'과 '채움'은 가장 추상화된 존재원리로 등장합니다. 텅 빔도 존재의 측면이고 채움도 존재의 측면입니다. 그런데 우리의 관습적이고 일상적인 눈은 텅 빔의 측면을 간과하고 채움의 측면에만 초점이 가 있는데 선생님은 오히려 텅 빔의 측면에 보다 큰 의미를 부여하거나 적어도 우리들의 삶의 과정이란 텅 비어 가는 것으로 보는 것

도 본질적 관점임을 일깨워주고 있습니다.

> 팔고 사고/총총히 돌아서는 발과 발……./파한 장터는
> 저마다 하루의 수입을/챙기기에 바쁜데,//이 지상의 확실한 소유는
> 빈 그릇,/허무의 가슴에서 울려나오는/바이올린 솔로,
> //속이 비어야 공명하는/인간의 악기(樂器). (「그릇 11」)

> 소리는 정적으로/되돌아간다.//울부짖는 풍금이여,/터지는 갈채에 속
> 지 마라,/
> 장내는 빈 객석으로/되돌아간다. (「그릇 21」)

이제 텅 빔과 채움은 연작시 「그릇」에서 삶의 전체구조가 되며 그 자체가 시의 구성원리가 되어 있습니다. '텅 빔·채움·텅 빔'의 틀이 그것입니다. 물론 여기서 앞의 텅 빔과 뒤의 텅 빔은 그 내포가 다르겠지만.

> 빈 공간은 왜 두려운 것일까,/절대의 허무를/빛으로 메꾸려는 저, 신
> (神)의
> 공간,/그러나 나는 그것을/말씀으로 채우려 한다./내가 원고지의 빈칸
> 에
> ㄱ, ㄴ, ㄷ, ㄹ…… 글자를 뿌릴 때/지상에 떨어지는 씨앗들은
> 꽃이 되고 풀이 되고 또/나무가 되지만/언제인가 그들 또한
> 빈 공간으로 되돌아간다. (「그릇 39」)

이런 문맥에서 그릇의 깨어짐은 인간존재의 불완전성을 환기하는 메타포가 아니라 바로 존재의 본질로 돌아간다는 의미의 상징이 되겠습니다. 왜냐하면 그릇은 원래 흙으로 빚어진 것이어서 깨어졌을 때 비로소 다시 흙으로 되돌아가기 때문이 아닙니까.

깨지는 그릇./자리에서 밀린 그릇은/차라리 깨진다./깨짐으로써 본분
을 지키는
살아 있는 흙,/살아 있다는 것은/스스로 깨진다는 것이다. (「그릇 14」)

인간조건과 삶의 과정을 텅 빔과 채움으로 본다는 것은 아이러니컬한
관점, 곧 이중적 시각, 다원적 시각이지요. 이 다원적 시각에서 우리는 존
재의 리얼리티에 접근하게 되는 것이 아닙니까. 이것은 선생님이 시론에
서 표명한 '전체적 시각', 우리 삶을 전체적으로, 다양하게 보자는 관점에
연결되는 것인데 이렇게 다원적으로 보니까 연작시 「그릇」에는 필연적으
로—다른 평자들도 이미 지적했고 『모순의 흙』이라는 시집 제목도 이미
시사했듯이—역설이 지배적이고 본질적인 기법으로 채용되고 있더군요.

있을 자리에 있도록 하는/빈 것일수록 있게 하는/신(神)의 심리, (「그릇
10」)

모순을 통해서 진리를 일깨우는 것이 역설이 아닙니까. 텅 빔과 채움의
'존재의 진리'를 역설로 보여주는 것 등이 연작시에서 느낀 두 번째 인상
인데…….

오세영 : 그 문제는 선생님이 말씀하신 '채우기(충족)'와 '비워내기'에 관
련된 것이라고 봅니다. 말하자면 앞서 말씀드린 실존적 초월의 문제라고
나 할까요. 예를 들어 사르트르가 '꽃병에서 가장 중요한 부분은 물이 채
워지지 않은 빈 공간'이라고 말한 적이 있는데 이는 노자(老子)가 '수레바
퀴의 구조는 서른 개의 바큇살이 한 개의 속 바퀴에 모여 있으나 그 속 바
퀴의 구멍[無] 속에서 바퀴가 회전하는 작용이 일어난다'라든가 '찰흙을 이
겨서 그릇을 만드는 경우에도 그 빈 곳[무(無)]이 그릇으로서의 구실을 한

다'라고 말한 것과도 같은 의미라고 생각합니다. 제 시가 추구하는 일면 역시 이러한 세계에 가깝다고 할 수 있습니다. 결국 실존주의에서도 완전한 자유라는 것은 '허무' 혹은 '허망'이 아니겠습니까. 완전한 자유인이란 스스로 존재를 허무에 기투(企投)할 수 있는 인간이겠죠.

일상인은 허무 혹은 무(無)를 두려워합니다. 때문에 그들은 그것을 자신의 존재조건으로 받아들이려 하지 않고 항상 일상성에 집착하는 우를 범합니다. 그래서 저는 인간의 근원적인 조건으로 주어진 허무, 고독, 절망 이런 것들을 자신의 것으로 받아들일 수 있는 존재야말로 실존적 한계성을 극복할 수 있는 인간이 아니냐 하는 생각을 했던 것이죠. 무엇이 담겨져 있는 혹은 무엇인가 담기기를 기다리는 그릇이 아니라 비어 있는 상태로 돌아간 그릇, 나아가 이제 깨어져서 흙으로 돌아간 그릇 말입니다. 그릇이 내용을 담는 형태 혹은 형식이라면 비록 비어 있다 하더라도 그 자체만으로는 완전한 존재가 되지 못하기 때문입니다. 그러므로 저의 상상력에 있어서 가장 완전한 존재는 사르트르나 노자의 비유와 달리 그 꽃병이나 빈 그릇까지도 깨져서 흙으로 돌아 가버린 상태입니다. 이러한 경지야말로 가장 완전한 자유의 공간, 가장 절대적인 무(無)의 공간이라고 할 수 있지 않겠습니까. 제가 생각하는 완전한 자유인이란 바로 이 같은 경지에 도달한 인간을 가리키는 말이라 할 수 있습니다.

김준오 : 그래서 제가 읽으면서 받은 제 나름대로의 연상이라고 하면, 여기 보니깐 청마(青馬) 선생의 '허무'라는 개념도 상통하는 것처럼 보입니다. 청마 선생의 허무는 인간사와 일체 관계없는 것이라고 정의되고 있는데 이 허무의지는 어떻게 보면 반인간주의적인 태도가 되지요. 앞에서 예거한 「그릇 10」과 「그릇 39」 등의 작품에서 인간사와 관계없다는 그 허무, 이것을 받아들임으로써 도리어 구원을 받을 수 있다는 청마의 허무의지가

조금 상기되더군요. 그리고, 김춘수의 무의미 시는 어떤 사물에 대한 일체의 선입관을 버리고 판단을 보류하는 것, 철학적 용어를 붙이면 현상학적 환원의 산물이 아닙니까. 김춘수 시인은 일체의 관념을 배제한 무의 상태로 사물을 되돌렸을 때 그 사물의 본질에 접근할 수 있다는 독특한 리얼리즘을 제시했습니다. 이런 김춘수의 무의미 시의 경지 같은 것도 문득 상기되었습니다. 물론 이것은 선생님의 시가 청마와 김춘수 시와 동궤에 놓인다는 것이 아니라 태도면에서, 그러니까 세계관의 측면에서 유사하게 느껴지더군요.

이런 두 번째 인상하고 연관되면서 세 번째로 말씀드릴 수 있는 것이 오선생님의 시에는 도처에 — 그건 시어로서도 나타나지만 — 열림의 정신, 개방의 정신을 발견할 수 있었다는 것입니다.

이 열림의 정신은 「35」 「48」 「53」처럼 우선 이데올로기를 혐오하고 사고의 경직성을 거부하는 비판적 태도로 제시되고 있더군요. 또한 이것은 작품 「52」처럼 자유의 정신과 등가물이 되어 있고 작품 「33」에서는 선생님의 시론에서 밝힌 시적 가치로서의 영원성과도 연결되고 있습니다.

이런 열림의 정신에서 이데올로기적 경직성과 체제 순응적 태도가 신념으로 미장되는 것을 풍자한 작품 「28」도 매우 흥미로웠습니다. '앞만 보고 달려가는/저 맹목의 신념은/미련하다. 아니/무섭다.'

오늘날 우리 사회, 우리의 의식도 복잡해져서 리얼리즘도 의심을 하게 되는데 이런 상황에서 우리가 신념대로 산다는 것은 참으로 어렵고 또 신념대로 산다는 것이 어떻게 보면 위선이거나, 획일주의로 심지어 코미디처럼 느껴질 때도 있습니다. 옛날엔 신념이 하나의 덕목이었지만 오늘날에는 도리어 악덕으로 받아들여지는 그런 시대에 살고 있습니다. 이런 점에서 오 선생님의 열림의 정신, 개방의 정신 이것은 우리에게 상당히 공감을 주고 있습니다. 열림의 정신은 선생님의 시정신이 아닌가 이렇게 느꼈습니다. 이것이 마지막으로 느낀 점입니다.

오세영 : 잘 지적해주셨습니다. 제 시의 상상적 세계에서 이념이란 하나의 굳어진 그릇으로 비유될 수 있습니다. 무엇이나 살아 있는 존재를 강제로 잡아 가두는 틀 즉 구속과 죽음과 맹신을 의미합니다. 그래서 저는 「그릇」 연작시들을 통해서 '이념'이 갖는 허구성 또는 비인간성을 많이 지적했던 것이지요.

이념은 항상 자가당착에 빠지기 마련입니다. 그 스스로 내용이라고 주장한 것이 결국은 형식인 까닭입니다. 저는 이념이 갖는 이 같은 아이러니를 '빨래'라는 비유로 들어 말한 적이 있습니다. 빨래는 하얗게 세탁되기 위해서 빨래판(칠성판)에 묶여 매를 맞아야 합니다. 그러나 그 세탁된 하얀 빨래는 결국 한 자유인의 진실을 위장시키는 데 사용되는 제복이 되고 말지요.

저는 다른 시에서 이념을 사랑과 대비시킨 적도 있습니다. 이념의 세계에는 사랑이 없습니다. 강요된 믿음에 의해서 지배당하고 있을 따름이지요. 축대의 돌들은 그가 떠받치고 있는 집을 하나의 절대 절명한 이념으로 생각하고 스스로 자신을 그 이념에 구속시킵니다. 그러나 그짓이 얼마나 덧없는 맹신이가 하는 것은 어느 봄날 바람결에 실려온 민들레 씨앗 하나가 축대를 떠받치는 돌 틈 사이에 뿌리를 내려 꽃을 피울 때였습니다. 한여름 밤 폭우가 내리자 민들레 뿌리로 틈이 간 축대(이념)는 흘러드는 물줄기를 감당할 수 없어 힘없이 무너지고 말기 때문이지요. 그럼에도 돌이란 원래 계곡에서 자유스럽게 나뒹구는 존재가 아니겠습니까. 저는 이 시에서 축대의 돌을 불완전한 삶, 혹은 죽은 삶으로, 계곡의 돌들을 완전한 삶 혹은 완전한 자유인으로, 축대나 그 위에 지은 집을 이념이 지닌 허구성으로 그리고 민들레 씨앗을 사랑으로 비유하여 이념이 저지르는 비인간성을 고발하고자 했습니다.

따라서 저는 문학이란 항상 이념 위에 위치해야 한다고 생각합니다. 왜냐하면 만일 문학이 이념에 종속된다면 그 어떤 것도 그것이 저지르는 과오나 죄과를 감시할 수 없기 때문이죠. 우리는 이념의 소산인 정치를 믿을 수 없습니다. 그러나 문학은 — 이념의 위에 있는 까닭에 — 정치를 감시할 수 있어요. 역설적으로 이것이야말로 문학이 지닌 정치적 기능이 아닐까 합니다.

김준오 : 예, 오늘날 이데올로기는 자유와 갈등을 일으키는 커다란 시련이 되고 있습니다. 이런 점에서 이데올로기의 횡포를 다룬 작품 「32」도 매우 풍유적이고 흥미로웠습니다.

빨래는 더러우므로/강제로 물을 먹이우고/칠성판에 묶여/매를 맞는다.//두들기고, 치고, 지르고, 비벼서/마침내 까무러치게 하는/그 아득한 정신의 벼랑 아래서,//마지막으로 하얀 비누거품이/헝클어진 머리를 빨아내릴 때/그는 알았다./죄보다 무서운 이념이 있다는 것을,//깨끗하게 다림질한 순백의 칼라에/단정히 매인/붉은 넥타이.

이것은 오늘의 위장된 질서 속에 감추어진 이데올로기적 폭력을 간파한 것이 아닙니까. 작품 「42」에서는 '길'도 양도 논법의 이데올로기적 경직성을 상징하는 이미지로 채용되고 있더군요. 이런 문맥에서 '깨진 그릇'은 또 자유의 몸부림을 환기하는 메타포가 되더군요.

거역해라, 존재여,/꽃이여,/깨지는 그릇이여, (「그릇」 51)

이 밖에 시멘트와 콘크리트(「26」 「41」), 축대(「30」 「35」) 등은 이런 이데올로기적 경직성을 비판적으로 형상화하는 데 적절한 이미지로 채용되고 있 던데 '그릇'이란 공간적 이미지가 주제를 구현하는 일관된 이미지로 얼마 나 적절한지를 여기서도 다시 한 번 느꼈습니다. 더구나 사회적이고 역사 적인 것, 일상적인 소재를 매개로 인간존재와 삶의 근원적이고 본질적인 문제를 탐구하는 선생님의 상상력도 흥미 있었습니다. 또 시인이 사물을 보는 시각이 일상인들의 시각과 얼마나 다른 지를 다시 한 번 선생님의 시 에서 느꼈습니다. 이제 끝맺음으로 오늘날 한국현대시의 경향이랄까 하는 것을 선생님 시와 연관지어서 이 연작시의 특징을 이야기해볼까 합니다.

오세영 : 네, 그렇게 하시죠.

김준오 : 70년대부터 제가 느꼈고 오 선생님도 전에 파인 김동환의 「국 경의 밤」을 가지고 서술시라고 명명했고 저도 그렇게 명명했는데 그런 내 러티브 포엠(narrative poem) — 이것이 옛날 서사시와 꼭 맞는 것은 아니지만 — 은 이미지보다 구체적인 사건이라든지 우리 삶의 모습을 서술하는 것, 즉 이미지 위주보다는 사건이나 행동 등 삶의 과정이라든가 현실적 삶의 조건, 삶의 흐름을 서술하는 양식으로 특히 민중시에서 이런 경향이 두드 러지게 나타나고 있죠. 이게 오늘날까지 크게 유행하고 있는데 여기서 제 가 느낀 것은 — 자꾸 유형화로 몰아붙이는 것은 별로 안 좋지만 — 의미 시와 경험시(용어가 적절할지 모르지만)라는 시의 두 유형입니다. 여기서 의 미시와 대비되는 경험시란 극적 상황, 사건의 어떤 행동이나 우리 삶의 어 떤 모습을 묘사한 시로 어떻게 보면 서사적인 성격을, 어떻게 보면 드라마 적인 성격을 띠기도 하죠. 한편 시인이 자기 자신의 관념을 독자에게 직 접 전달하는 의미시는 그 관념을 사건이나 이미지를 객관적 상관물로 하 여 또 선생님처럼 이미지뿐만 아니라 역설을 통해서도 전달합니다. 제가

볼 때는 억지로 잘못 해석했을지도 모르지만(의미시가 관념을 중시한다는 그런 선입관 때문이 아니라 앞에 말씀드린, 시를 두 가지로 분류할 때 그런 의미시 계통에 넣어서)김용직 선생이나 다른 분도 그런 평을 하고 있는데 선생님 시는 묘사적인 시도 아니고 그렇다고 관념시도 아니고 그 분화를 종합한 것, 그 양자 사이의 거리에 놓인 것이 오선생 시다, 그런 의미로서 의미시를 얘기하는 것입니다. 이미지든지 역설의 기교라든지 이런 것에 주로 의존해가지고 주제를 형상화한다는 인상을 제가 받았습니다.

오세영 : 오늘의 우리 시단에서 차지하는 제 시의 위상에 관한 말씀이라고 생각합니다. 저는 제가 지금 쓰고 있는 시가 오늘의 우리 시단에서 별로 주목을 받지 못할 것이라는 사실과 또 어떻게 시를 써야만 비평가들이나 저널리즘의 주목을 받을 수 있을지도 잘 알고 있습니다. 그러나 저는 지금 제가 가는 길이 올바른 시의 길이라는 것을 확실히 믿고 있는 까닭에 비록 비평가들이 무어라고 해도 제 자신의 시를 쓰는 것입니다. 제가 가장 혐오하는 것은 시의 상투성과 시류성입니다. 솔직히 말씀드리자면 저는 오늘의 우리 비평가들에 대해 별로 신뢰감을 가져본 적이 없습니다. 어떻게 보면 오늘날 우리 시단이 이 모양이 된 상당부분의 원인은 아마 비평가들에게 그 책임이 있을지도 모릅니다.

요즘 우리 비평은 20, 30년대 즉 카프(KAPF) 시대로 후퇴한 듯도 합니다. 그러므로 나는, 우리 시단의 현 시점은 오히려 시인이 비평가를 선도해야 할 시기가 아닐까 생각합니다. 우리는 20, 30년대에 경험했던 우리 문학사의 과오를 되풀이할 필요가 없습니다. 그러한 의미에서 저는 공개된 독자가 아니라 은폐된 독자, 오늘의 독자가 아니라 미래의 독자들을 위해 시를 쓰고 있는 셈이기도 하지요.

김준오 : 선생님도 말씀하셨지만 시는 물론 정치적 목적에 종속되어서도, 상투적이 되어서도 안 되겠습니다. 그러나 다분히 잠언적인, 관념지향의 선생님 시는 장점일 수도 있고 단점일 수도 있는데 오늘 우리에게 쉽게 수용될 수 있는 그런 유형이 아니고 어떤 평자가 말한 것처럼 조금 씹어야만, 그러니까 좀 깊이 사색을 해야만 맛이 나는 시다, 그런 시가 바로 연작시「그릇」이 가지고 있는 하나의 아름다움이 아닐까, 마지막으로 이렇게 결론을 짓고 싶습니다.

오세영 : 긴 시간 동안 좋은 말씀 감사합니다.*

---

* 시집『사랑의 저쪽』(미학사 1990) 부록.

부정의 정신이 이룬 창조적 세계

— 순수문학의 옹호자, 오세영의 학문적 생애

대담자 : 나민애(서울대 교양학부 교수)
일　시 : 2008년 11월 17일
장　소 : 오세영 교수 개인연구실

나민애 : 선생님, 귀한 시간 내주셔서 감사합니다. 이번에 발간될 우리 『관악어문(冠岳語文)』은 선생님의 퇴임 기념호로 꾸며질 예정입니다. 최근 『관악어문』이 학부생, 대학원생 중심의 변화를 꾀하고 있으니만큼, 선생님에 대한 딱딱한 약력 나열보다는 인터뷰 쪽이 학생 독자와 가까워질 수 있는 방법이 아닐까 하여 이 자리를 마련하게 되었습니다. 인터뷰를 준비하면서 선생님의 과거 대담들을 살펴보았는데요, 지금까지 문예지에서 선생님을 특집으로 잡은 경우가 여럿 있었지요. 물론 학자 오세영이 아니라 시인 오세영에 관한 것이었습니다. 그러니까 이제는 학자로서의 선생님을 조명한 특집이 한 권 정도 있어야 하지 않을까 하는 후학들의 생각이 이 자리를 만들었습니다. 따라서 오늘은 선생님의 학문적 생애에 초점을 맞추어 여쭤보고자 합니다.

　그래서 제 나름대로 선생님의 학문 생애를 시기별로 구분해보았습니다. 우선, 1980년대에 『한국 낭만주의 시 연구』라는 박사학위 논문을 쓰실 즈음까지를 1단계, 충남대와 단국대를 거쳐 서울대에 오셔서 소장 학자로서 활동하실 때까지를 2단계, 그리고 원로 학자로서의 50, 60대를 3단계로 보고 싶은데요. 굳이 시기 구분을 한 이유는 처음부터 차근차근 이야기를 듣고 싶어서입니다. 선생님의 학부 시절, 대학원 시절 이야기를 한 번도 들어본 적이 없어서 이 부분에 대해 먼저 여쭤고 싶은데요, 선생님, 61학번 맞으시죠?

오세영 : 네, 61학번이지요.

나민애 : 당시 학부 생활은 어떠셨는지 궁금합니다. 『현대시』특집(2002년 5월호)에서 선생님의 문청 시절 기록을 읽다가 가난 때문에 몹시 고생하며 대학을 다니셨다는 내용을 보았는데요, 그 외의 이야기들은 많이 하지 않으셨어요. 학부 때부터 대학원 진학을 생각하셨는지, 또는 학자가 되어야겠다, 생각하신 계기는 무엇인지 듣고 싶어요.

오세영 : 학부 때 사실 나는 교수가 되기보다는 신문기자나 언론인으로서 시를 쓰고 싶었어요. 그런데 막상 서울대학교 국문학과에 입학하고 보니 의외로 교수님들이 시 창작에 대해 냉담하셨고 분위기도 싸늘했습니다. 뿐만 아닙니다. 그 시기만 하더라도 한국 현대문학은 하나의 학문으로 자리 잡기 이전이었어요. 나는 이런 학풍에 크게 좌절했습니다. 그래서 학문에 뜻을 두고 특별히 공부한 적이 별로 없었죠.

그러다가 대학교 2학년 때 전기를 맞았습니다. 이어령(李御寧) 선생님의 비평론 강의를 듣게 된 것이지요. 그 강의를 들으면서 나는 현대문학도 하나의 학문으로 공부를 하면 재미있겠다 새로운 개척의 의의가 있겠다 이런 생각이 들었습니다. 그러나 학부 시절의 나는 꼭 학자가 되리라 혹은 교수가 되리라하는 결심을 가지지는 않았어요. 그 당시는 우리나라가 너무 가난했기 때문에 지금의 인문대학, 즉 예전의 문리과대학 문학부 출신들은 취직하기가 굉장히 어려웠어요. 진로라는 것이 신문기자 아니면 중·고등학교 교사밖에 없었고, 이 두 가지 길이 여의치 못하면 군대를 갈 수밖에 없었죠.

나는 신문기자가 되고 싶어서 졸업 시즌에 기자 시험을 여러 곳 봤습니다. 그런데 이게 잘 되지 않았어요. 지금과 마찬가지로 당시에도 기자 시험은 1차가 필기시험, 2차가 면접고사였는데 필기시험은 몇 군데 붙었지만 면접에서 항상 떨어졌거든요. 어떻든 취직이 급한 문제였으므로 나는 그 일을 작파하고 결국 시골의 고등학교 교사로 내려갔어요. 그런데 고등학교 교사 생활을 1, 2년 하면서 생각해보니 발전을 기약할 수 없다는 생각이 들었습니다. 미래의 삶에 대한 회의가 생긴 것이지요.

물론 훌륭한 교육자로 성장할 수도 있었을 것이고, 학생들을 가르쳐서 인재를 기르는 보람을 찾을 수도 있었겠지만 나는 교육자로서의 품성에 적합한 인격을 지니지도 못했고 시인이 되고자 했던 내 자신의 인생관으로 비추어 볼 때 훌륭한 교육자가 될 성싶지가 않았어요. 따라서 이런 엉거주춤한 상태로 교사 생활을 한다는 것은 의미가 없을 것 같았습니다. 그때 문득 학창 시절의 이어령 선생님 생각이 났지요. 그래서 대학원에 진학해 학문을 해야 하겠다는 마음을 먹었죠. 교사 생활 3년하고 나서 4년째 되는 해 서울대학교 대학원에 진학했습니다. 이후 인생이 바뀌어져 학문도 하고 또 교수라는 직업도 갖게 되었어요. 지금 생각하면 다 운명 같습니다.

후에 알고 보니 같은 동기생들 가운데에는 이미 고등학교 시절부터 국문학을 전공해 '대학교수가 되어야겠다' 하는 꿈을 가진 친구들도 있었어요. 가령 대전대학교에서 정년퇴임한 김영진(국어학) 교수나 나와 같이 서울대학교에서 봉직한 서대석 교수(고전문학), 국민대학에서 정년퇴임한 조

희웅(고전문학) 교수 같은 분들이죠. 이분들은 대학에 들어오면서부터 이미 학문하겠다는 뜻을 확실하게 정한 뒤 차분하게 공부했습니다. 그런 측면에서 보자면 나는 늦깎이로 학문의 길에 뛰어든 셈이죠.

그런데 나로서는 또 경제사정도 아주 곤란했어요. 대학교를 다닐 만한 형편이 되지 못했거든요. 등록금은커녕 서울 유학의 숙식 해결도 여의치 않았기 때문에 항상 생활이 불안하니까 학문을 하겠다는 확신 같은 것을 가질 수가 없었어요. 일찍부터 그런 뜻을 세웠더라면 우선 책도 많이 구입을 해야 하고, 희귀본 고서들도 개인적으로 사서 모아야 하고, 학문 동아리 같은데서 활동도 해야 했는데 그런 정신적, 시간적 여유가 없었지요.

어쩌면 대학도 못 다닐 뻔했습니다. 그런데 돌아가신 정병욱(鄭炳昱) 선생님 아시죠? 4 · 19 다음 해인 61년, 대학교 1학년 1학기 때였어요. 박정희 장군이 쿠데타를 일으키기 직전이었지요. 당시 선생님께서는 학과장을 맡고 계셨는데 윤보선 대통령, 장면 총리의 정부에서 대여장학금 제도라는 것을 만들었습니다. 가난한 학생들에게 돈을 빌려줘 학교를 다니게 하고 대학을 졸업한 후 원금만 16년 안에 무이자로 상환토록 하는 제도였어요.

우리 국문과에도 그 수혜 대상으로 두 명의 티오(T.O.)가 내려왔습니다. 그런데 어찌 보셨는지 정병욱 선생님께서 어느 날 나를 부르시더니 장학금 신청을 한번 해보라고 권하셨어요. 그래서 그것을 받게 되었죠. 당시 네가 서울대학교를 다니는 동안 등록금이 한 학기에 오천 원에서 칠천 원 정도였어요. 그런데 대여장학금은 일 년에 만 오천 원을 줘요. 적어도 1, 2학기 등록금만큼은 해결이 되었던 거죠. 그래서 겨우 대학교를 졸업할 수 있었어요. 이런 사정들 때문에 학부 시절에는 차분하게 공부만 할 수 있는 상황이 아니었지요.

나민애 : 선생님께서는 특히 정한모(鄭漢模) 선생님과 인연이 깊으시죠.

두 분 모두 시인이셨을 뿐만 아니라 학문적으로 스승과 제자로서 오랜 시간을 보내셨어요. 그러면 대학원에 입학하실 때부터 확실히 지도교수를 정한모 선생님으로 정하고 들어오신 건가요? 정한모 선생님은 어떤 분이셨나요?

오세영 : 물론 현대문학 가운데 현대시를 공부하겠다는 생각을 굳히고 대학원에 입학을 한 거죠. 그런데 내 학부 시절의 문리과대학 국문과에는 교수가 모두 다섯 분밖에 없었어요. 이중 이희승(李熙昇), 이숭녕(李崇寧) 두 분(2학년 때 이희승 선생님이 퇴임하시자 그 후임으로 이기문(李基文) 선생님이 오셨습니다) 선생님은 국어학, 정병욱, 장덕순(張德順) 선생님은 고전문학, 전광용(全光鏞) 선생님은 현대문학을 맡고 있었습니다. 현대문학 전공 교수는 단 한 분뿐이었고 더군다나 그분의 전공분야가 현대소설이었으니 현대시 전공 전임 교수는 한 분도 안 계셨던 셈이었어요. 그래서 평론에 이어령, 현대시에 정한모 선생님이 시간강사로 출강하셨습니다. 정한모 선생님께서는 내 학부 시절에는 서울대학교 전임교수가 아니셨죠. 동덕여대 교수이셨어요.

그런데 내가 65년 대학을 졸업하고 3년 놀다가 68년 봄 서울대학교 대학원에 진학해서 보니 정한모 선생님께서는 그동안 서울대학교 전임교수가 되어 계셨습니다. 내가 학부를 졸업한 다음해인 66년에 서울대학교로 오신 거죠. 입학해서 보니까 당시 대학원에는 국어학과 문학은 전공 구분이 되어 있었으나 현대문학과 고전문학의 구분은 없었어요. 문학 교수가 모두 네 분밖에 안 계시니까 학생들은 이 네 분의 강의를 골고루 들었습니다. 지금에 와서 생각하면 참 다행이었습니다. 사실 현대문학과 고전문학의 벽은 허물어야 하거든요. 이런 분위기 속에서 어쨌든 나는 전공으로 현대문학, 그중에서도 현대시를 택했고 그러자니 자연 지도교수는 정한모 선생님이 되실 수밖에 없었습니다. 서울대학교에 갓 부임하신 선생님의 입장에서는 물론 내가 당신의 첫 제자가 된 셈이기도 합니다. 선생님과는 학부시절부터 인연이 있었습니다. 시간강사로 출강하신 그분께 나는 '한국현대시론'이라는 과목을 들은 적이 있고 또 과외로 습작시를 써서 그분의 지도를 받았거든요. 그러니 나로서는 여러 가지로 잘 된 일이었어요.

대학원에 입학한 후부터는 열심히 공부했습니다. 학부 시절에 미진했던 실력을 보완하지 않고서는 동학들의 수준을 따라 잡기 어려웠기 때문이지요. 그 결과 3년 후 「이미지 구조론」이라는 제목의 석사학위 논문을 집필할 수 있었는데 동학들의 칭찬과 격려를 많이 받았습니다. 이 무렵의 에피소드 하나가 있습니다. 내가 학위를 받자 전광용 선생님께서 하루는 나를 불러 '이제 현대문학 연구도 제자리를 잡아가니 이를 학회로 굳히기 위해 오군(吳君)부터는 석사학위논문집을 별도로 찍어 『현대문학연구』라는 제하의 논문집 시리즈라는 것을 만들라' 하셨습니다.

이미 국어학이나 고전문학 분야에서는 그 몇 년 전부터 시행되고 있었던 제도이지요. 그렇게 되면 석사학위 논문도 교수 채용 시 업적으로 인정될 수 있게 되어 학생들에게도 필요한 제도였습니다. 그래서 내 석사 학위 논문, 즉 「이미지 구조론」이 『현대문학연구』 제1집이 된 것이죠. 아마 제2집은 나 다음에 학위를 받은 김대행 교수의 석사학위 논문이 아니었을까 합니다. 지금은 그 일련번호가 200번 이상 나가 있을 것입니다. 서울대학교 대학원에서 200명 이상이 한국 현대문학 연구로 석사학위를 받았다는 뜻입니다. 어떻든 그 일로 나는 선배님들로부터 호된 나무람과 비판을 받았습니다. 훌륭한 선배 교수님들의 석사학위 논문들을 제치고 내 논문이 1번이 되었으니 그럴 만도 했지요. 그 이후 나는 오늘에 이르기까지 선배들에게 항상 조신해야 한다는 교훈을 갖게 되었습니다.

나민애 : 선생님의 대학교수 첫발은 어떻게 내딛게 되었나요?

오세영 : 나의 첫 대학교 임지는 대전에 있는 충남대학교입니다. 1971년 석사학위를 받고 인하대학교, 단국대학교 등지에서 3년 가까이 시간강사로 전전할 때였습니다. 대전의 충남대학교에서 현대문학 교수를 공채한다는 소식이 들려왔습니다. 당시 인문대학장이시던 고병익(高炳翊)선생님(동양사학과 교수, 후에 서울대 총장을 역임하셨음)의 추천으로 허실 삼아 한번 출원을 해보았지요. 72년 여름 어느 날 소정의 서류를 갖추어 그곳에 내려갔더니 당시 충남대학교 박희범(朴喜範) 총장의 말씀이 네 과목의 시험을 보아야 한다고 하였습니다. 전공영어, 교양영어, 제2외국어(불어), 그리고 전공 등입니다.

그리하여 그해 여름 어느 오후에 지원자 열댓 명은 모두 이 대학 소회의실에서 이 네 과목의 시험을 보았고 시험은 밤 12시 가까이 되어서야 끝났습니다. 그런데 충남대학교에서는 웬일인지 합격자 발표를 미루더군요. 그러더니 그 이듬해 2월 1일이 되어서야 박희범 총장님이 모든 지원자들을 총장실로 불러들였습니다. 지난번에 치른 시험은 무효라는 것입니다. 그래서 총장 부속실에서 다시 시험을 치르게 하였습니다. 물론 총장님 자신이 직접 감독을 했지요. 어떻든 이같이 복잡한 과정을 거쳐서 겨우 공채에 합격을 했습니다. 이 이야기는 내가 다른 지면에 쓴 바 있지만 참 우여곡절이 많았습니다.

충남대학교 교수 시절은 나이 30대였으므로 여러 가지 아름다운 추억들이 있었습니다. 그러나 오늘은 학회와 관련된 이야기 하나만 하겠습니다. 아마 1977년 전후의 일이었을 것입니다. 그때 나는 앞서 말씀드린 바『현대문학연구』제1번 필자라는 호칭에 상당한 강박관념을 갖고 있었습니다. 선배들의 질책 때문에 더 그랬을지도 모릅니다. 그래서 나는 기왕 그런 대우를 받았다면 서울대학교 현대문학전공자들을 중심으로 학회를 하나 만들어 이에 보답하는 것이 도리일 것이라는 생각을 갖게 되었습니다. 이에 결심을 굳힌 나는 마침 같은 도시의 숭전대학교(지금의 한남대학교)에 갓 부임해온 김재행(金大幸) 교수의 도움으로 모교인 서울대 교수들과 선배 동학들을 모두 대전 근교 동학사(東鶴寺)의 한 호텔로 초청하였습니다.

당시 모교의 전광용, 정한모 교수를 비롯해서 김용직, 김열규, 한계전, 김은전, 구인환, 이재선, 박철희, 윤홍로, 김상태, 주종연, 김대행 교수 등 40여 분의 학자들이 참석하셨습니다. 이 무렵 조남현 교수는 대학 전임이 되기 이전이었고 권영민(權寧珉) 교수는 국문학과의 조교로 있었는데 서울 분들을 동원하느라 많은 고생을 하셨습니다. 그 만찬 석상에서 나는 분위기를 고조시켜 학회 설립을 제의하였고 이에 만장일치의 동의를 받아 초대 회장에 전광용 교수님을 추대하였습니다. 그리하여 비로소 학회가 성립된 것이지요. 이 학회가 바로 오늘의 '한국현대문학회'의 전신인 '한국현대문학연구회'입니다. 이후 나는 이 학회의 간사, 총무 등으로 열심히 봉사했고 후에 부회장 등을 역임한 바 있는데 의외로 회장 자리는 비켜가 후배가 차지하더군요.

나민애 : 선생님께서 학문의 길을 선택하신 후 처음 맺은 열매가 80년도에 받으신 박사학위 논문이 아닐까 합니다. 탁월한 논문으로 주목받았고 지금까지 현대문학 전공 학생들의 필독서로 읽히고 있는데요, 주제가 한국 낭만주의였죠. 선생님께서 당시 박사학위 논문 구상은 어떻게 하셨는지, 한국 낭만주의라는 주제를 선택하신 결정적 계기가 어떤 것이었는지 여쭈고 싶어요.

오세영 : 내가 낭만주의에 관심을 갖게 된 것은, 소설은 기본적으로 리얼

리즘이, 시는 낭만주의가 고향이라는 내 자신의 문학관 때문입니다. 이는 아마 나만의 생각이 아닐 거예요. 넓은 의미에서 모든 시는 본질적으로 낭만적 세계관, 낭만적 가치를 추구하고 소설, 즉 산문문학은 현실이나 사회에 대한 관심이 기초가 된 리얼리즘적 가치를 추구하지요. 그래서 그 시기 나는 낭만주의에 관한 학계의 논문들을 찾아봤어요. 그런데 그 어떤 것도 확실하고 구체적인 내용의 글들이 없었습니다. 모두 상투적, 추상적인 이야기들뿐이었어요. 따라서 그들 논문을 읽으면 읽을수록 혼란에 빠져들기만 했습니다. 당시 학계의 수준이 그 정도였어요. 그래서 아니 되겠다, 나라도 우선 낭만주의라는 개념을 확실히 정립하고 시 공부를 해야겠다고 생각했습니다.

그러나 한국 학자들이 쓴 글은 신뢰가 가지 않았습니다. 그래서 외국 원서들부터 하나씩 찾아 읽기 시작했지요. 그 당시 내가 공부한 내용을 간략하게 요약해서 쓴 글이 내 저서 『문학과 그 이해』(후에 『문학이란 무엇인가』(서정시학사, 2013)라는 제명의 개정판으로 출판됨)의 한 장(章) 「낭만주의」에 수록되어 있습니다. 이렇게 낭만주의를 공부하다 보니까 이와 관련해서 박사학위 논문 주제도 자연스럽게 떠올랐습니다. 나는 1920년대 한국의 '국민문학운동'을 낭만주의, 그중에서도 독일 낭만주의 운동이 지닌 문화적 민족주의와 관련시켜 해명해보고자 했습니다.

나민애 : 선생님의 첫 학술 단행본인 『한국 낭만주의 시 연구』(일지사, 1980)를 비롯해서 그 이후의 저서들을 살펴보면 어떤 논문보다도 상당히 항목화, 체계화가 일목요연하다는 생각을 갖게 됩니다. 요즘 논문들은 다소 평론적인 분위기의 것들도 많은데요, 그에 비한다면 선생님 논문은 학문적 글쓰기의 전형이 아닐까 생각합니다. 선생님께서 생각하시는 학술 논문의 형태적 틀과 조건은 무엇인지, 그리고 선생님의 스타일을 스스로

어떻게 생각하고 계신지 여쭙고 싶습니다.

오세영 : 나름대로 나는 학술적인 글쓰기에 몇 가지 소신을 가지고 있습니다. 첫째, 내용이 분명해야 한다, 둘째, 논리적이어야 한다, 셋째, 확실하고 쉽게 이해될 수 있어야 한다는 겁니다. 그럼에도 불구하고 요즘 국문학계, 특히 현대문학 분야의 논문들은 주관적 암시적인 표현이라든가 비유적, 상징적 묘사를 구사하는 문체가 범람하고 있습니다. 사정이 이렇게 된 데에는 아마 여러 가지가 이유가 있겠지만 그중에서도 문제 되는 것은 대학에 끼치는 문단 비평의 영향입니다.

사실 대학의 국문학과에서 현대문학을 전공하는 교수들치고 문단에 시인, 소설가, 평론가라는 직함을 걸치지 않은 사람은 거의 없습니다. 그리고 물론 이 두 가지를 구분해서 활동하면 별 문제가 없을 터입니다. 그러나 사정은 그렇지 않아서 교수가 두 가지 일을 겸하다 보니까 학문을 하면서도 문단에서 잡문을 쓰듯 논문을 쓰는 일이 빈번해졌지요. 특히 권위를 인정받거나 카리스마를 지닌 교수가 그렇게 되면 그를 따르던 후학 혹은 제자들도 같은 물이 들 수밖에 없습니다. 나로서는 이 같은 현상에 대해 — 마치 조선시대의 정조대왕이 문체 반정을 했던 것처럼 — 정리를 좀 해야 하지 않을까, 앞으로는 비평적인 글쓰기와 학문적인 글쓰기를 엄격히 성찰해서 학문의 글쓰기는 학술적으로 써야 하지 않을까 이런 생각들을 해봅니다.

학문과 비평은 본질적으로 다릅니다. 학문은 사실에 대한 해명, 즉 모르는 것을 아는 행위이지만 비평은 이미 알고 있는 것을 가치 평가하는 행위이기 때문이지요. 그러므로 학자는 그 작품이 훌륭하고 훌륭하지 않고를 따지는 사람이 아닙니다. 그 무엇이든 모르는 것이 있기에 그것을 알고자 하는 사람입니다. 학자는 비록 작품이 훌륭하지 않더라도 아직 모르는 것이 있으니 일단 연구 대상으로 삼습니다. 그러나 비평은 그 비평행위 자체가 바로 가치 평가를 내리는 행위가 되지요. 그가 한 작품을 선택해 비평의 대상으로 올린다는 것은 그 작품이 훌륭하다 혹은 저열하다는 판단을 이미 내렸기 때문에 이루어지는 일인 것입니다.

일례를 들어 한때(80년대) 국문학계에서는 이미 반세기도 지난 일제강점기의 시인 임화(林和)를 연구하는 것이 하나의 대세를 이룬 적이 있었습니다. 그러나 그것은 임화의 작품이 훌륭해서가 아니었습니다. 월북 작가인 임화는 대한민국 건국 이후 그 논의가 일절 금지되다가 86년에 이르러서야 비로소 해금되었으므로 당시 우리 학계에서는 그에 대해 모르는 사실이 많았던 것이지요. 그래서 그에 대한 연구의 필요성이 제기되었습니다. 즉 그는 당시 비평적 대상이 아니라 학술적인 대상이었습니다. 그런데도 학문과 비평의 차이를 모르는 대부분의 사람들은 학자들 사이에 임화연구가 갑자기 활발해지니까 마치 그의 작품이 문학적으로 훌륭해서 그런 것이라고 오해하는 결과를 가져왔지요.

나민애 : 선생님께서는 박사학위 받으신 후에는 충남대와 단국대를 거쳐 서울대에 부임하셨죠. 서울대에 오셔서 모교의 학생들을 가르치시면서 가장 기억에 남았던 일을 말씀해주세요.

오세영 : 내가 85년, 서울대에 처음 부임했을 때는 전두환(全斗煥)정권 시기였습니다. 당시 대학은 학문의 전당이 아니라 이데올로기적, 민중주의적 정치선동 혹은 민주주의 회복을 위한 투쟁의 장이었지요. 사회적으로도 민주주의의 회복이 중요한 과제였기에 학생들 대부분은 순수문학강의를 배척하고 대신 — 군부독재에 대한 대타적 이데올로기로 — 마르크스주의, 주체사상, 민중문학을 옹호하는 데 열을 올렸습니다. 물론 강의가

제대로 될 리 없었습니다. 학생들은 강의실 밖에서 선배 운동권들의 학회와 독서토론을 통해 문학을 배우고 실천했습니다.

일부 교수들도 스스로 자신을 좌파, 헤겔의 제자 혹은 마르크스주의자를 자처하며 이 같은 추세에 부응, 학생들의 환심을 사거나 이에 편승해서 인기 혹은 지명도를 확보하는 일에 급급했지요. '미 제국주의 운운' 하면서 모두들 소셜리스트 리얼리즘을 브랜드로 달고 다녔습니다. 그러자니 본격문학 혹은 순수문학은 그 설 자리를 잃게 되고 그 같은 강의에 매달리는 교수는 시대적 소명과 역사의식이 결핍되었다는 비난과 함께 어용교수로 몰리기까지 했습니다. 적어도 대학의 경우는 마치 중국의 문화혁명의 시기나 진배없었던 기간이었습니다. 지나놓고 보니 참 우울한 시대였죠.

나는 이 시기를 지내기가 참으로 어려웠습니다. 학생들의 추세에 부응할 수 없었기 때문입니다. 그것은 내가 친여적이었거나 당대 정권을 지지해서가 아니라 적어도 대학, 문학의 기초를 배우는 학부에서 만큼은 이념과 거리를 두고 본격문학을 강의해야 한다는 학자적 소신 혹은 양심 때문이었지요. 그러나 보다 중요한 이유가 하나 있었습니다. 내 전공이 바로 '시'였다는 사실입니다. 시는 그 본질상 현실 참여나 정치도구화가 어려운 문학장르입니다. 이에 대해서는 보다 심오한 학문적 논의가 필요하겠으나 상식적인 차원에서 말하자면 시는 '존재의 언어'를 본질로 하는 까닭에 '도구의 언어'(전달의 언어 혹은 일상의 언어)를 본질로 하는 소설과 근본적으로 다른 장르이기 때문입니다. 그래서 문학의 현실참여를 맨 처음 부르짖었던 사르트르조차도 시만큼은 문학의 현실참여에서 아예 제외시켰던 것이 아닙니까.

따라서 내가 강의실에서 시의 본질 혹은 참다운 문학의 본질을 이야기하면 할수록 그것은 당시의 추세와는 거리가 먼 이야기가 될 수밖에 없었지요. 그렇다고 해서 내가 학문의 실체를 외면하고 시의 본질이 정치의 도구화 혹은 현실참여에 있다고 말할 수는 없지 않겠습니까. 물론 그 시절 나도 그런 시대적 추세에 부응했더라면 인기도 얻고 교수 생활도 편안히 영위할 수 있다는 사실을 모르지는 않았습니다. 그런 관점에선 그 당시 소설이나 평론을 전공했던 교수들은 시를 전공하는 교수들보다 시대를 견디는데 있어 훨씬 수월했을 것입니다. 그때 그 시절에 공부했던 학생들 — 이제는 대부분 대학의 조교수 부교수 급이 되어 있겠지만 — 이 지금 어떤 생각들을 하고 있는지 궁금합니다.

나민애 : 지금 기억으로도 수업시간에 선생님께서는 항상 문학의 본질을 강조하는 편이셨죠. 처음이나 지금이나 늘 변함없는 태도를 유지해주시기 때문에 선생님의 저서들이나 학문적 활동들이 더 가치를 갖는 것이 아닐까 생각됩니다. 이제 다른 이야기를 여쭈어볼까요. 선생님께서 비교적 최근에 출간하신 저서 중에서는 『우상의 눈물』(문학동네, 2005)에 대해서 말하지 않을 수 없는데요. 김수영에 대한 비판을 비롯해서 논쟁 가능한 여러 주제에 대해 비판적 성찰을 담으셨죠. 이에 대해 각계의 반응이 다양했던 것으로 기억합니다. 『우상의 눈물』 발간 이후, 이에 대한 반응에 대해 선생님께서는 별다른 말씀을 안 하셨는데요, 지금 여쭤볼 수 있을까요.

오세영 : 김수영 개인에 대해 이야기한다는 것은 좀 그래요. 그를 문학적으로 평가하기 위해서는 많은 문학이론도 언급해야 하고요. 그러나 나는 평소에 이런 말을 한 적이 있어요. 훌륭한 비평가란 누구냐. "훌륭한 비평가라고 하는 것은 훌륭한 작품을 훌륭하다고 말할 수 있는 비평가다." 아주 당연한 말이지만 여기에는 몇 가지 주석이 필요합니다. 우선 훌륭한 것과 훌륭하지 못한 것을 구별할 수 없는 사람이라면 결코 훌륭한 비평가가 될 수 없겠지요. 그러나 거기서 끝나지 않습니다. 훌륭한 작품을 훌륭하다

고 알아본 것까지는 좋은데 그것을 마음에만 담아두고 밖으로 공표하지 않는(혹은 못하는) 사람 역시 훌륭한 비평가가 될 수 없다는 사실입니다. 훌륭한 작품을 훌륭하다고 알아보는 것은 물론 그의 문학적 감성과 문예학적 지식의 소산이겠지만 그것을 훌륭하다고 말할 수 있는 것은 비평의 윤리에 관한 문제가 됩니다.

그런데 불행히도 우리 학계나 문단에선 이 양자를 구비한 비평가가 별로 많지 않습니다. 악화가 양화를 구축하는 경우라고나 할까요. 문학비평가로서의 자질이나 지식이 모자라서 혹은 이해관계로부터 자유스럽지 못하기 때문일지도 모르겠습니다. 이해관계는 정치나 경제에만 있는 것이 아닙니다. 문단에도 문학권력을 쥐고 있는 마피아 집단이 있습니다. 그러므로 대다수의 비평가들은 이렇게 처신합니다. '이 작품은 훌륭한 것이 사실이다. 그러나 그것을 곧이곧대로 훌륭하다고 말한다면 내게 불이익이나 손해가 온다.' 혹은 '저것은 훌륭하지는 않지만 만일 내가 훌륭하다고 말해 준다면 여러 가지 이득을 얻을 수 있다.' 등입니다. 우리 문단 구조가 그렇게 되어 있어요. 문단이라는 것도 인간들이 만든 사회조직이고 그 안에는 권력을 가진 자와 그렇지 못한 자가 있기 마련입니다. 그런데 권력을 가진 자에게 밉보이면 불이익을 당하고 자신의 미래가 불투명해지니까 문단권력을 가진 사람에게 아첨하기 위해서 훌륭하지 않은 작품을 훌륭하다고 말하는 이런 풍조가 은연중 만연한 것이죠.

가령 김수영이 한국 최고의 시인으로 우상화된 이유의 하나도 이 같은 문단권력의 메커니즘에 깊이 연루되어 있지요. 너무 많은 사람들이 우상화에 동원되다 보니 이제는 문학을 잘 모르는 사람들이거나 문학을 배우는 사람들조차 이런 우상화에 의식화되어 맹목적으로 김수영은 우리 시대 최고의 시인이라는 허상을 갖게 된 것입니다. 김수영을 높이 평가하는 사람들은 크게 보아 네 부류가 있지요. 첫째, 훌륭하건 훌륭하지 않건 이런 문제에는 관심이 없고 오로지 김수영을 우상화시켜 어떤 목적을 이루고 자 하는 부류. 둘째, 정말로 훌륭하다고 믿는 부류. 셋째, 훌륭하지 않다는 것은 알지만 그것을 사실대로 말하면 자신에게 불이익이 오니까 거짓말을 하는 부류. 넷째, 문학 창작 습작기에 그 선배나 스승으로부터 혹은 문단 매스컴을 통해서 맹목적으로 김수영은 훌륭하다고 배워왔던 관계로 자신 도 모르게 세뇌 되어 있는 부류 등입니다. 문제는 이 중에서도 둘째 부류 에 속하는 사람들 대부분이 실상은 네 번째 부류의 중복이라는 것입니다. 그러니까 사실 김수영은 허상인 것이지요.

나민애 : 개인적으로 저는 선생님께서 쓰신 문학사를 읽고 싶은 소망이 있습니다. 관점에 따라 문학사는 다른 모습을 하기 마련인데 선생님께서 는 문학사 서술에 대해 어떻게 생각하고 계시는지요. 그리고 끝으로 후학 들에게 바라고 싶은 점이 있으신지 듣고 싶습니다. 이를테면 요즘 후학들 의 학문적 경향에 대해 어떻게 진단하고 계신지요. 후학들이 하지 말았으 면, 또는 이런 것은 좀 필요한데 너무 소원한 것은 아닌가 하는 점이 있으 신가요?

오세영 : 문학사를 쓴다는 것은 중요한 일이지요. 문학을 연구하는 데에 는 몇 가지 단계가 있어요. 그것을 층위라고 하는데 제일 초보적인 것은 전기, 문헌 연구죠. 작품의 언어를 해석한다든지, 그 작품을 쓴 작가의 전 기를 연구한다든지, 이런 것으로 시작해서 다음 단계로는 언어의 특성, 가 령 시의 경우에는 율격이라든가, 어법이라든가, 문체, 통사론적 특성 등, 다음 층위로 수사법, 상징, 원형 등, 이런 식으로 올라가 한 작품의 구조분 석에 들어가고 그 다음에는 작품에 내면화된 주제의식이나 세계관과 같은 것을 연구해 최종적으로 문학사를 쓰는 일로 끝납니다. 그러나 문학사를

제3부 시와 학문의 갈림길에서

쓴다는 것은 결코 쉬운 일이 아니죠. 왜냐하면 앞에서 이야기한 바와 같은 과정을 거쳐 한 작가, 한 시인의 연구가 끝나면 동시대의 다른 모든 시인들과 그 선행 시인들 또한 똑같은 과정으로 연구해 통시론적으로 그 상관관계를 밝혀내야만 비로소 집필이 가능한 작업이기 때문입니다.

물론 수많은 학자가 각자 수많은 문학사를 쓴다면 — 실제에 있어서는 불가능한 일이겠으나 — 논리적으로 이 세상에는 수천 권 수만 권의 각기 다른 문학사가 있어야 하겠지요. 그런 경우 우리는 다음과 같은 의문에 봉착합니다. 문학사란 하나여야 정답일 터인데 왜 수백 권 수천 권의 문학사가 쓰인다는 말인가. 진정한 의미에서 그 많은 문학사라는 것은 하나의 정본(正本)에 기생하는 이본(異本)들이라고 밖에 말할 수 없지 않은가.

그러나 그렇지 않습니다. 일반 역사와 문학사는 기본적으로 그 성격이 다르기 때문이지요. 일반 역사는 하나의 정본 이외 다른 것들은 별 의미가 없습니다. 그러나 학자들 개개인이 쓴 문학사는 모두가 제 나름의 정본들이지요. 일반 역사는 죽어 있는 사실에 대한 역사입니다. 연구 대상이 되는 과거가 이미 죽어버린 상태에 있기 때문이지요. 과거란 하느님도 어찌해볼 수가 없다 하지 않습니까?

그러나 문학사는 죽어 있는 과거가 아니라 살아 있는 과거에 대한 기술입니다 예를 하나 들어봅니다. 『홍길동전』은 조선의 광해군 때 쓰인 작품입니다. 따라서 일반 역사의 입장에서는 을지문덕 장군이나 이순신 장군처럼 이미 죽어버린 과거이지요. 그러나 문학사로 볼 경우는 전혀 다릅니다. 비록 집필은 그 시대에 이루어졌다하더라도 그때 그 시대의 독자와 똑같이 현대의 독자도 여전히 그 작품과 상호관계를 맺고 있기 때문입니다. 즉 현대의 독자도 광해군 시대의 독자와 마찬가지로 살아 있는 『홍길동전』을 접하고 감동을 받고 또 함께 의미를 만들어내고 있습니다. 물론 그것은 미래의 독자들에게도 마찬가지일 터이지요. 문학의 영원성이 바로 여기에 있는 것입니다.

그래서 하르트만(N. Hartmann)이라는 학자는 일반역사는 모뉴먼트 (monument)에 관한 기록이지만 문학사는 다큐먼트(document)에 관한 기록이라고 하였습니다. 문학작품은 비록 쓰이기는 그 당대 쓰였다 하더라도 그 시대의 소임으로 사라지지 않고 현재에도 살아남아 현재의 독자 역시 그때의 독자들과 똑같이 읽고 똑같이 감동을 받습니다. 따라서『홍길동전』은 그 시대마다, 읽는 독자들마다 의미가 새롭게 창조될 수밖에 없고. 그런 까닭에 항상 새롭게 조명되어 새로운 좌표로 자리매김되는 것입니다. 문학사란 바로 이 좌표 설정을 의미하는 말인 까닭에 어느 시대나 학자를 불문하고 어느 시대나 새롭게 쓰일 수 있는 것이죠.

그런데 지금 나 교수가 내게 던진 질문은, 나도 이쯤 되면 문학사 한 권은 쓸 만도 한데 왜 문학사를 쓰지 않느냐 하는 뜻이겠지요. 나도 물론 문학사를 쓰고 싶었습니다. 그러나 결국 이를 실천에 옮기지 못하고 정년을 맞게 되는군요. 그것은 두 가지 이유 때문입니다. 하나는 우선 내 능력이 아직은 문학사를 쓰기에는 역부족이고 다른 하나는 내가 창작을 겸하고 있어 문학사를 쓰기에 부적절한 사람이라는 사실입니다. 어차피 문학사를 쓰게 되면 어느 한 구석엔가 시인 오세영이를 집어넣어야 하겠는데 내가 나를 언급한다는 것도 좀 그렇고, 내가 쓴 문학사라고 해서 나 자신을 빼버리면 또 억울하고, 내가 내 이름을 써넣으면 사람들이 자기가 쓴 문학사에 자기 이름을 올려놓는 파렴치라고 비판할 것이 뻔할 테니 참 난감한 문제이지요. 그럼에도 불구하고 나는 아직 문학사를 쓰고 싶다는 미련만큼은 포기하지 못하고 있습니다.

나민애 : 네, 그런 문제가 또 있었네요. 이제 마지막으로 후학들에게 당부하실 말씀이 있다면 이 기회에 들려주세요.

제3부 시와 학문의 갈림길에서

오세영 : 나는 학문을 하는 과정에서 항상 부정의 정신을 지켜왔습니다. 일반적으로 많은 사람들이 '이러이러하다'는 것에 대해 나는 일차적으로 한번쯤 '아니다 그렇지 않다'라고 생각하고자 했지요. 그래서 내가 쓴 글들을 보면 대개 선학들은 이러이러했는데 내가 보기에는 '아니더라' 하는 내용이 많습니다. 따라서 그것을 대하는 독자들도 두 부류로 나눠질 것이라 생각합니다. 아, 그것 신선하고 새롭다, 이런 독자들도 있겠지만 또 다른 독자들은 내가 통속적인 결론에 맞지 않는 이야기를 하니까 이상한 사람이다, 이렇게 이야기하는 분도 적지 않을 것입니다.

예를 들어 우리 국문학계에선 창가(唱歌)를 개화기문학의 한 장르로 봅니다. 그러나 나는 창가가 문학의 한 장르로 성립될 수 없다고 주장했습니다. 창가란 신체시(新體詩)의 일부일 따름이지요. 신체시에 대한 평가도 그렇습니다. 일반적으로 신체시는 자유시의 효시라는 것이 학계의 정설이지만 나는 그 같은 견해를 정면으로 부정했습니다. 자유시를 지향하기는커녕 오히려 자유시 창작을 저지하기 위해 문화적 반동 세력이 시도해본 일종의 신정형시 창작 운동이라는 것입니다. 음보율(音步律)이라는 개념 역시 마찬가지입니다. 교착어(agglutinative language)인 한국어같이 음수율이 기본으로 된 시가에는 음보라는 개념 자체가 있을 수 없는 것이죠. 음보란 굴절어(inflected language) 그중에서도 강약률의 율격으로 쓰여지는 영미시에만 있을 수 있는 개념입니다. 사실 우리 시와 같은 음수율을 지닌 슬라브어 시나 프랑스어 시에는 음보라는 용어가 아예 없습니다. 아까 언급한 김수영에 대한 비판도 물론 이 같은 내 부정정신의 맥락에서 성찰해본 것이지요.

나의 이 같은 부정정신은 첫째, 내 성격이 원래 그렇고, 둘째, 학자의 태도란 본질적으로 부정의 정신에 토대해야 한다는 내 나름의 소신에서 온 것입니다.

가령 앞에서 예를 든 내 주장은 물론 내가 학문적으로나 인간적으로 존경하는 정한모, 정병욱 스승의 일부 견해를 정면으로 부정하는 행위이기는 합니다. 그러나 나는 이런 문제에 크게 괘념하지 않습니다. 스승의 견해를 극복해 나아가지 않고 어떻게 학문의 발전이 있을 수 있겠습니까. 그러므로 나도 내 제자(나는 이 용어를 쓰는 것을 싫어합니다만 어쩔 수 없어 편의상 한번 써 봅니다. 그들이 나를 스승으로 인정해야 내가 그들을 제자라 할 수 있는 것이지 단순히 내 지도하에 학위를 취득했다고 해서 내 자신이 그를 내 제자라고 주장할 수는 없기 때문입니다)들에게 이렇게 말하고자 합니다. "누구든 나를 밟고 그 위에 올라서라. 그래야만 올바른 학자의 길을 갈 수 있다"라고……

그런데 여기서 한 발 더 나아가 이야기하자면 사실 한국인들은 학문만이 아니고 경제를 하든, 정치를 하든 기본적으로 대세에 따르고 부화뇌동하는 경향이 많습니다. 권력자에게 아부하고 그 앞에 줄을 서는 것을 당연시합니다. 오랜 역사 동안 그래야만 신명을 보존할 수 있었던 환경에서 살아왔기 때문일 것입니다. 특히 유일사상이 정치 이데올로기가 되었던 조선 왕조 500년의 지식인상이 그렇게 만들었지요. 그래서 학계든 문단이든 기존의 주장이나 평가에 비판을 가하고 당당히 도전하는 행위가 사라지게 된 것입니다. 나는 그런 한국인의 정서를 아주 혐오합니다. 그러나 진정한 학문의 발전, 참다운 우리 문학의 정립을 위해서는 누구나 — 특히 젊은 학자들의 경우는 더욱 더 — 기존의 학설 내지 평가에 대해 과감히 'No'라고 말할 수 있어야 하지 않겠습니까.

나민애 : 이 짧은 시간 안에 선생님의 학문적 견해나 지난 일들을 모두 듣기는 힘들겠지만 지금까지 말해주신 것으로써 얼마간은 정리가 되지 않았나 싶습니다. 선생님께 수업을 듣지 못한 학생들이나 미래에 입학해서 선생님을 저서로만 접할 학생들에게는 이러한 생생한 인터뷰가 선생님의

제3부 시와 학문의 갈림길에서

육성을 대신하지 않을까 기대해 봅니다. 항상 느끼는 점이지만 선생님께서는 학문과 교육에 늘 열정적인 모습을 보여주셨습니다. 오늘도 역시 가감 없이 진솔하고 뜨거운 말씀 많이 해주신 점 감사드립니다. 제자로서 선생님의 인터뷰를 맡아 이야기를 들을 수 있어 저로서도 의미 있는 시간이었습니다. 선생님께서 이번에 은관문화훈장을 수훈(受勳)하셨는데요, 다시 한 번 축하드리면서 귀한 시간 내주신 것 감사드립니다. 오늘 해주신 여러 말씀들을 가슴에 새기는 인터뷰어가 되겠습니다. 감사합니다.

오세영 : 감사합니다.*

* 『관악어문』, 서울대학교 국문학과, 2000(오세영 교수 정년 특집호)

선(禪)과 외로움의 미학

대담자 : 이채민(시인)
일　시 : 2009년 어느 푸르른 초여름
장　소 : 예술의전당 카페

바람이 상쾌하고 초록이 싱그러운 유월, 오전 10시 30분. 한산할 것 같은 시간에 예술의 전당은 사생대회를 나온 학생들과 전시를 보러 온 사람들로 붐볐다. 좀 일찍 가서 주변을 둘러보고 있는데 보라색 셔츠에 선글라스를 쓰신 신사분이 걸어오셨다. 언뜻 봐도 오세영 시인이심을 알고 반갑게 인사를 했다. 개인적으로 두 번째 뵙는 시인은 두 번 다 보랏빛 셔츠를 입고 계셨다. 이날 유난히 맑은 햇살이 보랏빛을 돋보이게 했는데, 보라색이 선생님의 고결한 이미지와 어울린다는 생각이 들었다. 권미자 시인이 사진을 찍어주기 위해 먼 곳에서 달려오셨고, 빛이 좋을 때 사진을 찍는 것이 좋다기에 서로의 안부를 물으며 먼저 사진을 찍는 것으로 인터뷰를 시작했다.

이채민 : 요즘 어떻게 시간을 보내시는지요? 정년퇴직을 하신 후 시간이 자유로워져서 여유가 생기셨을 것 같은데 그동안 못하셨던 일에 대한 계획 같은 것이 있으신지요?

오세영 : 대학 재직 중일 때는 잠을 잘 자지 못했는데 지금은 마음의 여유가 생겼는지 늦잠조차 자는 행복을 누리고 있습니다. 전에는 시간이 없어서 생각처럼 맘대로 떠나지 못했던 여행도 자주하고 있구요. 교수 시절, 일을 시작했다가 몇 가지 못 한 게 있었어요. 평소 내가 집필한 20여 권의 학술 저작 중에서 시 창작에 관한 저서가 하나도 없는 것이 아쉬웠습니다. 그래서 시 창작론도 한 권 쓰고 싶습니다. 사실은 수년전 고등학교 학생들이 보는 어떤 문학 계간지에 시 창작에 관한 글을 한 1년 연재하다가 그만둔 적이 있습니다. 이것을 보완해야 하겠다는 생각이 듭니다. 그러나 그 무엇보다도 좋은 시들을 써야겠지요.

이채민 : 선생님 퇴직하실 때 101인의 지인들이 선생님에 대해 솔직 담백하게 써주신 이야기가 『오세영, 한 시인의 아름다운 사람들』이라는 책으로 발간이 되었는데요, 이 책 한 권에서 선생님의 인생관이나 문학관 등 선생님의 여러 모습을 엿볼 수가 있었습니다. 선생님에게 이 책은 어떤 의미가 있을까요?

오세영 : 정년이 별것 아닌 것 같기도 하지만 지금까지 일생을 바쳐 종사해온 직업이니까 막상 그것을 끝마친다는 생각에 여러 가지 감회가 깊었어요. '과거를 한번 돌이켜보아야 하겠다.', '새로운 출발을 해야겠다.' 는 마음가짐도. 내가 지금까지 다른 사람들과 어떤 인간관계를 맺었는가, 내게도 과연 나를 사랑해주시는 분들이 있었는가 이런 성찰들을 해보게 되었지요. 그런 의미에서 한번 엮어본 그런 책입니다.

이채민 : 선생님의 지인들이 선생님의 '춤 솜씨'에 대해 말씀을 하시면서 별명이 '오블루스'라고 하시던데요, 여러 사람들이 이렇게 말씀하시는 걸

보면 춤 실력이 보통은 아니실 것 같아요, 춤을 배우시게 된 동기가 있으신가요?

오세영 : 아, 문단에 그런 소문이 나있는데 사실 나는 춤을 잘 추지 못합니다. 여기에는 에피소드가 하나 있어요. 내가 등단해서 스스로 가입한 문학단체가 꼭 하나 있습니다. '한국시인협회'라고 하는 단첸데 이 단체는 관례적으로 1년에 한두 번씩 문학행사를 가져요. 그중 하나가 문학기행입니다. 아마 20년 전쯤의 일인가 합니다. 내 나이 40대 중반이었으니까요. 그 일환으로 경기도 양평의 한강가에 있는 어떤 언론인 수련원인가 하는 곳에서 하룻밤을 자며 회원들이 상호 친목을 다지는 행사를 가진 적이 있었습니다.

그런데 그 무렵의 그 지역은 대단히 외져서 밖에 나가도 음식점 하나, 술집 하나 찾을 수 없는 그런 궁벽한 곳이었지요. 당시 시인협회 회장님은 김남조 선생님이었습니다. 회장님은 그걸 감안하셨는지 회원들이 노래를 부르고 놀 수 있도록 수련원 안에 미리 밴드도 하나 불러다 놓고 술이랑 다과도 준비해놓으셨어요. 그래서 그날 저녁, 회원들이 함께 어울려 술도 마시고 노래도 하고 자연스럽게 춤도 추고 했습니다. 그런데 공교롭게도 내가 회장님의 눈에 띄었던가 봐요. 춤을 잘 추는 건 아니지만 나름대로 스텝은 좀 아니까. 그래서 여러 여성시인들하고 춤을 한 번씩 춘 적이 있는데 그걸 유심히 보시고 장난기가 동하셨던지 다음 날 점심시간에 농담 삼아 어제 회원들이 아주 잘 놀았다, 이에 대한 시상식을 하겠다고 하시더라고요.

그래 가수상, 춤상 뭐 이래가지고, 난 생각지도 않았는데 느닷없이 블루스상은 오세영 시인, 지루박상은 정진규 시인, 가수상은 박의상 시인 하시면서 호명을 했어요. 엉겁결에 내가 춤 잘 추는 사람으로 낙인 찍히는 해프닝이 벌어진 것이죠. 그때 회장님이 상품으로 양주를 한 병 주셨어요. 그걸 그날 저녁에 서울에 돌아와서 술친구들하고 같이 다 마신 기억이 납니다. 그래서 시단에 '오블루스다.' '춤 잘 춘다.' 그런 소문이 재미 삼아 과장되어 퍼진 것이죠. 사실 내 춤 실력은 상대방의 발등 밟는 것을 간신히 피하는 수준입니다.

이채민: 선생님은 여행을 좋아하시고 세계 여러 곳을 다니신 걸로 알고 있습니다. 여행하시면서 많은 시를 쓰셨던데요, 선생님에게 여행은 단순히 즐기기 위한 관광이 아닐 듯합니다. 여행에서 어떤 것을 얻으시는지요?

오세영: 내 개인적인 취향인데 나는 세 가지 유형의 사람을 별로 좋아하지 않습니다. 첫째, 말이 분명치 않은 사람, 그러니까 어떤 상황에 처했을 때 분명하게 자신의 입장을 밝히지 않고 우물쭈물 미루거나, 자기 의사를 감추고 눈치를 살피는 사람, 둘째, 허세를 부리거나 지나친 겸손으로 자신을 가장하는 사람. 가령 누굴 안다던가, 물론 안다는 대상이 무슨 훌륭한 교양인라면 몰라도 힘 있는 정치꾼 누구를 안다든지 돈 많은 무슨 기업가 나부랭이를 안다든지 하면서 자기를 과시하거나 아니라면 상대방이 민망할 정도로 자신을 낮추는 — 그러니까 그것을 '과공비례(過恭非禮)'라 하던가요? — 사람, 세 번째는, 이건 내 자신의 편견일지 모릅니다만, 여행을 싫어하는 사람입니다.

역으로 말하면 아마 내가 여행을 좋아하기 때문에 그럴지도 모르겠어요. 여행을 하게 되면 첫째, 마음이 개방될 것 같아요. 다른 사람들의 의견이나 처지에 대해서 귀를 열 수 있는 그런 인간형이 되기 쉽겠지요. 둘째, 아무래도 견문이 넓어지겠죠. 그걸 통해서 배우는 점도 많겠고 자기반성도 할 수 있는, 그러니까 아직까지 보지 못했던 새로운 것에 대한 호기심,

선(禪)과 외로움의 미학

또 우리가 사는 지구상에 내가 모르는 이런 사람들이 이런 방식으로 살고 있구나 하는 경외심이라고 할까 하는 것들인데, 한마디로 일종의 호기심 충족입니다. 일찍이 아리스토텔레스는 '인간은 지적 호기심을 갖는 동물이다.'라고 말한 적이 있습니다. 물론 사람이 아닌 동물들도 호기심을 가지고 있기는 하죠. 그러나 그들의 그것은 다만 짝짓기라든지 뭘 먹는 거라든지 하는, 본능 충족에 국한된 것이지 지적인 것이 아니에요. 그런데 인간은 본능의 충족이라는 차원을 벗어나 자기와 아무 이해관계가 없는 것이라도 모르는 것을 알고자 하는 호기심을 갖고 있어서 '인간'이라고 한다는 겁니다. 아마 여행도 그런 호기심의 하나가 아닐까 생각해 봅니다.

이채민 : 대부분의 사람들은 공부를 하면 시를 못 쓴다고 한 가지 길을 택하라고 하잖아요. 학문과 시 쓰기는 이성과 감성이라는 상반된 정서를 요구하는 것인데, 시와 학문의 차이는 무엇이라고 생각하시는지요.

오세영 : 누구나 행복하고 가치 있는 삶을 살고 싶어 하지요. 그럼에도 대개 그 사는 동안 가치 추구에 대해서는 별로 관심을 갖지 않은 것 같아요. 가치가 수반되지 않은 행복이란 진정한 행복이 될 수 없는데도 말이죠. 그런데 인생이 추구하는 가치라 하는 것은 간단히 진리를 추구한다는 말과 같을지도 모릅니다. 인간이란 세상에 태어나서 죽을 때까지 일생 동안 무엇인가를 배우면서 사는 것 아니겠습니까. 그렇잖아요? 제사지낼 때 보면 지방에 이렇게 씁니다. 가령 '영일정씨 학생부군 신위', '학생부군'이란 말을 쓰거든요. 학생이란 말은 문자 그대로 배우는 사람 아니겠습니까? 우리가 꼭 학교에서 공부를 하지 않아도 인생사는 것 자체가 공부하는 학생인 거죠. 우리 선조들께서는 아주 현명하게 '인간이란 일생 동안 배우는 한 생이다' 그렇게 생각하셨던 것 같아요.

이렇듯 인생이란 어떤 지고한 가치 혹은 어떤 절대적인 진리를 추구하기 위해서 한 생을 삽니다. 그런데 내 생각으로 진리에는 두 가지가 있습니다. 하나는 이성적 진리이고 다른 하나는 감성적 진리입니다. 이성적 진리라고 하는 것은 논리적이고 객관적이고 보편적인 진리를 말합니다. 이에 반해 감성적 진리라고 하는 것은 직관적이고 주관적이고 또 앞뒤가 모순이 되는— 이성적인 생각으로 볼 때는 앞뒤가 맞지 않지만 그럼에도 불구하고 삶의 어떤 절대적인 진리가 되는— 진리입니다. 그 같은 관점에서 학문은 이성적 진리를 대상으로, 문학은 감성적 진리를 대상으로 하는 정신적 노력이라고 할 수 있겠지요.

이채민 : 선생님은 교수이자 시인으로 두 가지 일을 완벽하게 해내기 위해 시간을 황금같이 쪼개 쓰셨다고 하셨는데 이런 이성적 사고와 감성적 사고를 겸비할 수 있는 비결이 있으신지요?

오세영 : 그것은 어떤 '비결'이 아니라 한 사람이 가지고 있는 인생관 혹은 생활 태도에 속하는 문제라 생각합니다. 다른 사람보다 조금 더 많은 고민을 한 결과 그렇게 된 것이겠지요. 그러니까 그만큼 다른데 시간을 낭비하거나 소일하지 않고 집중해서 노력을 했다고나 할까요.

이채민 : 어느 글에선가 선생님은 시적 발상을 얻는 일이 일종의 선과 같은 행위에 비유될 수 있다고 하셨는데 그렇게 생각하시는 이유를 알고 싶습니다. 시적 발상을 얻기 위해 시인이 해야 할 일이 무엇일까요?

오세영 : 앞서 나는 진리라고 하는 것에는 이성적 진리와 감성적 진리 두 종류가 있다고 말씀드렸습니다. 따라서 진리에 도달할 수 있는 길도 이 양

자는 조금씩 다르다고 봅니다. 이성적 진리라고 하는 것은 지식의 습득과 이해를 통해서 가능하다고 생각해요. '이해'라는 말을 철학의 용어로 바꾸어 쓰면 '오성' 다시 말하면 영어로 'understanding'입니다. 그런데 감성적 진리 즉 시가 추구하는 진리는 이해의 문제가 아니고 깨우침의 문제 혹은 깨달음의 문제라고 생각합니다. 깨달음이라고 하는 말을 영어로 표현하면 'realizing'이지요. 언더스탠딩과 리얼라이징의 차이입니다.

그런데 '깨달음'이라고 하는 것은 논리적이거나 합리적인 설명으로 가능한 세계가 아닙니다. 논리적으로 원인과 결과를 이야기하고, 어떤 현상을 체계적으로 분석하고 구조를 드러내고 하는 것은 다 이해에 관한 문제인데, 깨달음은 그 같은 방식으로는 도달할 수 없는 어떤 지고한 정신적 차원입니다. 감성적 진리의 본질은 이 세계 혹은 사물이 지닌 합리성에 있기보다 모순에 있기 때문이지요. 그럼에도 불구하고 거기에 어떤 위대한 진실이 있더라는 겁니다. 이를테면 『성경』에 '누구든지 나중 된 자가 처음 된다.'라든가 또 '원수를 사랑하라.'라든가 하는 말씀이 있습니다. 논리적으로는 말이 안 되는 소리예요. 원수를 미워해야지요. 나중 된 자가 어떻게 처음 될 수 있겠습니까?

그러나 곰곰이 생각해보면 그 안에 위대한 진실이 숨어 있어요. 그래서 문학적, 시적 진리는 감성적 진리이고, 감성적 진리는 모순의 진리이고, 모순의 진리에 도달할 수 있는 길은 언더스탠딩의 문제가 아니라 리얼라이징, 즉 깨우침의 문제가 됩니다. 그런데 그 깨우침이라고 하는 것은 일종의 종교적인 경지이기도 합니다. 특히 불교가 그렇죠. 불교에서는 깨우친다는 말을 많이 쓰지 않아요?

예컨대 불교의 수좌(首座)들은 지식의 습득이나 논리적인 사유로 진리에 도달하지 않습니다. 부단히 주관을 버리고, 객관을 버리고, 마침내는 세계 그 자체까지도 버린 무(無)의 상태 속에서 선적(禪的) 직관을 통해 무엇인가를 퍼뜩 '깨우치는' 거예요. 돈오(頓悟)라는 말이 있지 않습니까. 나는 시 쓰는 일 역시 마찬가지라고 생각합니다. 그것은 지식으로 이해하여 탐구한 것을 묘사하는 것이 아닙니다. 대상을 보는 순간 마치 어둠속에서 반짝 불빛이 비치는 것처럼 자신의 내면에 떠오르는 어떤 진실을 언어화하는 행위입니다. 그런 의미에서 시 쓰는 일이란 선을 하는 일과 별반 다르지 않지요.

이채민 : 그럼 시인이 시적 발상을 얻기 위해서 해야 할 일이 무엇인가요?

오세영 : 아, 아까 그 이야기를 못했죠? 시인이 시를 쓰기 위해서는 무엇보다도 마음의 상태가 순수해야 할 것입니다. 편견을 갖는다든지, 삶에 오염되면 좋은 발상을 할 수 없으리라 생각합니다. 이 세상을 사는 일이 다 그렇겠지만 우선 마음이 순정해야 되고 어린아이와 같은 순수한 마음의 상태로 돌아가야 된다는 것이 첫 번째 생각입니다. 둘째는 사물에 관한 어떤 직관이나 통찰력을 가져야 하겠지요. 시는 지식으로 쓰는 것이 아니라 예지로 쓰기 때문입니다. 훌륭한 시인이란 학문의 섭렵을 통해서 시를 쓰는 게 아닙니다. 사물을 꿰뚫어볼 수 있는 통찰력으로 시를 쓰는 것이지요. 셋째는 결국 시도 예술의 한 분야이기 때문에 미적(美的) 감수성이 또한 중요할 거예요. 이 같은 내적 소양을 배양하지 않고서 좋은 시 쓰긴 아마 힘들지 않을까 합니다.

이채민 : 시선집 『너 없음으로』를 읽으면서 애틋한 단편소설 한 편을 읽은 느낌이었습니다. 하나의 주제, 곧 이별과 그리움에 대한 주제로 일관되게 그려져 있었는데요. 선생님의 시에서 많은 부분을 차지하고 있는 그리

움의 대상은 어떤 것일까요?

오세영 : 인간의 삶 자체가 그리움이지요. 앞에서 나는 인간은 본질적으로 학생이다, '학생'이라고 하는 것은 살면서 일생 동안 배우는 것이다, 뭘 배우느냐, 어떤 절대적인 가치인데 그것은 인간에게 본질적으로 지적인 호기심이 있기 때문이다 이런 말씀을 드린 적이 있습니다. 그런데 무엇을 배운다는 행위는 진리에 대한 갈망에서 오는 것입니다. 즉 넓은 의미에서 그리움이죠. 우리의 일상 현실은 본질적으로 불완전하고 허망합니다. 따라서 깨어 있는 사람들은 어떤 절대적인 가치를 추구하지 않고 이 덧없는 세상을 살아갈 수 없습니다. 종교도 마찬가지겠지만 문학이 추구하는 것도 그 같은 세계입니다.

일상인들 가운데는 세속적 행복에만 관심을 갖는 사람들이 의외로 많습니다. 그런 사람들일수록 우선 돈과 권력을 갖고 누군가를 자기 아래다 두는 삶을 행복이라 생각할지도 모르겠습니다. 그러나 그렇게 사는 삶이 과연 행복할까요? 주위에서 권력과 부를 누리는, 혹은 이미 누렸던 사람들을 한번 유심히 살펴보세요. 언뜻 행복해 보이지만 그중에서는 많은 이들로부터 미움을 받거나, 본인 혹은 자녀들이 감옥에 가거나, 불치의 병에 걸려 고통을 받거나, 불행한 죽음을 마지한 사람, 심지어는 자살한 사람들도 많잖아요? 그러니까 가치를 추구하는 사람들은 일상을 벗어난 어떤 영원성에 대한 갈망이 절실해지는 것이죠. 그 영원한 것에 대한, 완전한 것에 대한 그리움, 그렇잖아요? 이 그리움의 대상에 도달하려는 정신적인 노력이 넓은 의미에서 문학일지도 모르겠습니다.

이채민 : 종교적인 것하고도 연관이 되나요?

제3부 시와 학문의 갈림길에서

오세영 : 그렇죠. 플라톤의 표현을 빌리자면 '필로소피(philosophy)'입니다. 그리스어로 필로소피라는 말은 진리를 동경한다는 뜻 아닙니까. 종교도 마찬가지이겠지만, 그래서 가치를 추구하는 사람들의 본성엔 누구나 근원적 의미의 그리움을 가지고 있는 것이지요. 『너 없음으로』라고 하는 이 선시집도 마찬가지입니다. 그래서 내가 쓴 시 가운데서 사랑, 특히 완성된 사랑, 영원한 사랑에 대한 그리움, 이런 주제들을 가지고 쓴 작품들만 한번 모아 보았던 것이죠.

독자들 중에는 아마 이것을 시인의 전기적 사실로 보고 정말 시인이 자신의 체험적, 이성애적인 사랑을 고백한 것이 아니냐 하는 분들도 있을지 모릅니다. 물론 그런 측면이 전혀 없는 것도 아니죠. 일생을 사는 동안 그 어떤 남자가 사랑 한번 해본 여자가 없겠어요? 그런 의미에서 전혀 거짓말이라고 할 수는 없겠지만 나는 이 시집에서 '사랑'을 단순히 이성애로 이야기한 것만은 아닙니다. 아까 말씀드린 것처럼 생의 어떤 본질적인 그리움을 사랑이라는 메타포로 형상화시켰을 따름이지요. 나는 설령 그것이 내 전기적 사실이라 하더라도 생의 어떤 보편적 진실이라는 문제로 승화시키지 않고서는 훌륭한 작품이 될 수 없다고 생각합니다.

이채민 : 선생님의 시는 외로움이 주된 주제가 되는 것을 알 수 있습니다. 선생님께서도 스스로 '나는 평생 외로울 수 있어 다행이다'라고 하셨던데요, 그 외로움의 정서는 어디서 오는 것일까요?

오세영 : 참 희한합니다. 나는 태어나서 지금까지 생물학적으로도 외롭고, 문학적으로도 외롭고, 사회적으로도 외로운 그런 생을 살아왔습니다. 우선 생물학적으로 외롭다고 한 것은 — 이미 아는 분은 알고 있는 사실이지만 — 나의 태생이 무녀독남 유복자이기 때문에 그렇습니다. 성격적으

로도 나는 원래 사회성이 부족해요. 남과 잘 어울리질 못합니다. 특히 대화에 어눌해서 타인들을 즐겁게 해줄 수 있는 언어적 능력을 갖추지 못했어요. 성장 환경이 아마 그렇게 만들었던 것 같아요. 유년시절, 말을 배워야 할 대상으로서의 어머니조차 귀가 조금 어두우셔서 누군가와 허심탄회하게 대화를 나누어 본 적이 별로 없이 성장기를 보내야 했었거든요.

내 성격과 관련해서 한 가지 고백할 것이 있습니다. 내 무의식 속에는 누군가와는 다르다 혹은 달라야 한다는 자의식이 잠재해 있다는 사실이죠. 아마도 그것은 유복자로 태어나서 항상 특별한 아이로 취급받으며 성장했던 결과가 아니었을까 합니다. 내 외가는 전라도에서 꽤 유명한 반가였어요. 외조부는 하서(河西)의 12대손, 외조모는 정송강(鄭松江)의 13대손입니다. 한국전쟁 전까지는 가세도 남부럽지 않아 외가에는 항상 손님들이 들끓었어요.

그런데 외조부나 외조모께서는 손님 접대를 하실 때마다 항상 나를 불러 인사를 시키셨어요. 내가 손님들께 절을 드리고 예의를 갖추어 공손히 곁에 꿇어앉아 있으면 외조부나 외할머니는 손님들에게 내 칭찬하는 것을 잊지 않으셨습니다. '애 좀 보세요. 얼마나 의젓합니까. 얘는 하늘에서 뚝 떨어진 아이예요', 혹은 '얘가 이렇게 총명한 아이랍니다' 하는 식이었죠. 그러면 손님들은 주인의 말씀에 맞장구를 치시며 내 머리를 쓰다듬거나 칭찬하는 일에 인색치 않았습니다. 그럴 때마다 나는 내심 우쭐해져서 정말 내가 '하늘에서 뚝 떨어진 아이' 혹은 '남보다는 더 잘난 아이' 라는 생각을 하게 되었어요. 말하자면 일종의 선민의식을 갖게 되었던 것이죠.

물론 외조부나 외조모의 나에 대한 그 같은 칭찬, 그리고 이에 화답한 손님들의 덕담은 역설적으로 무녀독남 유복자로서 의지가지 없는 내 처지가 너무 안쓰럽고 측은했기 때문에 그랬을 겁니다. 흔히 걸인을 거리의 천사라 하지 않습니까? 그러나 철부지였던 나는 여기에 반가의 후예라는 자부심까지 더해져서 내가 정말 '하늘에서 뚝 떨어진 아이'인 것으로 믿었죠. 그리고 자라는 과정에 그것은 어느새 하나의 성격으로 굳어져 결과적으로 성인이 된 지금도 나는 '내가 만일 다른 평범한 사람들과 같다면 내가 아니다'라는 엉뚱한 생각을 갖게 되었습니다.

물론 철이 들면서 나는 이 같은 착각에서 벗어나려고 의식적으로 노력도 많이 했죠. 나의 내면에 잠재된 이 같은 자의식은 긍정적 측면의 경우 자기 개발에 큰 도움을 준 것도 사실입니다. 그러나 부정적 측면에선 내가 남과 잘 어울릴 수 없는 성격적 부조화를 심화시켰죠. 내가 남달리 패거리 짓기나 부화뇌동하는 사람들을 경멸하고 시류에 맞서 내 주장을 강하게 펼치는 이유, 사회성이 부족하여 스스로 소외된 삶을 살게 된 이유의 일단이 아마 여기에 있을 것입니다.

이채민 : 선생님 시의 특징이 연작시가 많다는 것인데요, 그중 '그릇'은 삶에 대한 성철과 깨달음이 많은 철학적 사유를 하게 합니다. 그릇을 '모순의 흙'이라고 하셨는데요, 그릇을 소재로 삼으신 이유가 있으신지요?

오세영 : 특별한 이유는 없는데, 내가 그 연작시들에서 가장 관심을 가졌던 게 인간 존재에 관한 문제였어요. 아시다시피 내가 시를 쓰기 시작한 70, 80년대의 우리 시단에서는 사회적인 문제가 커다란 담론이었지요. 사회적인 내용을 써야만 작품으로서도 인정을 받았던 때고…… 그런데 나는 당시 그 같은 시단의 조류와 전혀 동떨어진, 인간 존재에 관한 문제에 집착했어요. 여기에는 설명이 필요합니다. 우선 하나의 전제로 말씀드리고 싶은 것이 있습니다. 진정한 사회참여시는 — 현실을 폭로 혹은 비판해야 하는 까닭에 — 언어를 도구화하지 않고서는 불가능한데 이미 도구화된 언어는 시의 본질이 될 수 없다는 명제입니다. 근본적으로 시의 언어는 존

재의 언어이지 도구의 언어는 아니거든요. 이는 '참여문학'이라는 용어를 처음 제시한 사르트르에게서조차도 마찬가지였습니다. 그래서 사르트르는 강하게 참여문학을 주장하면서도 그것을 다만 산문문학에만 한정시켰지요. 시란 사회참여가 불가능한 문학장르라고 단언했습니다. 그러니 진정한 사회참여시가 문학적으로 성공하기는 어렵지 않겠습니까?.

물론 그렇다고 해서 참여시를 쓰지 말아야 한다는 뜻은 아닙니다. 원래 시의 본질이 그렇다는 것이죠. 그러나 인간 삶에는 시보다 더 소중하고 가치 있는 것들도 많습니다. 인권이라든가 민주주의 역시 그렇지 않겠습니까. 따라서 이런 소중한 가치들을 지키기 위해서는 그것이 비록 문학적으로 성공을 거둘 수 없다 하더라도 시가 하나의 투쟁도구가 될 수도 있어야 한다는 것은 너무나 당연한 이치입니다. 다만 염두에 두어야 할 것은 '참여시'나 '민중시'는 그 같은 관점 즉 정치적 사회적 필요성에 때문에 쓰는 것이지 문학적 행위로 쓰는 것이 아니라는 사실입니다.

물론 당시 나는 사회시들을 많이 쓰지 못했습니다(혹은 쓰지 않았습니다.). 두 가지 이유 때문이지요. 하나는 독재와 맞서 투쟁하고 감옥에 갈 용기가 없었습니다. 나 자신의 의지도 문제였지만 내 삶의 환경이 그러했습니다. 둘째 그 당시 민중시를 외치는 시인들 대부분이 진정한 의미의 사회비판 시들을 쓰기보다는(혹은 쓰지 못하고) 민중시 혹은 참여라는 브랜드에 편승해 매스컴이나 문단 저널리즘을 타려는 사이비들이 대부분이어서 나 자신 그런 무리의 하나로 끼고 싶지 않았어요. 그럴 바에야 차라리 진정한 문학작품이라도 하나 남겨야 되겠다는 것이 그때의 내 심정이었습니다. 진정한 참여시를 쓰려면 그때 김지하 씨가 그리했던 것처럼 감옥에 갈 각오를 가져야 했는데 그냥 허울 좋게 겉으로만 민중시를 쓴다고 떠들면서 독자들을 속이고 시류에 아첨하고 대세에 편승하는, 그 같은 민중시를 쓰고 싶지는 않았던 것이죠.

이렇게 당시의 조류와는 다른 길을 선택한 내가 쉽게 빠져들 수 있었던 것이 바로 존재의 문제였습니다. 그렇게 되자 내겐 이를 하나로 집약시킬 수 있는 문화적 상징이 필요했습니다. 나는 그것을 '그릇'에서 찾았지요. 문득 인간이라고 하는 것도 하나의 그릇이라는 생각이 들었기 때문입니다. '그릇'이란 그 안에 뭔가를 담는 용기(容器)가 아닙니까? 그 자체만으로는 아무 의미가 없지요. 인간 역시 마찬가지입니다. 그 안에 무언가를 담아야합니다. 그렇다면 도대체 뭘 담아야 하느냐 하는 질문 바로 그것이 연작시 그릇의 발상이었습니다.

나는 이 같은 화두로 인생의 모든 문제들을 하나 하나 그릇과 연관시켜 명상해 보았습니다. 그리고 궁극적으로 도달한 곳이 바로 '무(無)'의 세계였어요. 진정한 존재로서 그릇의 의미는 차라리 그 안에 아무것도 담지 않은 상태의 빈 그릇 바로 그 자체라는 깨달음입니다. 무엇을 담는다는 것은 그 담겨질 내용에 대한 구속을 의미하거든요. 그런데 무언가에 '구속'된 것은 진정한 존재일 수 없습니다. 모든 진정한 존재는 자유가 절대적인 조건이 되기 때문이죠. 예컨대 같은 그릇이라 하더라도 밥그릇은 구속된 존재이지만 청자기는 자유로운 존재입니다. 그러한 의미에서 그릇 연작시는 절대 자유를 찾으려는 내 의식의 오딧세이라 할 수 있습니다.

이채민 : '그릇', '불', '칼', '외로움', '기다림', '그리움' 등이 선생님의 시에서 자주 등장하는 이미지들인데요, 이런 이미지들은 독립되어 있는 듯하면서도 유기적인 느낌이 듭니다. 이는 곧 삶과도 관계가 깊다는 생각이 들었는데, 선생님의 시와 인생에서 집약할 수 있는 키워드가 있다면 몇 가지 말씀해주세요.

오세영 : 외로움일 거예요. 외로움이 있기 때문에 그리움이 있고, 외로

움이 있기 때문에 집중할 수가 있고, 외로움이 있으니까 통찰할 수가 있지 않나 싶어요. 그러나 일반적으로 사람들은 외로움을 기피하죠. 그렇지만 나는 내 환경이라고 할까 조건이 그렇기 때문에 그것을 한편으로는 불행이라고 생각하면서도 다른 한 편으로는 오히려 축복이라고 생각하기도 했습니다. 운명으로 받아들인 것이죠. 그런 점에서 내가 시인이 된 것은 운명이라 할 수 있습니다.

이채민 : 『무명연시(無明戀詩)』는 초기의 모더니스트적 태도를 버리고 새로운 세계를 탐구하는 노력에서 씌어진 것들이며, 새로운 세계란 동양적 사유, 그중에서도 특히 불교적 존재론을 의미한다고 하셨습니다. 초기의 시를 버리고 새로운 세계로의 이행 과정에서 어려움은 없으셨는지요? 동양적 사유의 시 쓰기를 시작하신 이유는 무엇일까요?

오세영 : 내가 시인으로 등단할 무렵 그러니까 내 나이 20대 후반에서 30대 초까지의 내 시는 아방가르드적인 시였어요.(한국 학계에서는 이 아방가르드를 모더니즘의 하나라고 이해하는데 이는 잘못된 견해입니다. 넓은 의미에서 아방가르드는 낭만주의 계열에 속하고 모더니즘은 고전주의 계열에 속하기 때문입니다.) 요즘 말로 포스트모던한 시 혹은 해체시라고도 할 수 있겠는데 난해하면서도 정신분열적인 그런 시들을 썼죠. 그러나 나이 30대에 들자 그런 시작(詩作)에 불현듯 회의가 오기 시작했습니다. 그러면서 자연스럽게 전통적인 세계를 탐구하는 명상시의 창작으로 전환하게 되었지요. 계기는 어머니의 죽음에서 시작된 것이기는 합니다만 다른 두세 가지 이유가 더 있었습니다. 하나는, 시는 자신만의 카타르시스가 아니라는 것, 언어란 본질적으로 항상 대상 지향적이라는 것, 삶의 모든 분야가 그렇듯 문학도 근본적으로는 윤리성을 전제한다는 것 등입니다.

다른 하나는 서구 지향적 가치에 대한 비판적 생각이었지요. 연륜 때문인지 '우리의 것', '우리의 전통' 이런 것에 대한 자각이 왔습니다. 감성적인 시기를 지나 인생을 성찰하게 되는 연령에 접어들자 아방가르드적이고 난해하고 해체적인 시는 내가 추구할 본령이 아니라는 느낌이 들었던 것이지요. 그래서 서구적인 영향에서 벗어나 인생론적이고 전통적인 세계로 돌아 서게 되었습니다.

　그런데 내가 그 같은 자각에 들 무렵(80년대), 우리 시단의 현실은 소위 민중시, 참여시가 득세를 하고 있었습니다. 그래서 내게 아무도 관심을 가져주지 않았지요. 나는 외로웠습니다. 한 잡지(『현대문학』)에 「미래의 독자들에게」라는 제목의 시작 노트를 발표한 적도 있었습니다. 연작시 「무명연시」는 현재의 독자들을 대상으로 쓴 것이 아니라 미래에 올 어떤 독자들에게 쓴 것이다.'라는 내용이었지요. 어쨌든 그 당대는 아무도 눈길을 주지 않았던 작품들이 지금 와서는 많은 독자들의 사랑을 받고 있다는 것은 아이러니입니다.

　『무명연시』를 쓰면서 나는 참 고민을 많이 했습니다. 내가 경험한 인생론적인 문제들을 철학적으로 승화시키기가 너무 어려웠던 것이죠. 내 삶의 경륜이라고 할까, 인생관 자체가 일천하니 그럴 수밖에요. 그래서 나는 그것을 불교적인, 또는 우리의 전통적인 인생관에서 탐구해보고자 했습니다. 그러나 실제 시작에 임하다 보니 문학적 형상화에서 성공을 거두기 위해서는 그것을 관념적으로 드러내서는 안 되겠더라고요. 그래서 '사랑'이라는 메타포로 형상화시켰는데. 그 결과 『무명연시』는 불교적인 세계관을 지향하면서도 불교적 특성을 지우는 역설에 빠져버렸죠.

이채민 : '무의미시'는 미학의 영역을 넘어서기 어렵고, 결코 훌륭한 문학 작품의 반열에 올라서기 어렵다고 말씀하셨는데요, 훌륭한 시가 궁극

적으로 미학과 철학의 결합으로 이루어질 수밖에 없다고 말씀하셨는데 여기에 대해 좀 더 자세히 말씀해주실 수 있는지요.

오세영 : 70년대 이후 우리 시단에서 가장 높이 평가된 시인은 다 알다시피 김수영과 김춘수입니다. 그러나 나는 이 두 분 모두 훌륭한 시인이라고 생각해본 적이 없습니다. 물론 김춘수 선생의 경우는 「꽃」이라는 한 편의 예외적인 시가 있기는 합니다만…… 그런데 지금 지적하신 '무의미시'라는 것은 물론 김춘수 선생의 시론을 말씀하신 것이지요. 나는 전에 이 두 분의 시에 대해서 비판적인 논문을 쓴 적이 있었습니다. 그러나 여기서는 이채민 시인이 거론하신 김춘수 선생의 시에 대해서만 간단히 말씀드리겠습니다.

내가 김춘수의 시론이라 할 소위 '무의미시'를 평가절하하는 이유는 다음과 같습니다.

첫째, 진정성이 없어 보입니다. 김춘수 선생은 당신이 쓰신 『시론』의 서두에서 자신이 소위 무의미의 시를 추구한 동기가 ─ 당신 스스로 문학적 라이벌이라고 고백했던 ─ 김수영에 대한 대타의식에서 그리했다고 분명히 적어놓고 있습니다. 즉 김수영이 사회 혹은 역사라는 의미의 장(場 : 소위 참여시)에서 이미 일가를 이루었으니 자신이 살아남을 길은 바로 그 반대쪽 밖에 없어 그리했다는 말씀이었지요. 발상 자체가 이렇게 정략적 입장에서 전개된 시론이니 어찌 그것이 진정한 시론이 될 수 있겠습니까?

둘째, 만년에(돌아가시기 몇 년 전에) 당신은 자신이 거의 일생 동안 쓰셨던 무의미의 시가 아무런 성취도 이루지 못해 이제는 포기한다고 스스로 고백한 바 있습니다.

셋째, '무의미시'라는 용어를 마치 당신이 창안하신 것처럼 사용했는데 서구 문예학에서는 19세기 이래 무의미시라는 문학 장르가 아예 독립되어 있었고 일본에서도 이 용어는 두루 사용되고 있었습니다.

넷째, 당신이 주장하신 무의미시의 종착지는 시(언어)에서 의미를 완전히 배제한 일종의 언어유희같은 경지를 말하는 것인데(본인 스스로도 '시는 언어 유희이다'라고 말씀하신 바 있습니다.) 이는 이미 후기상징주의의 프랑스 순수 시나 독일 다다이즘의 소위 음성시(Hugo Bal의 sound poetry 혹은 Phonem Poetry) 가 실험한 적이 있었던 퇴물입니다.

다섯째, 실제로 '무의미시'라는 것을 읽어보면 문학적으로 인정할 만한 작품이 거의 없습니다.

여섯째, 그럼에도 불구하고 당신은 무의미시를 당신 나름의 독특한 개념으로 분장하기 위해 소위 서술적 이미지를 통해 언어를 가능한 회화화 (繪畫化)하고 또 시어의 음성적 측면을 음악화하였습니다. 즉 의미를 배제하기 위해서는 쉬르레알리즘의 무의식을 자유연상의 방식으로 개진하면서 동시에 미학성의 제고를 위해서는 언어를 회화화, 음악화했던 것이죠. 따라서 무의미시란 간단히 의미를 배제하여 언어를 가능한 미술이나 음악의 경지로 바꾸어놓으려는 시라고 규정할 수 있습니다.

그러나 언어가 아무리 미술이나 음악의 경지를 추구한다 하더라도 결코 음악이나 미술이 될 수는 없습니다. 다만 미술이나 음악의 아류 혹은 모방이 될 수는 있겠지만요. 그러나 이 같은 행위는 결과적으로 문학의 위의를 손상시킬 수는 있어도 문학적 가치를 향상시킬 수는 없지요. 물론 시가 굳이 미술이나 음악이 되어야 할 이유도 없구요. 너무도 상식적인 이야기입니다만 언어란 본질적으로 음성과 의미의 두 가지 요소로 구성된 기호체계 아닙니까. 그래서 우리는 문학을 미술이나 음악과 달리 문학이라고 하는 것입니다. 의미를 갖는다는 것 그것이야말로 문학의 정체성이며 위대성입니다. 그런 까닭에 헤겔도 그의 『미학』에서 문학을, '물질예술'이라 불리우는 음악이나 미술과 구분하여 '관념예술'이라 규정했던 것이죠. 그러니 비유적으로 말해 국가란 아무리 가난하다 하더라도 독립국가로 남아야지 스스로 부유한 국가의 식민지가 되려 한다는 것은 바람직한 일이 될 수는 없습니다.

결국 시는 언어의 예술이고 언어는 의미와 음성으로 되어 있는 까닭에 문학이란 그 어떤 경우에도 의미의 요소를 배제할 수 없지요 다른 예술과 달리 문학에 철학이 담겨야 하는 이유, 내가 무의미시를 배격하고 시의 철학성을 강조하는 이유가 여기에 있습니다. 의미가 지향하는 궁극의 세계에 바로 철학이 있기 때문입니다.

이채민 : 산사를 자주 찾으시죠? 그중에서도 백담사에 자주 머무시는 것으로 알고 있는데 백담사는 서생님에게 특별한 의미가 있을 것 같습니다.

오세영 : 아무 절이나 절은 마음을 아늑하게 진정시키고 정신을 맑게 해주지요. 그래서 나는 당시 대학의 소란스러운 정치적 혼란을 피해 시간이 날 때마다 절을 찾았습니다. 그러다가 나도 모르는 사이에 그만 절에서 집필하는 버릇이 생겨 이후 겨울만 되면 한철을 절에서 지내는 것이 내 시작의 관례가 되어버렸습니다. 그간 내가 머물었던 사찰들은 많습니다. 달마산 미황사, 치악산 구룡사, 두타산 삼화사, 금강산 화암사, 설악산 백담사 등이지요. 그중에서도 나는 백담사를 자주 찾았습니다. 백담사의 4계절을 노래한 연작시 「백담사 시편」을 쓰기도 했구요. 특별한 이유가 있는 것은 아닙니다. 다만 풍광이 수려하고, 조용하고(겨울철에는 거의 방문객이 없습니다), 정신을 바짝 긴장시키는 추위가 좋았습니다. 이 사찰 큰 스님과의 오랜 인연, 근대의 만해, 조선의 대덕 보우스님 같은 분들의 가르침을 소중하게 생각하기 때문이기도 합니다. 만해는 이곳에서 출가하셨고 보우스님은 백담사에 주석하신 바 있지요.

이채민 : 시조집도 간행하셨는데 정형시를 쓰시게 된 동기가 있으신지요?

오세영 : 나는 등단할 무렵 모더니즘이나 아방가르드적인 경향에 심취해 있었습니다. 그러나 70년대 중반 들어 동양적인 것, 전통적인 것에 빠져들기 시작했지요, 『무명연시』를 쓸 무렵부터입니다. 그뿐만 아닙니다. 지금도 그렇지만 원래 내 시에는 음악적 요소가 많았어요. 아마 이 같은 특성들이 자연스럽게 시조 창작으로 연결되지 않았나 싶습니다. 물론 구체적인 시작(詩作)의 계기가 없었던 것은 아닙니다. 하나는 80년대 중반 내가 미국의 아이오와대학 '국제 창작 프로그램(International Writing Program)'에 참여했던 경험이고 다른 하나는 내가 좋아하는 백담사의 오현(五鉉) 큰스님으로부터 받은 영향입니다. 아이오와대학 체류시절입니다. 한번은 이 대학에서 한국문학에 대해 강의를 할 기회를 갖게 되었는데 한국의 현대시에는 거의 반응을 나타내지 않던 학생들이 시조에 대해서는 큰 관심을 보였어요. 그것이 내게 어떤 깨달음을 주었습니다. 그러던 차에 귀국해서 시조시인이시기도 한 백담사의 큰스님을 만나뵈었더니 나더러 자꾸 시조를 한번 써보라고 권하시는 거예요. 그래서 시험 삼아 시조 한두 편을 썼던 것이 그만 시조시단에 발을 내민 결과가 되어버렸지요.

이채민 : 요즘 현대시조를 보면 거의 산문적이고 현대시하고 구분이 잘 안 가잖아요.

오세영 : 글쎄 나로서는 그게 불만입니다. 시조를 쓰면서 시조 문단에 관심을 좀 가져보니 시조시인들이 아주 파격적인 시조를 쓰더라고, 그래서 어찌 보면 산문시 같기도 하고…… 우리가 생각했던 정형적 율격을 별로

선(禪)과 외로움의 미학

존중하지 않아요. 그래서 내가 그러면 안 된다, 시조는 그 정형성에 정체성이 있는 것인데 왜 그걸 굳이 깨뜨리려고 하느냐 그랬죠. 그러나 그것은 어디까지나 내 관점이고 우리 시조 시단의 시인들은 나와 생각이 많이 달랐어요. 시조의 현대화는 우선 정형을 깨뜨리는 데서 출발해야 한다고 믿는 것 같아요. 그러나 시조로서의 정형이 깨지면 그것을 어찌 시조라 하겠습니까? 이미 자유시이죠. 나는 우리의 시조시인들이 전통적인 시조의 율격이나 정형을 확실하게 지켜야 한다고 생각합니다. 역설적이지만 그래야 현대에도 시조가 살아남을 수 있는 것이죠. 시조의 현대화는 율격이나 정형의 파괴가 아니라 언어적 감수성, 내적(의미론적) 구조, 수사기법, 그 담겨진 내용, 세계관이나 가치관 등에서 찾아야 할 것입니다.

이채민 : 문학을 하고자 하는 문학도들에게 꼭 들려주시고 싶은 이야기가 있으시면 말씀해주세요.

오세영 : 항상 하는 얘긴데 두세 가지가 있어요. 하나는 부화뇌동 하지 말라는 것입니다. 평단의 어떤 시류, 어떤 모델에 휩쓸려서 어느 패거리에 뒷북치고, 그들의 시를 모방하고, 그런 집단에 편입되고자 안달하지 말라는 것이고, 다른 하나는 공부를 열심히 해야겠죠. 열심히…… 다른 사람들의 시도 많이 읽어봐야 돼요. 특히 해방 이전의 시인, 가령 정지용, 서정주, 박목월 같은 시인들의 작품은 숙독해야 될 대상 같은데 요즘 시 공부하는 사람들은 그 같은 시인들에 대해서는 거의 관심을 갖고 있지 않는 것 같습니다. 그저 당대의 패거리 비평이 만든 스타, 지금 활동하고 있는 시인들의 시 같은 것만을 읽고 모방하고 또 그런 경향만을 추수합니다. 물론 『삼국유사(三國遺事)』나 『장자(莊子)』 같은 고전도 공부해야 하겠지요. 또 다른 하나는 평론가들의 문학적 평가를 너무 믿지 말라는 거. 오늘의 한국

평론가들은 대부분 문단의 특정 문학 권력 집단에 소속 혹은 연루되어 있어 자신들의 목소리를 내지 못하는 것이 대부분입니다. 말하자면 문단권력으로부터 자유스럽지 못한 것이지요. 그러니 어찌 그들이 쓴 글에 진정성이 있겠습니까. 그러므로 훌륭한 시인은 부단한 자기 성찰을 통해서 자신만의 시세계를 구축할 수 있는 외로움을 홀로 견뎌낼 수 있어야 한다고 생각해요.

한 시인의 삶을 짧은 시간 안에 다 들을 수는 없었지만 인터뷰를 마치고 나니 시인을 오래 알고 지냈던 것처럼 편안한 느낌이 들었다. 시인께서 근처 이태리 식당에서 점심을 사주셔서 맛있는 데이트를 즐긴 후, 한낮의 햇볕이 뜨겁게 내리쬐는 오페라 하우스 앞 광장에서 권미자 시인의 배려로 사진 몇 컷을 더 찍었다. 아름다운 시간들이 소중한 추억으로 간직되는 순간이었다.*

---

* 『미네르바』, 2009년 여름.

선(禪)과 외로움의 미학

존재의 외로움

대담자 : 『조선일보』 김광일 기자
일　시 : 2013년 초여름
장　소 : 레스토랑 경복궁(인사동)

비가 억수로 쏟아지던 날 초여름 오후였다. 약속 장소 지하에 차를 주차하고 있는데 웬 SUV 차량이 느릿하게 주차장으로 들어왔다. 밖에는 호우주의보가 내려져 있었다. 아마도 윈도우브러시를 최대 속도로 높여 앞 차창을 문지르며 그 빌딩을 찾아왔을 것이다. 이런 날 차를 끌고 도심지 약속 장소에 나타날 사람은 마흔 살 너머에는 없다는 게 운전자들의 상식이다. 상식은 빗나갔다. 주인공은 뜻밖에도 그날 만날 오세영 시인이었다.

오세영은 자리에 앉자마자 "한국은 모든 게 정치"라고 했다. 한국 문학사는 정치로 기술돼 있다는 뜻이었다. 그는 계몽주의, 프롤레타리아, 민족주의 문학, 국민문학, 문학가 동맹, 참여문학, 민중문학, 분단상황, 공산주의 탄압, 전향, 친일어용 같은 용어를 나열했다. 듣고 보니 딴은 그러했다. 이러저러한 문인단체 이름 앞에 붙은 수식어들도 똑같았다. 그는 구체적으로 자신의 말을 입증하는 문인 이름도 나열했다. 한국 문학은 모든 이슈와 기술이 정치밖에 없었다. 그래서 정치에 편승 못 하면 주목을 못 받는다고 했다. 우리는 안도현 시인을 얘기했다. 그날 마침 안도현은 현직 대통령이 마음에 들지 않아 그녀가 대통령에서 물러나는 날까지는 더 이상

시를 쓰지 않겠다는 선언을 했다.

애기가 우중충해지는 것을 참을 수 없어 얼른 오세영 시인의 큰딸 애기로 넘어갔다. 큰딸 오하린은 비영리 민간단체인 '평화박물관'에서 사무국장으로 일하고 있다고 했다. 나중에 홈페이지를 찾아보니 "베트남 전쟁 당시 한국군의 베트남 민간인 학살에 대한 사죄운동으로 출발한 평화박물관은 고통−기억−연대를 지향하며 우리 사회에 평화감수성과 평화문화 확산을 위한 활동을 벌여왔다"고 돼 있었다. 이 단체는 평화박물관을 짓고자 하는 목표를 갖고 있었다. 이사장은 이해동 군(軍)의문사위원회 위원장, 상임이사는 한홍구 성공회대 교수였다. 평화박물관도 완전한 비정치 단체는 아니었다.

애기는 하릴없이 다시 정치와 문학 쪽으로 흘러갔다. 오세영은 약간 흥분한 어조로 말을 이어갔다. 오세영이 보기에 한국 문단은 무슨 파(派) 무슨 파 할 것 없이 발표 지면을 중심으로 혹은, 평론가들이 중심이 되어 모임을 만들고 있었다. 객관과 공평이 기준이 아니었다. 자기 소속 패밀리를 무조건 추켜세우고, 정부 지원을 독식하고, 상(賞)도 돌아가면서 타고, 얽히고설키고, 인맥 따라 가는 마피아 그룹 비슷했다. 옆에 있던 시인 김요일이 듣고만 있을 수 없다는 듯 잽을 날렸다.

김광일 : 선생님께서는 그런 상황에서 혜택을 봤나요, 손해를 봤나요?

오세영 : 당연히 손해죠.

김광일 : 왜죠?

오세영 : 나는 그 시기에 서울대 교수를 하면서도 고독했습니다. 정부가

대학의 고삐를 쥐고 있으니 학생들은 교수를 신뢰하지 않았습니다. 운동권 선배가 학생들을 지도하고 의식화했습니다. 운동권이 필독서와 금독서를 정(定)했습니다. 필독서에는 조세희의 「난쏘공」이 맨 앞에 오고, 그 다음에 신동엽, 김수영, 김지하, 고은, 신경림 등의 작품들이 뒤따랐습니다. 금독서에는 서정주, 박목월 등의 이름이 보였고요. 지난 30년간 대학에서 문학을 그렇게 왜곡 습득한 학생들이 후에 사회에 진출해서 출판사 편집장이나, 신문사 문화부장, 교수 등이 되었습니다. 그런 분위기에 동조하지 않았으니 고독할 수밖에요.

그 같은 상황 속에서는 정치에 반대하는 것도 일종의 정치 행위가 될 수밖에 없습니다. 역설적이지만 '반(反)정치'도 정치 행위인 것이지요. 우리 문학사에서는 순수문학도 궁극적으로는 정치문학이었습니다. 김춘수, 서정주, 김동리 등의 경우도 언뜻 보기엔 정치와 무관한 순수문학을 한 것 같지만 사실은 그렇지 않습니다. 근대 한국의 100년 문학은 주류가 온통 정치요. 정치파벌이요. 정치적 이슈였습니다. 정치에는 승자와 패자가 있기 마련입니다. 그러니 정치에서 소외되면 작품평가와 문학사 기술 혹은 문단 활동에서 밀리는 것은 당연할 결과가 아니겠습니까.

김광일 : 정치적인 문학은 아무런 의미도 없는 건가요?

오세영 : 꼭 그렇지는 않죠. 문학 작품이 현실 정치를 외면할 수는 없으니까요. 상황에 따라 문학은 물론 정치의 도구가 될 수도, 또 되어야 하기도 합니다. 인간이 추구하는 가치 가운데는 문학보다 더 고귀한 것도 많이 있는 까닭에 만일 이 고귀한 가치가 압살당하거나 훼손당할 처지에 있다면 문학은 당연히 이에 저항하는 투쟁의 무기가 되어야 하기 않겠습니까? 가령 우리가 국권을 빼앗긴 일제강점기나 가까이는 지난 권위주의 통치

시대같은 경우이지요. 그러나 그렇다 하더라도 문학이 원래, 혹은 본질적으로 정치의 수단은 아닙니다. 다만 한 특정한 시대에 그럴 수 있을 따름이지요.

그러나 그 한 특정한 시대에 정치의 수단이 된 문학작품이 있다 해서 바로 그러한 이유로 그것이 또한 문학적으로 훌륭한 것은 물론 아닙니다. 다만 정치사 혹은 사회사적 관점에서 훌륭할 따름입니다. 문학은 문학이고 정치는 정치이며 문학적 평가는 당연히 정치가 아니라 문학적 관점에서 이루어져야 하는 것이지요. 저항문학이 문학적으로 항상 훌륭할 수 없는 이유가 여기에 있습니다. 혹자는 아리스토텔레스가 말한 바 인간은 '정치적 동물(homo politicus)이다'라는 명제를 들어 모든 문학은 정치적이어야 한다고 주장하기도 합니다. 그러나 그가 '인간은 정치적 동물이다'라고 했을 때의 '정치'란 가령 처칠은 정치가이지만 셰익스피어는 정치가가 아니라고 할 때의 그 '현실 정치'를 의미하는 말이 아닙니다. 인간은 홀로 살수 없고 누군가와 더불어 살아야 한다는 뜻 그러니까 인간과 인간의 관계를 말한 것이지요. 바로 아리스토텔레스가 이 명제를 언급한 『정치학』의 그 다음 문장이 그렇게 되어 있습니다. 그러한 의미에서 그가 말하는 정치는 농부도, 교사도, 상인도, 은행원도, 물론 시인도 다 '정치가'인 셈이지요.

김광일 : 아니 그런데 오 시인께서는 인터뷰도 많이 하시고, 글도 활발하게 쓰고, 또 예술원 회원이고, 서울대 교수와 한국시인협회 회장도 역임하셨잖아요. 그런데도 소외됐다고 느끼시는 겁니까?

오세영 : 어느 지면에선가 나는 문단의 왕따라고 말한 적이 있습니다. 그러나 정확히 표현하자면 '문단의 왕따'라는 말이 아니라 '문단권력으로부터의 왕따'라는 뜻입니다.

김광일 : 예?

오세영 : 우리 문단에선 흔히 『문지』, 『창비』 같은 잡지, 그리고 그들 그룹이 누리는 문단권력에 편입되어야 마치 인정받는 문인이라도 되는 듯한 분위기가 지배적인데 나는 단 한 번도 그들 그룹에 의해서 인정을 받거나 그 어떤 형식이든 단 한 번도 그들이 독점한 기회에 초대 받은 적이 없는 사람입니다. 예컨대 나는 단 한 번도 그들이 주관하는 문학 매체에서 원고 청탁을 받아본 적이 없습니다. 물론 비평적 언급이나 기타 다른 어떤 문학적 평가나 문단 활동에서도 마찬가지입니다. 심지어 그들은 해외에 한국의 문인들을 소개한 인명사전에서조차 내 이름을 빼버리기도 했구요.

김광일 : ― 예에?

오세영 : 내 시집은 당시 독일어 3권, 스페인어 3권, 그리고 영어, 불어, 일본어, 체코어 등으로 번역되어 있었습니다. 수년 전 일입니다. 민용태 고려대 중남미문화연구소 소장의 초청으로 한국에 온 멕시코의 한 드라마 작가를 만난 적이 있습니다. 1987년 내가 아이오와대학 '국제 창작 프로그램'에 참여했을 때 같은 참여자로 내 친구가 된 에르난 라라(Hernan Lala)라는 멕시코의 우남대 부총장이었습니다. 그때 그는 통역 겸 멕시코 과달라하라대학의 교수라는 한 한국인 청년을 대동하고 있었는데 그것이 인연이 되어 그 젊은 교수는 내 시를 멕시코에 소개하겠다고 했습니다. 중남미 문단에 발이 넓은 정권태 교수라는 분입니다. 그는 내 시를 스페인어로 번역해서 옥타비오 파스(Octavio Paz)에게 보여드렸고 이것이 계기가 되어 파스는 그가 주관하던 문학 계간지 『뷔엘타(Vuelta, 귀향)』 20년 기념 특집호에 내 시를 발표시켜주면서 이왕이면 시집도 내자고 했습니다. 그런 전차로 멕

시코에서 출판된 내 첫 번째 스페인어 번역시집은 출간 6개월 만에 현지에서 매진됐고 정 교수는 이 작업의 공로를 인정 받아 한국문예진흥원이 제정한 제1회 번역상도 받았습니다. 스페인어권에서는 내 시집이 웬만큼 알려져 있다는 뜻입니다.

그 몇 년 후입니다. 서울대의 김창민 교수가 내 다른 시집 한 권을 번역해 마드리드에서 출간했습니다. 그리고 이 번역서들을 서울에 있는 스페인계 인사들에게 증정했나 봅니다. 한번은 주한스페인 대사가 나를 만나고 싶다고 했습니다. 그래서 나는 번역자인 김창민 교수와 함께 한남동에 있는 스페인 대사관저에 초대되었습니다. 다과를 들며 분위기가 화기애애했습니다. 대사도 시를 쓴다고 하더군요. 그러면서 그는 내 시가 좋다는 덕담도 빠트리지 않았습니다. 곧 주한스페인문화원인 세르반테스문화원을 서울에 열게 된다면서 협조를 구하기도 했습니다. 그런데 갑자기 자신의 서재에서 책을 한 권 들고 나오더니 페이지를 뒤적이다가 내게 물었습니다. 민음사에서 영어로 출간한 『한국 문인 인명사전』이었는데 왜 거기에 내 이름이 없느냐는 겁니다. 확인해보니 정말 내 이름이 없었습니다. 어안이 벙벙하고 무안하고 얼마나 황당했는지 모릅니다. 김창민 교수가 옆에서 스페인어로 뭐라뭐라 변명하는 소리가 들렸습니다.

김광일 : 안 믿어지는데요.

오세영 : 사실입니다. 그래서 집에 돌아온 후 나는 민음사에 전화를 했습니다. 그쪽 대답은, 자기네들은 출판만 했고 책의 내용은 한국문학번역원이 썼다고 했습니다. 그래서 나는 또 번역원에서 실무 책임을 맡고 있는 고영일 스페인문학 박사에게 전화로 물었습니다. 그랬더니 그는 처음엔 '그럴리가요. 착각을 하셨겠지요.' 하더니 잠시 뒤 '이상하네요. 무언

가 잘못됐는데요.' 하더군요. 노무현 정권 때 한국이 주빈국이었던 프랑크푸르트 도서전을 준비하면서 번역원이 만든 한국문학 인명사전이었습니다. 사전을 만드는 위원회까지 구성했다 합니다. 위원장은 우리 문학권력 집단의 대표 한 사람인 어떤 여자대학 교수 김 아무개라는 평론가라 들었습니다.(오세영은 당시 위원회에 참여했던 문인들 이름을 몇 명 말했다.) 그리고 마지막으로 붙이는 그의 변명이 프랑크푸르트 북페어에 대비해서 만든 책인 까닭에 독일어권으로 번역 소개된 작가를 중심으로 만들어서 아마 그렇게 되었나 보다고 했습니다. 당시 내 시집이 3권이나 독일어로 번역되어 현지에서 출간되었고 번역원이 그 자료를 저장하고 있었음에도 말입니다. 한마디로 내가 미움을 받은 것이죠. 싫은 소리를 해대니까요. (오세영은 지금은 작고한 어떤 평론가에게도 밉보인 적이 있다고 했다.) 반대로 김수영 같은 시인이 과대평가된 것은 이런 평론가들에 의해 일방적으로 격상됐기 때문입니다. 말하자면 패거리 비평 덕택이죠.

인터뷰는 충분히 뜨거워져 있었다. 김요일의 잽은 효과가 컸다. 잠시 분위기를 식히기 위해 우리는 인터뷰 상대의 어린 시절을 파고드는 재래식 기법으로 돌아가기로 했다.

김광일 : 전남 영광에서 태어나셔서 전남 장성 월평초등학교(1~3학년), 광주 수창초등학교(4, 5학년), 전주 완산초등학교(6학년)를 다니셨는데 왜 이렇게 옮겨 다니셨습니까?

오세영 : 외할아버지가 국군에게 총살당하셨습니다. 사상운동을 하신 분은 아닌데 사위를 잘못 얻는 바람에 그리됐지요. 외할아버지가 딸 여섯에 아들을 하나 두셨는데, 둘째 사위가 완전 좌익이었습니다. 외할아버지 사

촌이 장성군 인민위원장을 하기도 했구요. 그래서 농사만 짓던 분이 어느 날 갑자기 좌익으로 몰려서 공정한 재판 한 번 받아보지 못하고 빨갱이로 지목되어 처형을 당했습니다. 전쟁기간은 그런 분위기였지요. 재산은 몰수됐고요. 외가가 풍비박산 되자 외가는 물론 내 자신도 갑자기 거지 신세가 된 겁니다. 그래서 홀로된 외할머니께서 시동생을 따라 타향을 전전하시게 되는 바람에 친정살이를 하시던 어머니와 나도 같은 운명에 처해진 것이지요. 그때 외할머니, 이모들, 그리고 어머니까지 대여섯 분이 함께 동거동락하셨습니다. 어머니는 재봉일을 잘 하셨고요.

김광일 : 오 시인이 어머니 뱃속에 있을 때 아버지가 돌아가신 탓에 외가쪽 여인들끼리 살아가실 수밖에 없었군요. 아버지는 왜 일찍 돌아가셨습니까?

오세영 : 아버지는 경성공업전문학교 토목과에 다니셨습니다. 학생 때 어머니와 결혼하셨지요. 당시 서울과 전라도 영광의 교통편은 서울에서 기차로 장성까지 내려와 버스로 영광에 가도록 되어 있었습니다. 그래서 방학 때 귀향을 하시게 되면 아버지는 본가에 가서 인사만 꾸벅하고 돌아와 대부분의 시간을 장성의 처가에서 지내셨다고 합니다. 그런데 결혼 1년 6개월 만에 청천벽력 같은 전보가 날아듭니다. 총독부에서 보내온 전보였는데, 아버지가 전염병으로 타계하셨으니 유물을 찾아가라는 거였습니다. 어머니는 기절하셨지요. 친할아버지가 서울에 가서 보니 이미 화장(火葬)을 하고, 뼛가루마저 어딘가에 다 뿌려버린 후였습니다. 그래서 속절없이 아버지의 유품들만 수습해가지고 돌아오셨습니다. 그래서 지금 내가 간직하고 있는 아버지의 유품은 아버지의 대학 앨범 한 권과 문갑뿐입니다. 나머지는, 6·25 수복 후 외할아버지께서 '빨갱이'로 몰렸을 때, 집안을 수색

하던 국군이 다 가져가버렸습니다.

김광일 : 어머니와 외가 쪽은 왜 힘을 좀 쓰지 않으셨습니까?

오세영 : 친가는 해주(海州) 오씨로 전남 영광에 살았고, 외가는 하서(河西) 김인후의 직계 손으로 전라도에서는 뼈대 있는 집안이었습니다. 외가도 하서를 배향한 장성의 필암서원 인근에 있었습니다. 그런데 외할머니께 듣기로 원래 외가는 천석꾼이라 하는데 외증조부께서는 아마 허망한 분이셨던 모양입니다. 수풍발전소에 투자한다면서 재산을 축내시고, 땅을 팔아 사기도 당하시고, 도사를 모신다고도 하고, 또 축첩을 하느라, 이래저래 재산을 대부분 탕진하셨습니다. 당시 외증조부는 별당에서 도사와 함께 기거하셨답니다. 그런데 외할머니께서 매끼 식사를 교자상에 차려 하인들 4명을 시켜 들고 올라 가면 마루에 놓고 가라고만 하셨대요. 그래서 어느 날은 하도 궁금해서 당신의 며느리 즉 내 외할머니가 몰래 내려가는 척하고 문틈으로 안을 들여다보았더니 두 분 즉 외증조할아버지와 그 도사라는 분이 공중에 떠서 식사를 하고 있더라고 해요. (웃음) 축지법도 쓰신다 했구요. 그런데도 정작 어머니는 어린 시절 외할머니께서 귓밥을 파다 귀이개로 귀를 잘못 건드려 가는귀를 먹으셨습니다. 평생 치료 한번 제대로 못 받고요. 내가 일상 대화에서 아둔한 이유가 여기에 있습니다. 어린 시절 말을 배울 때 어머니께서 충분한 여건을 갖추지 못하셨거든요

김광일 : 전주 신흥중학교와 전주 신흥고등학교를 졸업하셨습니다. 기독교 학교였지요. 기독교 신자였습니까? 그때 소년 오세영은 어떤 성격이었습니까? 꿈은 뭐였고요?

오세영 : 공부를 못했어요. 이사도 여러 번 다녔고요. 철이 없어 공부를 열심히 안 했고, 미래에 대한 어떤 꿈같은 것도 없었지요. 초등학교 6학년 때 반에서 20등을 했어요. 내가 사는 지역에서는 당시 전주 북중(北中)이 일류 중학교였는데, 이 학교 입시에 낙방하여 후기인 신흥중에 갔어요. 그때 나는 그 학교가 미션스쿨인지도 몰랐지요. 입학한 뒤에 시험을 봤는데 또 반에서 20등이에요. 그런데 1학년 2학기 때는 성적이 갑자기 반에서 5등으로 뛰었고, 졸업할 때는 전체 2등이었습니다. 그러나 고입시험 때가 다가오자 외가에서 하는 말이, 어차피 대학엔 못 갈 테니 차라리 사범학교에나 가라는 겁니다. 그래서 사범학교 특차 시험을 치르게 되었습니다.

그 무렵 사범학교에서는 특차 시험에 합격한 학생이 다시 전기인 전주고(全州高)에 시험을 쳐서 가버리는 일이 빈번했습니다. 그래서 그해에는 특별히 이를 방지하는 제도를 하나 마련하였습니다. 시험을 1, 2차로 두 번 보게 하여 2차 시험 날짜를 전주고등학교 시험이 있는 전기 입학고사일과 같은 날짜로 잡아 놓은 것입니다. 2차 시험은 미술, 음악, 체육 등의 실기 시험이었는데 대충 자신의 손가락을 스케치해 보이는 것. 피아노 음정을 짚어 보이는 것, 철봉에 매달려 턱걸이를 가능한 한 많이 해 보이는 것 등이었습니다. 그런데도 나는 2차 시험에서 그만 떨어져 후기인 내 모교의 동일계 신흥고에 다시 가게 되었지요. 입학 성적은 1등이었고 그래서 입학금은 일단 면제받았습니다. 그러나 사범학교 입시의 실패로 맥이 빠져서 그런지 그 후부터 성적이 자꾸 떨어지더군요. 따라서 이제는 등록금을 마련해야 했습니다. 외가집은 가난했고, 학교 서무과에서는 중간, 기말고사를 볼 때마다 등록금 안 낸 학생들을 집으로 쫓아냈습니다. 그러니 학교 성적은 더욱 나빠지게 될 수밖에요. 어떻든 그 후로 나는 1등을 한 번도 다시 탈환해보지 못했습니다.

그런데 이 학교에는 나를 특별히 예뻐해주신 선생님이 한분이 계셨습니다. 양영옥 선생님입니다. 고려대 경제학과를 나오시고, 학교에서 사회과목을 가르치신 분이셨습니다. 일생 동안 검소하고 정의롭게 사셨습니다. 항상 검정 고무신을 신고 넥타이도 매지 않는 대학 교복만을 입고 다니셨습니다. 나는 그분의 호의로 학교 도서관에서 아르바이트를 하며 수업료 문제를 해결하게 되었습니다. 그 분이 교사 분담 부서로 도서관을 맡고 계셨기 때문이지요. 내가 문학을 하게 된 동기도 그 분 때문입니다. 혹시 다른 선생님들이 결근을 하시게 되면 보강은 으레 그 선생님 차지였는데 교실에 들어오시면 가끔 시간 내내 학생들에게 책을 읽어주시곤 했거든요. 소설이나 시집을요. 김소월도 그때 알았습니다.

김광일 : 신앙심은 없었습니까?

오세영 : 중·고 내내 화요일부터 토요일까지 주 5일은 매일 전교생이 강당에 모여 1시간씩 예배를 드렸습니다. 월요일은 학급 예배를 별도로 가졌는데 전날인 일요일에 교회에 간지 안간지를 확인하기 위해서였지요. 안 가면 회초리로 손바닥을 맞고 교회에 갔다면 그 증거로 주보를 내놓아야 했습니다. 여름에는 하기 성경학교에 다녔습니다. 봄, 가을로는 학교 운동장에 천막을 쳐놓고 부흥회를 열었습니다. 일주일에 2시간씩 정규학과목으로 성경 공부도 따로 했고요.

성경과목은 기독교 교리문답집을 가지고 공부를 하는 방식이었는데 입학한 후 첫날 첫 시간이었습니다. 출석을 부르시자마자 교목 선생님이 나를 일으켜 세우셨습니다. 키가 작아 맨 앞줄에 앉아 있었거든요. 그분은 이렇게 물었습니다. '천국에는 어떻게 가지?' '착한 일을 해야 갑니다.' '아니다.' '착한 일을 해도 못 가요?' '못 간다.' '어떻게 해야 천국에 가죠?' '예수를 믿어야 한다.' 그분이 당시 신흥고등학교 교목으로 재직하시던,

후에 유명해지신 성갑식 목사님이셨습니다. 그래서 내가 목사님께 다시 물었습니다. '백제 사람은 다 지옥에 갔습니까?' 그분은 한동안 대답을 못 하시다가 '그렇다『성경』에 그렇게 쓰여 있다'고 말씀하시더군요.

그 후 한 학기가 지나고 2학기 또 첫 성경시간이 되었습니다. 성갑식 목사님은 출석을 부르시자마자 또다시 나를 일으켜 세웠습니다. 그리고 이제는 『구약성서』의 어떤 한 부분 한번 읽어라 하셨습니다. 유명한 '옹기장이 비유'에 관한 이야기였습니다. 내가 이를 다 읽자 선생님은 허드레 쓰레기통으로 빚어진 옹기가 옹기장이에게 '나는 왜 이처럼 만들어 사람들의 천대를 받게 하는지'를 항의하는 것이 옳으냐 옳지 않으냐 하고 물으셨습니다. 그래서 나는 그것은 옹기장이의 마음이니 옹기가 자신을 만들어준 옹기장이에게 이렇다 저렇다 항의하는 것은 잘못이라고 했지요. 그랬더니 목사님은 '그렇다. 다 "하나님의 뜻"이다. 네가 지난번에 왜 백제 사람들은 모두 지옥으로 갔느냐고 항의한 것도 마찬가지다'라고 말씀하시는 것이었습니다.

그럼에도 불구하고 내게는 이 모든 것들이 의문덩어리였습니다. 그리고 '하나님의 뜻'이 무엇인가 하는 것 역시 미션스쿨의 모범 학생이었던 내게는 당시 큰 화두였습니다. 그 후 나는 마침내 대학에서 문학을 공부하며 칼 야스퍼스의 『비극론』을 읽다가 이 문제에 대해 나름의 깨달음을 얻었습니다. 언제인가 어느 지면에서 그 내용을 이야기한 바 있지요. 그러나 교회는 열심히 다녔지만 끝내 신앙심이 생기지는 않았습니다.

김광일 : 집안이 몰락해 대학 입시를 포기하고 서울에서 방황하던 중 홀로 독학을 해서 서울대 국문과에 합격했다고 했습니다. 모교 은사님들의 성금으로 입학 등록금을 냈다고요? 혼자 아르바이트로 학비도 벌어야 했고, 또 공부도 해야 했을 텐데 고생이 많았겠습니다. 독학으로 서울대 갔

다면 천재 소리를 들으셨겠습니다?

오세영 : 신흥고는 진학지도라는 개념이 없었습니다. 그런데 고3이 되니까 느닷없이 서울에서 젊은 교사 몇 분이 내려오셨습니다. 그리고 정규 수업이 끝나면 — 내가 그 학교를 다닌지 처음으로 — 보강이라는 것도 했습니다. 물론 나는 그 시간에 도서관에서 아르바이트를 해야 했기 때문에 청강을 하지 못했지만요. 그 분들이 오시기 전까지 나는 우리나라에 서울대라는 것이 있다는 사실도 몰랐습니다.

그러자 졸업 때가 되었습니다. 친구들이 대학 입시 원서들을 쓴다고 야단이더군요. 그 서슬에 나도 슬그머니 대학에 가고 싶은 생각이 들었습니다. 입시 공부도 하지 않은 주제예요. 그래서 관심을 갖고 여기저기 알아보니 여러 대학들이 장학금을 걸고 학생들을 모집하고 있었습니다. 1, 2학년 2년 동안만 장학금을 주는 경우를 B급 장학생이라고 했는데, 원광대, 국학대 등이 있었습니다. 국학대는 나중에 우석대가 됐다가 고려대와 합병한 대학이지요. 내게는 국학대학에서 B급 장학생에 합격했다는 통보가 왔습니다.

그래서 4월 개학을 앞두고 무작정 나는 그해 3월에 서울에 올라왔습니다. 정릉에 있는 국학대를 찾아가보니 대학 꼴이 말이 아니었습니다. 교정이란 곳은 황토 흙이 질퍽질퍽했고 신축빌딩 건물은 유리창이 깨져 있고…… 그런데 그날 오후 나는 당시 문리사대(뒤에 명지대가 됨)에 합격한 고교 동기생을 따라 우연히 연세대에 다니는 그의 사촌형을 만나러 가게 되었습니다. 그런데 연세대를 보는 내 눈이 휘둥그레졌습니다. 그것은 선남선녀들이 노니는 마치 천국과도 같은 곳이었어요. 그래서 이건 안 되겠다는 생각이 들었습니다. 국학대 입학서류들을 그 자리에서 찢어버렸습니다. 설령 다니지는 못한다 하더라도 일류대학 입시에 합격을 해야만 할 것 같았습니다. 서울에서 살펴보니 일류대학에 합격만 하면 가정교사 아르바이트 등으로 대학을 다닐 수도 있을 것 같았습니다.

그러나 성년이 된 나로서는 가난한 외갓집에 다시 돌아갈 수가 없었습니다. 내 자신 밥벌이를 해야 했지요. 그래서 한양대, 경기대 등에 다니는 고교 동기들의 자취집과 하숙집을 전전하며 한 달 가까이 돌아다녔습니다. 그러다 우연히 길을 가던 하사 계급의 군인을 하나 만났지요. 고등학교 재학 시절 내가 전주의 문학 지망 고교생들을 모아 만든 문예 서클 '포플러'의 선배였습니다. 다방에 가서 이런저런 얘기를 하게 되었는데 자기 처남이 될 아이를 가르쳐달라는 겁니다. 곧 결혼할 거라고…… 그의 처가가 의정부에서 아이디얼 미싱회사의 대리점을 하고 있다고 했습니다. 그래서 그 집에서 먹고 자고 하는 소위 입주 가정교사 아르바이트를 하게 되었습니다.

그런데 몇 달 후 추석이 왔습니다. 이 집의 종업원들이 모두 고향에 내려간다며 들떠 있었습니다. 갑자기 나는 뭐 하는가 싶더군요. 아무리 생각해도 그곳에서는 미래가 보이지 않았습니다. 안 되겠다 싶어 그길로 뛰쳐나와 할 수 없이 다시 외가가 있는 전주로 내려갔습니다. 그래서 추석 때부터 마음을 다잡고 전북 도립 도서관을 공부방 삼아 3~4개월 동안 집중해서 공부를 했습니다. 그것이 내 대학입시 공부의 전부였지요.

김광일 : 대학 때 결핵이 발병해서 무려 7년을 앓았다고 했는데, 어떻게 나았습니까?

오세영 : 4학년 1학기 때 대학 부설 보건소의 건강 진료를 받게 되었습니다. 서울대는 당시 매학기 등록을 할 때마다 의무적으로 대학의 보건소에서 건강검진을 받아야 했거든요. 결과는 폐에 이상이 있다는 것이었습

니다. 폐결핵이니 약을 먹어야 한다고 했습니다. 젊은 의사의 말이 가벼운 감기쯤 되니 걱정 말라고 했습니다. 석 달간 약을 먹고 6개월쯤 관찰하면 된다고 하구요. 파스, 나이드라지트, 스트렙토마이신 같은 약이었습니다. 파스를 한번에 23알씩 하루 세 번을 먹어야 했습니다. 그러나 무질서한 생활에 문학하는 친구들하고 어울려 술 먹고, 약도 먹다 말다 하니까 병균에 내성이 생겨서 낫질 않았습니다. 한 번에 집중적으로 약을 투여해서 확실한 결말을 보았어야 했는데 내성만 키운 꼴이 됐지요. 그래서 질질 끌다가 결혼할 적령기에 접어들자 이래서는 안 되겠다는 생각이 들었습니다. 덜컥 겁이 났습니다. 폐결핵으로 진단을 받은 6년 후였습니다. 그래서 작심하고 전문병원을 찾았더니 의사 선생님은 1차 약은 내성이 생겨 안 되겠다면서 2차 약을 먹기를 권유하였습니다. 그래서 그때 만큼은 그 의사선생님의 지시대로 철저하게 약을 먹고 생활을 절제했더니 1년 만에 완치가 되었습니다.

김광일 : 1965년 대학을 졸업하고 전주 기전여고 국어교사로 가셨다가 1967년 서울 보성여고로 자리를 옮기셨습니다. 기전여고에서 고3 학생인 소설가 최명희를 가르치셨다고요? 보성여고엔 시인 정진규 선생도 동료 교사로 있었고요?

오세영 : 최명희는 영특했어요. 자기 앞가림을 스스로 잘 했지요. 출세를 위해 상황을 잘 이용할 줄도 알았던 소녀였구요. 1995년인가 미국 시카고의 노스 웨스턴 칼리지 학국학 과정이 주동이 되어 교민들과 함께 한국문화 축제를 연적이 있었습니다. 그 일환으로 한국 문인 두 사람을 초청했고, 나도 마침 그때 미국의 버클리대에 방문교수로 가 있었던 터라 그 대학에 가게 됐습니다. 가서 보니 의외로 최명희가 강사로 와 있더군요. 먼

저 내 강연이 있었고 다음에 최명희의 순서였어요. 나는 명희를 칭찬하면서 그는 여고 시절 내 제자인데 여러분들이 그의 강연을 많이 듣도록 하기 위해서 나는 말을 짧게 하겠다는 덕담으로 이야기를 마쳤습니다.

오전의 행사는 명희의 강연으로 끝났습니다. 그래서 일동은 구내식당에 점심을 먹으러 가게 되었습니다. 그런데 그 순간 명희가 내게 뛰어오더니 갑자기 이렇게 말해요. '아이, 선생님, 그때 선생님이 기전여고 선생님이기는 했지만 나는 선생님에게 배운 적은 없어요.' 나는 어안이 벙벙할 수밖에요. 분명 나는 3학년 학생인 그를 일주일에 두 시간씩 '국문학사'라는 과목을 가르쳤거든요. 마침 그때 인근의 아이오와대학 '국제 창작 프로그램'에 참여하고 있던 시인 문정희 씨가 나와 최명희를 보러 왔다가 이 광경을 목도하더니 '어머 선생님 저애가 왜 저래요?'라고 해서 더 민망하기도 했습니다. 나는 그녀를 가르쳤을 뿐만 아니라 그가 포함된 그 학교 문예반의 지도교사여서 사적으로도 아주 가깝게 지냈기 때문이지요. 예컨대 주일날 교회에 가는 대신 문예반 학생들과 전주의 교외에 놀러 다녔다든지……

어떻든 졸업 직전 아버지가 사망하신 까닭에 명희는 대학을 가지 못했습니다. 그러나 원래 명민했고 문예 특기자로서 학교 명예를 드높이는데도 많이 기여했으므로 당시 이 학교 조세환 교장님은 최명희를 무척 예뻐했습니다. 그래서 졸업 후 잠깐 학교 서무과 급사로 아르바이트를 하게 해줬고 야간 대학에도 보내주었지요. 그러다 명희는 전북대로 편입하였고, 졸업 후 다시 모교인 기전여고에 정식 교사가 됐습니다. 그때 나는 이미 기전여자고등학교를 사임하고 서울의 보성여고에 재직하던 중이었는데 명희는 내게 편지도 가끔 보내왔고 그러한 인연으로 내가 이 학교를 사임하고 대전의 충남대로 직장을 옮긴 1974년엔 내 후임으로 명희를 보성여고에 추천해 그녀는 직장을 전주의 기전여고에서 서울의 보성여고로 자리를 옮기게 됐지요. 그때 그녀의 나이는 이미 혼기를 넘긴 상태였습니다. 보기가 안타까웠어요. 그래서 내가 대학 동창인 친구 김문창(후에 인하대학교 교수로 정년퇴직을 했음) 군을 신랑감으로 소개해줬는데 1년 가까이 교제를 했지만 일이 잘되지 않았습니다.

그 후에도 그녀는 대전의 저에게 가끔 전화도 주고 신춘문예 투고할 원고도 미리 보내와 자문도 구하고 그랬지요. 그런데 신춘문예를 통과하고 이어 장편소설 『혼불』이 『여성동아』에 당선되면서부터 소식이 끊겼습니다. 그 나름으로 바빠지기 시작했던 것이지요. 그 몇 년 뒤였습니다. 내가 직장을 충남대학에서 서울의 단국대학으로 옮긴 후 1982년인가 3년인가 어느 겨울, 광화문에서 밤 11시쯤이었습니다. 날씨가 추웠습니다. 나는 버스 정류장에서 귀갓길의 버스를 기다리고 서 있었는데 저 만치서 다정한 남녀 한 쌍이 걸어오고 있었습니다. 다가와서 보니 바로 최명희와 문단권력의 중심에 서 있는 한 중진 문인이었지요. 그래서 나는 생각했습니다. '명희도 이제 문단이라는 것을 알게 되었구나.'라고…… 어떻든 시카고에서의 일이 있은 2년 뒤쯤 명희는 타계했습니다.

나는 서울의 보성여고에 7년을 봉직하는 동안 1, 2년을 제외하고 담임을 맡지 않았습니다. 대학원을 다니던 터라 나 자신도 부담이 되었지만 학교에서도 담임을 주지 않았기 때문입니다. 나보다 뒤에 이 학교에 부임해온 정진규 씨는 교무, 학적, 입학 등을 담당한 신임 교사로 학교의 신임이 컸습니다. 이 학교에서 그는 내가 이 학교를 그만두고 대전의 충남대로 내려갈 무렵 두 번째 시집인 『유한의 빗장』을 출간했지요. 당시 이 학교에는, 지금은 서예가가 된 김양동 씨, 소설가 김용운 씨 등도 있었습니다.

김광일 : 1965년 박목월 선생이 『현대문학』지에 초회 추천을 해주셨고, 1968년 추천이 완료됐습니다. 그때 추천작인 「새벽」「잠깨는 추상」은 어

떤 작품이었습니까?

오세영 : 이미지즘의 영향을 많이 받은 작품이었습니다. 문학적인 철이 들지 않았을 때의 일이지요. 시의 사상성이나 세계관 같은 것에는 관심이 없었고, 선명한 회화를 언어로 보여주는 것이 시의 본령이라고 착각했으니까요. 구상화라기보다 언어로 된 추상화 같은 시들이었습니다. 물론 그 시기 나는 모더니즘의 기수인 김춘수의 영향도 받았지만 나중에 많은 반성을 했습니다. 점차 시간이 지나면서 처음에 썼던 것들은 시가 아닌 습작이라고 생각하게 되었지요. 그리하여 나는 70년대 중반에 와서 초기에 썼던 그런 시들과 결별했습니다. 내 생각으로 훌륭한 시란 미학과 철학의 조화로운 결합에서 이루어지는 것이었습니다.

김광일 : 시인으로 데뷔하신 뒤 처녀시집 『반란하는 빛』도 내시고, 대학원에도 다니시고, 장가도 가시고, 첫 딸 하린 양도 얻으시고, 또 방위병으로 군대도 갔다 오셨습니다. 근데 왜 군대는 서른한 살에 가셨습니까?

오세영 : 나는 그때 — 병사(兵事) 관계 용어로 — 소위 '부선망(父先亡) 독자(獨子)'였던 까닭에 합법적으로 군대에 안 갈 수도 있었습니다. 대신 예비군을 해야 됐습니다. 그런데 동사무소 병사계가 의도적으로 나를 징집요원 후보자 명단에 넣어 병무청으로 보내버린 겁니다. 공무원들의 부패가 심했던 시절이었거든요. 잘 모시지 못해 밉보여 찍힌 것이었지요. 할 수 없이 방위병으로 군대에 갔습니다. 수색에서 한 달 훈련 받은 뒤 이등병 계급장을 달고 서울의 제기3동 병사계 보조로 한 1년 복무했습니다.

김광일 : 1971년 부인 이봉주 여사님과는 어떻게 맺어지셨습니까?

존재의 외로움

오세영 : 처가집과 우리 외가는 얽히고설켜 있습니다. 조선시대 전라도 반가에서는 소위 통혼권(通婚圈)이라는 게 있었습니다. 그리하여 외가가 매개가 되어 해남 이씨가 해주 오씨와 중매로 맺어져 결혼에 이른 것입니다. 이모들이 결혼을 재촉했고, 당시 내가 결핵으로 건강이 좋지 않은 상태여서 생활의 안정이 필수적이라 결국 떠밀리듯 같은 집안의 신부감을 찾아내 결혼하게 된 것이지요.

김광일 : 1974년 충남대 국문과 전임강사를 시작으로 대학 강단에 자리를 잡게 됩니다. 1981년 단국대 국문과를 거쳐 1985년 서울대 국문과로 옮겼고 2007년 정년퇴임을 하셨습니다. 대학에서 33년 동안 시와 문학을 가르치는 일을 했다는 것에 만족하십니까?

오세영 : 만족하지 못해요. 내가 교수로 봉직했던 기간에는 학문의 자유가 없었습니다. 첫째는 권위주의 정부 때문이었고, 그런 까닭에 또한 역설적으로 학생들 때문이기도 했습니다. 학생들의 반정부 투쟁으로 영일이 없었던 시절이었습니다. 그럼에도 당시 나는 양쪽(독재 권력과 반독재 투쟁)에서 벗어나 있었던 존재였어요. 대학에서는 사실상 학문이란 게 없었습니다. 특히 자연계를 제외한 대부분의 학문이란 모든 것이 정치 이슈였습니다. 인문학 역시 마찬가지였습니다. 학생들에게 대학이란 단지 졸업을 위해서 학점을 따는 형식적, 제도적 기관 이상이 아니었습니다. 교수에 대한 기본적 신뢰감도 없었습니다.

그들 나름의 교육은 운동권 선배들이 도맡았습니다. 문학 역시 소셜리스트 리얼리즘, 현실주의, 민중문학, 프롤레타리아 문학이 아니면 학문도 아니었습니다. 지식인의 양심, 문학과 정치, 시대적 소명, 역사의식과 같은 문제들에 대한 지적 성찰에 앞서 먼저 행동에 나서야 했습니다. 그 무엇보다도 우선 대학이 제 기능을 하지 못했습니다. 그런 시대에 내가 대학 교수를 했다는 사실이 원망스럽기만 해요. 학내 교수들도 시류에 부화뇌동하는 사람들이 많았고요. 그런 분들을 볼 때마다 가슴이 아팠습니다. 불행한 시대였죠.

김광일 : 1974년 '자유실천문인협회'가 창립 발기되었습니다. 이듬해 동아투위 사태 때 동아일보를 지원하는 '자유실천문인협회'의 광고가 실렸는데 그때까지 비밀이었던 '자유실천문인협회' 발기인 명단이 드러났습니다. 오세영 시인은 국립대 교수가 정치에 참여했다는 이유로 충남 정보기관 조사를 받았습니다. 1980년 전두환 신군부 집권에 반대하는 충남대 교수 민주화 선언에 참여했다가 보안사에 끌려가기도 하셨습니다. 그렇지만 오 시인을 민주화 투쟁과 연결시켜 기억하는 독자는 많지 않습니다. 화끈하게 그쪽 투쟁에 뛰어든 것도 아니고, 아예 나 몰라라 하신 것도 아니고 그런데요, 당시 정황이 어떠했길래 그렇습니까?

오세영 : 원래 나라는 인간이 그래서 그런 거죠 뭐. (웃음) 민중문학이 주도한 당시의 문단 풍토는 이념을 주장하거나 실천하는 것만으로는 안 됐고 현실적으로 그 인적 조직에 들어가 봉사해야만 그들의 편으로 인정을 받았습니다. 나는 물론 그런 인적조직에 가담할 생각이 없었고 가담하지도 않았지요. 다 아시다시피 당시 나는 세칭 '순수시'라는 것을 주로 썼지만 그렇다고 물론 정치 참여시 같은 것을 전혀 발표하지 않은 것도 아니었습니다. 그러나 그들은 위와 같은 이유에서 그것을 인정해주지 않았습니다. 내가 몇 편의 정치시를 썼던 것도 그 같은 문단 처세 혹은 문단정치의식 때문이 아니라 순수한 내 생각, 내 이념의 표현 이상이 아니었습니다.

나는 우리가 겪어온 과거의 몇몇 시기에서 문학이 정치의 도구가 되는 것을 반대하지는 않았습니다. 문학이란 인간이 추구하는 최대 혹은 절대 가치가 아니기 때문입니다. 그러므로 만일 그 최대 가치의 하나라 할 국권과 인권이 누구에겐가 빼앗긴 시절이라면 그 회복을 위해 당연히 문학도 투쟁의 수단이 되어야 하지 않겠습니까? 그러나 설령 그렇다 하더라도 — 앞서 이야기한 것처럼 — 문학의 본질이란 원래부터 그런 데에 있는 것은 아닙니다. 문학이 그 자신보다 더 소중한 인간의 어떤 가치를 위해서 잠정적으로 문학이기를 유보한 상태일 뿐이지요. 문학은 근본적으로 어느 한 가지 이념에 얽매어서는 아니 됩니다. 그러니까 — 삶의 모든 분야가 그러한 것과 같이 — '자유'라는 것이 소중할 수밖에요. 그래야만 창작이 가능하지 않겠습니까? 그런데 만일 문학이 본질적으로 혹은 본래부터 어떤 이념이나 정치의 수단이라고 한다면 거기에 어떤 자유가 있겠습니까? 우리는 그것을 과거 공산주의 국가에서 체험적으로 경험하지 않았습니까?

김광일 : 「표절」이란 시를 쓰셨습니다. '그믐밤 하늘엔/반짝반짝 빛나는 수천수만 별들의/대 군중집회//은하댐 건설 반대!//같은 날 지상엔/손에 손에 등불을 밝혀든 수십만 인파의/야간 촛불 대 시위//사대강 사업 반대!' 시를 읽은 제 입에서는 하하하, 웃음이 터져 나왔는데요. 오 시인께서 쓰는 참여시로 봐도 되겠습니까?

오세영 : 그렇죠. 참여시도 문학이 되어야 한다는 생각이죠. 마르크스주의의 원조라 할 엥겔스 자신도 1888년인가 영국의 노동소설가 마거릿 하크네스가 쓴 『도시의 처녀』를 읽고 그녀에게 다음과 같은 내용의 편지를 보낸 적이 있습니다. '작품을 통해 민중을 선동하려고 할 경우 메시지를 직접적으로 전달해서는 안 된다. 간접화시킬수록 오히려 감동은 더 커진다. 감동 없는 선동은 아무런 효과가 없다'고요. 소설이 그러할진대 하물

며 시는 더 말할 필요가 있겠습니까? 고백컨대 나는 우리의 1970, 80년대 문학작품으로서 그러한 의미의 문학적 감동을 지닌 선동시는 거의 접해본 적이 없습니다. 1920년대 한국 프롤레타리아 문학도 마찬가지고요. 실제로 우리 문학사를 살펴보면 과거 한국의 프롤레타리아 시 가운데서 문학작품다운 문학작품이 과연 하나라도 있었습니까?

김광일: 2012년 6월 시집 『마른하늘에서 치는 박수소리』까지 스무 권의 시집을 내셨습니다. 앞으로도 새 시집을 내시겠지만, 우선 지난 43년 동안 내온 시집들을 문학사적으로 시대 구분을 해주시겠습니까?

오세영: 첫째는 아방가르드 시기입니다. 등단해서 70년대 중반까지지요. 이 무렵 나는 젊은 시절의 지적 호기심과 서구 취향적 감수성으로 인해 서구 아방가르드문학에 심취해 있었습니다. 내가 소속되어 있던 『현대시』 동인들의 문학적 이념이 또한 그러했구요. 당시 『현대시』 동인들은 소위 '내면의식'이라는 것의 탐구에 몰두했는데 그것은 한마디로 이미지즘, 쉬르레알리즘 같은 것을 무의식과 접목시킨 세계였습니다.

그러나 70년대 중반을 넘어서면서 나는 초기의 그 같은 경향을 버리게 됩니다. 직접적으로는 어머니의 죽음이 계기가 된 것이지만 나 자신의 지적 성숙에 따른 자기성찰의 결과라 할 수도 있었습니다. 그러자 나는 이 '정신해체적인 세계'와 '자아 성찰' 사이에 엉거주춤 자리할 수밖에 없었고, 이 같은 내면적 상황이 그 무렵 문명 비판적인 시를 쓰게 되는 계기를 가져다주었지요. 그리고 후에 이마저 버리니까 결국 인생론적 문제가 남더군요. 그것은 곧 두 가지 명제로 귀납되었습니다. 우선 존재란 무엇이냐 하는 문제고 그 다음이 '사랑'이라는 감성입니다. 이 두 가지 명제의 미학적 형상화는 그 후 오늘에 이르기까지 내 시작(詩作)에서 크게 흔들림 없는 내 시만의 정체성이 되었습니다.

존재란 무엇이냐 하는 명제는 본질적으로 철학적 사유입니다. 그러니 이 무렵의 내가 실존주의나 존재론의 탐구에 매달리게 되었던 것은 자연스러운 현상이었지요. 그럼에도 실존에 관한 탐색에는 궁극적인 해답이 없었습니다. 아니 있을 수 없었겠지요, 나는 다만 허무주의에 도달했을 뿐입니다. 그렇다면 이 허무주의는 또 어떻게 극복할 수 있을 것인가, 비록 상식적이라 하더라도 그나마 나로서 찾아낸 방편이라는 것이 있었다면 '사랑' 밖에 없었습니다. 그러니 그 '사랑'은 물론 통속적이거나 일상적인 차원의 것이 되어서는 아니 되었지요. 그래서 그 같은 노력 끝에 내가 만난 것이 결국 동양의 예지 특히 불교세계였고 그 허무주의와 사랑의 만남은 동양적인 무(無)라는 개념으로 귀결되었습니다. 여기서 제시의 제3기 『무명연시(無明戀詩)』의 시기가 열리게 됩니다.

김광일 : 외국어로 번역된 시집도 많습니다. 영어, 일어, 불어, 스페인어, 체코 같은 언어로 번역됐습니다. 외국어 번역 시들은 대개 어떤 기준으로 고르십니까? 저쪽 번역하는 쪽에서 고르도록 전적으로 맡기십니까?

오세영 : 각개 시를 셀렉션할 때는 번역자들이 뽑도록 하고, 시집의 경우는 내 자신이 추천합니다. 주로 한국적인 정서가 강한 시집들을 권하지요. 굳이 이유를 들자면 이렇습니다. 1987년인가 아이오와대학의 '국제 창작 프로그램'에 참여했을 때의 일입니다. 그곳 학생들에게 한국의 아방가르드 혹은 모더니즘을 강의한 적이 있었습니다. 이상(李箱), 김춘수 같은 분들을 중심으로요. 그런데 학생들은 별 관심을 보여주지 않았습니다. 그렇지 않겠습니까? 한국 아방가르드 혹은 모더니즘이란 게 사실은 구미 현대 문학을 베낀 것 아닙니까? 그래서 다음 기회가 왔을 때 시조를 얘기했더

니 학생들이 귀가 번쩍 뜨이는 표정을 하더군요. 그래서 나는 한국 문학이 외국에서 인정을 받으려면 구미 문학의 현대적 경향보다는 한국적인 것이 관심을 끌 것이라고 생각하게 되었습니다. 나와 가깝게 지낸 백담사 회주이시자 시조시인인 오현(五鉉) 스님도 그런 쪽으로 권하셨구요.

김광일 : 여러 시론집과 비평서를 내셨습니다. 시인이 자신의 시를 설명할 수 있는 시론을 갖추고 있다는 것은 시를 쓰는데 있어서 행복한 조건입니까?

오세영 : 한 시인이 자신만의 시론을 갖춘다는 것은 연역적 관점에서 보자면 명제에 맞춰 시를 쓰는 것이고, 귀납적 관점에서 보자면 시를 쓰다 보니 자각을 하게 되는 것입니다. 나의 경우는 후자 쪽입니다.

김광일 : 결혼하고 충남대에 취직한 뒤 대전시 오류동에 살다가 단국대로 옮아오면서 서울시 봉천동에 살았고, 서울대로 옮긴 뒤 방배동에 살기 시작하셨습니다. 오류동 시대, 봉천동 시대, 방배동 시대를 나눠서 되돌아본다면 언제가 제일 좋으셨습니까?

오세영 : 대전에 추억이 많습니다. 아이를 기를 때였고요. 학교에서 퇴근하면 어린 딸을 태운 유모차를 끌고 대전 교외를 산책하곤 했던 생활이 평안한 한 컷의 수채화로 각인되어 있습니다. 그곳의 학생들도, 대전에서 만난 시인들도 순수하고 아름다웠습니다. 그중에서도 충남대 의대 교수였던 손기섭 시인이 가장 기억에 떠오르는군요. 서울에 올라와보니 우선 바쁘고 여유가 없었습니다.

김광일 : 오세영 시인의 연보를 살펴보면 시집, 시선집, 수필집, 시론서, 비평서 같은 책도 많이 내시고, 2000년대 들어오면 한 해에 대여섯 권 책을 내신 해도 있더군요. 국내외 여러 문학 행사, 동인 모임, 학회 모임을 직접 만들기도 하고 또 시간이 허락하는 한 참여도 하시고, 그리고 문단을 책임지는 자리도 두루 맡고, 다채로운 문학상들과 훈장도 받으셨습니다. 아무 일도 안 하고 편히 쉬거나, 쓸데없어 보이는 취미 생활로 한갓지게 놀거나, 며칠씩 술독에 푹 빠져보는 시간은 없으셨습니까?

오세영 : 없어요. 내 인생은 대학에서 강의하고 글 쓰는 것밖에 없었습니다. 시간을 아껴 써야 했습니다. 다른 사람들이 놀 때 나는 글 쓰고 공부해야 했습니다. 어울리는 문인도 없었습니다. 설상가상으로 내 성격도 사회성이 부족했지요. 그러니 자연 문단 친구도 생기지 않았습니다. 어떤 의미에선 서울대 교수였다는 것이 내 문학을 위해서는 불행한 일인지도 모르겠습니다. 한국의 수재들을 책임져야 했으니 저로서는 최선의 노력이 필요했습니다. 최선의 교수가 돼야 했습니다. 그렇게 하지 않으면 직무 유기인 것이지요. 그런 강박관념으로 30여 년 대학교수 생활을 보냈습니다. 여러 학문 가운데서도 특히 국문학이란 세계적으로 볼 때 우선 국내의 학자 그것도 소위 일류대로 지칭되는 대학의 교수가 그 누구보다 선도적으로 맡아야 할 학문이 아니겠습니까? 그래서 나는 훌륭한 학자가 되려고 부단히 회초리로 내 종아리를 쳤습니다.

그뿐만 아닙니다. 서울대학교 국문학과는, 창작은 아예 인정을 해주지 않았고 오히려 모멸하는 분위기였습니다. 시 나부랭이를 쓰면서 무슨 대학교수냐 하는 질타가 많았지요. 그런 말을 들을수록, 나는 그런 말을 하는 사람보다 더 노력을 해야 했습니다. 그러지 않으면 나를 지킬 수가 없었기 때문입니다. 그런데 또 문단에 가면 저 사람은 학자지 무슨 시인이냐

합니다. 그러기에 나는 또 시에 인생을 걸었고, 열 배 스무 배 노력을 기우렸습니다. 나름으로 최선의 노력을 했습니다. 놀 여유가 없었습니다.

김광일 : 2002년 어머니 김경남 여사에게 백산 장한어머니상이 추서됐는데요, 어머니는 어떤 분이셨습니까?

오세영 : 어떻게 보면 착한 바보이셨지요. 또 어떻게 보면 천사이셨고요. 생활 능력이 없으셨고 겨우 바느질만을 할 줄 아는 분이셨습니다. 전혀 때가 묻지 않은 분이셨습니다. 심장판막증으로 오랜 세월을 고생하시다가 51세를 일기로 70년대 초에 불행하게 돌아가셨습니다.

김광일 : 「어머니」란 시를 쓰셨는데요. '나의 일곱 살 적 어머니는/하얀 목련꽃이셨다./눈부신 봄 한낮 적막하게/빈집을 지키는,//나의 열네 살 적 어머니는/연분홍 봉선화꽃이셨다./저무는 여름 하오 울 밑에서/눈물을 적시는,//나의 스물한 살 적 어머니는/노오란 국화꽃이셨다./어두운 가을 저녁 홀로/등불을 켜 드는,//그녀의 육신을 묻고 돌아선/나의 스물아홉 살,/어머니는 이제 별이고 바람이셨다./내 이마에 잔잔히 흐르는/흰 구름이셨다.' 요즘은 어느 순간에 어머니가 그립습니까?

오세영 : 희한해요. 나는 이때까지 꿈에 어머니를 본 적이 없어요. 항상 보고 싶었지만요. 내게 무엇인가 기쁜 일이 생겼을 때 그 누구보다도 먼저 어머니를 보고 싶었어요. 예를 들면 예술원 회원이 되었을 때나 서울대 교수가 되었을 때 같은 경우이지요. 그러나 돌이켜보면 나는 불효자로서 한 생을 살았습니다. 그래서 죄의식이 많아요. 어머니가 아프셔서 제대로 병원에서 치료를 받지 못할 때 나는 뻔뻔스럽게도 대학원에 다녔거든요. 빨

리 당신의 며느리를 들였어야 하는데 그러지도 못했지요. 돈암동 판잣집에 어머니랑 둘이 살 때 어느 새벽녘이었습니다. 기상을 하시던 어머니가 느닷없이 쓰러지셨습니다. 그래서 어머니를 방에 모셔둔 채 큰길가에 있는 병원을 찾는데 아무리 현관문을 두드려도 의사가 기척을 하지 않는 거예요. 한참 만에 의사를 대동하고 집에 돌아오니 그 사이에 어머니는 이미 돌아가신 후였습니다. 그래서 어머니의 임종도 지키지 못했지요. 어머니가 돌아가신 직후 나는 당신에 대한 한과 죄의식으로 한참을 시달렸습니다. 곧 우울증을 앓게 되었고 그 일로 한 일 년 정신과 치료를 받기도 했습니다. 그때 생긴 불면증은 일생 동안 저를 괴롭혔구요.

김광일 : 시는 왜 쓰십니까?

오세영 : 운명이라고 생각합니다. 첫째는 성격적인 문제고, 둘째는 나 자신도 모르게 그런 길에 빠져버렸다는 것이 그렇습니다. 현실에 대한 인간의 사유나 태도는 항상 논리적인 게 아닙니다. 어떤 사람은 성장기의 가난에 한이 맺혀 악착같이 돈을 벌기 위해 한 세상을 살지만 반대로 또 어떤 사람은 가난했다는 것 때문에 오히려 돈을 혐오하는 사람도 있습니다. 나는 후자 쪽입니다. 외가의 선비적 가풍의 영향도 컸구요. 외가는 농사를 지었지만 유가(儒家)의 분위기에 젖어 있었고, 집에는 사랑채와 별당이 있었습니다. 외할아버지는 사랑채에서 친구들과 시회(詩會)도 가끔 여시고 한시도 짓곤 하셨지요.

김광일 : 오세영 시의 본질은 어디에 있습니까? 혹시 자유에 있다고 말씀하시렵니까?

오세영 : 외로움이죠. 존재의 외로움요. 고독. 나는 그곳에서 벗어나고 싶었어요. 근원적인 고독. 너무 3류 신파 같나요?

김광일 : 시를 쓰면서 무엇을, 누군가를, 어떤 재능을 부러워해본 적 있으십니까? 가장 부러웠던 것은 무엇입니까?

오세영 : 미당(未堂)의 벽을 넘지 못할 것 같아요. 미당에겐 신기(神氣) 같은 것이 있습니다. 직관과 모순의 세계, 그러니까 어떤 일관된 차원이나 논리를 뛰어 넘은 세계 말입니다. 대학교수를 오래 해서 그런지 학생들은 나를 항상 논리적이라고 했어요. 내게 있어 논리의 세계는 모두 쉽거든요 그런데 미당에게는 논리로 도달할 수 없는 어떤 신비의 깊이가 있는 것 같아요.

김광일 : 백남준은 예술이 사기라고 했습니다. 오세영 시인께서도 오늘날 시가 독자들을 속이고 있다는 생각을 가져본 적 있으십니까?

오세영 : 소위 '사기(詐欺)'라 부를 수 있는 것에는 두 가지가 있지요. 하나는 긍정적인 것으로 예를 들어 소설, 즉 픽션 같은 것이 있습니다. 남원의 광한루에는 춘향의 사당이 있는데, 사람들이 그 초상화 앞에 향불을 피워놓고 소원을 빌곤 해요. 존재한 적도 없는 사람인데도 그 거짓 속에서 어떤 진실을 얻어가는 것이지요. 거짓 속에도 진실이 있다는 것입니다. 그렇지만 요즘의 극단적인 난해시는 본인도 모르는 내용이라는 점에서 사기입니다. 적어도 나같이 30여 년이나 시를 가르치고 50여 년 시를 쓴 사람이 이해하기 힘든 난해시가 있다면 부정적인 의미의 사기가 아니고 뭐겠습니까. 시를 인질로 삼은 것입니다. 예컨대 마누라가 도망을 쳤다고 해서

무단히 지나가는 사람을 잡아다 납치 소동을 벌이는 일은 난해합니다(이해가 되지 않습니다). 그냥 대중의 주목을 끌어 자신을 내보이려는 행동이지요.

김광일 : 올해 우리 나이로 일흔 둘이신데요, 건강을 위해 특별히 하시는 일이 있습니까?

오세영 : 없어요. 아침에 일어나 기지개를 켭니다. 그게 내 운동의 다 예요. 아버지께서 내가 태어나기도 전에 돌아가실 줄을 미리 알고 나를 정성스레 만드셨나 봅니다. (웃음).

김광일 : 경제적으로 넉넉하다고 생각하십니까?

오세영 : 넉넉하진 않지만 연금과 집이 있으니 특별한 걱정은 없습니다. 아이들도 모두 직장을 가지고 있고요. 첫딸은 시민 단체인 '평화박물관'에서 일하고, 둘째는 세명대 교수이고, 막내아들은 미국에서 고교와 대학을 나왔는데 전자공학을 전공한 연으로 전자 부품 검증회사에 다닙니다.

김광일 : 언제까지 시를 쓰실 계획이십니까?

오세영 : 아까 고독에 관한 얘기를 했는데, 나로서는 고독을 지키는 게 시입니다. 죽을 때까지 써야겠지요. 나는 외로움이 많아요. 친구가 별로 없어요.

김광일 : 후배 시인들에게 뭘 하라고 권하세요? 뭘 하지 말라고 말리세요?

오세영 : 시류에 부화뇌동하지 말고 홀로 자기 세계를 가지라고요.

　인터뷰 일행이 밖으로 나왔다. 시간이 많이 흘렀다. 깜깜한 여름밤 비바람이 몰아치고 있었다. 30미터쯤 이동해서 길가 포장마차에 앉았다. 바람이 너무 거세 포장이 날아갈 것만 같았다. 술꾼들이 포장마차 기둥과 포장을 붙잡고 술을 마셨다. 빗줄기가 자꾸 안으로 들이쳤다. 오 시인은 아침에 사과 반쪽, 토마토 한 개, 삶은 검은콩을 믹서에 갈아 마신다. 점심은 밖에서 사 먹는다고 한다. 12시에 가면 직장인들이 몰려들어 혼자 한 테이블을 점유하는 것이 미안해서 좀 더 일찍 11시 30분쯤 혼자 식당을 찾는다. 한정식 집에서 6,000원짜리 백반을 먹는 날이 많다.

　안성에 집필실이 있다. 30평짜리 농가주택이다. 주말마다 간다. 3년 됐고, 집들이도 했다. 저녁에는 TV를 본다. EBS 다큐를 많이 본다. 집에서는 아직 리모컨권(權)을 쥐고 있다. 포장마차에서 오 시인은 신동문, 백낙청, 신구문화사, 창비, 시민문학론, 문지 등의 문학적 파벌에 대해 오래 이야기했다. 그는 '계보(系譜)'를 말하면서 비판했다. 구체적 사례를 들며 여러 차례에 걸쳐 김수영 시인은 과대평가를 받고 있다고 이야기했다. 일행의 얼굴을 때리는 것이 포장을 날려버릴 것 같은 비바람인지 아니면 오세영의 격정인지 분간이 안됐다. 일행은 술을 많이 마셨다. 일어설 때 새벽 3시였다.＊

＊『시인세계』, 2013년 가을호(통권 45호).

은산철벽을 꿰뚫는 명쾌한 시적 안목

대담자 : 박현수(시인 · 평론가 · 경북대 국문학과 교수)
일　시 : 2015년 늦가을 어느 날
장　소 : 예술의 전당 카페

시인의 근황

박현수 : 안녕하십니까. 오랜만에 뵙습니다. 요즘 어떻게 지내시는지 궁금합니다.

오세영 : 반갑습니다. 별일은 없고 남미로 배낭여행을 한번 떠나볼까 생각하고 있습니다. 30여 년 전 아이오와대학 '국제 창작 프로그램' 참여를 마치고 귀국할 때 멕시코와 페루에 잠깐 다녀온 적이 있었는데, 그때는 너무 짧은 일정이라 다른 지역들은 살피지 못한 것이 많이 아쉬웠습니다. 그래서 언젠가 한 번 남미 쪽을 다시 가고 싶다고 늘 생각을 해왔지만 너무 먼 곳이라 실행에 옮기지는 못했거든요.

초기시에 대하여

박현수 : 이제 본격적으로 제가 평소에 궁금해하던 것이고, 독자들도 그

럴 것이라 생각하는 것에 대해 질문 드리고자 합니다. 선생님의 연보를 보면 첫 시집『반란하는 빛』(1970)과 두 번째 시집『가장 어두운 날 저녁에』(1982)의 간격이 12년 정도 나는데, 지금까지 그 이유를 여쭤보지 못하였습니다. 어떤 사연이 있었는지 말씀해주시기 바랍니다.

오세영 : 내가 생애 첫 교수직을 얻은 것은 내 나이 32세인 1973년 대전의 충남대학교에서였습니다. 그러나 막상 대학 교수가 되고 보니 학문적으로 많이 부족하다는 생각이 들었습니다. 마침 박사학위 제도가 막 정비되어 신제 박사가 나오기 시작하던 무렵이었지요. 신제 박사란 요즘 시행되고 있는 것처럼 학칙에 따라 개설된 일정 기간의 학위 과정에 입학해서 강의를 듣고 추후 받게 되는 박사를 말합니다. 그 이전에는 이같이 제도화된 학위 과정이 없었지요. 따라서 그때까지는 박사학위 없이 석사학위만을 가지고도 대학에 전임강사로 부임하는 것이 관행이었습니다. 나 역시 박사가 아닌 석사 자격으로 대학의 전임자리를 얻었지요. 그런 처지로 대학에서 강의를 하다 보니 학문적으로 많이 부족하다는 느낌이 들었습니다.

그래서 충남대에 부임한 바로 그 해(1973년), 마침 새로 출발한 서울대 대학원의 이 신제 박사과정에 입학을 하게 되었습니다. 그 후 과정을 이수하고 박사학위를 받은 해가 1980년이니 그 기간은 대학원 수강에 집중하거나, 각종 세미나에 참석하거나, 학회 활동에 동분서주 하거나, 박사학위 논문 제출 자격시험을 치러야 하거나. 박사학위 논문을 쓰거나 하는 등의 일로 시 창작에 관심을 기울일 정신적 여유가 없었지요, 내가 1970년에 첫 시집을 출간하고 12년 만인 1982년에 두 번째 시집을 겨우 상재할 수밖에 없었던 이유입니다.

박현수 : 아, 그랬었군요. 그렇지만 그때 학위논문을 바탕으로 쓰신 『한국 낭만주의 시 연구』(1980)라는 좋은 저서가 나왔으니 다행입니다. 그런데 그 두 번째 시집의 성격이 그래서 독특한 듯합니다. 첫 시집과 두 번째 시집은 유사성과 이질성을 동시에 지니고 있는 것으로 보이는데 선생님께서는 어떻게 보시는지요?

오세영 : 나도 같은 생각을 가지고 있습니다. 첫 시집 『반란하는 빛』에는 서른너댓 편의 시들이 실려 있습니다. 그러나 이들 시는 크게 두 가지 경향으로 분류될 수 있는 것들이지요. 하나는 아방가르드적인 경향이고 다른 하나는 문명비판적 경향입니다. '문명비판적 경향'이란 이른바 신고전주의(주지주의, neo classicism)라고도 불리는 문학사조를 가리키는 말이지요. 그때 나는 젊은 시인으로서 실험적인 시 창작에 관심이 많았었는데, 당시 내가 관여했던 『현대시』 동인들은 이를 아예 '내면의식의 탐구'라 불렀지요. 지금 보기에는 쉬르레알리즘(초현실주의)에 기초한, 해체된 자아의 표출이었습니다. 첫 시집에는 그런 아방가르드적인 경향과 주지적인 경향을 지닌 문명비판적 측면이 섞여 있었다고 생각하는데 양자 모두는 현대문명의 문학적 반영이라는 점에서 공통점을 지니기는 했어도 그 탐구하는 세계가 전자는 해체된 자아의 표현이라는 점에서, 후자는 현실 세계에 대한 비판적 토로라는 점에서 전혀 달랐지요.

이에 반해 두 번째 시집부터는 많은 변화가 있었습니다. 어머니의 죽음이 큰 계기가 되었지만 30대 후반에 든 내 인생의 성숙이 시에 새로운 성찰을 갖게 만들었기 때문이지요. 서구 추수적 경향에 대한 반성, 실험시에 대한 회의. 시의 본질에 대한 새로운 자각 등입니다. 한마디로 문제성을 추구하는 시 보다는 감동을 주는 시로, 언어유희적인 시보다는 미학과 철학을 융합한 시로 방향 전환을 모색한 것입니다.

이후의 시적 경향과 시집

박현수 : 이제 첫 시집과 두 번째 시집의 성격이 분명해진 것 같습니다. 이왕 시적 경향에 대해서 말씀하셨으니, 이와 관련하여 이후의 시적 흐름에 대해서도 말씀해주시면 좋겠습니다.

오세영 : 제3시집 이후부터는 제2시집에 다소 남아 있던 문명비판적 잔여물까지도 지양하고 보다 본격적으로 존재 탐구에 몰두하기 시작했습니다. 실존, 삶과 죽음과 같은 인간의 근원적 문제 같은 것들입니다. 그 결과로 태어난 「그릇」 연작시들은 1990년에 제5시집 『사랑의 저쪽』(1990)이라는 제명으로 출간했지만 실제로는 제3시집 『무명연시(無明戀詩)』와 같은 시기에 쓰여진 것들입니다.

존재론적 탐구는 궁극적으로 허무주의에 직면할 수밖에 없었습니다. 거기에는 죽음과 같은 존재의 근원적 유한성이 가로 놓여 있기 때문입니다. 나는 이 같은 한계상황을 어떻게 극복할 것인가 한동안 고민을 하게 되었지요 그런 와중에 만난 것이 불교적 세계관이었습니다. 원래 기독교인이었던 내가…… 그러한 의미에서 『무명연시』는 실존적 존재 탐구와 불교 인식론을 미학적으로 결합한 일종의 실험 시집이라 할 수 있습니다. 그러나 그 무렵, 아니 오늘날에도 대부분의 평론가들은 이 같은 문제들에 대해선 별 관심이 없는 것 같고 요즘 유행하는 언어 실험, 해체된 정신의 표현 같은 것들이 아니면 실험시로 보는 것 같지가 않습니다. 그들이 실험시라고 여기는 것들은 기실 100여 년 전 서구에서 이미 유행했던 아방가르드를 베낀 모방시에 지나지 않은 것들인데도 말이지요.(웃음)

박현수 : 지금까지 선생님께서는 최근 『바람의 아들들 — 동물시초』

(2014)까지 총 22권의 시집을 내셨고, 총 10권의 시선집을 내셨습니다. 이 중에 특별히 애착이 가는 작품집이 따로 있으면 말씀해주십시오.

오세영 : 내 개인적으로 특별하게 애착이 가는 시집은 없습니다. 다만 독자들이 많이 사보는 것은 『꽃들은 별을 우러르며 산다』(1992)라는 시집이 아닐까 합니다. 10여 판 이상을 인쇄했거든요 .이 시집 수록시들은 순문학지가 아닌 일반 잡지나, 여성잡지, 기업체의 사보(社報) 같은 지면에 발표된 것들이 대부분이어서 ─ 나 역시 그 같은 잡지의 성격에 맞춰 쓴 것들이기도 합니다만 ─ 대체로 이해하기 쉬운 대중 취향적 연가(戀歌) 풍의 서정시들이기 때문에 그렇지 않았을까 생각합니다.

색다른 시집들도 있습니다. 한 가지 주제만을 가지고 쓴 시들을 묶은 것들입니다. 예컨대 『아메리카 시편』(1997)은 미국 문명사에 대한 비판시들을, 『푸른 스커트의 지퍼』(2009)는 생태시만 모은 시집입니다. 그리고 『꽃피는 처녀들의 그늘 아래서』는 꽃이 지닌 의미만을 다룬 시들로 구성되었고, 『임이 부르는 물소리 그 물소리』(2008)는 우리 국토를 소재로 다룬 시들을 모은 것입니다. 앞으로 동물에 관한 시집, 여행시집 등도 한번 펴내볼까 합니다.

박현수 : 시집과 관련해서 문득 떠오른 것인데, 선생님 시집이 전세계적으로 번역이 된 것으로 알고 있습니다. 몇 개국의 언어로 번역되었는지 기억하고 계시는지요?

오세영 : 내 연보에서 확인이 되겠지만 일본어, 영어, 불어, 독일어, 스페인어, 체코어, 중국어 등으로 번역이 되어 있고, 러시아어로는 막 번역이 끝나 현지에서 곧 상재될 예정이라고 합니다. 이 중에서 특히 『신의 하

제3부 시와 학문의 갈림길에서

늘에도 어둠은 있다(*El Cielo de Dios También Tiene Oscuridaad*)』는 노벨문학상 수
장자인 멕시코의 옥타비오 파스(Octavio Paz)가 자신의 출판사 귀향(Vuelta)사
에서 출판해준 스페인어 번역시집입니다. 이와 별도로 그는 자신이 주간
으로 있던 스페인어권의 대표적인 문학계간지 『귀향(*Vuelta*)』지에 나의 시
「별」「사랑」「시」 등을 특집으로 소개시켜주기도 했습니다.

한국 근대시, 단절이냐 연속이냐

박현수 : 선생님께서는 시론 분야에서도 중요한 업적들을 내셨습니다.
저는 그중 우리 근대시가 외국 문학의 영향으로 이루어졌다는 전통 단절
론을 비판적으로 보는 논의가 중요하다고 생각합니다. 즉 시조와 같은 기
존의 정형시가 잡가나 사설시조 등의 해체 과정을 거쳐 한국의 근대 자유
시 형성으로 이어졌다는 주장이 그것인데요, 이 문제와 관련하여 말씀을
해주시기 바랍니다.

오세영 : 그 문제에 대해서는 나도 나름의 주장을 펼쳤지요. 그런데 생각
보다 큰 학계의 반향을 일으키지는 못한 것 같습니다. 현대시 전공인 내가
고전의 영역인 '잡가'나 '사설시조' 같은 것들을 건드렸으니 그 분야의 전
공 학자들이 아예 이를 무시하거나 읽지를 않아 그런 것 같습니다.

어떻든 박 교수가 지적을 하였으므로 이 자리에서 새삼 거론하자면 우
선 전제해둘 것이 하나 있습니다. 한 민족문학의 문학사적 전개라는 것도
사실은 세계문학의 흐름과 그 궤(軌)를 달리 할 수 없다는 사실이지요. 각
민족의 특성과 그 놓인 구체적, 역사적 상황이 비록 다르다 할지라도 —
혹은 시기적인 전개에 차이가 있다 하더라도 — 거기에는 인간 발전 혹은
인류 공유의 어떤 보편성이 있을 수밖에 없기 때문입니다. 그런 관점에서

각개 민족문학사는 근대에 들어 정형시에서 자유시로 이행하는 것이 일반적 현상입니다. 원래 시는 노래로 불렸고, 그 노래의 가사가 시 아닙니까? 노래 가사는 정형성을 지닐 수밖에 없으니 시 역시 원래 정형시에서 출발한 것은 당연하지요.

서양에서 처음으로 '자유시(verse libre)'라는 용어를 사용한 국가는 프랑스입니다. 프랑스의 라마르틴(Lamartine)이 최초의 자유시 작자라고들 하지요. 그러나 이 '자유시'라는 말은 애초부터 모든 운율과 형식을 완전히 부정하고 자유롭게 쓰는 시를 의미하는 개념은 아니었습니다. 정형시에 어느 정도의 파격이 있는 시를 지칭하는 말이지, 정형적인 요소를 모두 폐기시킨 시를 일컫는 용어가 아니라는 뜻입니다. 정형과 운율만큼은 지키되 어느 정도 부분적인 파격이 있는 시, 혹은 정형으로부터 다소 벗어난 시를 가리키는 용어였지요.

이런 발생 초기의 자유시가 점차 파격을 지향하는 경향성을 심화시키다가 현대에 와서는 율격과 정형을 완전히 무시한 자유시 그러니까 현재 우리가 말하는 완전한 의미의 자유시나 산문시로 이행하게 되는 것입니다. 이를 요약하자면 역사적으로 시는 정형시에서 ― 프랑스의 초기 자유시처럼 ― 형식적인 파격이 시작되고 이후 그 파격이 점점 격렬해지면서 완전한 형태의 자유시, 산문시로 전개되었다는 것입니다. 그런데 이 같은 변화는 ― 다소 시기적인 차이가 있을지는 몰라도 ― 전 세계의 각 민족문학에서 보편적으로 일어난 현상이기도 합니다.

박현수 : 시의 형식에 있어서의 이런 역사적 전개가 우리의 경우에도 유사하게 일어난다는 것이 선생님의 주장이신 거죠?

오세영 : 그렇습니다. 우리나라의 경우도 예외일 수는 없지요. 예컨대 조

선시대의 대표적인 정형시는 '시조'가 아니겠습니까? 따라서 이 시조가 오늘의 완전한 자유시로 이행되는 데에는 당연히 일부 그 율격이나 형식의 파괴가 일어나는 과정을 거치지 않을 수 없었습니다. 우리는 이때 그 일부 '형식의 파괴가 일어난 시조'를 사설시조라 부른 것이지요. 그러니까 사설시조는 프랑스 초기 자유시와 같은 개념의 우리 자유 시형이라 할 수 있습니다. 다만 유럽은 우리나라 보다 상대적으로 먼저 근대화를 이룩하였고 우리나라는 뒤늦게 합류한 까닭에 다른 모든 분야에서와 마찬가지로 우리 문학 역시 서구문학으로부터 다소 어떤 영향을 받았다는 사실만큼은 부인할 수 없지만 그렇다고 해서 그 영향으로 우리의 현대시가 전통과 아예 결별한 것이라고 주장한다는 것은 어불성설(語不成說)이지요. 서양에서는 그같은 변화가 점진적이었는데 우리나라의 경우는 뒤늦게 너무 급속히 이루어져 마치 단절된 역사인 것처럼 보였을 따름입니다.

박현수 : 선생님께서는 이 문제를 제대로 보기 위해서는 매체의 변화에도 주목해야 한다고 말씀하시고 계신데요.

오세영 : 우리나라나 서양이나 근대에 들면서 시는 음성 매체로부터 시각 매체로 전환되어 온 것이 일반적입니다. 상부구조(문화, 정치 등)는 하부구조(경제) 즉 자본주의(상품화)를 반영할 수밖에 없기 때문입니다. 예컨대 서양에서는, 근대 이전의 시는 처음에 가창이나 낭송으로 불려졌습니다. 시를 낭송하는 전문 음유시인들도 있었습니다. 시인들도 '살롱'이라 불리는 공간에서 패트론(patron, 경제적 후원자)이나 귀족들을 위해 작품을 낭독하는 것이 관례였습니다. 그러던 것이 근대에 들자 귀로 듣는 낭송 대신 눈으로 읽는 독서 방식으로 변화됩니다. 이 변화에는 두 가지 원인이 있습니다. 하나는 구텐베르크의 활자 발명이고, 다른 하나는 프랑스 시민혁명 이

후 부르주아의 등장에 따른 문학작품(책)의 상품화입니다. 이런 변화가 서구에서는 16세기에 나타나기 시작해서 18세기 후반 내지 19세기 초반에 확립되었지요.

우리의 경우도 사설시조로부터 근대시로 이행하는 시기는 매체가 전환되는 시기와 일치하지 않습니다. 19세기 말에 들어서야 한 몸의 표리를 이루게 되지요. 우리에겐 1800년대 말만 해도 문학을 유통시키는 활자 매체 같은 것이 거의 없었습니다. 시조도 노래로 불러지지 않고 활자로 읽히기 시작한 시기는 대체로 1920년대 전후에 이르러서가 아닙니까? 즉 짧은 시기에 문학잡지나 시집 발간 등 활자매체가 본격화되면서 사설시조에서 근대시로의 이행도 가속화된 것이지요. 이런 변화를 이해하지 못한 논자들이, 전에 타성적으로 보이던 것들이 어느 순간부터 눈에 띄지 않게 되자 그것을 전통의 단절로 착각한 것입니다.

박현수 : 그럼 최초의 자유시로 평가되는 최남선의 신체시 같은 것도 다르게 평가될 수밖에 없겠지요?

오세영 : 일반적으로 우리는 시사(詩史)에서 자유시의 효시는 최남선의 「해에게서 소년에게」라고 배웠습니다. 그러나 사실은 그렇지 않습니다. 정확하게 말하자면 신체시는 정형시가 자유시로 이행되어가는 과정에서 수구 세력들이 추구한 반동적인, 새로운 정형시 창작운동의 한 유형에 지나지 않습니다. 그러니 그 '신체시'라는 것이 어디 생명력을 지닐 수 있었겠습니까? 문학적 수구세력이라 할 최남선이 신체시를 창작한 것은, 우리나라에는 중국의 절구(絕句)나 율시(律詩), 일본의 하이쿠는 물론 그가 처음 접한 서구의 소네트(sonnet)과 같은 완전한 형태의 정형시가 없다는 사실을 자각하면서 — 불완전한 정형성을 지닌 시조 대신 — 우리나라도 그같

이 완전한 형태의 어떤 정형시를 가져야 한다는 터무니없는 망상으로 한 번 시도해본 결과가 아닐까 생각합니다. 말하자면 현대의 우리로서는 이해하기 힘든 그의 문화적 열등의식의 표현이라 할 수 있습니다. 그가 추구한 것이 근대적 의미의 자유시가 아니었다는 것은 비단 최남선뿐만 아니라 4행시, 격조시 등을 썼던 이광수나 김억 등 당시 자유시 주창자 대부분이 후기에 들어 정형시(시조) 창작으로 회귀하였다는 사실 하나만을 보아서도 충분히 짐작할 수 있는 일입니다.

젊은 시인에게 보내는 조언

박현수 : 마지막으로 요즘의 젊은 시인들에게 전하고 싶은 이야기를 말씀해주시겠습니까?

오세영 : 먼저 젊은 시인들의 시적 경향에 대해서 말씀을 드려야 할 것 같습니다. 요즘 우리 시단에서 젊은 시인들이 쓰는 시적 경향에는 크게 두 가지가 있습니다. 하나는 난해한 시들인데, 자신들은 이를 흔히 포스트모던한 시라 하기도 하고 어떤 평론가는 '미래파' 혹은 '해체시'라 부르기도 하지요. 다른 하나는 서술적(敍述的)인 시로서, 일상생활의 에피소드나 어떤 극적인 장면을 간단하게 이야기하는 형식으로 스케치한 시입니다. 내 생각으로 이 두 시적 경향은 우리 문단을 30년간이나 지배해온 두 문학권력 집단의 산물입니다. 전자는『문학과지성』계열의 문학적 지향과 연계되어 있고, 후자는『창작과비평』계열의 그것과 맥이 닿아 있지요.

소위『문학과지성』계열은 외국문학 전공자들이 주축이 되어 서구 아방가르드 문학을 우리 문학의 전범으로 삼았고,『창작과비평』계열은 민중주의에 바탕을 둔 리얼리즘 문학을 그 전범으로 내세웠습니다. 그런데 그것이 도가 지나쳐 전자는 그것을 쓴 시인 자신들도 이해하지 못할 정도의 무분별한 자아분열적 정신현상의 기술로 전락해버렸고 후자는 우리 사회가 민주화되어 탈(脫)이데올로기 시대가 도래하자 소재적 차원의 이야기로만 남게 되었죠. 그런데 후자의 경우, 그 소재로서 이야기라는 것은 사실 시의 본래 영역이라고 할 수는 없지 않겠습니까? 이야기를 소재로 해서 문학작품을 만들려면 왜 굳이 시라는 양식을 빌려 씁니까? 보다 적절한 문학양식으로 소설이나 수필과 같은 산문 장르가 있는데 말입니다. 그런 측면에선 — 어찌 보면 — 이야기체 시를 쓰는 시인들은 어떤 허상, 즉 민중시가 시의 전범이라는, 터무니없는 편견에 발목이 잡혀 있거나, 시 창작의 재능이 부족한 사람들이라 할 수 있습니다.

따라서 내가 당부하고 싶은 것은 시류에 영합하지 말고 모두 시의 본령으로 돌아가자는 것입니다. 시의 본령이란 무엇입니까? 인생이든 사회든 혹은 자연이든 그 인식대상이 지닌 총체적 진실을 미학적인 언어로 형상화시키는 일이 아니겠습니까? 여기서 '총체적 진실(whole truth)'이란 과학이 지닌 부분적 진실에 대립되는 개념인데 이에 대해서는 내가 이미 다른 지면에서 충분히 논의한 바 있으므로 여기서는 생략하기로 하겠습니다.

박현수 : 선생님, 오랜 시간 동안 좋은 이야기 들려주시어 감사합니다. 앞으로 더욱 건강하시어 좋은 시와 글을 많이 남겨주시기 바랍니다.*

* 『대산문화』, 2015년 겨울호(통권 58호).

시와 학문의 이중주, 그 오랜 세월의 증언

대담자 : 이재무(『시작』 주간, 시인), 유성호(평론가 한양대 국문과 교수)
일   시 : 2020년 1월 17일 저녁 6시
장   소 : 『시작』 사무실(녹취 및 정리 : 차성환 시인)

유성호 : 오세영 선생님 문학 자전 『정좌』 발간 기념 선생님 특별 대담을 오세영 선생님을 모시고 이재무 시인과 함께하겠습니다. 제가 알기로 이 책은 10여 년간 『유심』, 『월간문학』 등에 연재해오신 에세이를 한 권으로 묵직하게 펴내신 것 같습니다. 물론 많이 보완하시고 새로 원고도 추가하신 걸로 알고 있는데 이 책을 독자들에게 한마디로 말씀해주신다면 어떤 책이라고 할 수 있겠습니까?

오세영 : 내 인생을 정리하고 싶은 책이죠. 서문에도 비슷한 내용을 썼지만 삶이라는 것이 본래 덧없고 허망하잖아요? 별 자랑거리 없는 한 생이었지만 나름으로 성찰해서 무언가 기록을 해두면 후학들에게 혹시 어떤 도움이 되지는 않을까 하는 생각을 문득 해보았습니다.

유성호 : 기록하실 때 가장 역점을 두신 것은 어떤 부분인가요. 이를테면 기록의 사실성에 주안을 두셨는지 후배들에게 들려주고 싶은 어떤 가치랄

까, 어떤 기준이랄까, 이런 것들에 중심을 두셨는지요?

오세영 : 첫 번째는 내가 살아왔던 시대 상황과 그 시대에 대응했던 제 자신의 문학적 인생이라고나 할까 그런 것들을 기록하는 일에 역점을 두었어요. 돌이켜보니 살아오는 동안 나는 비교적 시류나 대세에 어느 정도 초연했던 것 같습니다. 그래서 당시 대부분의 우리 문학인 혹은 지식인들이 걸었던 길과 내 자신이 처신해왔던 길을 한번 검열해보고 싶었습니다.

유성호 : 선생님께서 쓰신 의도에 비해서 책이 나오신 다음에 만족을 하셨나요?

오세영 : 쓰려고 했던 것은 어느 정도 썼다고 봅니다. 그러나 몇 가지 미흡하거나 마음에 걸리는 부분도 없진 않습니다. 삶이라는 것 자체가 인간관계의 산물이니까 비록 내 자신에 관한 이야기라 해도 필연적으로 나와 관련된 다른 분들의 이야기를 쓸 수밖에 없지 않겠습니까? 그런 과정에서 혹시 상처를 받게 될 분들이 있지나 않았을까 후회하는 마음 큽니다. 세상 사는 일이 어찌 항상 긍정적이기만 했겠습니까? 그렇지만 올바른 비판 의식을 가진 사람들이라면 그 같은 부정적인 일 역시 후세인들에겐 하나의 반면교사가 될 수도 있으리라는 것이 내 생각입니다.

유성호 : 이재무 시인께서 『정좌』를 완독한 걸로 제가 들었습니다. 어떻게 읽으셨는지 한 말씀 해주시면 좋겠습니다.

이재무 : 저는 아주 재밌게 읽었습니다. 『정좌』가 나오기 전에 이와 성향이 비슷한 책이 있었죠. 소설가 황석영의 『수인』이란 책이 있었습니다. 소

설로 쓴 자전이라고도 할 수 있는데요. '정좌'라는 제목이 강한 인상을 주었는데 그러한 제목을 붙인 특별한 이유가 있습니까?

오세영 : 나는 애초에 '운명 그리고 시' 이런 제목을 붙이고 싶었어요. 하지만 출판사 측에서 너무 감상적이라며 '정좌'로 하자고 우기는 바람에 그리 되었어요.

이재무 : 판매율에서 불리할 것 같은데…… (일동 웃음)

오세영 : 그때 나는 사실 '정좌'라는 어휘에 좀 엄숙하고 근엄한 느낌을 주는 뉘앙스가 있어 독자들이 쉽게 다가갈 수 있는 책의 제목이 될 수는 없을 것 같았습니다. 그럼에도 출판사측이 이 제목에 강한 집착을 보여 나로서는 이 어휘의 코노테이션에 혹 나도 모르는 내 자신의 어떤 내면적 진실같은 것도 담기지 않을까 하는 생각에서 그만 허락해버렸습니다. 나 자신 무슨 올곧은 지사나 꼿꼿한 선비가 아닌데 말입니다. 지금도 책을 접할 때마다 좀 민망하고 쑥스러운 느낌을 떨쳐버릴 수 없습니다. (일동 웃음)

이재무 : 학자로서 인생을 살았다면 '정좌'라는 제목이 더 어울릴 텐데 시인으로서 자전적 제목으로는 조금 감성적인 제목으로 갔어도 좋지 않았을까 하는 생각이었습니다.

유성호 : 선생님께서는 올해로 등단 53년째를 맞고 계십니다. 한국 시단의 원로 그룹에 계신데요. 그런 점에서 이 책은 후학들에게 주는 메시지가 강하다고 봅니다. 이 책에 두 가지 좌표가 있다면, 한쪽에는 학자로서의 인생이 있고 다른 한쪽에는 시인으로서의 삶이 있는 것 같습니다. 시와 학

문이 서로 갈등하면서 또는 호혜적으로 만나는 지점들이 책의 여러 곡절에서 서술되고 있는 것 같습니다. 선생님께 시와 학문이 어떤 의미였는지 술회해주시면 좋겠습니다.

오세영 : 책에도 썼지만 대학에 입학할 때 애초부터 일생 학문을 할 뜻은 없었어요. 훌륭한 시인이 되고 싶었죠. 그런데 그 무렵 나는 그 '훌륭한 시인'이 되기 위해서는 무엇보다 철학을 공부해야 할 것 같았습니다. 철학을 해야만 사유가 깊어지고 가치 있는 세계관이나 인생관의 확립에 도움이 될 것이라고 생각했던 것이지요. 그래서 대학입학 지원서의 학과 선택란에서 철학과를 찾아 펜으로 동그라미를 쳤습니다.

그런데 막상 내가 학교장의 직인을 받기 위해 담임선생님을 찾아뵙자 선생님은 대뜸 "너 무슨 굶어 죽을 일이 있니? 인마, 국문학과를 가면 시도 쓸 수 있고 직장도 쉽게 구할 수 있어, 국문과를 가"라고 말씀하시며 일방적으로 내 앞에서 철학과에 친 그 동그라미를 연필 깎는 칼로 박박 지우더니 대신 국문학과에 동그라미를 그려 넣는 것이었습니다. 그것이 내가 국문학과에 들어가게 된 동기입니다. 통속적으로 말하자면 운명의 장난이었던 셈이지요.

그러나 나는 대학에 입학한 후에도 사실 학문을 할 생각은 없었습니다. 대학 입학시험 때였습니다. 면접고사라는 것이 있었는데요. 내가 면접실에 들어가자마자 권위가 태산같이 높아 뵈는 한 면접관이 내게 불쑥 "군(君)은 왜 국문과를 지망했나?" 하고 물으셨습니다. 그래서 무심결에 나는 평상시의 생각 그대로 "시를 쓰는 저널리스트가 되기 위해서입니다."라고 대답했는데 그 순간이었습니다. 면접관 선생님은 별안간 탁자를 손으로 쿵 치시더니 "무슨, 시? 대학은 학문을 하는 곳이지 무슨 시 나부랭이 같은 것을 쓰는 곳인가? 군은 서나뻘(서라벌) 예술대학으로나 가게" 하시며 밖으로 내쫓아버리셨습니다.

대학에 합격하여 그 면접관 선생님을 만나보았더니 그분이 당시 서울대 국문학과의 학문적 대부 그 유명한 국어학자 심악(心岳) 이숭녕 선생님이셨습니다. 갓 입학한 신입생 우리들에게 그분은 참으로 열정적인 강의를 하셨지요. '서울대학교는 학자를 기르는 곳인데 국어학을 해야만 훌륭한 학자가 되고 또 교수가 된다', 이렇게 매일 우리들을 세뇌시키는 거예요. 그래서 나도 슬그머니 학문을 해야 하겠다는 생각을 갖게 되었습니다. 기왕 내가 원했던 철학과가 아닌, 국문학과 그것도 서울대학교 국문학과에 들어왔으니 학문을 해서 대학교수가 되는 것이 정석일 것 같았습니다. 대학에 입학한 지 6개월만이었지요. 그런데 아무리 열심히 공부를 해도 그 국어학이라는 학문에 정이 붙질 않았습니다. 머리로는 학문을 해서 교수가 되어야겠는 생각이 앞섰지만 가슴이 따라주지를 않았던 것이죠.

그런데 2학년 때였습니다. 당시 우리 문단에서 막 밤하늘의 혜성같이 떠오르던 평론가 이어령 선생님이 국문학과에서 비평론을 강의하시게 되었어요. 시간강사 신분이셨지만…… 나는 선생님의 강의에 그만 심취하고 말았습니다. 키츠가 채프먼이 번역한 『일리어드』를 읽은 날 밤에 받은 충격 같은 것이었지요. 그날로 국어학 같은 것은 내게 그 의미가 사라져버렸습니다. 잊어버리고자 했던 그 시적 충동이 되살아난 것이었지요. 그래서 나는 나름으로 절충점을 찾았습니다. 학문은, 하기로 하자. 그러나 국어학이 아닌 현대문학을 하자. 그리고 더불어 시도 쓰면 더 좋지 않겠는가. 그러한 의미에서 내겐, 학문의 길로 인도해주신 분은 이숭녕 선생님이시고 시 창작의 길로 이끌어 주신 분은 이어령 선생님이라고 할 수 있습니다.

유성호 : 이재무 선생님께서는 『정좌』를 읽으면서 학문과 시의 양축을 걸어오신 선생님의 생애에 대해서 어떤 감동을 받으셨는지요?

이재무 : 이런 수기 형식을 띤 글들은 대개 자화자찬으로 흐르거나 자기 미화에 빠지기 쉬운데 선생님의 책은 자기 자신을 타자화하고 객관화하면서 균형을 가지려고 애를 쓰셨다는 느낌을 받았습니다. 그리고 인간 오세영의 인생 전모가 보였습니다. 한 개인의 기록이면서 그것을 넘어 선생님이 살아오셨던 시대상을 유추해볼 수 있는 계기가 되었습니다. 놀라운 것은 선생님이 애초부터 미리 계획을 세우고 쓴 책은 아닐 텐데 이렇게 세세한 내용들을 어떻게 다 기억하고 쓰셨을까 하는 점입니다. 기억에 의존하신 건지 아니면 평소에 메모를 해두신 건지 궁금합니다.

오세영 : 메모해 둔 것은 없었고요, 순전히 기억에 의존한 것입니다.

이재무, 유성호 : (감탄하면서) 정말 놀랍고 대단한 일입니다.

유성호 : 서문에 염세주의자, 허무주의자라는 표현을 쓰셨어요. 아까 말씀하신 '덧없음'과도 관련이 있을 것 같습니다. 그럼에도 저는 거기에 선생님이 가지고 계신 인간과 문학과 시대에 대한 긍정적인 믿음과 희망이 역시 공존해 있다고 생각합니다. 그것이 선생님의 시를 떠받치는 양축의 힘인 것 같은데 이 염세주의, 허무주의에 대한 설명이 없을 수 없겠습니다. 말씀 좀 부탁드리겠습니다.

오세영 : 『정좌』에 나오기도 하고 가끔 잡지에 그 같은 내용의 잡문들도 썼습니다만, 나는 아버지 없이 유복자로 이 세상에 태어났지요. 그래서 어머니가 외롭게 저를 양육하셨는데 나로서는 조금 철이 들면서부터 어머니에 대한 연민이라고 할까 그런 게 많았어요. 만일 내가 세상에 태어나지 않았더라면 어머니가 재혼도 하시고 행복하게 사실 수 있으셨을 터인데

제3부 시와 학문의 갈림길에서

나로 인해 이처럼 외롭고 불행하게 사시는구나 하는 생각, 항상 '나는 왜 굳이 이 세상에 태어났을까, 세상에 태어나지 않았더라면 더 좋았을 것을' 하는 심정으로 지금까지 살았습니다. 그래서 사실 나는 이승에서의 내 삶에 대해 그리 낙관적이거나 긍정적인 사람이 아닙니다. 일종의 허무주의자였지요. 내 시에 고독, 허무 혹은 우수의 그림자가 어른거리는 것, 가끔 우울증에 시달리는 아픔을 겪는 것도 이 때문이라 할 수 있습니다. 다만 하나의 운명으로 어차피 이 세상에 태어났으니 기왕에 사는 것 가능한 한 성실하게 살아야 하겠다는 인생관만큼은 지켜왔다고 생각합니다. 그래도 빗나가지 않고 이 같은 인생관을 지향하면서 살아올 수 있었던 내 한 생은 하나님으로부터 축복 받은 일생이기도 합니다.

유성호 : 말씀하신 대로 선생님께서는 낙관이나 긍정보다는 성실성으로 반듯하게 살아오신 것 같습니다. 오히려 『정좌』의 태도는 긍정, 낙관보다는 자기 성실성에서 오는 그 결과물이 아닐까 하는 생각이 얼핏 드네요. 선생님의 문학을 계보학적으로 추적할 때 사람들은 흔히, 한국시의 현실참여나 형식실험의 강렬한 서구 사조적인 측면과 거리를 두고 김소월부터 박목월 선생에 이르는 순수서정의 개척자로 평가해오고 있는 것 같습니다. 일면 타당한 것 같고요. 제가 비평적으로 읽을 때는 사실 우리나라처럼 철학적 기반이 취약한 서정시의 풍토에서 선생님의 작품은 어쨌든 철학적 통찰, 기저 등이, 어떤 불교적인 영향일 수도 있고 선생님이 읽으셨던 철학서의 섭렵의 결과일 수 있고 인생론에서 유추된 것일 수도 있는데, 이를 '철학과 시'로 조망할 수도 있을 것 같습니다. 선생님은 이 계보학적 추적에 대해서 어떤 생각을 가지고 계신지 궁금합니다.

오세영 : 과찬이신데요. 내 문학관을 한마디로 요약하라면, 시에서 미학

과 철학을 결합시키는 일이라 할 수 있습니다. 그러나 이를 만족스럽게 이룬다는 것은 사실 대단히 어려운 일이기도 하지요. 아름다움(예술)과 진리(철학)는 서로 모순되는 개념이기 때문입니다. 아름다움은 직관적, 감성적, 비논리적인데 철학은 반대로 객관적, 추상적 논리적이지 않습니까? 그런 관점으로 보면 우리 서정시사(抒情詩史)에서 미학과 철학을 적절하게 결합시킨 시인은 아직 거의 없었다고 생각합니다.

가령 우리 시사를 대표하는 정지용 선생 같은 분의 경우도 그러합니다. 나는 선생이 초기에 미학적인 시를 쓰다가 이에 불만을 품고 후에 이를 철학과 접목시키는 과정에서 실패했다고 봐요. 가령 중반에 들어 시에서 카톨릭시즘을 추구했던 경우가 그것이지요. 이렇듯 미학과 철학의 결합에 실패한 결과 선생은 결국 시를 포기한 채 행동으로 나선 것이 아니겠습니까? 해방시기 사회적 관심을 보인 당신의 문단적 처신이나 현실 참여적 내용을 시로 쓴 후기의 시 장작이 비로 그 같은 예라 할 수 있습니다. 그러므로 유 교수가 지적하신 것처럼 과연 내가 혹시 내 나름으로 어느 수준에서 이 양자를 결합시킬 수 있었다면 아마도 우리 문학의 서정시라는 석탑에 조그마한 돌 하나를 올려놓은 업적이라고 평가해도 좋을 것입니다.

유성호 : 이재무 시인도 오세영 선생님의 시를 독자 입장에서 말씀해주신다면 어떨까요?

이재무 : 양수겹장 즉 학문과 문학을 두루 섭렵한다는 것이 생각처럼 수월한 일은 아니잖아요. 나름대로 선생님의 노하우가 있더라구요. 어차피 적을 둔 데가 학문의 세계이니까, 몸이 담고 있는 곳은 학문의 세계이셨고 나머지 시간을 의도적으로 투자해서 시 작업을 해오신 것 같아요. 방학 동안에 절을 찾아다니시고 또 시 쓰기에 임하기 위해서 일부러 멍하니 TV를

본다든가 이런 이야기들이 책에 나오더라구요. 그런데 그게 말처럼 쉬운 일은 아니죠, 한두 번의 시도는 할 수 있다고 하더라도 그것을 평생을 걸쳐서 해오셨다는 것이 경이롭습니다. 양극단을 추처럼 오가면서 두 방면에서 성과를 남기신 거니까 실로 대단한 일이 아닐 수 없는 거지요.

학문의 세계에서도 업적을 이루시고 시세계도 크게 업적을 이루셨는데 그것을 일관되게 행하려면 자기 자신을 얼마나 스스로 단련했겠느냐? 일생의 잔재미는 없으셨을 것 같아요. 저는 아까 선생님의 얘기에서 약간 모순되는 점을 느꼈는데 허무주의라고 하셨잖아요. 일반적으로 문학인들은 일정정도 허무주의에 침윤되어 있는 것이 사실입니다. 그럴 경우 허무주의를 핑계 삼아서 삶의 끈을 놓기도 하고 허랑방탕하게 방황도 하고 그런 것인데 『정좌』에서는 일부러 그런 부분을 뺐는지는 모르겠지만 자기 삶을 견인하는 태도가 놀라우면서도 한편으로는 애틋하다는 느낌도 들었습니다.

오세영 : 학문과 시에 관한 이야기일 터인데, 한마디로 내 경우 학문은 직업이고 시는 인생입니다. 그래서 어릴 적부터 나는 시인이어야 했고 또 시인이 되려고 노력을 했지요. 인생을 사는 데는 물론 돈도 벌어야 하고 사회생활을 영위하기 위해서는 교수라는 직업이 필요했습니다. 그러나 본질적으로 나는 시인이었습니다. 지금까지 시인으로 살아왔습니다. 그래서 그런지는 모르나 아직까지 나는 돈을 버는 일에 집착한 적은 단 한 번도 없었습니다. 지금도 한 집에서 30여 년 넘게 살고 있습니다. 교수라는 직업이 원래 그런 것이지만 교수 생활하는 동안 나는 단지 연구비를 타내기 위할 목적으로 논문을 써본 적도 없습니다. 좋아서 시를 쓰고 공부를 하니까 저절로 나 살 만큼의 돈이 따라왔던 것뿐이지요.

시와 학문의 이중주, 그 오랜 세월의 증언

유성호 : 선생님 혹시 슬럼프나, 또 조금 전에 이재무 시인이 말한 대로 방황 또는 곁길 이런 것들이 별로 안 느껴지시는데 고백하지 못하고 숨겨 둔 얘기, 그런 일들이 있으셨는지요.

오세영 : 내 문학적 생애에는 한 번의 전기(轉機)가 있었습니다. 어머니의 영면입니다. 결혼하기 전, 스물여덟 살 되는 해였습니다. 그래서 나는 그 때부터 이 세상 천하의 고아가 되었지요. 그때 어찌 어찌하여 용케 석사학 위 논문을 쓴 뒤였습니다. 마침 박정희 대통령이 유신 헌법의 존폐에 관해 서 국민투표를 부친 5월 어느 날이었는데 갑자기 내게 우울증이 찾아왔어 요. 아마도 어머니의 죽음과 석사학위 획득에서 온 정신적 긴장 해이가 원 인이었던 것 같아요. 그래서 나는 심한 우울감과 불면증으로 한 1년 병원 신세를 졌습니다. 자살 충동도 여러 번 겪었지요.

그러나 결과적으로 나는 내 인생의 이 같은 위기를 극복하면서 많은 것 들을 깨우쳤습니다. 특히 시 창작에서 그랬습니다. 과거 즉 젊은 시절 내 가 썼던 아방가르드적 경향의 전위시들이 갑자기 무의미하다는 생각이 들 었던 것이지요. 그 무렵 나는 요즘의 우리 젊은 시인들 사이에서 유행하고 있는 난해시 혹은 해체시 같은 것들을 쓰고 있었습니다. 내가 관여했던 동 인지 『현대시』가 추구했던 경향도 그런 것이었고요. 오늘날 우리 시단에 서 젊은 시인들이 언필칭 포스트모던 혹은 '미래파'라고 명명하고 있는 경 향의 대부격이 되는 시적 경향이었지요.

그런데 갑자기 그렇게 시를 써서는 안 될 것 같다는 반성이 들었습니다. 단 한 편이라도 독자들에게 감동을 주는 시를 쓰자. 그래서 내 시를 읽은 독자들이 이로써 다소나마 자신들의 생에 어떤 질적 변화를 겪도록 해야 하지 않겠는가? 즉 시라고 하는 것이 과연 미학적 실험이나 언어 유희적 차원으로 끝나서야 될 것인가, 삶에 대한 깊이 있는 성찰과 인생 본연의 어떤 궁극적 진실을 추구해야 하지 않겠는가? 그게 시의 본질이 아닐까. 이런 회의를 갖게 되었던 것이지요.

그 결과 나는 당시 심취해 있던 모더니즘적이고 아방가르드적인 시적 지향을 포기하고 존재론적인 시 세계로 돌아섰죠. 키에르 케고르나 야스퍼스, 사르트르, 하이덱거 같은 실존주의 철학자들에게 경도했고 시 창작 역시 그들로부터 많은 영향을 받았습니다. 특히 오늘날까지도 내 시의 밑바탕을 이루고 있는 존재론적 패러독스(ontological paradox) 같은 것들입니다. 그러면서 지적으로 좀 성숙해지자 자연스럽게 불교 철학과 만났습니다. 하이덱거가 그랬던 것처럼 무신론적 실존주의 본질이 어느 국면에선 불교가 지향하는 존재관과 유사한 측면이 있어서이기도 했지만 한국인이 한국어로 시를 쓰는데 굳이 서구적 사유를 지향해서야 되겠는가 하는 자기반성이 들었기 때문이지요. 그러한 의미에서 어머니의 죽음은 내 문학 생애에 있어 큰 전환점이 되었어요.

유성호 : 결과적으로 우울증조차 미학적인 차원의 변화로 수용하시는 것을 보면 선생님의 성실성이 또 입증되는 것 같습니다. 선생님이 조직에 가담하신다거나 시류, 대세에 영합하시거나 이런 일에서 거리를 두고 살아오신 것은 확연히 증명이 됩니다. 딱 하나 예외가 '한국시인협회' 같아요. '한국시인협회' 이외에는 선생님이 조직 활동을 하신 게 없더라구요. 또 선생님 동년배들이 잡지도 창간하고 발행인, 주간도 하는 것에 비해 선생님은 서울대학교 국문과 외에는 다른 그런 이력이 전혀 없으시고 오로지 학교와 과외 활동으로 '시인협회'에서 궂은일도 하시고 회장까지 역임하셨던 것 같아요. 선생님의 경우엔 '시인협회'라는 것이 일개 조직이 아니라 굉장히 큰 의미를 띠는 것이 맞는 것 같습니다. 선생님은 어떠신가요?

오세영 : 내가 '시인협회'와 일생 관련을 맺은 데에는 두 가지 이유가 있습니다. 하나는 박목월 선생님과의 인연 때문이지요. 유치환, 조지훈 선생과 더불어 목월 선생은 '시인협회'를 실질적으로 창립 하시고 또 그 기초를 굳힌 분 아닙니까. 따라서 그분의 추천으로 문단에 등단한 내가 그분을 도와 젊은 시절 이 단체의 간사직을 맡게 된 것은 아주 자연스러운 일이었어요. 물론 선생님께서 내게 권유하시기도 했지만요. 다른 하나는 이 단체의 성격입니다. 한국시인협회는 원래 어용기관에 가까웠던 당시의 '문총(정확히는 문총 산하 '한국문학가협회')'에 반발하여 여기서 탈퇴한 시인들이 1957년 오로지 문학의 순수성을 지키기 위해서 발족한 단체입니다. 이 단체의 설립에 주동적인 역할을 맡았던 유치환, 조지훈 선생 등은 당시 자유당 독재와 맞서 극렬히 저항한 시인들이기도 했습니다.

이후에도 시인협회는 참여시, 민중시 등 한국 문학이 정치를 지향하거나 스스로 정치의 수단임을 자처 할 때에도 긍정적이든 부정적이든, 어용이든 참여든 시가 정치의 수단이 되는 것만큼은 언제나 반대해왔습니다. 물론 소신에 따른 회원 개개 시인들의 정치 참여를 반대하지는 않았지만요. 문학이 시대적 소명에 부응하는 것은 당연한 일이겠으나 그렇다고 집단적으로 어떤 이념에 항상 종속되는 일에 대해서만큼은 오늘에 이르기까지 철저하게 금도를 지켜왔습니다. 문학의 자율성을 금과옥조로 삼아 왔습니다. 나는 시인협회의 이 같은 문학적 정체성이 마음에 들었습니다. 내 문학관하고도 맞았구요.

유성호 : 문단 내에서 오세영 선생님과 이재무 대표가 연령차가 큼에도 불구하고 좋은 관계를 유지하고 있는데, 이것은 저희끼리의 얘기이기도 하고 독자들도 궁금해할 것 같은데, 이재무 시인은 오세영 선생님의 '시인협회'하고는 미학적으로 대척점에 있는 '자유실천문인협회'에서부터 '민

족문학작가회의', 지금 '한국작가회의'의 틀에서 많이 활동도 하시고 또 그 세계를 옹호해오신 대표적인 시인입니다. 물론 서정성이 강하기 때문에 그런 것들이 균형을 이루고 있지만 그럼에도 두 분이 아주 절친하다는 것에 대해 사람들이 궁금해하기도 하는 것 같습니다. 저는 이게 또 굉장한 장점이기도 하고 얼마나 좋은 일인가 이런 생각도 드는데 그거에 대해서 이재무 시인은 어떻게 생각하시는지요.

이재무 : 저에게는 선생님을 만난 게 문학 인생에 있어 행운이지요. 제가 개인적으로 어른들의 사랑을 많이 받은 편인데 제게 특별히 관심을 가져주신 어른이 신경림 시인하고, 돌아가신 김현 선생님입니다. 여기에 한 분을 추가하자면 바로 이 자리에 계신 오세영 선생님입니다. 분에 넘치는 사랑을 받았습니다. 혹자가 오해를 할 수도 있겠습니다만 사실 선생님하고 저는 정치적 입장이 다를 뿐만 아니라 지연도, 학연도 없어요. 그런데 우연한 계기에 선생님께서 지면에 발표된 제 시를 보고 몹시 아껴주셨지요. 그 뒤로 선생님하고 간헐적인 관계를 맺고 지금은 아주 근친처럼 가까운 사이가 되었습니다.

선생님의 장점 중의 하나가 뭐냐면 이념이나 당신의 정치적 입장과 상관치 않고 시인의 시에 대해서만큼은 편견 없이 대해오셨다는 사실입니다. 가령 우리 문단에서 제일 왼쪽에 놓여 있는 시인이 있다면 송경동 같은 시인이 아닙니까. 그런데 어느 날 문예지를 보니까 선생님께서 송경동 시인에 대해 아주 극찬을 하셨더라구요. 물론 선생님께서는 이념에 편향된 삶을 살지 않았다고 하지만 바깥에서 볼 때는 — 다소 억울할지도 모르겠으나 — 보수의 프레임에 갇혀 있는 측면이 있어요. 물론 보수라고 나쁜 것은 아닙니다. 오해 없으시길 바랍니다. 우리 한국 사회에서 불균형한 시각 때문에 그런 것이지 뭐 보수, 진보라는 고정된 프레임을 가지고 사람을 평가하는 것 자체가 우스운 일 아닙니까. 그런데 선생님은 이처럼 프레임으로 시인과 시를 평가하지 않고 선생님 나름의 원칙과 방식으로 시인의 시편들을 이해하고 평가하시더라구요. 그런 선생님만의 원칙 때문에 제가 사랑을 받지 않았나 생각됩니다.

사족을 덧붙이자면 제가 만약 지난 80년대에 민족문학권에 몸담고 있었던 핑계로 서정성을 지키지 않고 당시의 유행을 추수하여 과격한 언어로 거칠게 시를 썼다면 선생님 눈에 들지도 않았을 것이고 아마 지금의 이재무는 없지 않았을까. 제가 이나마 평가를 받고 있는 것은—제 정치적 입장과는 다소 괴리가 있을지 모르지만—시에서만큼은 나름의 서정성을 지키려고 했던 것 때문이 아니었나 생각합니다. 언젠가 선생님이 얘기하셨듯이 '시의 언어는 도구가 될 수 없다'라는 기본적인 입장을 저도 가지고 있었던 것이지요. 선생님과 저와의 인연은 시가 맺어준 인연입니다. 그것이 나중에 인간적인 관계로까지 심화되고 확대되었다라고 볼 수 있겠지요. 시가 아니었더라면 선생님하고 만날 일도 없었습니다. 지금은 그것이 계기가 되어서 다른 인간적 관계까지도 심화된 것이라고 할 수 있겠습니다.

오세영 : 이재무 씨가 날 만나면 가끔 그래요. 선생님은 우파고 나는 좌파입니다. (일동 하하하) 그런데 내 생각으로 우리 한국 사회에는 진정한 우파나 진정한 보수가 없는 것처럼 진정한 좌파나 진정한 진보도 없는 것 같습니다. 다만 소위 '주사파'가 있는 것만큼은 확실해 보이지만…… 모두 패거리를 지어 어떤 명분이나 이념을 그럴듯하게 내세우면서 끼리끼리 자신들의 이득을 취하는 무리들이 있을 뿐이지요. 스스로 자신을 좌파라고 주장하기는 하지만, 물론 이재무 씨가 주사파는 아닐 터이고, 내가 보기로 그의 주장은, 언필칭 보수우파로 매도되는 부정 부패집단에 대한 안티 의

제3부 시와 학문의 갈림길에서

식을 그렇게 포장해서 표현하는 말이 아닐까 생각합니다. 이 같은 태도라면 나 역시도 마찬가지이지요.

물론 내가 민중문학이나 참여문학 등 좌파 이념을 지향하는 문학운동에 관여하지 않았던 것은 사실입니다. 그러나 이 문제에 대해서 나는 먼저 그 문학운동에 편승했던 시인들을 몇 개 유형으로 나누어 살펴보고자 합니다. 첫째는 김수영의 유형, 둘째는 박노해의 유형, 셋째는 이재무의 유형입니다. 시대가 그래서 그랬겠지만 김수영은 거의 잡문 수준에 가까운 짧은 산문들을 통해서 마치 자신이 좌편향적 이데올로기를 지닌 양심적 사회 시인이나 되는 것처럼 행세했지요. 물론 실천적 행동이나 구체적 시작에서는 그렇지 않았습니다만…… 자신이 그와 같은 주장에 부응하는 참여시나 저항시를 단 한 편 쓴 적도 없었구요. 그저 말로만 그렇게 외쳐댔습니다. 그래도 그것이 어느 정도는 우리 문단에 먹혀들었던지 독재정권 아래서 이를 적절하게 이용할 필요가 있는 집단들에 의해 당시 문단적인 비호와 특혜를 톡톡히 누렸던 것은 사실입니다. 그가 문단에서 지명도를 얻게 된 이유입니다.

이에 비해서 박노해는 순결한 시인이에요. 옳고 그름을 떠나 그는 말이 아니라 실천을 보여주었고 자신의 이념에 충실했으며 행동에 정직하였습니다. 다만 그의 문학적 성취가 어떠했는가는 하는 문제에 대해서는 논란의 여지가 많습니다만 그거야 김수영의 경우도 마찬가지 아닙니까? 김수영의 시가 어디 문학적으로 훌륭한 성취를 이룩한 적이 있었습니까?

그런데 소위 좌파를 지향한다는 자칭 민중시인들 가운데에는 이 말고도 제3의 유형이 있습니다. 바로 이재무 시인 같은 분들이지요. 이 시인은 비록 현실비판적인 시. 소위 민중시에 복무하기는 했지만 문학을 버린 시인이 아닙니다. 그도 물론 당시 소위 참여시 혹은 민중시에 준하는 시들을 다수 발표했으나 동시에 문학적 성취를 이룬 시 역시 그에 못지않게 썼습니다. 내가 이재무 씨를 발견했을 때는 민중문학이 한창 득세하고 있던 시절인데 나는 이재무 씨에게서 그런 장점들을 꿰뚫어 보았죠. 요즘 활발하게 활동하고 있는 송경동 씨의 경우도 마찬가지라고 생각합니다. 이에 반해 제가 경멸하는 시인들은 민중시를 쓴네 시대의 양심을 지킵네 하고 말로 떠들어대면서 대세에 편승해 허명이나 얻고 실은 아무런 문학적 성취도 없이, 아니 문학 그 자체를 훼손시키면서 시류와 야합해 자신의 문단적 혹은 정치적 이득을 챙기는 무리들입니다.

유성호 : 선생님이 꿰뚫어 보신 게 이재무 시인의 오랜 이력을 보니까 입증이 되는 것 같습니다. 선생님께서 이념이나 정치적인 것을 완전히 벗어날 수는 없지만 시의 예술성이나 서정성을 가지고 후배들을 관찰하시는 것에는 비평가적인 태도도 있으신 것 같아요

오세영 : 내가 총명해서 그런 게 아니에요, 우리 문학사를 유심히 살펴보면 이미 답이 나와 있어요. 예컨대 1920~30년대에 활동했던 소위 프롤레타리아트 시인들입니다. 그 시기 그렇게 높이 평가를 받던 시인들 가운데서 오늘날 우리 문학사에 남는 시인이 누가 있습니까? 당대의 최고 시인, 최고 비평가로 평가를 받았던 임화(林和)조차도 겨우 반면교사로서나 그 존재의의를 지키고 있지 않습니까?

이재무 : 선생님은 겨울이 되면 절에 가서 동안거도 하시고 시간 있을 때 해외여행도 다니시면서 큰 틀에서 이 두 가지를 왕복하셨잖아요. 우선 동안거와 관련된 이야기를 듣고 싶습니다.

오세영 : 내가 처음 절집을 찾았던 것은 시대 상황 때문이었습니다. 그

시기의 대학은 대학이 아니었어요. 영일이 없었습니다. 하루하루가 반정부 반독재 투쟁의 전쟁터였지요. 특히 내가 봉직했던 서울대학교가 그 중심에 서 있었습니다. 매일 아침 10시부터 학생들의 데모가 시작됩니다. 그러면 즉시 기동경찰이 투입되고 교정은 온통 매캐한 최루탄 가스로 난장판이 됩니다. 하늘에선 정찰용 헬리콥터의 굉음이 들리고 교정에서는 장갑차의 캐터필러 구르는 소리, 기관원들에 의해서 끌려가는 학생들의 비명소리, 연구실을 박차고 들이닥치는 군화 발자국 소리, 돌멩이 부딪히는 소리, 유리창 깨지는 소리 일대 아수라장입니다. 거기다가 간혹 벌어지는 학생들의 투신자살, 분신자살. 어쩌다가 있는 일이 아닙니다. 매일 매일의 일과가 그랬습니다.

물론 그런 분위기에서 강의가 제대로 진행될 이 없었지요. 학생들은 아예 강의를 거부했습니다. 교수들을 불신했습니다. 교수들의 입에 독재의 재갈이 물려 있었기 때문이지요. 그 같은 상황 속에서 나는 교수로서, 아니 한 시대를 지켜야 하는 지식인으로서 무언가 결단을 내리지 않으면 아니 되었습니다. 학생들과 함께 현장에 뛰어들어 반독재 투쟁의 선봉에 설 것인가. 아니면 현실에 아예 눈을 감아버릴 것인가. 그러나 나로서는 그 같은 현실에 행동적으로 뛰어들 용기가 없었어요. 기왕 독재와 맞서 싸우려면 10여 년을 감옥에서 보낸 김지하처럼 해야 할 일이었습니다. 경찰서나 안기부에 끌려가 며칠 고생하다 풀려나온다는 것은 큰 의미가 없어 보였기 때문이지요. 그래서 나는 책 보따리를 한 짐 싸들고 당시 정휴(正休) 스님이 주석하시던 치악산의 구룡사에 찾아 들었습니다. 그러니까 말하자면 일종의 현실도피였던 셈이지요.

그러나 그 같은 처신을 하면서도 나로서는 자신을 합리화할 나름의 명분이 없었던 것은 아닙니다. 몇백 년 전 몽골이 고려를 짓밟았을 때도 어떤 사람은 삼별초처럼 활과 창을 들고 몽골 군대와 맞서 싸웠으나 또 어떤 사람은 산속 깊은 암자에 숨어들어 한 글자 한 글자씩 목판에 불경을 새기지 않았습니까? 그리고 그 새겨진 팔만대장경판이 오늘날 우리 민족의 정체성을 확립하는 데 소중한 재보가 되지 않았습니까? 나 역시 기왕에 독재에 맞서 행동으로 싸울 용기가 없다면 차라리 시 창작만이라도 전념해서 우리 민족문화유산에 작은 보탬이라도 되자 이렇게 생각하였습니다.

유성호 : 한때 선생님께서는 겨울이 되면 사찰에 들어 동안거를 하시곤 했어요. 말하자면 유폐지요. 스스로 가두는 것이고 세상과의 격절(隔絶)을 택하시는 방식이고 또 하나는 우리가 잘 아는 여행의 방식인데요. 여행은 이제 유폐나 가둠이 아니고 더 큰 세계를 열어둠으로써 타자들을 만나고 이역들을 순례하시고 타인들의 언어, 습속 이런 것들을 경험하시는 것 같습니다. 하나는 유폐고 하나는 개방인데 선생님께서는 이런 것을 통해서 현실을 만나시고 내면과 조우하는 방식으로 시인의 삶을 고집스럽게 지켜오실 수 있었던 것 같은데 어떠신지 모르겠습니다.

이재무 : 이어서 여행 이야기도 해주시지요.

오세영 : 세계여행이라고 하는 것도 실은 살아 있음의 한 확인 행위라고 생각해요. 물론 인생은 시간의 축에 기대 사는 존재입니다. 나이를 먹는 것이 곧 산다는 것의 그 증표 아닙니까? 인간은 나이가 들면서 성숙해진다고 합니다. 그래서 일반적으로 오래 살고 싶어 하지요. 그러나 인간의 삶에는 또한 공간이라는 축도 있습니다. 그가 소유한 공간이 넓으면 넓을수록 인생 또한 더 풍요로워집니다. 나는 그 소유공간을 넓히는 방법의 하나가 여행이며 여행을 통해서 많은, 그리고 넓은 지역을 둘러본다는 것은 공간적 개념으로 오래 사는 방법의 하나가 되지 않을까 생각했습니다. 그러

니까 내게 있어 여행은 시간으로는 확보할 수 없는 삶의 영원성을 공간적으로 보상 받고자 하는 행위이지요.

물론 내가 남다르게 여행을 좋아하는 이유는 따로 있습니다. 나의 유별난 호기심 때문이기도 합니다. 나는 어려서부터 호기심이 많았습니다. 그래서 청소년기엔 책상에 큰 세계지도 한 장을 전면으로 깔아놓고 매일 명작의 주인공들이 사는 나라와 도시들에 대해 나름으로 상상해보는 즐거움을 키우곤 했습니다. 어쨌거나 나는 여행에서 즐거움을 느낍니다. 아직까지 가보지 못했던 새로운 세계를 접한다는 그 자체가 희열이기 때문입니다. 좋아하는 것에 무슨 특별한 이유가 있겠습니까. 어떤 유행가의 가사처럼 그저 무작정 좋을 따름이지요.

유성호 : 『정좌』에 '외국어로 읽힌 나의 시'라는 장이 있는데 선생님 작품이 외국어로 번역이 되어서 세계의 독자들과 만난 지도 꽤 된 거 같습니다. 현황 같은 것을 많이 정리해주셔서 알게 되었는데 그런 과정에서 이색적인 경험이라든지 한국문학이 이제 세계 변방에서 벗어나서 중심으로 진입한다는 느낌 같은 것을 갖고 계신지 모르겠습니다.

오세영 : 요즘 들어 정부만이 아닌 민간 차원에서도 가능한 한 우리 문학작품을 외국어로 많이 번역해서 세계 여러 나라에 소개하려고 노력들을 하고 있는 것 같습니다. 우리에겐, 이웃 나라들이 그리하니 우리도 노벨상을 받아야 한다는 강박관념도 있습니다. 그러나 나로서는 지금까지 외국어로 번역되어야 할 작품 선정에 다소의 문제가 있지는 않은가 하는 생각입니다.

첫째, 지나치게 민족적인 것, 지나치게 한국적 상황만을 탐구한 작품들은 가능한 배제하는 것이 좋을 듯합니다. 인류 보편의 가치를 추구하는 작품이 보다 세계인들의 감동을 살 수 있으리라 믿기 때문입니다.

둘째, 우리 문단에서는 대체로 규모가 큰 문학작품 즉 몇 십 권을 이루는 대작들을 높이 평가하는 경향이 있습니다. 그래서 정부나 민간 주도의 번역 지원도 이들에게 우선순위를 주는 것 같습니다. 그러나 요즘같이 복잡한 현대 기능 사회에서 누가 한가하게 그 수십 권 되는 분량의 책들을 읽겠습니까? 우리 역시 마찬가지 아닙니까?

셋째, 지난 수십 년 동안 우리 문단은 정치 수단으로서의 문학이 지배해왔습니다. 그들이 또한 문학권력을 장악해왔습니다. 그러나 세계무대에서조차 그 같은 문인이나 문학이 인정받기는 어려울 것입니다. 따라서 이 또한 가능한 한 후 순위로 미루어두는 것이 바람직하리라 생각합니다.

넷째. 너무 당연한 이야기입니다만 역시 문학성을 확보한 작품들을 번역해야 합니다. 패거리 문학권력이 우리 문학의 번역사업을 주도한다면 그 결과 역시 뻔하겠지요.

그러나 그 무엇보다도 우선하는 것은 번역의 질적 향상입니다. 그러기 위해서는—통상 하는 이야기입니다만—훌륭한 번역가의 양성이 급선무입니다.

인류 보편의 가치라는 말이 나왔으니 차제에 한번 생각해보겠습니다. 소위 '민족문학(national literature)'이라는 용어인데요. 우리 문단, 그중에서도 특히 문학권력을 장악하고 있는 민중문학 쪽 비평가들이 이 용어에 특별한 가치를 부여해서 배타적으로 사용하고 있는 것은 대단히 염려스러운 현상입니다. 그들은 이 용어를 어떤 특정한 이념을 추구하는 문학을 의미하는 말로 사용하고 있는 것 같은데 기실 이는 원래 비교문학(comparative literature)에서 '민족어(national language)로 쓰여진 문학'을 가리키는 학술용어 이상 아닙니다. 그러니까 한국의 민족문학은 한국어로 쓰여진 문학 모두를 가리키는 그저 범상한 명칭일 따름이지요. 그렇지 않고 만일

제3부 시와 학문의 갈림길에서

'민족문학'이 한 특정한 이념을 주구하는 문학을 가리키는 말이라면 김소월이나 정지용이나 백석이나 더 나아가 조선시대의 『춘향전』이나 『구운몽』이나 황진이의 시조 등은 모두 '비민족문학' 혹은 '반민족문학'이란 말입니까.

그런데 한국의 소위 '민족문학'론자들은 그것을 한국문학 가운데서도 한 특별한 이념, 즉 민족주의를 지향하는 문학만을 지칭하는 용어로 사용하고 있습니다. 그렇다면 정직하게 표현해서 '민족문학'이 아닌, '민족주의 문학(nationalist literature)'이라고 호칭해야 되지 않겠습니까. 이것이 세계적으로 보편화되어 있는 올바른 문예학의 용어입니다. 오늘의 세계가 민족주의를 넘어서 다국적 자본주의, 세계주의를 지향하고 우리(한국)의 많은 기업들이 제 3세계로 적극 진출하여 분업을 통해서 국가 이익을 챙기고 국부를 쌓고 있는 마당에 문학 홀로 민족주의를 이상으로 삼는 것 자체도 문제입니다만······

유성호 : 이재무 시인께 마지막 질문을 하겠습니다. 『정좌』를 읽으시면서 가장 인상적인 한두 대목을 말씀해주시면 좋겠습니다.

이재무 : 선생님 앞에 죄송한 이야기이지만 저는 사실 이런 유의 책들에 대해 선입관이 있었어요. 과연 재미있을까. 그래서 선생님의 출판기념회에서 책을 받는데 처음엔 의무감으로 책을 읽었죠. 다 읽어야 한다는 부담감이 있었습니다. 그런데 읽다 보니까 가독성이 있더라구요. 굉장히 흡입력이 있었습니다. 재미만 있었던 것이 아니라 소기의 성과도 많이 얻었습니다. 단순한 개인 회고록의 차원을 넘어서 어떻게 보면 그 시대를 증언하는 그런 의미와 가치까지 지닌 책이었기 때문입니다. 그래서 굉장히 열독했습니다.

저는 다 인상적이지만 특히 조바심을 느낀 대목이 있어요. 러시아를 방문한 기록이었습니다. 그때는 고르바초프가 페레스트로이카, 개혁을 막할 때였죠. 우리하고 정식 외교를 맺기 전으로 선생님이 원래는 동유럽의 유고슬라비아에 일정이 잡혀서 거기에 초대를 받아 가기로 예정이 되어 있었는데 직항이 없는 관계로 경유지인 러시아에 가신 거죠. 당시 우리 한국과 국교도 맺기 이전이고 정국도 아주 혼란스러운 나라 러시아는 게다가 영어권이 아니잖아요. 그 같은 상황에서 그런 나라에 선생님이 가셨다는 것이 나로서는 경이 그 자체였습니다. 생과 사를 아슬아슬하게 넘나드는 이야기를 (일동 웃음) 실감 나게 쓰셨더라구요. 그 내용을 읽으면서 진짜 손에 땀이 날 정도로 긴장감을 느꼈는데. 정말 대단한 용기를 가지신 분이구나! 지금까지 50여 년 시와 학문을 지탱해온 원동력이라고할까. 그 뿌리가 무엇도 두려워하지 않는, 새로운 세계에 대한 도전정신 혹은 탐험 정신이라고 할까. 저한테는 그 대목이 가장 인상적이었습니다.

유성호 : 『정좌』는 볼륨도 두툼하고 시간도 거의 80년의 기록이 다 응축되어 있는 책입니다. 선생님께서 이 책을 자기 정리이자 일종의 증언 형식으로 쓰셨는데 제가 보기에는 가독성 높은 문학적 책으로도 읽히는 것 같아요. 이 책은 말 그대로 한 시대의 기록인데. 그래도 가장 강조하고 싶었던 메시지가 있었을 것 같아요.

오세영 : 간접적이기는 하지만 나는 또한 속물주의, 시류 영합, 이런 것들을 고발하고 싶었어요. 대학교수로 한 생을 살아오는 동안 나는 스스로 자신을 지식인이라고 공언하는 자들을 포함하여 주위의 수많은 지식인들이 의외로 속물주의나 시류 영합주의, 대세 편승주의, 기회주의 등과 야

합하면서 사는 모습들을 진저리나게 보았습니다. 적극적이었다고까지 말씀드릴 수는 없지만 나는 우리 시대 삶의 이 같은 어두운 부분도 나름대로 고발하고 싶었습니다.

유성호 : 이 책은 자전적 문학 에세이잖아요. 선생님께서 2년 전에 『북양항로』라는 시집을 내셨을 때 그 표제작을 너무 감동적으로 읽었던 기억이 납니다. '나는 늙은 화부다'라고 하면서 지금 막 쓰러져가는 오두막을 자신의 쇠락해가는 육체에 대한 은유로 쓰시고, 그러니까 그 오두막을 이끌면서 시인의 삶을 지키고 끝까지 항해하려고 몸부림하는 불멸의 시정신이라고 할 만한 것을 느끼고 감동을 많이 받았습니다. 아마도 이 자서전을 쓰시는 마음으로 「북양항로」라는 시를 쓰신 것 같다는 생각도 들었습니다.

엄동설한,
벽난로에 불을 지피다 문득
극지를 항해하는
밤바다의 선박을 생각한다.
연료는 이미 바닥을 드러내기 시작했지만
나는
화실(火室)에서 석탄을 태우는
이 배의 일개 늙은 화부(火夫).
낡은 증기선 한 척을 끌고
막막한 시간의 파도를 거슬러
예까지 왔다.
밖은 눈보라.
아직 실내는 온기를 잃지 않았지만
출항의 설렘은 이미 가신 지 오래,

목적지 미상,

항로는 이탈,

믿을 건 오직 북극성, 십자성,

벽에 매달린 십자가 아래서

어긋난 해도(海圖) 한 장을 손에 들고

난로의 불빛에 비춰 보는 눈은 어두운데

가느다란 흰 연기를 화통(火筒)으로 내어 뿜으며

북양항로,

얼어붙은 밤바다를 표류하는,

삶은

흔들리는 오두막 한 채.

오세영 : 그런 측면도 있죠. 인생 산다는 것 자체가 일종의 시간 항해 아니겠어요? 나는 그것을 아름답고 낭만적인 크루즈 여행이 아니라 낡은 증기선이 북극의 빙하를 거슬러 올라가는 탐험이라고 생각했습니다. 이 시의 상상력을 굳이 밝히라고 한다면 한마디로 삶의 시간 축을 공간의 축으로 바꾸어 바라보는 것이라고 말할 수 있어요. 또는 정적(靜的)인 질서를 동적(動的)인 질서로 바꾸어 본 것이라고도…… 추운 겨울 외진 산간 같은 데를 지나면 초가집 굴뚝에서 연기가 모락모락 피어나는 풍경을 볼 수 있잖아요? 밖에는 눈보라가 몰아치는데…… 나는 그 같은 풍경을 망망한 북극해에서 빙하들을 헤치며 외롭게 항해하는 낡은 증기선의 하얀 연기라는 상상을 해보았지요

유성호 : 마지막 질문이 되겠습니다. 이 책이 마지막 정리이지만 끝은 또 시작이 되겠지요. 자연인이신 선생님은 이제 팔순을 앞두고 계세요. 과거로 치면 굉장히 고령이시지만 지금은 100세 시대이고 선생님의 문학적 계

제3부　시와 학문의 갈림길에서

획이 따로 있으실 것 같습니다. 이 책으로 정리가 완결되는 것이 아니라 시를 열심히 쓰셔서 시인 오세영으로 남고 싶은 소명을 피력하셨지만 혹시 갖고 계신 계획 좀 알려주시면 좋겠습니다.

오세영 : 사는 날이 많지 않을 터이니 앞으로 내가 시집을 몇 권이나 더 낼지는 모르겠습니다. 그러나 당장 할 수 있는 일이라면 실크로드 전체 구간에 대해서 쓴 기행시들을 한 권의 시집으로 묶고 싶어요. 그러니까 우리나라 경주에서부터 출발해 중국의 서안(西安 옛 당나라 수도 장안(長安))을 거쳐 타클라마칸사막, 파미르고원, 파키스탄, 우즈베키스탄, 키르기스스탄, 이란, 그리고 유럽 쪽의 아제르바이잔, 조지아, 아르메니아, 터키, 마지막 목적지인 동로마의 비잔티움(오늘날의 터키 이스탄불)에 이르기까지의 인정과 풍물과 자연을 문명사적인 관점에서 다룬 창작시들이죠. 지금 한 70여 편을 완성했습니다. 이 작업이 끝나면 다시 아프리카, 남미 기행시들도 시집으로 상재해볼까 합니다.

이재무 : 진짜 권역별 세계문학이네요. (일동 웃음)

유성호 : 서역 기행하고 남미, 아프리카 기행시집 3권은 일단 나오네요. (일동 웃음) 그러면 여행 다니면서 그때그때 다 쓰신 건가요? 그러면 그렇게 기행시를 3개 권역별로 쓰는 것은 한국 문학사에 유례가 없는 일이 되겠네요. (일동 웃음) 오래 건강하셔서 그것뿐만 아니라 서정시도 많이 쓰셔서 앞으로 열 권, 스무 권을 더 내셔서 『정좌』를 중심으로 선생님의 시가 전기와 후기로 나뉘는 계기가 되었으면 좋겠습니다.

이재무 : 선생님 다음에 『정좌』를 한 번 더 쓰셔서 『정좌 2』를 내세요. (일

동 웃음)

유성호 : 그러면 '시와 학문의 이중주 그 오랜 세월의 증언'이라는 제목의 오세영 선생님 모신 좌담을 마치도록 하겠습니다. 감사합니다.*

* 『시작』, 2020년 겨울호(통권 71호)

용어

인명

작품 및 도서

진실과 사실 사이

오세영 吳世榮

  1942년 전남 영광에서 태어나 장성, 광주, 전북 전주 등지에서 성장했다. 서울
대학교 문리과대학 국어국문학과를 졸업했고, 서울대학교 인문대학 교수를 역임
했다. 현재 서울대학교 인문대학 명예교수이고 예술원 회원이다. 학술서로서『한
국 낭만주의 시 연구』『20세기 한국 시 연구』『한국현대시 분석적 읽기』『문학이
란 무엇인가』등 23권, 시집으로『무명연시』『밤하늘의 바둑판』『북양항로』등 25
권, 기타 산문집들이 있다.

진실과 사실 사이

초판 1쇄 인쇄 · 2020년 11월 30일
초판 1쇄 발행 · 2020년 12월 15일

지은이 · 오세영
펴낸이 · 한봉숙
펴낸곳 · 푸른사상사

주간 · 맹문재 | 편집 · 지순이 | 교정 · 김수란
등록 · 1999년 7월 8일 제2-2876호
주소 · 경기도 파주시 회동길 347-16 푸른사상사
대표전화 · 031) 955-9111(2) | 팩시밀리 · 031) 955-9114
이메일 · prun21c@hanmail.net
홈페이지 · http://www.prun21c.com